La memoria

1085

Simonetta Agnello Hornby, Esmahan Aykol,
Andrea Camilleri, Gian Mauro Costa,
Alicia Giménez-Bartlett, Marco Malvaldi,
Antonio Manzini, Santo Piazzese, Francesco Recami,
Alessandro Robecchi, Gaetano Savatteri, Fabio Stassi

Un anno in giallo

Sellerio editore
Palermo

2017 © Sellerio editore via Enzo ed Elvira Sellerio 50 Palermo
e-mail: info@sellerio.it
www.sellerio.it

Per il racconto di Esmahan Aykol «Sarı nokta»
© Esmahan Aykol, 2017
Traduzione dal turco di Şemsa Gezgin e Walter Bergero

Per il racconto di Alicia Giménez-Bartlett «Cuando llega septiembre»
© Alicia Giménez-Bartlett, 2017
Traduzione di Maria Nicola

Questo volume è stato stampato su carta Palatina prodotta dalle Cartiere di Fabriano con materie prime provenienti da gestione forestale sostenibile.

Un anno in giallo. - Palermo: Sellerio, 2017.
(La memoria ; 1085)
EAN 978-88-389-3712-5
808.83 CDD-23   SBN Pal0301890

CIP - *Biblioteca centrale della Regione siciliana «Alberto Bombace»*

Un anno in giallo

Gennaio

Andrea Camilleri
La calza della befana

Gennaio

Andrea Camilleri
La cosa della befana

Uno

Stava caminanno supra a 'na stratuzza di paìsi stritta stritta, lorda di munnizza, indove che tutte le porte e le finestri delle case erano, va' a sapiri pirchì, 'nserrate. 'Na decina di passi davanti a lui, prociliva 'na fìmmina anziana, malamenti vistuta, la gonna tutta spirtusata, le quasette sciddricate fino all'osso pizziddro. Ai pedi aviva un paro di vecchi scarponi d'omo che le rinnivano difficoltosa la caminata. Nel dari il passo era accussì traballera che doviva ogni tanto sorriggirisi appuianno 'na mano al muro. Il commissario la sorpassò, ma subito appresso sintì 'na botta di pena per quella povira vecchia. Si misi 'na mano 'n sacchetta, tirò fora un biglietto di deci euro, si votò per pruirglielo, ma si firmò 'ngiarmato ristanno con il vrazzo tiso.

La vecchia aviva per un momento sollivato la facci verso di lui.

«Livia!».

Quella raprì la vucca ammostranno dù o tri denti gialluti, l'autri le erano evidentementi caduti.

«Ciao» fici.

Montalbano era oramà appricipitato in uno scanto spavintuso; ma pirchì Livia si era arriduciuta accussì? E se iddra, che era sempri stata 'na beddra fìmmina aliganti, era addivintata 'na vecchia pizzenti, figuriamoci come si era arriduciuto lui! Attrovò la forza di spiari:

«Livia, ma per amor di Dio, che ti è successo?».

«Colpa tua» fici la fìmmina accentuanno quella speci di ghigno che a Montalbano scotiva le viscere.

«Colpa mia!?».

«Sì. Perché tu una volta, nei tuoi pensieri, dopo un litigio, mi hai chiamato "vecchia befana"!».

S'addifinnì.

«No, Livia, non è vero, io non l'ho mai pensato e anche se l'avessi fatto, come può un pensiero...».

«Eh no, mio caro. Non lo sai che le idee possono diventare realtà? E ora lasciami andare che ho fretta».

Allungò un vrazzo, lo scostò e ripigliò a caminare. Montalbano ristò 'mmobili, fermo, 'ncapaci squasi di respirari, assammarato di sudori.

«Livia!» gridò. E fu la sò stissa voci ad arrisbigliarlo. Maria che sogno laido!

Sintì subitanea la nicissità di susirisi e annarisi a 'nfilari sutta alla doccia. Lassò l'acqua scorriri a longo e finalmenti l'urtima 'mmagini del sogno gli scomparì dalla menti. Mentri che s'asciucava s'arricordò che era il sei di ghinnaro: il jorno della bifana. Ecco pirchì aviva fatto quel sogno 'mpapucchiato! Dalle persiane della sò càmmara di letto aviva già 'ntraviduto il celo di una bella jornata fridda ma chiara, eppercìò s'appricipitò a rapriri la porta-finestra della verandina. E l'occhio subito gli cadì supra al tavolino nel quali stava 'na speci di tubbo di lana colorata che po' accapì essiri 'na quasetta accussì china che s'era diformata per quello che c'era dintra. Subito appresso notò l'angolo di 'na busta che sporgiva da sutta alla quasetta. La pigliò, ci stava scrivuto: *per Salvo*, la raprì:

Caro Salvo,
Livia mi ha pregato di recapitarti questa calzetta.
La Befana.

Pigliato dalla curiosità, sciogliì lo spaco che tiniva chiuiuta la quasetta, ci 'nfilò 'na mano, pigliò qualichi cosa di duro che era avvolgiuto in un foglio di carta di jornali, lo sfilò, lo scartò: era un pezzo di cravoni. A uno a uno, ne cavò fora vinticinque pezzi cchiù o meno granni. L'urtimo 'nvolto continiva un cioccolatino. 'Nveci di pigliarisilla a ridiri, l'assugliò 'na botta di raggia. Trasì, s'appricipitò al tilefono, chiamò a Livia, l'aggridì:

«E che sugno, un picciliddro tinto che mi mannasti a tutto 'sto cravoni?».

«Cerca di parlare in italiano altrimenti non capisco niente».

«Hai capito benissimo» fici Montalbano «la Befana...».

«Dai Salvo, era solo uno scherzo. Ho chiesto a Beba di portarti la calza... Se te la prendi così vorrà dire che hai il carbone bagnato...».

«Senti, è inutile continuare a litigare, volevo solo farti sapere che il tuo scherzo, se così si può chiamare, non mi ha divertito affatto. Ciao e buona giornata».

Data e considerata la fistività, non avrebbi avuto l'obbligo di annare 'n ufficio, però pinsò che almeno 'na tilefonata sarebbi stata dovirosa. Gli arrispunnì 'na voci scanosciuta. Vuoi vidiri che aviva sbagliato nummaro?
«Chi parla?».
«Montalbano sono».
«Ah, mi scusi commissario. Sono l'agente Scotton. Sostituisco il collega Catarella che si è infortunato».
L'accento veneto di Scotton gli sonava strammo all'oricchi.
«Ci sono novità?».
«Nessuna, dottore».
«Levami una curiosità: che è successo a Catarella?».
«Non glielo saprei dire con precisione. Pare che si sia rotto una gamba».
Riattaccò, e dato che aviva da tambasiare, chiamò a Catarella.
«Che ti successi?».
«Maria, che onoranza a sintirla al tilefono! Maria, che piaciri! Dottori, che anuri che mi sta facenno...».
«Lassa perdiri e cuntami che ti capitò».
«Dottori, siccome che aio un niputeddro, Niria, di cinco anni che è figlio di una soro mè la quali che si maritò con Anfuso 'Gnazio detto Cocorito, il quali travaglia vicino al molo...».
Montalbano lo 'nterrompì.
«Cataré, dimmi quello che ti è capitato e basta».

«E non ce lo stava dicenno? Donchi mi vinni 'n testa stamatina alle sett'arbe di vistirimi di fimmina come a 'na bafana e purtari un rigaluzzo a chisto niputeddro mè. Siccome che non voliva arrisbigliari a nisciuno e siccome che vitti che la finestra della cucina era rapruta, volli trasiri dalla suddetta finestra. Senonché il pedi mancino mi 'ncispicò e io cadii dintra alla cucina facenno un burdello spavintoso. S'arrisbigliò tutta la famiglia, e io m'arritrovai con la gamma mancina rutta senza potirimi cataminari e allura mi portaro allo spitali indove che il dottori Giarrusso, il quali che mi dissi di salutarla, addicidì d'ingissarimilla. E la sapi la cosa cchiù spavintusa di tutta 'sta facenna?».

«No, dimmilla».

«Fu che mè niputeddro Niria, arraccanoscennomi, si misi a chiangiri dicenno che allura la sudditta bafana non esistiva».

«Quanno ti dimettono dallo spitali?».

«Dottori, oggi stisso, po' con la stampella pozzu veniri 'n ufficio a travagliare».

«Auguri».

E ora? Che fari? S'attrovava davanti 'na jornata libbiro e senza 'mpigni. Fu a 'sto punto che gli tornò a menti che proprio il dottor Giarrusso gli aviva contato che nei paraggi di Monte Cofano ci stava un ristoranti che faciva uno dei meglio cuscus di tutta la Sicilia. E pirchì no? Gli parsi d'arricordari che s'acchiamava con un nomi di fimmina. Qual era? Ci pinsò supra tanticchia, po' gli tornò alla menti, circò il nummaro e tilefonò. Gli arrispunnero che non ci stava un posto libbiro. Montalbano 'nsistì e il cammareri gli dissi che era tutto prinotato da sittimane ma di lassari il sò tilefono che se qualichiduno avissi disdetto all'urtimo momento l'avrebbiro acchiamato. Il commissario glielo dittò avenno comunqui già abbannunato ogni spranza. Annò a vidiri se Adelina gli aviva pircaso priparato qualichi cosa: nel frigorifiro nenti e nel forno macari. Nella cucina non c'era ùmmira di cosi da mangiare, fatta cizzione per 'na scatoleddra di torroncini nisseni che gli avivano mannato per Natali.

Addicidì di farisi 'n'autra cicaronata di cafè. Appena pronta, se la misi sul vassoio per vivirisilla sulla verandina quanno il tilefono sonò.

'Na voci fimminina gli dissi che al ristoranti gli avivano attrovato un tavolineddro alla trasuta della cucina.

«Per me va benissimo».

«Il suo nome, prego».

«Salvo Montalbano».

«Il commissario?».

«Sì».

«Eh no» fici la voci fimminina «allora cercherò di sistemarla meglio».

«No, per carità! Il posto vicino alla cucina mi sta benissimo».

Per le deci era pronto a partire. Si misi 'n machina e doppo tanticchia che marciava accomenzò a traversari paisaggi maravigliosi e diserti: montagne ora bianche, ora giallastre, ora 'ntere, ora svintrate. Cave di màrmaro abbannunate che facivano uno scinario assolutamenti lunari, squasi sdisulanti, se non fusse stato per la linia azzurra del mari che si 'ntravidiva darrè e che dava 'na spranza che qualichiduno da ddrà sarebbi un jorno o l'autro sbarcato e che avrebbi fatto rinasciri a 'sti terre.

Il cuscus era digno della sò fama ma la cammarera che glielo sirvì era squasi meglio del cuscus. Gli dissi che s'acchiamava Suleima e che a malgrado il nome sotico viniva dal nord. A Montalbano vinni 'n testa di proponirle di fari 'na passiata a ripa di mari, alla fini della mangiata. Ma subito appresso dovitti scancillarisi il pinsero dalla testa pirchì trasì nel ristoranti un omo chiuttosto picciotto che abbrazzò e vasò a Suleima come per fare accapiri a tutti che quella era roba sò.

Po' l'omo s'addiriggì con la mano tisa verso il tavolo del commissario:

«Piacere. Ho saputo che lei oggi sarebbe venuto qui a mangiare e non ho voluto perdere l'occasione di conoscerla. Sono Saverio Lamanna e mi è successo di doverle qualche volta rubare il mestiere».

Montalbano lo taliò 'mparpagliato.

«Sa, mio malgrado mi sono ritrovato a risolvere alcuni casi misteriosi».

Montalbano si nni ristò muto. Si scantava che si trattassi di uno di quei fanatici appassiunati di cronaca nìvura. Lamanna, futtennosinni del silenzio del commissario, continuò:

«Si figuri che proprio stamattina il commendator Zicari, che forse lei conosce perché abita a Vigàta, mi ha telefonato chiedendo il mio aiuto, ma io purtroppo non...».

Allura Montalbano sempri ristannosinni muto detti 'na taliata minazzevoli all'omo e po' ripigliò a mangiare. Quello già gli aviva mannato all'aria la passiata con Suleima, non si sarebbi fatto arruinari macari la mangiata!

Lamanna accapì la sisiata, si scusò e si nni trasì 'n cucina.

«Omo 'ntelligenti» pinsò Montalbano.

Doppo la passiata a mari che gli sirvì per affruntari meglio il viaggio di ritorno, si rimisi 'n machina e se la fici a lento a lento, godennosi ogni àrbolo, ogni pianta, ogni casuzza che vidiva.

Il cuscus doviva essiri stato fatto a regola d'arti pirchì quanno s'attrovò di novo a Marinella che erano le sei del doppopranzo, sintì che aviva addiggiruto tutto. Annò supra alla verandina a taliare al sò amico piscatori che stava tiranno la varca a ripa.

«Totò, che pigliasti?».

«Scarsa fu la befana: quattro sgombri sulamenti. Si voli ci l'arrigalo che a la mè casa sunno picca assà per nuautri».

«Grazii».

Totò s'avvicinò coi quattro pisci 'n mano.

«Dottori, si pirmitti, vaio 'n cucina, ci li pulizìo e ci li mitto 'n frigorifiro».

«Grazii» fici novamenti Montalbano.
Quanno che Totò tornò, il commissario gli spiò:
«Te la fumi 'na sicaretta con mia?».
«Volanteri» fici l'omo assittannosi allato a lui.
Stettiro tanticchia 'n silenzio a fumari, po' Totò dissi:
«La sapi 'na cosa, staio pinsanno di vinnirimi la varca».
Fu 'na cosa stramma, pirchì Montalbano da quelle parole si sintì trubbato come se gli avissiro ditto che 'na parti del sò paisaggio cchiù intimo e pirsonali sarebbi scomparuta.
«E pirchì Totò?».
«Dottò, ogni nisciuta si fa sempri cchiù nuttata persa e figlia fìmmina. I pisci non stanno cchiù vicini alla ripa, ogni jorno che passa si nni vanno sempri cchiù a largo. Tutto 'sto bello mari che avemo davanti è addivintato sulo un rifiuto di fogna e nuautri manco nni nn'addunamo». Aviva finuto di fumari, pruì la mano al commissario e s'alluntanò sconsulato.
Fu in quel priciso momento che il tilefono squillò.

Due

Si susì di malavoglia per annari ad arrispunniri: si scantava di 'n'autra azzuffatina con Livia. 'Nveci era 'na voci masculina scanosciuta.

«Pronto, casa Montalbano?».

«Sì, chi parla?».

«Sono Guglielmo Zicari».

E cu minchia era? Montalbano si nni ristò muto.

«Sicuramente le ha parlato di me stamattina l'amico Lamanna».

Bih, che camurria!

«Scusi» fici brusco «ma chi le ha dato il mio telefono?».

«Il gestore del ristorante» e si firmò.

Vuoi vidiri che 'sto cuscus non sarebbi stato accussì facili a diggiriri come gli era paruto!

«Senta» tagliò Montalbano. «Ho degli amici a cena e sono molto...».

L'autro lo 'nterrompì:

«Solo pochi secondi. Mi trovo in una situazione assai delicata».

«E allora la aspetto domattina in commissariato».

«Eh no!» fici Zicari. «Il busillisi è questo. Vorrei parlare con lei privatamente, non in modo ufficiale. Vede, non vorrei che la gente si mettesse a fare supposizioni...».

A 'sto punto qualichi cosa scattò dintra a Montalbano che vinni assugliato dalla curiosità.

«Lei domattina alle otto potrebbe venire a casa mia?».

«Dove abita?».

Montalbano gli detti l'indirizzo. Zicari accomenzò 'na litania di ringrazio che il commissario troncò subito. Appresso chiamò a Fazio.

«Scusa se ti disturbo...».

«Nisciun disturbo dottore, anzi! Staio passanno la jornata senza aviri nenti a chiffari!».

«Tu l'accanosci a un certo Guglielmo Zicari?».

«S'arrifirisci a don Rorò?».

«Fazio, non lo saccio. Mi pari che sia un commendatori, un personaggio 'mportanti».

«Certo! Allora è iddro, don Rorò! Che voli sapiri?».

«Tutto quello che è possibili».

«'Na poco di cose le saccio già. Ma vidissi che è un discurso chiuttosto longo».

«E allura, te la senti di farimillo mentri che mangiamo 'nzemmula ccà?».

«Certo. Arrivo».

Quanno che attaccò il tilefono, gli vinni 'n menti che 'n casa non c'era nenti. Arrisolvì che appena arrivava Fazio e doppo che gli avrebbi contato quello che gli doviva contari si nni sarebbiro annati a mangiare in qualichi trattoria.

«Mi sbagliai a 'nvitariti, 'n casa non aio nenti».

21

«Dottore, non c'è problema, in 'sti jorni di festa aio sbafato a tinchitè».

«Vabbeni, allora facemonni un bicchieri di vino».

«Si ci l'avi lo prifiriscio bianco».

Montalbano annò 'n cucina, raprì il frigorifiro e s'attrovò davanti ai quattro sgombri di Totò. Per il sì o per il no, pigliò il piatto, la buttiglia di vino e li portò nella verandina.

«Mi sbagliai, m'ero scurdato che aio 'sti quattro sgombri frischi frischi».

A malgrado le mangiate fatte, Fazio taliò i pisci sgriddranno l'occhi.

«Che maraviglia! La sapi qual è la morte degli sgombri?» spiò Fazio.

«Arrostuti».

«Esattamenti, e io li saccio fari boni assà. Vossia ci l'avi 'na stigghiola?».

«Certo! Vattilla a pigliari in cucina».

Fazio annò e tornò con la griglia 'n mano.

«Chista è pirfetta. L'avi tanticchia d'addrauro?».

«Sì, te lo vaio a pigliari darrè la casa».

«Mi portassi puro 'na buttiglia con l'oglio e 'na picca di sali».

Quanno Montalbano tornò con il matriali addimannato, attrovò che Fazio, propio davanti alla verandina, aviva costruito con quattro petri 'na speci di cufularu e stava addritta a contemplari l'opira fatta con una taliata però dubitosa.

«Che c'è?».

«Dottore, mi scurdai 'u meglio: la carvoneddra».

A Montalbano che già sintiva il sapori del pisci nella sò vucca, cadero le vrazza. Ma po' tutto 'nzemmula gli tornò a menti la quasetta. Corrì 'n cucina, pigliò il cato della munnizza e lo detti a Fazio.

«Come mai avi tutto 'sto cravoni?».

«Me lo portò la bifana».

Doppo 'na decina di minuti i quattro sgombri sulla stigghiola mannavano un sciauro che arricriava le nasche. Montalbano conzò la tavola, e un quarto d'ura appresso s'attrovaro assittati pronti a mangiare.

«Allura» fici Fazio «ci accomenzo a contari di don Rorò».

«No, parlari ora sarebbe 'na biastemia, 'n'infamità!».

Alla fini Fazio sconzò lui la tavola mentri che Montalbano annava a pigliari la buttiglia di whisky e dù bicchieri.

«Io continuerebbi col vino» fici Fazio e finalmenti accomenzò a parlari. «Don Rorò è un sessantacinchino che l'anni se li porta bono. Sò patre, che fu uno dei cchiù 'mportanti propietari di magazzini di sùrfaro di Vigàta, gli lassò 'na bella eredità ma don Rorò, avenno accaputo che quel comercio stava per finiri, raprì un cimentificio che vinnitti poi alla Montecatini guadagnannoci assà. Po' principiò a trasiri come socio di maggioranza in dù o tri flabbiche di maduna della provincia. Si maritò che era ancora picciotto, aviva sì e no vinticinque anni, con la signura Ersilia Crapanzano, di Butera, macari iddra con una bella doti, e ebbiro dù figli mascoli. Attilio e Paolo sunno ora maritati e accussì don Rorò è addivintato nonno di quattro nipoti, tri mascoli e 'na fimmina che s'acchiamano...».

«Senti» lo 'nterrompì Montalbano «chiste sunno chiacchieri e tabaccheri di ligno. Annamo alla sustanzia: cu è 'sto don Rorò?».

«Dottore, la sustanzia è che a picca a picca, Zicari è arrinisciuto ad aviri le mano 'n pasta in tantissimi affari che vanno dalla costruzioni del novo scalo d'alaggio, alla produzioni di racina da vino. Politica ne ha fatta scarsa o almeno l'ha fatta sempri tinennosi un passo narrè a tutti».

«Ha avuto rapporti con la mafia?».

«Non arresultano».

«Avi vizi?».

«Non arresultano» arripitì Fazio.

«Quindi omo specchiato è?».

«Accussì pari» e po' spiò: «Ci pozzo fari 'na dimanna?».

«Falla».

«Pirchì si 'ntiressa tanto a don Rorò?».

«Pirchì mi tilefonò e mi dissi che s'attrovava in una posizioni sdillicata e che voliva parlarimi 'n privato. Veni dumani a matino ccà, all'otto».

E 'nfatti all'otto spaccati il campanello di casa sonò. Vista e considerata l'importanzia del pirsonaggio, Montalbano aviva arritinuto doviroso di farisi attrovari vistuto persino con la giacchetta. Raprì la porta e davanti s'attrovò a 'n omo grassotteddro con 'na facci simpatica, di media artizza, i capilli tutti bianchi, il sorriseddro che si era stampato 'n facci era aperto e cordiali, ma Montalbano 'ntravitti 'na certa prioccupazioni nel funno dei sò occhi.

La machina della quali don Rorò si era sirvuto era 'na cincocento chiuttosto scassata e Montalbano nni ristò tanticchia sdilluso. Si sarebbi aspittato 'n'atomobili cchiù 'mponenti. Squasi che avissi liggiuto nella sò testa don Rorò dissi:

«Sa, per non dare nell'occhio, me la sono fatta prestare da mio figlio...».

Si stringero la mano. Montalbano lo fici trasire.

«Le dispiace se ci sediamo nella verandina? È una così bella giornata».

«Ma s'immagini!» fici don Rorò.

Il commissario lo fici accomidare, gli spiò se voliva un cafè, quello dissi che nni aviva già pigliati tri e che gli abbastavano e supirchiavano. Però si vidiva chiaro che a don Rorò pisava assà accomenzare a parlare. Montalbano gli detti 'n ammuttuneddru.

«Sono a sua disposizione, mi dica».

Prima di rapriri vucca don Rorò si fici 'na longa suspirata.

«Innanzitutto dovrei dirle di me: io ho sessantotto anni e sono...».

Montalbano lo 'nterrompì.

«Mi scusi commendatore, di lei so abbastanza. Vada pure al punto».

Don Rorò accomenzò a parlare senza taliarlo 'n facci, con l'occhi vasci, fissi supra al tavolino.

«Sono un padre di famiglia. Ho una moglie, due figli e quattro meravigliosi nipoti. Ma purtroppo...» e ccà si firmò. «Faccio fatica ad andare avanti, mi scusi. Quello che devo dirle è molto gravoso per me...».

«Guardi» fici Montalbano «lei mi ha chiesto un colloquio privato e io ho acconsentito. Tutto quello che mi dirà resterà tra noi due. Le do la mia parola d'onore».

«Tre anni fa» accomenzò con evidenti sforzo don Rorò «'ncontrai pircaso a Serena, 'na brava picciotta vinticinchina, beddra assà, e, m'affrunto a dirlo, mi n'innamurai».

«Succedi» fici il commissario, isanno l'occhi al celo a 'ncoraggiarlo.

«'Sta picciotta orfana, che non avi nisciuno al munno, s'attaccò a mia 'mmidiatamenti. Per potirinni vidiri ammucciuni, le accattai 'na casuzza 'n campagna bastevolmenti vicina alla mè villa. Crio che fino a 'sto momento nisciuno sapi della nostra relazioni. Ma aieri matina capitò 'na cosa 'ncredibili».

E ccà si firmò.

«Non ce la faccio proprio ad andare avanti, mi scusi. Non avrebbe qualcosa di forte?».

«Certo» fici Montalbano «le va un po' di whisky?».

«Credo di sì».

Montalbano si susì e tornò con la buttiglia e, dato che c'era, dù bicchieri.

Don Rorò si nni vippi dù dita come se fusse acqua frisca.

«Dato il jorno della bifana, avivo arreunito tutta la mè famiglia nella villa di campagna. All'otto di aieri matina doppo che i mè nipoteddri avivano attrovato le quasette, mi nni niscii e annai nella casa di Serena. Serena da 'na simana si nni era ghiuta a Caltanissetta da 'n'amica, e sarebbi tornata propio nella nuttata della bifana. Deve sapiri dottore che io, la sira avanti, ero annato da lei e le avivo lassato sutta al cuscino del letto 'na quasetta di picciliddro che continiva cose duci e 'na scatulina con un aneddro della gioielleria Pintacuda di Montelusa che m'era costato 'na bella cifra. Appena che la matina arrivai da Serena, la picciotta m'abbrazzò, mi vasò, mi contò dei jorni passati fora e continuava a parlari senza fari però cenno della quasetta coi regali che le avivo lassato. A un certo momento non mi tenni cchiù e glielo spiai apertamente: "Che ti portò la bifana?". Lei mi taliò 'mparpagliata. "Nenti" mi dissi. Io strammai. "Come nenti? Taliasti sutta al cuscino del letto?". "No" fici Serena. "Annamo 'nzemmula nella càmmara di dormiri". Lei sollivò prima il cuscino dalla sò latata, non c'era nenti, poi sollivò l'autro e macari ccà non c'era nenti. "Ma che avrei dovuto trovare?" mi spiò. E io glielo dissi. E allora nni misimo a circari tra le lenzola, le coperte, supra al letto, sutta al letto, allato ai commodini... A farglieła brevi, dottori mio, misimo la casa suttasupra. La quasetta col rigalo era sparuta».

Montalbano gli fici 'na dimanna d'obbligo:

«Lei ha qualche sospetto?».

«Se avessi qualche sospetto non sarei qui a disturbarla».

«Va bene» concludì il commissario. «Mi dia indirizzo e numero di telefono della signorina Serena».

«Pirchì?» fici allarmato il commendatori.
«Perché voglio interrogarla».
«E che bisogno avi se io le cuntai tutto quello che c'era da cuntare?».
Montalbano si sintì girare i cabasisi.
«Commendatore, sia chiaro, sono io a stabilire quello che mi serve o no per l'indagine».

Tre

A 'ste paroli il commendatori non ribattì.

Con un'espressioni avviluta, cavò dalla sacchetta un pezzo di carta e ci scrissi supra un nummaro taliannosi torno torno come se qualichiduno lo stava spianno, e po' lo consignò al commissario, il quali l'intascò e si susì.

«Le farò avere presto notizie» fici pruiennogli la mano.

«Mi raccomando alla sua discrezione» dissi il commendatori.

Montalbano l'accompagnò alla porta e po' s'annò a livari la giacchetta di rapprisintanza, si misi il giubbotto suttavrazzo e si nni annò 'n commissariato.

Appena trasuto si fici mannari a Fazio, che arrivò sparato e s'assittò davanti alla scrivania.

«Che ci dissi il commendatori?».

Montalbano gli fici un resoconto dittagliato e po', piglianno il pizzino dalla sacchetta, dissi a Fazio di circari di sapiri cchiù cose che potiva supra a 'sta Serena.

«Quanto tempo aio?» spiò.

«Sulo stamatina. Quanno m'arricampo 'n commissariato, doppo mangiato, ti voglio trovare già ccà».

Fazio però ristò assittato.

«Che ti passa per la testa?» gli addimannò Montalbano.

«Dottore, stando al punto che gli fici il commendatori, le ipotesi sunno minimo minimo tri».

«Dicimille».

«In primisi potemo supponiri che la picciotta attrovò la bifana e, va' a sapiri pirchì, non ci volli dari sodisfazioni al sò amanti. In secunnisi capace che qualichiduno videnno la casa vacanti ci trasì e si futtì il rigalo e 'nfini l'urtima ipotesi fa il paro con la prima».

Montalbano non accapì.

«Spiegati meglio».

«Vali a diri che il commendatori non fici nisciun rigalo di bifana alla picciotta, pirchì macari in 'sto momento faglia a grana, o pirchì semplicementi se lo scurdò».

«E se le cose stanno come dici tu, mi spieghi la scascione per la quali il commendatori avrebbi fatto tutto 'sto gran virivirì?».

Fazio si nni stetti tanticchia muto, po' fici:

«Ma allura vossia chi nni pensa?».

«Nenti. Accomenzerò a pinsari sulo quanno m'avrai ditto quello che c'è da diri».

Fazio si nni niscì e doppo picca macari lui si susì e annò a mittirisi 'n machina diretto a Montelusa.

Arrivato davanti alla gioielleria Pintacuda, tintò di rapriri la porta ma non ci arriniscì; evidentementi si scantavano di qualichi rapina. Sonò il campanello e gli vinni a rapriri un picciotteddro trintino aliganti assà.

«Si accomodi».

Montalbano trasì. C'era quella mezza luci da cappella mortuaria, che va' a sapiri pirchì, è tipica delle gioiellerie di lusso.

«Vorrei parlare con il signor Pintacuda».

«È nel suo ufficio ma non so se è libero. Chi devo annunciare?».

«Il commissario Montalbano».

Prima di nesciri il picciotto detti 'na taliata all'autro commisso che da quel momento 'n po' non lo persi d'occhio.

«Mi segua» fici il primo tornanno.

Montalbano lo secutò e vinni 'ntrodotto nell'ufficio di Pintacuda. Era un sissantino con la testa liscia come a 'na palla di bigliardo, occhiali d'oro fora tempo e 'na panza che faciva spavento.

«S'accomodi commissario» fici Pintacuda accompagnannolo verso 'na commoda poltruna. Lui s'assittò supra a quella allato.

«Arrivo subito al dunque» fici Montalbano. «Il commendator Guglielmo Zicari deve essere venuto qualche giorno fa a comprare un anello...».

«Ehm... ehm» fici Pintacuda raschiannosi il cannarozzo.

Montalbano lo taliò 'mparpagliato.

«Scusi, che significa?».

«Vede, commissario, noi siamo un po'... ehm ehm...

come dire... tenuti al segreto... come i preti... capisce?».

«No».

«Ecco, certe cose avvengono qui come in confessionale. Non vorrei tradire... come dire... che dire...».

«Senta, lei non tradisce nulla! Non mi venga a parlare di segreto confessionale. Mi faccia piuttosto vedere la ricevuta dell'acquisto dell'anello!».

«Va bene, va bene» s'arrinnì Pintacuda «che cosa vuole sapere?».

«Voglio sapere il costo dell'anello, e la sua descrizione esatta».

«Se è per questo posso darle una foto».

Si susì, annò a un cascione, sfogliò un album, pigliò 'na fotografia e la detti al commissario che se la misi 'n sacchetta.

«E il costo?».

«Ha un prezzo piuttosto elevato, ma non elevatissimo».

«Che vuol dire? Quanto vale l'anello che mi sta mostrando?».

«Intorno ai quarantamila euro».

«Grazie, lei è stato molto utile» fici Montalbano niscenno dall'ufficio e addiriggennosi verso l'uscita della gioielleria accompagnato da Pintacuda.

Mentri che si stavano danno la mano, il commissario dissi:

«Oddio, stavo dimenticando. Mi dà per favore una copia della ricevuta d'acquisto dell'anello?».

Di colpo Pintacuda addivintò giarno 'n facci.

«Ehm... ehm».

«Facciamo così: le do tempo fino a oggi pomeriggio per cercarla. Passerò io o un mio collega della finanza a ritirarla» tagliò Montalbano niscenno fora.

'N machina pinsò che di certo Pintacuda quella ricevuta non ce l'aviva e che aviva fatto bono a farlo cacari di sutta.

D'altronde in Italia i comercianti pinsavano da sempri che il dinaro in nìvuro era un loro diritto. Ma non sulo loro, macari i profissori che danno lezioni private, gli psicologi che curano l'anima dell'òmini, gli artisti che si fanno pagari migliara di euro suttabanco, e po' l'idraulico, il falegnami, lo scarparo. 'Nzumma qualisisiasi categoria annava a toccare, la musica era sempri la stissa. No, no, l'Italia non era funnata sul travaglio, come dici la Costituzioni, ma sull'evasioni e relativa lamintia.

Assittannosi, Fazio allargò le vrazza e scotì la testa sdisolato.

«Spiegati a parole».

«Dottore mio» accomenzò Fazio «io il doviri mè lo fici, spiai a dritta e a manca, a cani e a porci, e alla fini supra a 'sta picciotta non arrisulta nenti di nenti. Certo, ogni tanto va a Palermo per dari qualichi esami ma ci resta il minimo 'ndispensabili, e cchiù spisso va ad attrovari a 'n'amica a Caltanissetta, la maggior parti del tempo si nni resta nel villino ad aspittari le visite del commendatori».

«C'è qualichi cosa che le piaci fari: chi saccio, palestra, cinema, teatro?...».

«Nenti, si nni sta a casa e si talia la tilevisioni. Un vero pirtuso nell'acqua. L'unica cosa che ci pozzo diri è che aio il nomi, il nummaro e l'indirizzo dell'amica sò di Caltanissetta».

Si taliaro 'n facci, muti. Fazio ripigliò la parola:

«Sempri cchiù mi vaio pirsuadenno che forsi 'st'aneddro non è stato mai accattato».

«E ccà ti sbagli. Sugno stato alla gioielleria Pintacuda indove che mi confirmaro ogni cosa».

«Allura non resta che l'ipotesi di un latro casuali. E ora mi scusassi, mi nni vaio pirchì aio 'na poco di cosi da fari».

Un latro casuali. Pirchì no?

Gli vinni di fari 'na pinsata. Pigliò la cornetta del tilefono diretto, dato che non voliva passari per il centralino, e fici un nummaro. Arrispunnì Pasqualino, il figlio della cammarera Adelina, clienti bituali del càrzaro di Montelusa.

«Dottori, mi dicissi, a disposizioni».

«Pasqualì, aio bisogno di parlariti».

«'N commissariato?».

«Sì».

«Tra deci minuti sugno nni vossia».

«Dottori, dottori, ci sarebbi che c'è in loco il figlio malacarne della sò cammarera che vorrebbi...».

Montalbano lo 'nterrompì.

«Fallo passare».

«Buongiorno dottori!» fici Pasqualino trasenno.

«Chiui la porta e veni ad assittariti».

Pasqualino eseguì.

«Aio bisogno di un favori» attaccò il commissario.

«Tutto quello che pozzo fari!».

«L'informazioni che ti addimanno è chista: indove che si va ad arrivinniri la robba arrubbata?».

Pasqualino arrispunnì subito.

«Dottori, la facenna va in chisto modo: se il latro arrubba arginteria, pusati, chi saccio, computer e robba simili, ci sta 'na pirsona. Se il latro 'nveci arrubba cosi minuti ma di granni valori, allura la pirsona è 'n'autra».

«A mia 'ntiressa la secunna. Il latro arrubbò 'n aneddro. Potresti 'nformariti si qualichiduno sta cercanno di vinnirisi 'n aneddro accussì?». 'Nfilò la mano 'n sacchetta e tirò fora la fotografia che gli aviva dato Pintacuda. Pasqualino la taliò attentamenti e la ridetti al commissario.

«Dumani a matino ci pozzu dari 'na risposta» dissi susennosi.

Subito appresso, chiamò a Serena.

«Il commissario Montalbano sono».

«Piaciri» fici 'na voci frisca di picciotta. «Rorò mi ha avvisato di una sua possibile telefonata».

«Avrei bisogno di scambiare qualche parola con lei».

«Non c'è problema».

«Sì, ma preferirei che non fosse presente il commendatore».

35

«Se ha urgenza di parlarmi può venire anche adesso. Rorò passerà dopo cena. Ha l'indirizzo?».
«Sì. Tra mezz'ora sarò da lei».

La prima cosa che l'ammaravigliò niscenno fora dalla machina fu il jardino della villetta, che macari tanto villetta non era.

Montalbano si firmò a contemplarlo: tutto il muretto torno torno alla villa era completamenti cummigliato di sciuri, i cui colori avivano le gradazioni dell'arcobaleno. Violetti splapiti che da 'na latata addivintavano rosa, e dall'autra blu, i gialli che si scangiavano in arancioni, e sutta il virdi cchiù rigoglioso. Quanno sonò, gli si raprì il cancello e s'arritrovò davanti a un cammino di rosi sarbaggie niche niche e sciaurose che s'arrampicavano squasi a formari 'na speci di galliria che finiva al portoni della villa. Trasenno dintra si 'ntravidivano vialetti che avivano sempri rosi di diverso colori e di diversa grannizza.

Quanno si raprì la porta ebbi la secunna maraviglia. Si era aspittato di trovarisi davanti a 'na picciotta beddra ma non vistosa, e 'nveci Serena pariva la cchiù appariscenti di tutti quei sciuri.

Àvuta, capilli longhi e scuri scuri, vistuta con 'na speci di vistaglietta di garza, che vistaglietta non doviva essiri, portava dei tacchi àvuti ma tutto l'insieme ristava dintra ai limiti di una squasi naturali aliganzia, senza nisciuna volgarità.

«Si accomodi» fici con un sorrisi cordiali trasenno 'n casa. E Montalbano secutannola si fici pirsuaso che

la casa era arridata con grannissimo gusto e relativo costo. Lo fici accomidare in salotto.
«Le posso offire qualcosa?».
Montalbano arrefutò. La picciotta gli si assittò davanti e dissi con semplicità:
«Mi domandi tutto quello che vuole».

Quattro

Il commissario trasì subito 'n argomento.

«Il commendatore mi ha raccontato tutto fin nei minimi particolari. Ora, le va di dirmi la sua versione?».

La picciotta raprì la vucca e la chiuì subito. Taliò il commissario e po' dissi 'na cosa che lo surprinnì assà.

«Credo che la colpa di tutto sia mia. Ma non ho osato confessarlo a Rorò».

«Lo dica a me».

La picciotta continuò a taliarlo senza parlari.

«Le assicuro che quello che mi dirà resterà tra queste mura» fici il commissario.

«Credo che le cose siano andate così. Quella mattina, appena entrata in casa, mi sono levata il cappotto e l'ho buttato sul letto. Poi sono andata in bagno a darmi una rilavata. E qui ho realizzato che a Caltanissetta non avevo avuto il tempo di comprare qualcosa per ricambiare l'immancabile regalo di Rorò che ero certa di trovare. Allora sono tornata in camera da letto, ho preso in fretta e furia il cappotto e sono di nuovo uscita nella speranza di trovare qualche negozio aperto. Ecco, la mia ipotesi è questa: che io non mi sia accorta della piccola calzetta che c'era sul letto. E questa, pro-

38

babilmente, si è impigliata al cappotto che ho indossato solo in macchina. Quindi è possibile che mi sia caduta in strada e che qualcuno se ne sia impossessato. Non trovo altre spiegazioni».

«Dunque» fici Montalbano. «Secondo lei non ci sarebbe più alcun bisogno di continuare l'indagine? Mi levi una curiosità, come mai a Caltanissetta non ha avuto il tempo di prendere un regalo al commendatore?».

«La mia amica Rosa è molto malata, vado spesso a trovarla per farle compagnia e quasi mai usciamo di casa».

«A proposito di rose» fici il commissario sorridenno «e mi perdoni la divagazione, ma questi fiori meravigliosi li cura lei personalmente?».

«No. Ogni giorno viene Enrico».

«Il giardiniere?».

La picciotta fici un sorriso.

«Non solo è il giardiniere, è anche il custode della villa di Rorò, un ragazzo di sua assoluta fiducia».

«La ringrazio» dissi Montalbano congidannosi. «Le farò avere notizie».

La picciotta lo accompagnò sino alla porta con un grannissimo sorriso sulle labbra e gli stringì la mano per salutarlo.

Trasuto 'n machina misi 'n moto e s'allontanò tanticchia dalla villetta, po' quando fu fora di vista si firmò. Aviva bisogno di raggiunari supra alle paroli che gli aviva ditto la picciotta. La spiegazioni che lei dava supra alla scomparsa dell'anello avrebbi filato alla pirfezioni e lui se la sarebbi potuta agliuttiri senza difficoltà se non fossi stato che si arricordava pirfettamenti di quello che gli aviva contato don Rorò. Cchiù e cchiù vote nel conto del commendatori era stato sottolineato il fatto che la quasetta, con la scatoletta dintra, era stata mittuta sutta al cuscino della picciotta. E, quando lei aviva sollivato il cuscino, non aviva attrovato nenti. Ora, se era vero com'era vero, che il rigalo era stato mittuto sutta e non supra, come si spiegava che si era 'mpigliato nel cappotto? E c'era 'n'autra cosa da calcolari: che la picciotta non osava dirlo al commendatori. E faciva bono a non diriccillo, pirchì don Rorò l'avrebbi 'mmidiatamenti smentita. Chisto arrapprisintava un punto 'ntirrogativo talmenti granni da fare pensare che tutta la facenna dell'impigliamento nel cappotto era 'na pura e semplici 'nvenzioni di Serena. Allura se le cosi stavano accussì, forsi abbisognava che il punto di partenza dell'indagini fossi cchiù lontano dalla villetta e da Vigàta stissa. Taliò il ralogio, erano le sei e mezza, forsi a quest'ura sarebbi stato troppo tardo per annari ad attrovari all'amica di Serena a Caltanissetta epperciò si nni tornò 'n commissariato.

Era appena trasuto nel sò ufficio quanno il tilefono squillò.

«Dottori, ci sarebbi che c'è supra alla linea quello sdilinquenti di...».

«Passamillo... dimmi, Pasqualì».

«Dottori, io fici le dimanne che doviva fari e la risposta fu che quella merci a cui vossia è 'ntirissato piccamora non è 'n circolazioni, ma può darisi che domani o doppo la situazioni cangia. Appena che vegno a sapiri qualichi cosa ce la comunico».

Montalbano ringraziò e attaccò.

Dunque l'aneddro non era stato mittuto ancora in vendita, il che stava a significari che non si trattava dell'arrubbatina di un latro comuni, pirchì chisto avrebbi avuto il massimo 'ntiressi di sbarazzarisi subito della refurtiva. E allora chi potiva essiri un latro non comuni?

Pigliò il tilefono e convocò a Fazio.

Quanno l'ebbi davanti gli arrifirì l'incontro con la picciotta e la sò spiegazioni. Fazio pigliò a volo la contraddizioni.

«Mi scusassi, ma vossia non mi aviva ditto che il commendatori aviva mittuto il regalo sutta al cuscino?».

«Bravo, hai 'nzertato subito».

«E quindi che facemo?».

«Te lo dico io: dumani a matino nni videmo ccà alle novi e subito dopo facemo un sàvuto a Caltanissetta ad attrovari l'amica di Serena, forsi nni sapi chiossà di nuautri».

Quanno trasì nella sò casa, attrovò supra al tavolo della cucina un pizzino di Adelina:

«Datosi che sunno jornate fistevoli, ci appreparai 'na bella sorpresa».

Montalbano sintì sonari le campani dintra alla sò testa.

Nel frigorifiro non c'era nenti, s'appricipitò al forno, lo raprì, fici dù passi narrè per contemplari meglio quello che c'era dintra, pirchì non cridiva ai sò occhi:

41

sei arancini, ognuno dei quali era cchiù grosso di un arancio grosso. Gli vinni squasi di 'nginocchiarisi davanti al forno.

A malgrado che facissi tanticchia di frisco, conzò supra alla verandina, pirchì pinsava che il sciauro dell'acqua di mari gli avrebbi aperto le nasche per sintiri meglio l'autro sciauro miraviglioso: quello dell'arancini. Nni pigliò uno 'n mano e, tiranno fora la lingua, liccò la superfici per sintiri com'era vinuta la frittura. Perfetta. Si misi l'arancino tra i denti ma non li stringì, voliva pripararisi meglio l'arma e il corpo prima di sintiri dintra alla vucca e nel palato quel mangiari di paradiso.

Stava per dari il muzzicuni quanno squillò il tilefono. Si bloccò, sicuramenti era Livia. Arrispunniri 'nterrompenno il gesto opuro continuari? Addicidì di continuari, tanto Livia avrebbi avuto tutto il tempo che voliva per richiamari.

Al quarto arancino il tilefono squillò novamenti ma lui continuò a fari finta di nenti. E doppo che si ebbi vivuto un bicchierozzo di vino sintì la nicissità di farisi 'na longa passiata digestiva a ripa di mari e quanno tornò a la casa era sicuro che il tilefono non avrebbi cchiù squillato epperciò si nni annò a corcari.

All'indomani matina alle novi spaccate, frisco che pariva 'na rosa s'apprisintò 'n commissariato, sulla porta vinni firmato da Fazio.

«Dottore, annamo con la sò machina o con la mè?».
«Con la tò».

Ci misiro picca per arrivari a Caltanissetta. Non c'era squasi traffico. Fazio si firmò a un distributori, si 'nformò di come si faciva ad arrivari nella strata indove che bitava Rosa di Marco, e doppo cinco minuti parcheggiava davanti al 91 di via Imre Nagy. Vittiro dal citofono che la picciotta bitava al secunno piano. Il portoni però era rapruto, perciò trasero e si ficiro le scale a pedi. Po' Fazio sonò il campanello della bitazioni. Vinni a rapriri 'na picciotta bruna della stissa età di Serena, benincarni, pasciuta, la pelli rosea che sprizzava bona saluti da ogni pirtùso. Taliò 'ntirrogativa i dù senza fari nisciuna dimanna.

«La signorina Rosa di Marco?» spiò il commissario.

«Sono io» fici lei. «Che desiderano?».

«Ma non era accussì malata da non potirisi manco cataminari dal letto?» pinsò il commissario.

«Siamo della polizia» dissi Montalbano.

A quella parola, la picciotta aggiarniò.

«Pirchì? Che fu? Che voliti?».

«Ci lasci entrare, per favore».

La picciotta si fici di lato, trasero. La secutaro in una speci di salottino, s'assittaro. Montalbano addicidì di jocari di laido mittenno subito 'n difficoltà a Rosa.

«Sono il commissario Montalbano e questo è l'ispettore Fazio. Desidero che lei risponda con precisione ad alcune mie domande».

«Me... me le faccia» tartagliò la picciotta, che stava chiaramenti tra lo scantato e l'imparpagliato.

«Da quanto tempo si è rimessa in salute?».

«Che... che... che significa?».

«Siccome la sua amica Serena ci ha detto che stava malissimo, voglio sapere da quanto tempo...».

«Ma io non...».

«Lei non è mai stata malata, vero?».

La picciotta non arrispunnì.

«Allora, le faccio una premessa, noi siamo qui in veste ufficiale perché nella villa dove abita la sua amica è stato commesso un furto. Ne sa qualcosa? E stia attenta per favore a quello che dice, perché può essere accusata di complicità. Sono stato chiaro?».

La picciotta non sulo addivintò giarna ma accomenzò a trimari. Montalbano ne ebbi squasi pena, però doviva fari il sò mesteri e lo fici.

«Se lei non ci dice cosa viene a fare qui la sua amica, mi dispiace ma sarò costretto a portarla con me in commissariato».

La picciotta si misi a chiangiri e sulo allura Montalbano s'addunò del vaso di sciuri che era supra al tavolineddro. Le stisse identiche rose del jardino di Serena. Come se fossiro firmate. E tutto fu chiaro.

Appena che si rimisiro 'n machina per tornarisinni a Vigàta, Fazio spiò:

«Voli che annamo nni Serena?».

«Ci 'nzertasti» fici Montalbano «pensa che a chist'ura Rosa è attaccata al tilefono per 'nformari la sò amica della nostra visita e di tutto quello che nni contò».

E 'nfatti Serena li stava aspittanno davanti al portoni della sò villetta. Non pariva per nenti prioccupata. Appena che li vitti nesciri dalla machina dissi sempri sorridenno:

«Accomodatevi» e po', annanno verso il salottino, aggiungì: «Rosa mi ha raccontato tutto. Posso offrirvi un caffe? L'ho già preparato».

«Grazie».

Scomparì per un attimo e tornò con 'na guantera, dù tazze di cafè e lo zuccaro. Posò tutto sul tavolino e dissi:

«Ora sapete tutto. Permettetemi un attimo».

Niscì dalla càmmara e tornò con una scatola di scarpi. La posò allato alla guantera, la raprì. Montalbano e Fazio taliaro e strammaro pirchì la scatola era china di gioielli che si vidiva subito che erano di grannissimo valori: oricchini, collier, braccialetti. La picciotta 'nfilò dù dita dintra e tirò fora l'aneddro che era stato arrubbato.

«Eccolo qui. Nessuno l'ha mai preso. È sempre stato dentro questa scatola. Tra due giorni, io lascerò questa villa, che ho già messo in vendita, portandomi dietro i regali di Rorò che permetteranno a me e Enrico di vivere abbastanza tranquillamente per un po' di anni. Finalmente smetterò di fare la puttana. L'unica cosa che vi chiedo è di non informar Rorò di questa mia intenzione».

Va' a sapiri pirchì e va' a sapiri per como, Montalbano sintì 'na grannissima simpatia per la picciotta.

«Lei quindi» concludì Serena «non ha nessuna ragione per proseguire l'indagine perché non è stato commesso nessun reato».

Montalbano si susì. Fazio fici lo stesso. Il commissario pruì la mano alla picciotta e quando questa gliela stringì se la portò alle labbra.
«Bona fortuna» dissi.

Febbraio

Gaetano Savatteri
I colpevoli sono matti

«Saverio, più morbido con la pennellessa».
«Più morbido, va bene».
«Saverio, più morbido e più disteso».
«Certo, Peppe. Morbido e disteso».
«Morbido, disteso e fluido».
«Senti, monsieur Gauguin, stiamo pittando una parete intonacata, mica il Louvre».
Piccionello mi scruta con lo sguardo di Goya nel suo autoritratto del 1783. Trasuda disprezzo. Credo che Michelangelo fulminasse così i suoi aiutanti quando gli chiedevano di andare al cesso mentre lui si dannava con gli angioletti della Cappella Sistina. Dall'alto della scala in alluminio, Peppe Piccionello lascia scivolare un silenzio sdegnoso e scuote la testa. Sarebbe perfetto in un libro di Giulio Carlo Argan se non fosse per la T-shirt macchiata di ducotone con la scritta: «Man at work. Non sono disoccupato, fare il siciliano è già un lavoro impegnativo».
«Peppe, entro in pausa sindacale. Devo rileggere *Salario, prezzo e profitto* di Carletto Marx. E ho anche sete».
«La verità è che sei lagnuso, Lamanna».
«Si dice pigro. Usciamo finalmente dall'isolitudine, non sei Camilleri».

«No, Saverio: pigro è poco, tu sei proprio lagnuso».

Qualche tempo fa Marilù voleva rinfrescare la hall dell'albergo. Febbraio era il mese giusto, aveva detto, in vista della riapertura stagionale prevista per Pasqua. Non so da quale demone fui posseduto, immagino un Belzebù fuggito dal girone dei bricolagisti di Leroy Merlin, perché mi offrii con entusiasmo: avevo dato un'occhiata, pensavo che in una giornata avremmo risolto. Una tinteggiatura a rullo: cosa ci vorrà mai?

Non avevo fatto i conti con il combinato disposto di Suleima e Piccionello, la prima nutrita dei suoi studi di storia dell'arte e il secondo convinto di essere la reincarnazione di William Turner. Insomma, la semplice rinfrescata – una mano di vernice color avorio, pensavo: la favola bella che ieri mi illuse, che oggi mi illude – si è trasformata nel restauro dei mosaici di Pompei.

Suleima, tornata da Milano, si è presa qualche giorno di ferie dallo studio di architettura trendy e biocompatibile ai Navigli che le ha promesso un futuro radioso, per sovrintendere personalmente al ripristino del Cenacolo di Leonardo da Vinci. E Piccionello si è messo in aspettativa dalla bottega in cui è addetto a preparare terre di Siena per messer Giotto.

«Non ne posso più. Odio la pittura, i pittori e pure gli imbianchini» dico entrando in cucina dove Marilù sistema le sue batterie di pentole.

«Dai, Saverio, un poco di pazienza. Però sta venendo bene, no?».

«Pure le piramidi sono venute bene, peccato che qualche milione di schiavi ci ha lasciato la vita».

«Esagerato. Nel frigo c'è della birra» fa Marilù.
«Suleima?».
«Dal falegname, a Purgatorio».
«Sempre lì? Ma che ci fa?».
«Sai, è un bell'uomo».
«Ma se ha ottant'anni».
«Il nonno. Ma il nipote è giovane e grazioso».
«Marilù, tu uccidi un uomo morto. Torno a casa, devo mandare una mail».
«Saverio, puoi farlo dal mio computer».
«No, a me le mail piacciono solo intagliate a mano. Artigianali».

La luce di febbraio sul golfo di Màkari ha riflessi di acciaio. Laggiù, all'orizzonte, il tramonto tenta di forzare le nuvole. Risalendo verso casa dall'albergo di Marilù mi incanto a guardare, giusto per assaggiare la malinconia vespertina che ai naviganti intenerisce il core, ma pure un poco a me. Sono già le quattro (sarà questa, d'inverno, l'ora del desio? Urgono chiarimenti dallo speziale di Firenze).

A casa, faccio un giro su Facebook. Soliti gatti, soliti cani e soliti insulti sparsi: il social network si è avariato in fretta. Spunta una che avevo conosciuto quindici anni fa a Torino: in foto è ancora carina mentre prepara il ciambellone con le figlie, Sara e Vania, #amoridimamma. Ai tempi sembrava portata per molte interessanti specialità, tranne che per la cucina casalinga; ma tutti cambiamo con l'età.

«Repubblica.it» mi annuncia senza crederci troppo che il mondo finirà tra due settimane. «Corriere.it» mi avvisa con convinzione che tra cento anni saremo più di undici miliardi sulla terra, naturalmente se ci arriviamo – si vede che non hanno ancora letto il sito di «Repubblica». «Il Sole-24Ore.it» mi spiega che le risorse idriche del pianeta sono praticamente esaurite: affrettarsi a bere, dunque, nei prossimi quindici giorni.

Ho sete, infatti. Prendo una Beck's dal frigo. Quanti anni avrà il nipote del falegname? Non lo conosco. Urgono chiarimenti dall'anagrafe.

Mail dall'editore. Ha letto il libro, lo trova interessante, pensa di pubblicarlo prima dell'estate o subito dopo o nella prossima primavera. Mi allarmo: non c'è nessun superlativo. Per chi suona la campana? Per me, sono sicuro. Ma soprattutto nella mail non c'è alcun riferimento all'acconto, che è poi la vera ragione che spinge l'umanità alla letteratura, fin dai tempi dello speziale di Firenze.

Verifica immediata sul mio conto on line: l'abisso si spalanca sotto i miei piedi, sto in equilibrio su milletrecentocinquantadue euro, tra poco mi sfracellerò nel rosso negativo. Verrà la morte e avrà la voce del direttore della mia banca, alle otto e ventidue del mattino: signor Lamanna, può passare qui in ufficio, sa, abbiamo un piccolo problema.

«La collettività non dovrebbe farsi carico di un'intelligenza come la mia? Non dico tanto, ma un vitalizio di duemila euro al mese».

«Perché ti butti giù?».

È Suleima, non l'ho sentita entrare: si vede che parlavo ad alta voce.

«Hai ragione. Ma più di duemila sarebbero un privilegio inaccettabile. Non vorrei finire sul blog di Beppe Grillo».

«Non ci finirai, non sei così importante» fa Suleima, togliendosi il giaccone.

Va verso il bagno, lungo il percorso scalcia le scarpe, sfila la gonna, lasciando tutto per terra. Più potente dei sassolini di Pollicino, il viottolo dell'outfit dismesso guida i miei passi. La raggiungo prima che entri sotto la doccia.

«Oddio, uno sconosciuto alla porta» grida Suleima appena le afferro un braccio.

Finiamo sul letto, dentro una serie di coltissime citazioni cinematografiche d'autore.

«Bravo?» chiedo, per riprendere fiato.

«Hai bisogno di conferme? Mi deludi, non ti facevo così banale».

«Il falegname di Purgatorio. È bravo?».

«Saverio, tu devi donare il cervello all'università. Così, tanto per studiare le tue sinapsi. Che c'entra adesso il falegname di Purgatorio?».

«Sarà perché profumi di legno e di colla».

«Sì, è bravo, lavora all'antica. Sta restaurando i mobili di Marilù».

«E il nipote?».

«Come fai a sapere del nipote? Non ti ho ancora detto niente».

«Suleima, non devi per forza dirmi tutto. Io credo al valore morale dell'ipocrisia. Capisco, ma preferisco non sapere».

«Ma cosa ti sei fumato, Saverio?».

«So che il nipote del falegname è un fico. E tu sei una donna giovane, sana e in età riproduttiva».

«Sei geloso?».

«No, l'ultima volta ero ancora vittima del complesso di Edipo, avrò avuto sei anni».

«Lamanna geloso. La realtà sta superando la fantasia».

«Scema».

«Saverio, il falegname ha ottant'anni e suo nipote ne ha sedici».

«Sicura? Vedi che ormai vanno di moda i toy boy, l'ho letto su "Acqua&Sapone"».

«Il ragazzo è molto carino, ma è un bimbo. A me piacciono già sulla via del tramonto» dice Suleima, e mi scompiglia i capelli.

«Visto che per fortuna non vuoi svelare la cruda verità, cosa volevi dirmi allora?».

«Il falegname».

«Nonno o nipote?».

«Il nonno, mastro Vicè, dice che vuole incontrarti».

«Per annunciarmi il tuo matrimonio con il nipote?».

«Dai, Saverio, smettila. Mastro Vicè sa che sei uno scrittore».

«Ha letto il libro?».

«Macché, ti ha visto intervistato in una tv di Erice o di Trapani».

«Ormai sono la principale local celebrity di queste contrade. E cosa vuole?».

«Non lo so. Dice che devi fare un'opera buona, parlare con suo nipote perché si è messo su una cattiva strada».

«Questo ragazzo non ha un padre?».

«In galera».

«Una madre?».

«Morta due anni fa».

«Nemmeno un prete per chiacchierar? Che sfiga».

«A mastro Vicè hai fatto una buona impressione, poi si è informato in giro e gli hanno detto che sei una persona perbene».

«Mi faccio tatuare una croce celtica sul petto, così la smettono di considerarmi perbene».

«Bravo. Ti manca solo questo».

«Dici che perderei fascino?».

«No, anzi. Ci sono milioni di ragazze che scambiano la croce celtica per un simbolo maori».

«Così seleziono subito la merce: o sono idiote o sono naziste».

Bussano alla porta.

Mi metto i pantaloni, vado ad aprire. Peppe Piccionello, in calzoni corti, infradito e felpa.

«È arrivato l'inverno anche per te».

«Aiutami» risponde.

Mi passa progetti arrotolati, mazzette Pantone e la rondella metrica che tiene tra le braccia.

La felpa di Peppe svela il suo slogan: «In Sicilia l'inverno c'è, ma non si dice. E nemmeno si vede».

«Anche questa è opera dell'ingegno di tua cugina?».

«La figlia di mia cugina. Quella ragazza il lavoro se lo inventa, pur di non stare ferma».

«Perché stare fermi quando si può stare immobili?».
«Saverio, sei il lato peggiore dei siciliani».
«Compagno Stakanov, cosa sei venuto a fare?».
«Devo parlare con Suleima. Cose di lavoro, non so se capisci questa parola».
«Ma perché riaccendi il mio dolore proprio mentre sto elaborando il lutto della disoccupazione?».
«Almeno cucina qualcosa. Questo lo sai fare?».
«Frittata di patate».
«Con la cipolla?».
«Non mi piace la cipolla».
«Allora fanne due, una con e l'altra senza».

Sulla porta del salone si affaccia Suleima, gli occhi che le splendono e io so perché.

«È arrivato Norman Foster. Si ferma a cena» dico.
«Chi è 'sto Norman Foster?» chiede Peppe.
«Uno di Campobello di Mazara» rispondo. «Fa il muratore».

Gae Aulenti mi sveglia alle sette del mattino.
«Perché sei così crudele?».
«La carpenteria non dorme mai» dice Suleima, tirando via coperte e lenzuola.
«Devo venire per forza da mastro Geppetto?» e ficco la testa sotto il cuscino.

La reincarnazione di Zaha Hadid mi importuna, ma con la rapidità del ghepardo agguanto e divoro la mia preda.

«Andiamo, è tardi. Fra tre giorni riparto per Milano e voglio lasciare tutte le cose a posto» fa Suleima, regalandomi la sua schiena nuda.

«Tutto a posto, tranne me» dico.

«Tu non sei mai a posto. Con me o senza di me. Preparo il caffè».

L'ultima immagine leggera del mattino è il tocco dei suoi talloni nudi sul pavimento.

Scendiamo a piedi verso l'albergo di Marilù.

Piccionello assiso al centro della hall su un trabattello è già entrato nel personaggio: oggi ha due operai alle sue dipendenze. Il von Karajan della Nona Sinfonia per stucco e carteggio dirige con piglio fermo e altero.

«Buongiorno» dico.

Non risponde nessuno.

«Buongiorno alla classe operaia» ripeto.

«Qui è giorno già da due ore» dice Piccionello. «Questi sì che sanno lavorare, non come certa gente».

«Lo so, la borghesia è fiacca e decadente» replico.

«Sono miei cugini, Sarino e Santino» e Peppe indica i due operai.

«Il solito familismo amorale».

«Saverio, c'è Suleima che ti chiama. Vattene che è meglio».

Prendiamo l'auto di Marilù per andare dal falegname a Purgatorio.

Lungo il bordo della strada avanza un bambino con uno zainetto sulle spalle.

«Accosta» dico a Suleima.

Apro il finestrino.

«Ehi, dove vai?».

«A scuola» dice il bambino senza fermarsi.

«Vuoi un passaggio?».

«Non posso. Mamma non vuole».
«È giusto così. Ciao, stai attento».
«Buona giornata».
Richiudo il finestrino.
«Ometto con la testa sulle spalle».
Scruto Suleima: ha lo sguardo intenerito.
«Desiderio improvviso di maternità?» le chiedo.
«Sì, ma non ti preoccupare: me la sbrigo da sola».
«Sono d'accordo. La fecondazione eterologa è sempre la soluzione migliore, evita molte discussioni».
Mi dà un pugno sulla spalla.
Passiamo davanti all'insegna di un bar.
«Sosta? Cassatella di ricotta e caffè?» dico, massaggiando la parte colpita.
«No, con te mai. Mi fai fare sempre tardi».
«Ma tardi per cosa?».
«Per tutto».
«Suleima, è brutto dirlo: ma Milano ti ha cambiata. Quando facevi la cameriera da Marilù eri molto meglio».
«Tu eri ancora peggio. Io invece ero così anche prima, ma non lo capivi. Sono di Bassano, e so cosa significa lavorare. Al contrario di certa gente».
«Scusa, possiamo tornare indietro? Ho dimenticato a casa *L'etica protestante e lo spirito capitalistico* di Max Weber. Avverto la necessità di rileggerlo».
«Quanto sei cretino». E ride, come sa fare solo lei.

Però ho capito una cosa. Una cosa sola. Banale, ma vera. Dicono che non bisogna mai accompagnare una donna a fare shopping, ma in verità non si deve mai andare da un falegname con un architetto. È una condizione in cui trionfano immani il peso della solitudine e il senso di emarginazione.

Suleima e mastro Vicè, appassionati alla torsione spasmodica del massello, alla venatura del ciliegio e ai cardini del rustico siciliano di fine Ottocento, mi trattano allo stesso modo in cui papà trattava me quando lo accompagnavo dal gommista: dimenticato in un angolo, potevo consolarmi solo osservando le signorine nude sui calendari degli anni passati. Ma mastro Vicè non è gommista: su una parete c'è san Giuseppe Artigianello, un Sacro Cuore di Gesù e il calendario dell'anno corrente della Mirrione Legnami.

«Saverio» chiama Suleima. Col riflesso condizionato del fanciullino che sopravvive in me, ritiro la mano allungata verso il piano della piallatrice: dal gommista mio padre mi rivolgeva la parola solo per dirmi di stare fermo e non toccare niente.

«Non ho fatto niente di male» reagisco, in difensiva.

«Nervoso, Saverio?» mi fa Suleima.

«Macché, riflettevo che per fare un albero ci vuole un fiore».

«Mastro Vicè voleva dirti due parole».

«Una basta».

«Dottor Lamanna» fa mastro Vicè.

«Non mi chiami dottore. Mi chiami Saverio».

«Non ci riesco».

«Allora mi chiami Lamanna».

«Ci provo. Dottor Lamanna, deve aiutarmi con mio nipote».

«Mastro Vicè, io non ho nipoti né figli».

«Ma lei è persona istruita, con le parole ci sa fare. Io sono uomo di fatica, non me la spiduglio bene».

«Spiduglio?» chiede Suleima con gli occhi.

«Se la sbriga benissimo, mastro Vicè. Lei possiede i saperi antichi dell'arte manuale, ancorati ai valori del nostro territorio tra memoria, tradizione e innovazione» tromboneggio.

Ormai parlo come un segretario provinciale del Pd. Mastro Vicè non ha le scuole, ma capisce uomini e cose. Mi mette una mano sul braccio.

«Dottor Lamanna, mi vuole aiutare o no?».

«Dai Saverio, fai la tua parte» dice Suleima. Che poi non so quale sia esattamente.

«Dica, mastro Vicè» faccio, rassegnato al peggio.

«Come lei sa, mio nipote Cosimino è orfano di madre e con un padre impedito dalla legge. Ma è un bravo ragazzo, lavoratore, mi aiuta e va a scuola, all'istituto professionale».

«Meglio di così» intervengo.

«Sì, ma non ci piace la polizia» dice mastro Vicè.

«La polizia?».

«Non ci piacciono gli sbirri».

«Mastro Vicè, non è l'unico in Sicilia».

«Si è comprato il motorino, con i suoi risparmi. L'altro giorno è scappato davanti ai carabinieri, per poco non gli sparavano. Me lo ha detto il maresciallo che è un bravo cristiano. Dottor Lamanna, lei a Cosimino ci deve spiegare che non si deve spaventare».

«Tutto qua?».

«Sì, Saverio. Perché, cosa pensavi?» chiede Suleima.

«Che dovevo convertirlo al veganismo crudista» rispondo.

«Lei con la polizia ci ha lavorato» fa mastro Vicè.

«Ho lavorato al Viminale. Ero portavoce di un sottosegretario. Ma poi mi hanno licenziato».

«Il sottosegretario era quello nostro, il siciliano?» chiede sottovoce mastro Vicè, che non ha le scuole, ma è pure abbastanza informato.

«Esatto».

«Quello è un cretino. Io non l'ho mai votato».

«Nemmeno io» dico.

«Insomma, dottor Lamanna, lei ci fa un bel ragionamento a Cosimino».

«Insisto, perché non può farlo lei, con queste stesse parole?».

«Perché io ho avuto in passato questioni con la giustizia. Come mio figlio, il papà di Cosimo. Capisce, no?».

«Non sarebbe credibile, mastro Vicè ha ragione» sottolinea Suleima.

«È vero» annuisco. Che brutta cosa essere incensurati.

Il suddetto nipote Cosimino trovasi nell'annesso magazzino legnami della predetta falegnameria di mastro Vicè.

Incaricato di pubblico e privato ufficio, affiancato dal succitato mastro artigiano e dall'architetta di genere femminile domiciliata in Milano, ma occasionalmente in Sicilia per diporto, vengo guidato nel locale adibito a rimessaggio della materia semilavorata, nella disponibilità della stessa falegnameria di cui sopra.

Ormai imprigionato in pensieri e gerghi polizieschi, mi appresto a svolgere opera di convincimento del minore per ripristinare il di lui senso di appartenenza a Dio, Patria e Famiglia, a che ritrovi degna fiducia nelle Istituzioni, incarnate dalle Autorità Civili, Religiose e Militari.

«Che hai, Saverio? Non ti ho mai visto così agitato» bisbiglia Suleima.

«Mi sento un cretino» rispondo.

«Ma perché?».

«Hai presente quelli che vengono invitati nelle scuole a parlare di mafia e di legalità? Poi concludono: voi ragazzi mettetevi il casco, la mafia si combatte anche così. Hai presente?».

«E che male c'è? È un buon consiglio».

«È buono, ma non c'entra niente con la mafia. È come dire: se siete contro il surriscaldamento globale, mettetevi la canottiera di cotone».

«Cosimino, c'è il dottor Lamanna. È uno scrittore importante. Ti vuole parlare» annuncia mastro Vicè, arrivati in magazzino.

Cosimino sbuca da dietro una catasta di legna. Jeans e maglietta, guanti da lavoro. Praticamente, un dio greco con la faccia di Keanu Reeves.

«Questo sarebbe il ragazzino?» chiedo a Suleima.

«Si vede che è piccolino, no?».

«Se lo scoprono Dolce&Gabbana, lo schiaffano nudo sui manifesti».

Il ragazzino si toglie i guanti, si scosta il ciuffo alla James Dean e aspetta solo che lo scritturi per il sequel di *Point break*.

«Meno male che ti piacciono gli uomini maturi» dico a Suleima.

«Sì, ma tu evita di maturare troppo» mi fa lei.

Geppetto e la Fatina mi consegnano a Cosimino, poi con una scusa si ritirano a parlar di truciolati, rincarati.

«Come va a scuola?» esordisco con la prima domanda cretina di ogni adulto a un adolescente.

«Ma lei è professore?».

«No».

«E allora, con rispetto parlando, a lei che ci interessa?».

«Hai ragione. Passiamo avanti: te lo metti il casco?».

«Ma lei è sbirro?».

«Sì».

Si irrigidisce, ma devo riprendere in mano la situazione.

«Ma non è scrittore?».

«Sbirro con la penna».

Fa una faccia come a dire: minchia, peggio di così non poteva andare.

«Allora Cosimino, quando sei in moto lo tieni il casco?» dico col piglio del commissario Montalbano.

«Sì».

«Moto truccata, elaborata, potenziata?».

«No, è un People 125 di seconda mano. Un polmone».

«Rubato?».

«No, dottore, non è rubato. L'ho comprato, seicento euro».

«Passaggio di proprietà? Bollo, assicurazione?».
Cosimino si sta agitando.
Il cinismo dell'esperienza contro l'innocenza della gioventù. Sarai pure un bronzo di Riace, ma io alla tua età avevo già letto *Massa e potere* di Elias Canetti (non ci ho capito una parola, ma a qualcosa deve pur essere servito).
«Tutto in regola, dottore. Se vuole vado a prendere i documenti, lo scooter è qui fuori».
«Tranquillo, mi basta la tua parola. Si vede che sei un bravo ragazzo» accondiscendo. Dopo la pars destruens, ora la construens: metodo baconiano, poi dicono che al liceo la filosofia è inutile.
«Dunque, Cosimino, ragioniamo: se hai le carte in regola, perché scappi quando ci sono sbirri, come li chiami tu?».
«Non mi fido».
«Capisco. E perché non ti fidi?».
«Perché sono sbirri».
«Questo è tautologico, non va bene».
Mi guarda costernato. E io mi sento il solito stronzetto intellettuale che sputa paroloni, come fanno i gruppi musicali scadenti che sparano nebbia artificiale per buttarla in caciara.
«E perché dovrei fidarmi?» chiede Cosimino che forse ha intuito il trucco. Non ha letto Canetti, ma non significa che è cretino.
«Se scappi, se sfuggi, peraltro in questo posto dove ti conoscono tutti pure da lontano, non fai altro che attirare nuovi sospetti. Magari pensano che sei drogato, che sei uno spacciatore».

«No, io lavoro, solo qualche cannetta ogni tanto con gli amici».

«Non è grave. Ma scappando fai pensare che nascondi chissà che. Gli apparati sono già informati del tuo comportamento».

«Dottore, quando dice apparati cosa intende?».

«Apparati, Cosimino. Apparati di sicurezza, non posso dire di più».

«A San Vito?».

«Di più, molto di più».

«A Trapani?».

Ora Cosimino è veramente allarmato.

«Di più».

«Palermo?».

«No, Cosimino. Io vengo direttamente da Roma».

«Roma Roma?».

«No, Roma Partinico. Che domanda è?».

«Minchia, allora sono segnalato?».

«Ancora no. Ma devi comportarti bene» dico, posando una mano sulla spalla di Cosimino. Un deltoide che, con mia grande invidia, merita la copertina di «Men's Health».

«È che io ho un brutto ricordo» sussurra il ragazzo.

«Che ricordo?».

«La notte che hanno arrestato papà, quando i poliziotti sono venuti a casa e mia madre piangeva. Ero piccolo, ma ci penso sempre».

Provo a immaginare un bambino terrorizzato, svegliato in pieno sonno, i piedi nudi sul pavimento freddo e un pugno di uomini estranei in casa prima dell'alba.

«Non preoccuparti, Cosimino. Comportati bene e non ti succederà mai».

«Anche nonno dice così».

«Tuo nonno è un brav'uomo. E ti vuole bene».

«Lo so. Troppo bene».

«Come è andata?» chiede Suleima mentre rientriamo in auto verso Màkari.

«Benissimo. Provo la stessa soddisfazione di Gesù quando resuscitò Lazzaro».

«Ammiro sempre la tua modestia».

«Non ci crederai, ma ho anche dei difetti».

«Ma questo solo perché ti sei fatto uomo».

«Infatti, ho una fame disumana».

«Moltiplica un po' di pani e un po' di pesci, visto che ci sei».

Fermo l'auto davanti a una bottega di fornaio.

«È mezzogiorno, devo mangiare qualcosa. Mi hai fatto saltare la colazione» dico a Suleima, spegnendo il motore.

Appena entriamo ci abbraccia il profumo di pane caldo. Proprietaria e clienti smettono di chiacchierare.

Ordino due pezzi di sfincione. La titolare ci guarda di traverso, scambiandosi occhiate con le clienti. È sbrigativa e di pochi sorrisi, taglia, pesa, incarta e incassa.

«Classica ospitalità siciliana» dico appena torniamo in strada, addentando il mio trancio.

Suleima ride, si appoggia alla macchina e mangia anche lei, attenta a non sporcarsi d'olio.

«Saverio, tu pretendi che in qualsiasi posto la gente si metta a scodinzolare appena ti vede».

«Sarebbe il minimo, ma almeno buongiorno e buonasera. Vuoi sapere la verità? Non c'è più la Sicilia di una volta».

«Per fortuna ci sono ancora le tue minchiate».

«Non lo dico io. Ci hanno pure fatto un libro».

«E chi è il genio che lo ha scritto?».

«Di sicuro uno che non vive in Sicilia».

Le clienti escono dal panificio, ci guardano di sbieco. Una donna in pantofole attraversa la strada, viene incontro alle altre due uscite dal forno: parlano a voce bassa, ci osservano, gesticolano. Una si mette le mani tra i capelli, l'altra tiene il pugno chiuso davanti alla bocca.

Diffidenza siciliana, ci hanno preso per forestieri.

Una sirena arriva dal lato di San Vito: è un'auto dei carabinieri, attraversa lo stradone di Castelluzzo in velocità. Le tre donne ne seguono il tragitto, scuotono la testa, si allontanano sospettose.

«Deve essere successo qualcosa» fa Suleima.

«Forse siamo precipitati a Twin Peaks».

«Dai, torniamo da Marilù».

Mi metto alla guida. Incrociamo altre due auto dei carabinieri, una jeep della forestale, sempre a sirene accese.

«Sì, hai ragione. Deve essere successo qualcosa» dico, girato verso Suleima.

«Attento!».

Inchiodo i freni. Suleima tende le braccia avanti, per non sbattere la testa contro il parabrezza.

«Hai visto quello lì?» fa Suleima.

Ho appena intuito la faccia di un uomo con gli occhi sbarrati, un cappotto lungo fino ai piedi: ha attraversato la strada di corsa.

Tiro il fiato. Mi batte il cuore forte, le mani strette al volante formicolano.

«Non l'avevo visto».

Suleima si appoggia alla testata del sedile.

«È finita bene. Che paura».

Torniamo piano da Marilù, senza dire parola.

Fuori dall'albergo ci sono Marilù, Peppe Piccionello, i suoi cugini operai e altri che non conosco.

Scendo dall'auto con il sorriso ancora tirato.

«Che succede? Assemblea di fabbrica?» dico.

«Non sapete niente?» fa Piccionello.

«Cosa?» chiede Suleima.

«È scomparso un bambino».

Certe volte non si può stare fermi ad aspettare. Ripartiamo dall'albergo seguendo la scia delle sirene che corrono verso Castelluzzo.

L'assembramento di volanti della polizia e auto dei carabinieri rivela l'epicentro del dramma.

«Fermiamoci qui. Deve essere la casa del bambino» dico a Suleima.

«Sono parenti di mio compare Bastiano» spiega Peppe Piccionello.

In auto con noi ci sono anche Sarino e Santino, i cugini operai che non hanno detto una sola parola, ma hanno facce compenetrate alla gravità della situazione. Resto sempre ammirato dalla capacità siciliana di indossare la maschera giusta per le diverse occasioni, a me invece viene fuori un sorriso sghembo quasi sempre inopportuno.

Piccionello saluta, parlotta, annuisce. Conosce tutti, sono suoi cugini o compari o cugini dei suoi compari o compari dei suoi cugini.

Riconosco il maresciallo dei carabinieri, avevo avuto a che farci qualche tempo fa.

«Maresciallo Guareschi, ci sono novità?» gli chiedo.

«Anche lei qui, Lamanna?».

«In momenti come questi la comunità ritrova la sua anima» commento, con la prima frase che mi passa per la testa.

«Ha ragione. Stiamo mettendo su delle squadre di ricerca».

«Giusto, noi siamo disponibili. Possiamo aiutarvi?» fa Suleima.

«Sì, sta organizzando tutto la protezione civile. Quello con la divisa gialla. Parlate con lui».

«Quando è successo?» chiedo.

«Stamattina il bambino è uscito da casa per andare a scuola, come fa ogni giorno».

«La scuola è vicina?».

«Abbastanza, saranno cinquecento metri. Ma bisogna percorrere la statale. Hanno chiamato la famiglia perché il bambino era assente, qui si conoscono tutti, la maestra è una parente. Dopo un'oretta ci hanno avvisato».

Non dico niente, ma sempre mi vengono brutti presentimenti. Si vede che non riesco a dissimulare bene.

«Lo so cosa sta pensando, Lamanna. Speriamo che non sia così» dice il maresciallo Guareschi.

Suleima mi richiama con un gesto della mano.

«Non è lui?» mi dice, mostrandomi una foto.

«Lui chi?» chiedo.

«Il bambino di stamattina, quello che abbiamo incontrato per strada».

«Non credo» e distraggo lo sguardo dalla foto.

«È proprio lui. Lo stesso taglio di capelli, e ha la stessa macchia scura sulla tempia».

«Suleima, come sei riuscita a vedere tutte queste cose?».

«Si chiama spirito di osservazione».

«Che succede?» fa Piccionello, che ha notato qualcosa.

«Suleima dice che stamattina lo abbiamo incontrato» dico.

«Ehi, i miei amici hanno incontrato Davide stamattina» annuncia a voce alta.

Il gruppo si scompone, poi si ricompone a capannello attorno a noi.

«Dove?» dice uno.

«Sulla strada per Purgatorio» fa Suleima.

«Siete sicuri?» chiede un altro.

«Abbastanza» dico.

«Sono proprio sicura».

L'ora che volge al desio è già tramontata. È buio sul golfo quando rientriamo a casa, uno spicchio di luna straccia le nuvole.

«Magari ha preso un autobus, per Trapani o per Palermo» dice Peppe Piccionello.

«A dieci anni?» chiedo.

«Perché no? Io a dodici anni mi sono imbarcato su un peschereccio di nascosto da mio padre».

«E tuo padre che ha fatto?».

«Eravamo sette figli, se ne è accorto dopo tre giorni».

«Appunto, tu vieni dall'era preindustriale. Oggi un ragazzino non prende l'autobus, se vuole andare a Palermo scarica un'app».

«Peppe ha ragione, magari è scappato di casa. Così, per voglia di avventura» fa Suleima, buttandosi sul divano.

Annuisco e vado in cucina. Ho le gambe a pezzi, abbiamo battuto le campagne in squadre di sei, cercando Davide. Piccionello aveva assunto il comando, dava gli stessi ordini di Napoleone ad Austerlitz.

«Che fai?» chiede Suleima.

«Spaghetti aglio, olio e peperoncino. Non ho la forza di inventarmi altro».

«Dico: che fai? Cosa pensi?» insiste Suleima.

«Niente, non penso niente».

«Non è vero, ti conosco» fa Peppe, mentre scanala in tv per vedere su qualche notiziario locale i servizi sulla scomparsa di Davide.

«Sbagli, non penso niente».

«Ogni anno scompaiono in Italia più di centocinquanta bambini» fa Suleima attaccata al mio computer.

«Rapiti dai marziani?» chiedo.

«Non dire minchiate. Sono tantissimi».

«E quanti ne vengono ritrovati?» insisto.
«Non lo dicono» fa Suleima.
«Appunto» commento.
«Che vuoi dire?» chiede Peppe.
«Niente».
Peppe lascia la tv accesa senz'audio su Tgcom dove passa la notizia: «Bambino scomparso nel Trapanese, le ricerche continuano».
«Hai detto appunto» puntualizza Piccionello.
L'acqua per la pasta è sul fuoco, spacco in due gli spicchi d'aglio per togliere l'anima, verso un filo d'olio in padella. E non rispondo.
«Perché hai detto: appunto?» dice Peppe, sulla soglia della cucina.
Leggo la scritta sulla sua maglietta: «Sicily, un'isola chiamata desiderio. Fenici, greci, cartaginesi, romani, arabi, francesi, spagnoli, napoletani, piemontesi, americani. Manchi solo tu».
Non rispondo.
Suleima si affaccia alla porta.
«Sì, spiegalo anche a me: cosa vuoi dire?».
«Sta bruciando l'aglio, va rosolato a fuoco lento».
«Saverio, non cambiare discorso» fa Suleima.
«Cosa volete? So come vanno queste cose. E vanno sempre male» sbotto.
«Sei il solito jettatore» dice Peppe.
«I pessimisti dicono che peggio di così non può andare, gli ottimisti invece sono convinti che può andare peggio. Come vedi sono ottimista» rispondo.
L'aglio comincia a bruciare.

«Come vedi sei uno stronzo» dice Suleima, e torna al computer.

«Mi dispiace, ma ha ragione» fa Piccionello.

A questo punto me ne frego dell'aglio che brucia.

«Dunque, sono stronzo perché dico quello che penso. Ma poiché le mie parole determinano la realtà e non viceversa, allora vi comunico che Davide ora è a Eurodisney, sfila con Topolino, Minnie, Pippo e Pluto, è felice, ma gli mancano i genitori quindi domani mattina manderà un messaggio su WhatsApp a sua madre: sto tornando, prepara le lasagne. Contenti?».

«Saverio, ci sono cose che non si dicono nemmeno per scherzo» fa Piccionello.

«Io non scherzo. Davide è morto, come fate a non capire? Un bambino di dieci anni non scompare così. Nessuno scompare se non c'è qualcuno che vuole fargli del male» rispondo, alzando i toni.

Suleima mi guarda obliqua da dietro il computer.

«Dio non ama i bambini o li ama troppo, non so. Ma non li ha mai salvati. Mai. Quasi mai» insisto, ma la mia voce si sta spezzando.

Vado in bagno, mi lavo la faccia. Nello specchio ho gli occhi rossi. Tanti anni fa andai per lavoro al funerale di un'intera classe di prima elementare: erano morti sotto una scossa di terremoto che aveva devastato la scuola, il paese era rimasto intatto, ma il crollo aveva ammazzato tutti i bambini di sei anni del luogo, ventisette bambini in un villaggio di mille abitanti. Accanto a me c'era un prete, piangeva e ripeteva la stessa frase: dov'era Dio in quel momento?

Ripenso a Davide, all'ometto che non accetta passaggi dagli sconosciuti, al prete che piangeva al funerale dei bambini. Dov'era Dio in quel momento? Ma forse sbaglio, magari Davide è veramente scappato a Trapani, a Palermo o a Eurodisney.

Quando esco dal bagno, Piccionello sta scolando la pasta.

Mangiamo in silenzio.

«L'aglio è bruciato e hai aggiunto troppo peperoncino» dico a Peppe.

«Facevo il cuoco sulle navi cargo per l'Australia e all'equipaggio piaceva così» fa Piccionello.

«Ora litigate per la pasta? Ma dove siamo, a casa Vianello?» replica Suleima.

«Ma se l'hai lasciata tutta nel piatto» dico.

«Mi è passata la fame».

Bussano alla porta.

Vado ad aprire. È una delle cugine di Peppe Piccionello, quella che abita qui dietro.

«Hanno trovato il picciriddu. È morto» grida.

E scoppia a piangere.

«Non dormi?» chiedo.

«Non ci riesco» dice Suleima.

«Neanche io».

«Ce l'ho sempre davanti».

«Lo so».

«Se insistevamo? Se gli davamo un passaggio a scuola?»

«Se, se, se. Le ipotetiche, dopo, non servono a niente».

«Come ci sarà finito?».

«Non ho idea».

«Forse è caduto per sbaglio. O pensi che l'abbia spinto qualcuno?».

«Suleima, non lo sappiamo. Non puoi tormentarti».

«E allora che facciamo? Ci voltiamo e dormiamo sonni tranquilli? Io non sono capace».

«Nemmeno io. Davide è finito in fondo a quella cisterna ed è morto, questa è l'unica cosa certa. Ora ci sarà un'indagine, si capirà qualcosa».

«Ci faranno due trasmissioni in tv e tutto finirà così».

«Non è detto».

«Io tornerò a Milano, tutto ricomincerà come prima. Ma tu sai che non è vero».

«Dimenticheremo, la gente dimenticherà. Solo i suoi genitori non potranno più dimenticare».

«Capisci che non è così? Nell'universo si è aperto un vuoto, senza Davide il mondo non sarà più quello di prima, è come un piccolo terremoto che sposta per sempre la crosta terrestre».

«Suleima, migliaia di bambini muoiono ogni giorno, in tutte le parti del mondo, per fame, per guerra, per incidenti, per malattia. E si sopravvive anche a questo, siamo costretti a sopravvivere».

«Perché siamo egoisti».

«No, perché siamo umani e fragili e attaccati morbosamente alla vita».

«Abbracciami Saverio, e non parlare più».

Dalla finestra le nuvole lasciano spazio alla luna che

tramonta. La notte su Màkari, come sempre, se ne frega altamente dei nostri quotidiani dolori.

Mi sveglio tardi, con l'annuncio del venditore ambulante: «Cucine a gasse. Fornelli a gasse. Si riparano cucine a gasse».
Suleima è già uscita, sarà in albergo da Marilù o dal falegname fashion di Purgatorio.
Metto la moka sul fuoco e vado al computer. «Repubblica.it» ha la notizia di Davide sulla home page, né troppo alta, né troppo bassa: «Trapani, bambino trovato morto in cisterna. Non si esclude omicidio». Per il «Corriere.it», il fatto è successo a San Vito Lo Capo, forse perché i giornalisti milanesi ci sono venuti in vacanza e conoscono la zona meglio dei giornalisti romani che vanno soltanto a Capalbio. Accanto alla notizia, una videointervista al geologo Mario Tozzi: «Quelle cisterne, trappole del territorio depredato». «LiveSicilia.it» spara un titolo a pieno schermo con la foto di Davide, la stessa distribuita per le ricerche: «La tragedia di Castelluzzo. Il piccolo Davide per ore prigioniero nel pozzo».
Il piccolo Davide. Quando i giornalisti adottano l'aggettivo qualificativo vuol dire che hanno già sepolto la vittima. Il piccolo Davide. Per me non era così piccolo, per la sua età era abbastanza alto e molto serio.
Quando facevo il cronista, una vita fa, il mio caporedattore citava sempre un vecchio titolo di giornale sulla disgrazia di Vermicino, la morte in diretta tv del piccolo (ecco, l'ho pensato anche io, spero di non scriverlo mai) Alfredino Rampi: «Vai Alfredino, in cielo

non ci sono pozzi». E sghignazzava perché gli sembrava ridicolo.

Sale il caffè, accendo la radio. Il Gr siciliano annuncia un fermo di polizia, c'è un uomo sospettato, al momento sotto interrogatorio. È solo un testimone? Gli investigatori hanno le bocche cucite. Questa delle bocche cucite mi piace sempre molto, quasi più degli occhi puntati. Aspetto con ansia il resto del servizio e infatti arriva la terza frase che non delude mai: non si esclude nessuna ipotesi. Vediamo se si indaga anche a trecentosessanta gradi, ma questa mi viene risparmiata. Amo il giornalismo perché ordina il caos dentro scatole di parole vuote. Devo scrivere un libro: *Bocche cucite, occhi puntati e braccia incrociate. La sintassi mediatica come antidoto alla società liquida*. Forse Laterza me lo pubblica.

Non ho voglia di tornare ad affrescare la Cappella degli Scrovegni di Marilù: oggi mi metto in malattia, anzi in vacanza, anzi in permesso sindacale. L'Italia è una repubblica fondata sul lavoro, quindi anche sui diritti ad esso connessi, compreso quello di non voler fare niente.

Scendo a piedi da Màkari verso la provinciale. C'è sole, l'aria è tiepida, mi tolgo la giacca, la metto in spalla. Mi viene da canticchiare *Ti amo* di Umberto Tozzi, poi mi ricordo di Davide e smetto subito. La bella giornata ora sembra un affronto, come il pianto di un neonato a un funerale.

Sento un clacson, si ferma una Golf.

«Lamanna, che ci fai qui? Non sei a Roma?».

Eccolo, l'ultimo dei mohicani che non sa niente del mio licenziamento dall'ufficio stampa del Viminale per colpa di quel cretino di sottosegretario. Eppure sono già passati mesi, credevo di vivere nel villaggio globale di McLuhan, invece le notizie viaggiano ancora a dorso dei muli di Marco Polo.

«Mike Palazzotto, io qui ci vivo. Tu che ci fai?».

«Sto andando dai carabinieri di San Vito. Hanno fermato uno che ha ammazzato un bambino, lo sai no?».

«Certo che lo so».

«Dai, sali che andiamo in caserma. Devo fare le foto».

Il vizio assurdo della curiosità del cronista mi riassale, deve essere più forte dell'herpes zoster che una volta entrato non se ne va più.

«Chi è questo che hanno fermato?» chiedo.

«Si sa ancora poco, ma dal comando provinciale hanno fatto sapere che è stato lui, a quanto pare ha confessato. Forse c'è una conferenza stampa» dice Mike, i baffi che gli vibrano.

«Ti ricordi il primo servizio che abbiamo fatto assieme?».

«Come no, Saverio, ci hanno mandato a Mondello a chiedere ai bagnanti se si portavano il pranzo da casa o se preferivano mangiare al bar. Che caldo, che sudata».

«Però erano bei servizi, all'antica».

«Bellissimi. Pagine gloriose di giornalismo d'inchiesta. Com'è che non ci hanno dato il Pulitzer?».

«Me lo chiedo anch'io, ce lo meritavamo».

In via Dante, di fronte alla caserma di San Vito, nella villetta con le giostrine per bambini, le troupe delle televisioni hanno piazzato i loro furgoni con parabole puntate al cielo. I giornalisti scrutano il portone della caserma, accerchiano ogni appuntato o brigadiere che entra o esce. Arrivano quelli della scientifica con l'aria supponente dei primari di neurochirurgia durante l'ora di visita in corsia.

Perdo di vista Mike che va a scegliersi la posizione buona per fotografare il mostro di Castelluzzo o qualcuno che gli assomigli.

Collegamenti senza notizie, per ingannare l'attesa. Riconosco Fabio Nuccio, Angelo Mangano, Fulvio Viviano e gli altri corrispondenti delle tv nazionali: devono tirarla in lungo perché i telespettatori, ma soprattutto i capiredattori, pretendono aria fritta contrabbandata per aggiornamenti moment by moment.

Ecco, sta per uscire qualcuno. Gli operatori staccano le telecamere dai cavalletti, se le caricano in spalla e si affollano al portone della caserma. Qui succede il solito spettacolo, sotto gli occhi sbigottiti dell'appuntato di San Vito Lo Capo che non è certo abituato alla ressa delle grandi occasioni.

«Dai ragazzi, mettiamoci a cerchio» dice uno che ancora crede nell'esistenza della logica e di Babbo Natale.

«I fotografi devono abbassarsi, sennò non riprendiamo niente» invita un altro.

«Mi stai impallando, minchia, spostati» comincia ad incazzarsi un cameraman.

«Calma, signori, calma» dice l'appuntato, ma conta quanto il due di coppe.

«Ma non si può lavorare in questa maniera» protesta un cronista, sicuramente iscritto al sindacato dei giornalisti.

Mike mi viene accanto, sorride, si sa che va sempre così.

Il portone si apre. Vengo trascinato dentro un risucchio di cavi, telecamere, flash, insulti, spintoni. Il grappolo beccheggia verso l'auto dei carabinieri, la assedia, mentre gli obiettivi delle Nikon cercano di oltrepassare il riflesso dei finestrini. Riesco a intravedere un carabiniere che mette la mano sulla testa del fermato per spingerlo in macchina. Riconosco il cappotto, anche se non vedo il volto. Mi trovo incollato sul lunotto posteriore, schiacciato da un fotografo di almeno centodue chili che scatta raffiche di clic dentro il mio padiglione auricolare destro.

L'arrestato si gira, ha occhi impauriti, mi guarda come se volesse chiedermi qualcosa. La Giulietta parte sgommando, per la gioia degli spettatori grandi e piccini dei tg serali. Sto per cadere faccia a terra, il fotografo da un quintale mi trattiene da un braccio.

«Scusa, compare» mi fa.

«Niente. Anzi, grazie».

Sono sicuro: l'arrestato è lo stesso uomo che mi ha tagliato la strada. Ho incontrato vittima e carnefice, tecnicamente sono un testimone oculare. Mi torna in mente *Cronaca di una morte annunciata*. Sarebbe un ottimo titolo, ma purtroppo l'ha già trovato quel furbacchione di Gabo Márquez.

«Scusate per l'attesa» dice il capitano piombato direttamente da Trapani, in divisa perfetta, colletto inamidato e bottoni lucidi.

«Questo è troppo bono» sussurra la giornalista seduta davanti a me all'orecchio della collega.

«Ma è sposato?» risponde l'altra.

«Sì, ma non moltissimo».

«Gentili signore e signori dei media» esordisce il capitano, facendosi subito stimare perché dice media e non midia.

Rapido e asciutto, col piglio da carabiniere del terzo millennio, nutrito di qualche studio sulla scienza della comunicazione, passa al ringraziamento di tutti i presenti, me compreso, anche se non ci siamo mai visti. Poi omaggia dal comandante provinciale al comandante del nucleo operativo, al comandante del Ris, giù giù fino al maresciallo comandante di stazione, e qui si ferma senza scendere oltre. C'è un limite a tutto.

Vabbè, al solito la notizia è collocata in fondo.

«Grazie alle accurate indagini da noi svolte con prontezza e celerità» dice e qui un po' mi cade per eccesso di autoreferenzialità, «abbiamo ricostruito la dinamica del caso e individuato il responsabile».

Qualche giornalista comincia a sbuffare, vedo Enrico Bellavia di «Repubblica Palermo» che disegna casette sul suo bloc notes.

Insomma, a voler riassumere il tischi toschi del capitano, il piccolo Davide (ha detto proprio così, lo giuro) sarebbe morto fra le 8 e le 9 del mattino, per una ferita al capo provocata dalla caduta nella cisterna vuo-

ta o da qualche altro oggetto ancora da individuare (naturalmente, si attende la perizia medico-legale per maggior precisione). Poche ore dopo il ritrovamento del corpicino (ha detto così: corpicino), una pattuglia di carabinieri individuava non lontano dalla cisterna il Misericordia Vittorio, nato a Enna il 3/7/1954, senza fissa dimora, già noto agli uffici di zona quale vagabondo sprovvisto di reddito e occupazione: il sospetto, dopo un tentativo di fuga veniva bloccato dai carabinieri della locale stazione (sì, pure questa è testuale: locale stazione) e portato in caserma per i dovuti accertamenti di rito, ed ivi confessava l'orrendo delitto (la frase è virgolettata: «Ed ivi confessava l'orrendo delitto»).
A domanda esplicita della cronista bionda e carina di una tv, il capitano risponde:
«Il Misericordia Vittorio non forniva spiegazioni sulle ragioni dell'insano gesto».
Non paghi delle informazioni fornite in conferenza stampa, appena conclusa la parte ortodossa del rito, i giornalisti assediano il capitano per fargli ripetere le stesse cose. Mentre l'ufficiale si distende e, a forza di replicare, ammorbidisce il suo linguaggio adeguandosi al mélo dei talk show pomeridiani, non riuscendo comunque a perdere alcuni tic lessicali quali «encomiabile lavoro investigativo», «il succitato indagato», «le cause del decesso» (formule che in ogni caso confermano l'alto profilo istituzionale ancor meglio della divisa nero corvino), mi avvicino al maresciallo.
«Complimenti, maresciallo».
«Grazie, Lamanna».

«Forse gliel'ho già chiesto: lei è parente di uno scrittore famoso?».

«Mi chiamo Guareschi, ma non sono parente».

«Purtroppo tutto tragicamente chiaro. Chiaro e banale».

«Magari fosse così, Lamanna».

«Perché, non è così? Ha confessato».

«Lamanna, lei scrive gialli e si fida del primo che confessa?».

«La prova regina, maresciallo».

«Bravo Lamanna. Ecco perché non leggo mai i gialli».

«Nemmeno i miei?».

«No, Lamanna, però i suoi mi piacciono».

«Guareschi, lei non deve fare il carabiniere, ma il critico letterario».

«Meglio di no. Direbbero che sfrutto il cognome di uno che non mi viene manco parente».

Appena fuori dalla caserma, finisco inquadrato dalle dirette. Quasi quasi saluto il pubblico a casa.

Il telefono.

«Saverio, che ci fai in televisione?».

«Di passaggio, papà».

«Che brutta storia».

«Brutta e triste».

«E questo assassino non è immigrato, nemmeno rifugiato».

«Viene da Enna, forse scappa dalla povertà. Sarà un immigrato economico».

«Hai voglia di scherzare, Saverio?».

«Papà, hai cominciato tu».

«Dico che per fare l'assassino uno deve avere la biografia giusta, sennò finisci in galera e si scordano di te».

«Va bene, papà, il paese chiede assassini più telegenici. Li avrà».

«Ho sentito che ha confessato».

«Sì, vent'anni di galera se li fa tutti».

«Questi che confessano subito, non mi convincono. Ci vorrebbe Cornelia Zac».

«E chi è?».

«La figlia di un mio conoscente di Trapani. Era avvocato a Londra, gran bella ragazza e intelligentissima».

«Di che epoca parliamo? C'era già il treno a vapore?».

«Ti parlo di una trentina di anni fa. Una tua contemporanea, Saverio».

«Bravo papà. E dunque ti piaceva Cornelia».

«Saverio, se non fossi mio figlio mi chiederei di chi sei figlio».

«Va bene, papà. Ti lascio, devo lavorare al caso».

«Non ti montare la testa. Non sei Carlo Lucarelli».

«Hai letto i suoi libri?».

«No, ma li ha letti il mio amico Mimì e dice che sono buoni. Io l'ho visto in tv».

«Anche me hai visto in tv».

«È vero, ma lui è sempre in primo piano».

«Questione di punti di vista. Ciao papà, salutami Lucarelli appena lo rivedi».

Qualcuno mi prende per un braccio. È Mike. Arriccia i baffi: lo conosco, ha fiutato qualcosa.

«Vieni con me».

«Te ne vai, Mike?» gli chiede un fotografo.

«La storia è finita. Vado a prendere un caffè con mio compare Saverio, non lo vedo da tanto, e poi torno a Palermo» risponde, ma non convince nessuno.

Appena giriamo l'angolo affretta il passo.

«Dove andiamo, Mike?».

«Mi hanno detto dove viveva Misericordia. Gli altri ancora non lo sanno».

Usciamo da San Vito. Guida verso Castelluzzo, verso Purgatorio.

«Hai un indirizzo?».

«No, mi hanno detto che vicino al panificio c'è una stradina non asfaltata».

«Lo conosco il panificio. Vai ancora avanti, te lo indico io».

«Ormai sei di zona. Ma come sei finito qui?».

«Hai presente la crisi delle ideologie, il crollo di Wall Street e la scomparsa dei partiti? Non so perché, ma mi sono cadute tutte in testa. E sono tornato in Sicilia a fare niente».

«Beato te che non lavori, almeno c'è una ragione se campi male. Ma qui ormai si lavora e si campa male lo stesso».

«Ecco il panificio».

Entriamo nella stradina che va verso la campagna.

«Dovrebbe essere qui» dice Mike indicando un rudere.

Lasciamo l'auto, proseguiamo a piedi.

Un cane abbaia, è un meticcio legato a una corda.

«Poverino, non ha acqua» dico.

Davanti al rudere sono sparpagliati contenitori di plastica, bidoni sfondati, fusti di metallo incrostati di vernice. Ne prendo uno con un po' d'acqua sporca sul fondo, lo porto al cane che beve assetato. Lo accarezzo, forse ha anche fame. Sarà il caso di liberarlo prima di andare via.

Mike è già dentro. Sento gli scatti della sua macchina fotografica.

«Che c'è?» dico affacciandomi alla porta.

«Niente, roba da poveracci» dice Mike.

La povertà a volte è vergogna. Vergogna per se stessi, per il mondo offeso.

Un materasso, stracci, piatti incancreniti di sporcizia, puzza di umanità dolente e di mondo offeso. Non è vero che gli ultimi saranno i primi, non è vero che i poveri di spirito sono beati: è bello crederci, ma si finisce in croce.

«Tu che hai occhio, noti qualcosa?» chiede Mike, continuando a scattare foto.

«Grazie, Mike, ma sai che non faccio più il cronista».

«Si possono perdere i capelli, ma l'occhio rimane».

Guardo, sposto qualche oggetto – una bottiglia di vetro di Coca-Cola, una scatola con dei biscotti ammuffiti, un posacenere con la scritta Cinzano – trofei della pesca quotidiana nei cassonetti dell'immondizia. In un angolo c'è un vecchio televisore svuotato di tubo catodico. Dentro trovo un cero rosso da cimitero ormai consumato, un rametto ancora fresco di fiori di mandorlo ficcato in un barattolo di pomodori pelati e un foglio di quaderno scritto a mano. Lo prendo per leggere meglio (sto inquinando la scena del crimine? Preoccupazione dell'era di CSI) e i primi versi mi riportano alla mia maestra delle elementari che teneva i capelli a chignon, un grembiule grigio e sorrideva poco:

*L'albero a cui tendevi
la pargoletta mano,
il verde melograno
da' bei vermigli fior.*

E col ricordo della maestra Flora, torna pure il ricordo di Anzalone Luigi, undici anni, ripetente per due volte la terza elementare, occupante abusivo con la sua famiglia di un alloggio delle case popolari, fumatore accanito di Marlboro 100's alla menta: non ho mai saputo se sia finito all'Ucciardone o all'Assemblea regionale siciliana, ma Anzalone Luigi sghignazzava scandalizzando Luisa, la biondina del secondo banco, con la sua parafrasi del testo carducciano:

*L'albero a cui tendevi
la pargoletta mano
non era il melograno
ma la minchia d'u zù Tano.*

Versione anacreontica che nel pieno rispetto del settenario, col ritmo cadenzato ABBB, ha finito per prendere il sopravvento nella mia memoria al punto da imporsi sulla stesura originaria del 1871, a dimostrazione che i discepoli spesso superano i maestri, sempre volendo ritenere Anzalone allievo di Carducci, ma credo che il suo vero mentore fosse un ladro d'auto di Cruillas.

«Cos'è?» chiede Mike.

«Una poesia. L'albero a cui tendevi la pargoletta mano».

«La conosco, quella dello zù Tano».

«Anzalone era pure tuo compagno?».

«E chi è Anzalone? Questa la sa tutta Palermo».

«Vabbè, ma non ricordi il resto».

«No. Tieni in mano il foglio che lo fotografo, ecco, mettilo così».

Rileggo il resto della poesia, estromettendo lo sfregio di Anzalone.

Tu fior della mia pianta
percossa e inaridita,
tu dell'inutil vita
estremo unico fior.
Sei ne la terra fredda,
sei ne la terra negra;
né il sol più ti rallegra
né ti risveglia amor.

«Parla di un bambino morto. Era il figlio di Carducci» dico a Mike.

«Morto come?» chiede da dietro la macchina fotografica.

«Non so. Ma di sicuro non è stato ammazzato».

«Mah» fa Mike.

«Perché uno come Misericordia custodisce questa poesia?».

«Non lo so. Meglio andare via adesso, se arrivano i carabinieri ci arrestano, altro che poesie».

Il lavoro è finito. È un buon lavoro.

Peppe Piccionello si sta lavando le mani dalla vernice.

Mike mi ha accompagnato da Marilù ed è ripartito di corsa per Palermo: aveva fretta di dare il buco ai suoi colleghi.

«Allora? Che dici?» mi chiede soddisfatto Peppe.

«Ho sistemato la mia tana e pare sia riuscita bene» dico.

«E che significa?».

«L'ha detto un grande scrittore».

«Certo, ci voleva un grande scrittore per pensare questa gran frase».

«Peppe, non ti stanno bene manco i complimenti».

«Saverio, questo non è un complimento: è una minchiata».

«Non apprezzi la letteratura mitteleuropea».

«Forse perché sono mittelsiciliano».

«Ma che ti costa dirgli che è stato bravo?» dice Marilù, che sta appendendo al muro i suoi pupi siciliani.

«Lo conosco, poi si monta la testa. Suleima?» chiedo.

«È di là, sta montando i mobili».

Infatti nel salone mi si parano davanti trapezi e bicipiti di Cosimo, il colosso di Purgatorio, tesi allo spasimo per il peso di una credenza, sotto la guida ammirata e stupefatta di Suleima.

«Cosimo, un po' più a destra» dice Suleima.

Il Maciste del nord-ovest siciliano esegue gli ordini, fino a quando la sua maglietta sembra sul punto di esplodere alla pressione dei muscoli gonfi.

Collocata la credenza, Cosimo si volta per ricevere l'approvazione dell'architetta più bella del mondo, ma il sorriso gli si spegne appena mi vede.

«Ciao Cosimo» saluto.

«Cosimo un corno» risponde.

«Cosa succede?» chiede Suleima.

«Succede che è meglio se me ne vado» fa Cosimo.

«Che hai fatto, Saverio?» mi chiede Suleima.

«Lui lo sa bene cosa ha fatto» dice Cosimo, gli occhi stretti di rabbia.

Se ne va con un sibilo fra i denti, che mi pare suoni più o meno come pezzo di merda o gran pezzo di merda. Ma preferisco non indagare.

«Sei sempre il solito» mi dice Suleima.

«Guarda che non ho fatto niente».

«Dici sempre così».

«Aveva ragione il tedesco col barbone: il lavoro aliena l'uomo. Ma anche la donna».

Risalgo a piedi verso Màkari. Solito spettacolo: il golfo, il mare increspato, il tramonto e l'ombra tozza e già scura di Monte Cofano. Ormai sono abituato: la meraviglia della natura sarà incantevole, ma a volte risulta un po' monotona.

È di nuovo l'ora che volge al desio, anche se oggi mi sembra che le giornate comincino ad allungarsi: quindi, il desio si sposta a seconda delle stagioni, come l'orario di chiusura dei negozi.

C'è qualcuno dentro casa. Una donna: sento la voce da dietro la porta. Apro, curioso e trepidante, ma è la mia app per studiare lo spagnolo che avevo scaricato quando progettavo di aprire un chiosco di granite a Formentera. Deve essere saltata la luce e poi è tornata attivando Teresita, la chiamo così anche se non mi ha mai detto il suo vero nome.

¿Donde has estado?

Immagino che ripeta la stessa frase da ore, perché non tace fin quando non pronuncio le sue stesse parole.

«Sono fatti miei» dico.

¿Donde has estado?

«Donde has estado, donde has estado. Quante vuoi saperne».

Mala persona.

«Cosa hai detto?».

Eres una mala persona.

«Una mala persona? Io?».

Mala persona y cabrón.

«Hai detto cabrón?».

Mala persona.

«Te le farei conoscere io le male persone, quelle che ammazzano i bambini».

Mira tu historia.

«Mira tu historia. Brava, siamo ai ricatti morali».

«Ma con chi litighi?» dice Suleima.

È entrata ancora una volta alle mie spalle, devo smettere di lasciare la porta aperta.

«Parlo ad alta voce».

Habla con migo.

«Oddio, ancora questa qui. Ma non l'avevi disinstallata?».

«Sì, ma fa tutto da sola».

Habla con migo, con ella no.

«Cosa pensi di fare? Continuiamo con lei fra di noi?».

«Ma è solo un'app, Suleima».

«Hai mai sentito parlare di amore virtuale?».

Habla con migo.

Spengo Teresita che gorgoglia qualcosa contro Suleima.

«Non puoi essere gelosa di un computer».

«Saverio, conosco la tua storia. Non mi fido».

Si è tolta i pantaloni da lavoro, vedo le sue gambe che sforbiciano in aria e mi torna in mente un disegno di Guido Crepax di tanti anni fa. La fantasia completa il ricordo, il presente da virtuale si fa reale. Il resto, ça va sans dire, come dicono all'estero, è conseguente.

«Domani a che ora parti?» dico, guardando il soffitto.

«Alle tre».

«Perché?».

«Perché alle tre? Bisogna chiederlo a easyJet».

«Dai Suleima. Perché parti?».

«Vado a lavorare, Saverio, lo sai».

«Ma puoi farlo anche qui, lo vedi no? In Sicilia non lavora nessuno, quindi ci sono moltissime cose da fare».

Mi viene sopra, la sua pelle appiccicata alla mia: mi bacia dietro un orecchio.

«Saverio, è un modo per dirmi che ti mancherò?».

«Già cominci a mancarmi».

Si mette una mano davanti alla bocca.

«Stupore e meraviglia, quest'uomo ha un cuore».

«Ora si porta molto l'homo sentimentalis. L'ho letto su "Vanity Fair"».

«Ma io rivoglio il cinico, ironico, inossidabile e disincantato Lamanna».

«Signora, forse lo ritroverà nella collezione primavera-estate».

«Troverò di sicuro qualcosa di più moderno a Milano».

«Prodotti industriali. I nostri sono pezzi unici, ricamati a mano».

«Saverio, ho deciso: ti faccio a pezzi, ti metto in valigia e ti porto con me».

Mi tempesta di baci.

«Che gli hai fatto a quel ragazzo?» mi chiede.

«Parli di Cosimo? Ma che ne so, forse ne sai qualcosa tu».

«Io non c'entro».

«Forse è geloso».

«Quando gli hai parlato hai detto qualcosa di brutto?».

«Macché, non gli ho nemmeno citato *Il Piccolo Principe*».

«Mah, sei sempre il solito bugiardo».

Ora si accosta al mio orecchio e soffia piano.

«Perché non vieni a Milano? Tanto qui non fai niente» mi chiede.

«Prima devo capire».

«Cosa?»

«Hai presente la poesia di Carducci del melograno?».

«A cui tendevi la pargoletta mano?».

«Esatto» dico, sollevato che l'effetto Anzalone abbia devastato solo le generazioni scolarizzate in Sicilia.

«Perché uno legge e rilegge una poesia così?» chiedo.

«È una poesia per un figlio morto».

«Appunto. C'è qualcosa che non mi torna. E se prima non capisco, non posso venire a Milano».

«Sei il classico siciliano di scoglio».

«In verità preferisco la spiaggia».

Mentre schiaccio le patate bollite per il gateau, ripenso al melograno, alla pargoletta mano, a Davide e a Vittorio Misericordia.

«Che prepari?» viene a chiedermi Suleima, incuneandosi tra spalla e collo.

«Ti ricordi come si intitola quella poesia?».

«No, controllo su Google».

«Quello sa tutto, lo odio».

«Viene Peppe a cena».

«Anche stasera? Ora lo inserisco nel mio stato di famiglia».

«Viene per me, per salutarmi. Ecco, si chiama *Pianto antico*. L'albero a cui tendevi la pargoletta mano».

«Non era il melograno, ma la minchia d'u zù Tano».

È arrivato Peppe Piccionello.

Suleima ride. E fa ripetere altre due volte a Peppe la versione anzalonesca di Carducci.

«Saverio, tu la sapevi?» chiede Suleima.

«No, è la prima volta che la sento».

«Ma che dici? Se la sanno tutti» fa Piccionello.

«E io no. Vieni qui a schiacciare patate, Peppe, che devo fare una telefonata».

Chiamo mio compare Giancarlo Macaluso, una delle penne più brillanti di Palermo. Era mio compagno di banco al liceo, ora lavora al «Giornale di Sicilia», vediamo se può aiutarmi. Sono le otto, a quest'ora sarà in redazione. E infatti.

«Ciao Saverio, non posso darti retta, sto nella salita: devo scrivere cento righe per poco fa».

«E di che scrivi?».

«Comune di Palermo».

«Ah, c'è ancora? E chi è il sindaco?».

«Leoluca Orlando».

«Si chiama come il nonno. L'ho conosciuto, era sindaco quando avevo dieci anni».

«Dai Saverio, non babbiare, è sempre lui».

«Aveva ragione Tomasi di Lampedusa: siamo immortali».

«Diceva: siamo perfetti. Accorciamo le chiacchiere. Che vuoi?».

«Puoi controllare negli archivi dell'Ansa se è mai uscita negli anni passati qualche notizia su Vittorio Misericordia?».

«Quello che ha ammazzato il bambino a San Vito?».

«Esatto».

«Quando finisco di scrivere faccio la ricerca. Se trovo qualcosa ti mando la foto su WhatsApp».

«È vero, voi siciliani siete perfetti».

«Infatti tu sei un perfetto cretino».

«Ti stimo anch'io. Ciao».

La notte dei saluti in qualche modo è passata. Triste, disperata, malinconica, euforica. Il trolley di Suleima nel bagaglio della Seat Ibiza della cugina di Piccionello e dentro la valigia un sacchetto di uva passolina e pinoli per ritrovare a Milano un po' di Sicilia: dai finestrini lampeggiano in bianco e nero i manifesti a lutto che annunciano i funerali di Davide per domani pomeriggio.

«Non se ne parla» dico, mentre seguo la strada per l'aeroporto di Palermo.

«Ci saranno tutti» insiste Peppe.

«Tutti tranne me».

«Lascialo stare, Peppe» dice Suleima, passandomi le dita tra i capelli. «Lo sai che Saverio non ama andare ai funerali».

«Invece io sono contento di andarci. Ai funerali si va, non è questione di gusti, ma di obblighi. Si fa per i vivi, non per i morti» spiega Peppe.

Non rispondo. Non voglio. Non voglio andare al funerale di Davide. Non voglio sbrigare così la sua morte, non voglio elaborare il lutto, spezzettarlo nel rito, nell'omelia, nei pensierini dei suoi compagni di classe, nell'eterno riposo dona a lui o Signore. Voglio invece tenermi un groppo dentro, sentire il grumo dell'ingiustizia e non mi va di pregare per un dio che permette la morte di un bambino.

Viaggiamo in silenzio. Non mi fermo nemmeno al bar di Castellammare, quello delle cassatelle di ricotta migliori di tutta la provincia. Un po' di penitenza farà bene, all'anima e al colesterolo.

«Sei arrabbiato?» mi chiede Suleima.

«Per quale motivo? Andiamo a seppellire un bambino, tu parti e io resto qui con un mezzo deficiente».

«Faccio finta di non sentire» dice Piccionello.

Sotto il giubbotto di jeans intravedo la sua maglietta: «Sicily triangle dream. Il sogno a tre punte».

«Ma tu ci credi alle cose che indossi?» gli chiedo.

«Non rispondo, tanto tu non credi a niente».

«Fatelo per me, smettetela» dice Suleima.

«Infatti, dopo che lasciamo Suleima in aeroporto, mi accompagni da Expert e ci vediamo stasera» fa Piccionello.

Un'ora dopo sono finalmente solo nell'inverno del mio scontento. Ha cominciato a piovere piano su una Palermo impazzita di traffico lento che accompagna i miei astratti furori fino a via Lincoln.

Giancarlo non è in redazione, ma il portiere del «Giornale di Sicilia» mi fa salire in archivio.

«Macaluso mi aveva detto che ti serviva questo» dice l'addetto all'archivio, sollevando gli occhiali dalla «Settimana Enigmistica» e indicando col dito.

Sul tavolo c'è il volumone rilegato del giornale del luglio 1983, edizione di Enna. Giancarlo ha lasciato accanto la stampata dell'Ansa di quel mese e di quell'anno con due righe striminzite: «Oggi le esequie di Vittorino Misericordia». Lo stesso lancio che mi aveva mandato ieri su WhatsApp. Ha scarabocchiato un appunto: «Se trovi qualcosa di buono avvisami, non fare la carogna al solito tuo».

Cento e passa chilometri per litigare con Suleima, scazzare con Piccionello e scoprire un piccolo inutile caso di omonimia. Ma delle notizie di trent'anni fa il presuntuoso Mr. Google non sa niente, pensa che il mondo sia iniziato nel 1998 con l'algoritmo di Larry Page e Sergey Brin. E allora torniamo a sfogliare pagine ingiallite come ai tempi di Guglielmo da Baskerville.

Mi inumidisco l'indice con la lingua, temendo di fare la stessa fine dei monaci del convento di Umberto Eco e navigo tra le notizie della mia infanzia. Dalle pagine della collezione vengono fuori foto, nomi e fatti che appartengono alla mia vita, anche se dimenticati.

Ecco, Misericordia. È quello che cercavo. Mi preparo alla delusione. Al banale sovrapporsi dei cognomi. Ma il passato sa ancora stupirmi.

«Maresciallo? Sono Lamanna».
«Guareschi, presente. Dica».
«Si è già dato alla critica letteraria? Si fermi. Ho una notizia per lei».
«Uno scrittore che dà notizie ai carabinieri? Non c'è più mondo».
«Ha presente Vittorio Misericordia?».

«No, chi è? Ma che domanda mi fa, Lamanna?».

«Lei sa che Misericordia era sposato e aveva un figlio?».

«Questo ci risulta. Ma da anni non ha più rapporti con la famiglia».

«E sa che il figlio è morto?».

«Sì, moltissimo tempo fa».

«E se le dico che il figlio di Misericordia è morto nel luglio 1983 cadendo in un pozzo? Aveva otto anni, si chiamava Vittorino».

«Dico che non può essere solo una coincidenza».

«Quella volta Vittorio Misericordia non c'entrava, era a trenta chilometri di distanza, lavorava nelle campagne».

«Come lo ha saputo?».

«Ha presente quelle cose di carta che un tempo si vendevano nelle edicole? Si chiamavano giornali e hanno memoria lunga».

«Bravo Lamanna» sento che rimugina al telefono.

«Aspetti, mi faccia dire cosa penso».

«Se proprio insiste».

«Maresciallo, io penso che Vittorio Misericordia non si sia più ripreso dalla morte del figlio. Ha abbandonato la famiglia, forse è impazzito, si è allontanato da Enna, ha vissuto alla giornata. Ossessionato dal dolore e dal senso di colpa. Poi, l'altro giorno il destino si è ripresentato. E Misericordia ha finalmente potuto espiare».

«Confessando qualcosa che non ha fatto».

«Proprio così».

«Molto letterario. Ricorda Dürrenmatt».

«Maresciallo, dice che non legge i gialli».

«Non sia superficiale: Dürrenmatt non scrive gialli, ma capolavori».

«Lei che pensa?».

«Penso che la confessione di Misericordia non mi ha mai convinto. L'autopsia dice che il bambino è morto sul colpo per la caduta. Custodiva nella cisterna un piccolo tesoro personale di conchiglie, giocattoli e sorpresine da ovetto Kinder. Spesso ci scendeva per aggiungere qualcosa, aveva due conchiglie in una tasca. Non ha segni di aggressione. Penso che Misericordia ha scoperto il corpo, prima è scappato per il terrore poi si è sentito colpevole».

«Il colpevole perfetto».

«Non sarà facile deludere il mio capitano e le tv di mezza Italia. Ci vorrà tempo, aspettare che la cosa venga dimenticata».

«Bisognerà deludere anche Misericordia».

«Lui non lo convinceremo mai. Perché il colpevole più ostinato è quello che si sente tale. Ma oggi solo i matti dicono di essere colpevoli».

«L'hai trovato il televisore?» chiedo a Piccionello che aspetta sotto la pensilina di Expert per proteggersi dalla pioggia.

«C'era un modello interessante. Bello, ma scade fra tre mesi».

«Peppe, che significa? Non è uno yogurt».

«Che fra tre mesi esce un modello nuovo, quindi mi volevano vendere il penultimo».

Piccionello cerca il modello definitivo di televisore a colori. Ma la tecnologia va troppo veloce. Per questo da anni si ostina a girare i negozi di elettrodomestici, ma ne esce sempre a mani vuote. Credo sia il suo hobby, collezionista virtuale di penultimi modelli. O forse collezionista di cataloghi di televisori.

Un messaggio.

«Leggi» dico a Peppe, mentre imbocco l'uscita per l'autostrada.

«È di Suleima».

«Leggi».

«Mi manchi».

«Scrivi: anche tu».

«Ha risposto: vieni a trovarmi?».

«Scrivi: ora sì».

«Ha risposto: se non lo fai ti cancello e scappo col primo bergamasco che passa».

«Scrivi: lo faccio, non hai bisogno di cadere così in basso».

«Ha risposto: ti aspetto».

«Scrivi: lo so, non sai farne a meno».

«Ha risposto: salutami Peppe».

«Scrivi».

«Ho già scritto: grazie, sono Peppe, Saverio sta guidando».

«Sei cretino?».

«No, sono sincero».

Guido nella notte. Ora Peppe dorme. Penso ai bambini, ai pozzi, alla colpa e ai colpevoli, a una feroce canzone dello Zecchino d'Oro e ciunfete nel pozzo e papà lo tira su, penso ai papà che non hanno la forza di tirare i figli su dal pozzo e li vedono scomparire nel buio e diventano essi stessi pietre in fondo a un pozzo, condannati al silenzio immoto.

Mi riscuotono le luci accese della falegnameria di Purgatorio.

Freno.

«Che c'è? Siamo arrivati?» dice Peppe.

«Devo parlare con uno».

Non piove più, la serata è serena.

«Permesso?» dico, mentre entro con Piccionello appresso.

Cosimo mi guarda male.

«Ragazzo mio, cosa succede?» gli chiedo.

«'Sta minchia. Mi sono fermato a un posto di blocco e mi hanno sequestrato motorino e patente. Siete sempre sbirri».

«Mi dispiace» dico.

«Il ragazzo ha ragione. Gli sbirri sono sbirri» fa Piccionello.

«Non c'è bisogno della tua saggezza popolare. Se ne ho bisogno rileggo Pitrè».

«Chi è?».

«Un generale dei carabinieri in pensione».

Cosimo se ne va. L'abbiamo perduto per sempre, non avrà mai più fiducia nelle forze di polizia. Vabbè, un paese sano ha bisogno di un po' di scetticismo.

Mastro Vicè non ha nemmeno alzato la testa, concentrato a stringere dei morsetti. Troppo concentrato.

«Ma che è successo?» gli chiedo.

Mastro Vicè fa segno di abbassare la voce. Va a controllare che Cosimo si sia allontanato.

«Dottor Lamanna» esordisce con un sussurro.

«Non sono dottore» replico sempre sussurrando.

«Io già lo sapevo che gli sbirri, con rispetto parlando, appena fermavano Cosimo gli toglievano tutto».

«Ma come, mastro Vicè, avete insistito così tanto» dico.

«Appunto. Perciò avevo cancellato il numero di matricola della moto».

«Ma perché?».

«Perché ho paura. Non lo sente quanti brutti incidenti? Io ho ottant'anni, voglio morire in pace. Se succede qualcosa a Cosimino io non me lo posso perdonare. E non posso manco morire, ché morire di dolore per la morte di un figlio o di un nipote è troppo facile. Uno deve campare a lungo, invece, per non perdonarsi mai».

«Mastro Vicè, parlate come un libro stampato» commenta ammirato Piccionello.

«E io ho fatto la figura dello sbirro» dico.

«Poi glielo spiego a Cosimo che lei non è sbirro, dottor Lamanna».

«Ma perché tutta questa messinscena? Bastava che gliela proibiva il motorino».

«E no, così facevo la figura del cattivo. E perché? C'è gente pagata per fare la parte del cattivo, come gli sbirri e i giudici. Si guadagnino il pane».

«Giusto dice mastro Vicè» fa Piccionello.

«Vabbè, vado a prendere aria prima che vi sputo da vicino e da lontano».

Mi avvio all'uscita.

«Si è offeso?» chiede mastro Vicè a Piccionello.

«Poi gli passa».

Fuori c'è aria fresca di mare, di bagnato, di un inverno prossimo ad andarsene. E c'è una luna che, al solito, non vuole saperne di noi.

Marzo

Simonetta Agnello Hornby
Le strade sono di tutti

Londra SE27. È l'alba, piove. Il cortile interno di un comprensorio anni Settanta, abbandonato. Le ringhiere di ferro dei ballatoi sono state divelte e rimpiazzate alla meglio da travi di legno. Soltanto tre appartamenti sembrano abitati: uno, al terzo piano, è il quartier generale dei Wild Boys, una gang di ragazzi anglo-somali; due, al pianterreno, sono occupati rispettivamente da una vecchia che è riuscita a creare un giardinetto fiorito dentro vecchi bidoni e vasi rotti, e da un anziano disabile che vive con il suo cane, un boxer muscoloso col petto bianco che spicca contro il mantello fulvo.

Un giovane nero esce dal Corner Shop lì di fronte; passa veloce sotto il grande arco d'ingresso con sopra scritto «Comprensorio John Tyler», attraversa il cortile piegato in due e corre su per le scale. Arriva al primo ballatoio; da lì sente voci che vengono dal terzo piano. Sale affannato un'altra rampa e si affaccia. Le voci, stridule, adesso sono più vicine. Ed è allora che il corpo cade, lo vede sbattere contro uno dei lampioni che sporgono dai ballatoi prima di schiantarsi a faccia in giù, con un tonfo, sul selciato del cortile. Il ragazzo scende di corsa, si inginocchia, le tocca la testa, le carezza i capelli, la fronte... È morta, e lui è pieno di sangue.

Una voce dall'alto urla: «È lui! È Leroy! L'ha uccisa!».
Proprio allora, sotto l'arco spunta l'infermiera domiciliare che assiste il disabile.
Il ragazzo si alza e scappa. Una decina di Wild Boys scendono a precipizio gridando e corrono in strada, mentre dall'alto la stessa voce non smette di urlare: «È lui, è lui! Ha ucciso sua madre!».
La vecchia al pianterreno continua ad annaffiare le sue piante, lo sguardo fisso sul cortile.

Scena 1
Studio legale Zac&Green
Se lo meritano

Lunedì 5 marzo 1984, ore 9.00 am

Dalle arcate del mercato coperto escono acquirenti e una folla di lavoratori diretti alla stazione della Victoria Line. Tra la panetteria e il Best Breakfast Café, lo studio legale Zac&Green spicca per le grandi vetrate schermate da tende bianche. Sulla porta, anch'essa di vetro, la scritta «Solicitors Zac&Green, Crime and Family Law».

Le due socie, Cornelia Zac e Judy Green – tailleur nero e scarpe col tacco, valigetta piena di carte nella mano sinistra e borsa sulla spalla destra –, stanno per andare via. «Torneremo verso mezzogiorno, alle due abbiamo udienza» dice Cornelia a Maggie, la segretaria.

A quarantaquattro anni, portati benissimo, Maggie è la più vecchia e la seconda per anzianità di servizio. Alla reception, è circondata dai giovani di studio: a ognuno porge la cartella della causa che seguirà in tribunale quella mattina, accompagnandola con raccomandazioni e rimbrotti:

«Non voglio essere chiamata per decifrare la tua calligrafia, scrivi chiaro!» dice rivolta a un giovane con la fronte spaziosa e gli occhi azzurrissimi. Poi gli sussurra con dolcezza: «Miss Down aspetta da un pezzo, di sicuro non ha fatto colazione... Offrile tè e biscotti, durante una pausa, a spese dello studio».

«Non potevi vestirti meglio?» chiede a un altro dal volto stanco, con un'ombra di barba, giacca e pantaloni stazzonati. «Si direbbe che tu sia venuto direttamente dal concerto dei Duran Duran!».

Alla ragazza elegante in tailleur grigio e camicetta bianca aperta sul petto: «Marianne, tu non vai in tribunale per mostrare il décolleté al giudice. Abbottonati, oppure mettiti una sciarpa».

Cornelia e Judy sono sulla soglia. Maggie le saluta con un cenno della mano: «Buona riunione!». Le segue con lo sguardo. «Torneranno con la pelle liscia liscia...» mormora. «Se lo meritano, lavorano giorno e notte!».

La gente continua a entrare e uscire dallo studio in un viavai incessante.

Le due socie procedono spedite verso la stazione del metrò, salutano e sono salutate dai bottegai e dai proprietari delle bancarelle. Sono molto amate dai vicini, Zac&Green è il solo studio legale del Sud di Londra con sede in un mercato e, come se non bastasse, con l'accesso per i disabili.

Cornelia si ferma davanti a un banco di frutta, compra un cestino di fragole. Poi lei e Judy scompaiono nell'ingresso della Victoria Line, che le inghiotte come una bocca gigantesca.

Scena 2
Il bagno turco a Porchester Gate
Dopotutto è sempre sua madre

Lunedì 5 marzo, ore 11.00 am

Cornelia e Judy, avvolte nei teli di cotone forniti dall'hammam, sono stese sui gradoni di marmo di un ambiente pieno di vapore. Cornelia ha la carnagione olivastra, i capelli castani tagliati pari, all'altezza del mento, occhi verdi e naso aquilino, mentre Judy ha occhi scuri e una lunga capigliatura biondo cenere. Ambedue sulla trentina, sono magre e di media statura.

«Ci voleva questo stacco!» dice Cornelia, e si carezza il mento, come fa quando è contenta.

«Un ultimo tuffo nell'acqua gelata e poi facciamo colazione con le uova in camicia della tua Concetta. Sbrighiamoci, abbiamo tante cose di cui discutere» risponde Judy.

Sono sdraiate sulle dormeuse in una stanzetta al primo piano. In mezzo a loro, un tavolino tondo con due sedie.

Una donna nerboruta di mezza età, capelli ricci raccolti sulla nuca e un velo di peluria sopra il labbro, entra e appoggia un vassoio con teiera, tazze e uova in camicia fumanti sul pane tostato. «Buon lavoro, Miss Cornelia» dice, l'occhio vispo. Anche il padre di Concetta, come quello di Cornelia, è nato a Trapani e lei è protettiva con l'avvocato Zac. La vizia portandole più di quanto dovrebbe, cibo non sempre gradito ma consumato con affetto e gratitudine. In cambio, Cornelia le offre le primizie del mercato di Brixton.

Judy le osserva. Lo scambio di regali la infastidisce. Corruga le sopracciglia mentre le due parlano in dialetto. Poi apre l'agenda e tira fuori le carte. Concetta capisce e si dilegua.

Zac&Green hanno pochi clienti che pagano di tasca propria; la maggior parte è sovvenzionata dallo stato attraverso il Legal Aid, notoriamente lento e poco generoso nei pagamenti. «La parcella per l'omicidio Bratt non è ancora stata inoltrata al Legal Aid, manca il conto dello psichiatra. Lo solleciterò di nuovo, domani» dice Judy.

«La settimana prossima dovremo pagare le tasse comunali» le fa eco Cornelia. «I soldi ci sono, ma poi bisognerà tirare la cinghia fino al pagamento del Legal Aid, a fine mese».

Parlano poi della possibilità di altri tre mesi di prova per Marianne, l'assistente di Melanie; Judy è d'accordo, mentre Cornelia sollecita una decisione sull'acquisto delle nuove macchine da scrivere elettriche: «Ci farebbero risparmiare il costo di una dattilografa».

«Dovremmo chiedere un prestito alla banca» le fa notare Judy. Le punta gli occhi addosso. «A me non va di parlare col direttore! Quel porco razzista...».

Cornelia abbassa le palpebre. «Forse potremmo aumentare il fatturato impiegando più stagisti» propone, «costano poco o niente».

Judy scuote la testa: «Perdiamo tempo e denaro per formarli e rimediare ai loro errori. Chiedilo a Maggie, lei ne sa qualcosa!».

Silenzio.

«Vorrei parlarti di Leroy» mormora Cornelia.

«Di nuovo?». Judy sospira. «I problemi non mancano mai, con lui e sua madre. Racconta».

«Stamattina mi ha chiamato Donna. Leroy è in ospedale con tagli ai polsi... i Wild Boys di SE27, hai presente? La polizia le ha detto che è stato fortunato, avrebbero potuto fargli di peggio».

«Sono spietati! Ma è risaputo che non tollerano sconfinamenti nel loro territorio, e lo sa anche Leroy... Perché non sta attento?».

«Donna dice che aveva preso una scorciatoia per andare da lei. "Le strade sono di tutti" le ha detto, *Streets belong to everybody*».

La sera prima Leroy aveva attraversato il Comprensorio John Tyler, sulla collina di Norwood, abbandonato da anni. «È il quartier generale della gang e adesso c'è anche qualche squatter. Leroy non si è lasciato intimidire e un tagliagole lo ha afferrato per le mani... Per fortuna è arrivata un'infermiera e quelli sono scappati lasciandolo per terra sanguinante».

«Povero ragazzo» dice Judy a bassa voce, «adesso dov'è?».

«Al King's Hospital. Ci andiamo?».

Judy risponde di sì, ma poi ammonisce Cornelia: «Attenta! È gente crudele, non si fermeranno qui... potrebbero ucciderlo». Appoggia la tazza sul piattino. «Lo cercheranno da Donna, e anche in ufficio. Lo sanno tutti che viene spesso da noi».

Sembra sgomenta, ma Cornelia ha la risposta pronta: «Lo so. Ci ho pensato. Almeno per un po' potrebbe stare da me, a Pimlico».

Judy è dubbiosa, ripete che continua a non capire perché semplicemente Leroy non evita di andare in quella zona.

«Vuole vedere Donna, è normale» risponde Cornelia con dolcezza. «Dopotutto è sempre sua madre, e lui è preoccupato... l'appartamento è diventato un bivacco di drogati».

Judy non commenta, abbassa lo sguardo sul motivo orientale delle lucide mattonelle di ceramica.

Scena 3
King's Hospital
Un cioccolatino per Maggie

Martedì 6 marzo, ore 12.45 pm

Leroy è a letto, i polsi fasciati. Vulnerabile, ma anche molto attraente: un sedicenne dalla pelle nera levigata, naso ben modellato, bocca carnosa e grandi occhi a mandorla, con un tocco di castano dorato nell'iride scura. Accetta la scatola di cioccolatini che gli hanno portato; prima di prenderne uno li offre all'infermiera e ai pazienti ai suoi lati.

Judy freme: «Siamo in ritardo, abbiamo udienza alle due». Devono parlare con Leroy a solo e glielo dice senza mezzi termini.

«Va bene» fa lui, e prende un cioccolatino dalla scatola. «Questo è per Maggie». Poi rivolto a Judy: «Ti ascolto».

Cornelia chiude le tende attorno al letto.

«È una cosa seria» dice Judy. Il tono, del resto, non lascia dubbi. «Quando uscirai dall'ospedale andrai direttamente a casa di Cornelia. Sei braccato, i Wild Boys sanno dove abiti e sanno anche dove abita tua madre: non devi più mettere piede a casa sua, non devi nemmeno avvicinarti!».

Vedendo lo sgomento negli occhi di Leroy, Cornelia interviene: «Continuerai a venire in studio e a fare i lavori che sai fare bene: preparare i plichi per il tribunale, aprire e distribuire la posta, fare commissioni al mercato, tenere in ordine la cancelleria e il cucinino... Ma devi prometterci di rispettare tre condizioni».

Lui volta la testa.

«Leroy, guardami!» dice Judy, e poi comincia a elencare. «Primo: non devi cercare tua madre e devi tenerti alla larga da casa sua, perché sarà già sotto sorveglianza. Secondo: starai in ufficio ogni giorno dalle nove alle cinque, poi sarai libero...».

«Fino alle dieci di sera, quando rientrerai a casa mia» la interrompe Cornelia.

«Terzo» continua Judy, «da Cornelia non farai entrare nessuno, solo Mavis. Hai capito?». Lo fissa, in attesa di una risposta.

«Ho capito. Va bene». E Leroy ripone mestamente nella scatola il cioccolatino per Maggie.

Scena 4
Studio legale Zac&Green
Zucchero per lei?

Martedì 20 marzo, ore 10.00 am

Judy è nel suo ufficio con Miss Tong, la nonna di una cliente. La cliente si chiama Jeanne, ha sedici anni, ed è stata pizzicata più volte per aver rubato cosmetici in un grande magazzino. Leroy entra con il vassoio del tè e lo appoggia su una delle tre scrivanie allineate lungo la parete di fondo, in quel momento vuote. Ha ancora i polsi fasciati e sorride porgendo la tazza a Miss Tong.

Quando Cornelia entra e li trova così si commuove. Leroy è un bravo ragazzo, lei lo conosce da quando era neonato: lo ricorda tra le braccia di Donna, appena quattordicenne e incapace di badare a lui. A quel tempo – era il 1968 – studiava a Oxford e durante le vacanze faceva volontariato al Law Centre di Brixton: come tutti i giovani di sinistra, sperava di cambiare il mondo. Erano riusciti a far accogliere Donna e Leroy in un'ottima Mother and Baby Home non lontano da Brixton, ma le altre ragazze erano prepotenti e aggressive e Donna ne soffriva. Da allora, Cornelia era rimasta in contatto con madre e figlio.

«Zucchero?» chiede Leroy porgendo una tazza anche a lei.

Cornelia ritorna alla realtà. «Grazie sì» risponde, e nota un rapido scambio di sguardi tra Leroy e Miss Tong.

«Zucchero per lei?». Leroy si rivolge alla vecchia signora, e gli sguardi ancora una volta si incrociano.

«No grazie» mormora Miss Tong imbarazzata. Cornelia è perplessa: si conoscono? Leroy prende il vassoio vuoto ed esce.

«Come si comporta Leroy a casa tua?» si informa Judy, di buon umore, dopo che Miss Tong si è congedata ringraziandole per quanto stanno facendo per la nipote.

«Bene. Guarda la tv, cerca una scuola di formazione professionale... Ma fa fatica a rispettare le condizioni che gli abbiamo posto: scalpita».

«È per via di sua madre?».

«Non credo. Forse sente la mancanza degli amici... Mi pareva che volesse dire qualcosa a Miss Tong, come se la conoscesse» dice poi Cornelia sottovoce.

Ma prima che possano soffermarsi a riflettere, Maggie le chiama per avvertirle che è arrivata una cliente piena di lividi: è stato il marito, è un'emergenza.

Scena 5
A casa di Cornelia
Solo tu potevi salvarmi

Giovedì 22 marzo, ore 8.00 pm

Cornelia cammina lungo Tachbrook Street. La sera di marzo è limpida, la primavera è nell'aria. Qua e là sulle facciate delle case decorate con colonne e portici di stucco bianco si aprono i rettangoli delle finestre illuminate. Anche la finestra del soggiorno di Cornelia, a pianterreno, è illuminata e lei pensa che Leroy la stia aspettando. Sale veloce gli scalini, suona il campanello: nessuno risponde. Entra usando la sua chiave e sul tavolo della cucina trova un biglietto:

Torno per le nove. Ho cotto il broccolo. Mi prepari gli spaghetti aglio e olio?

Cornelia sorride e si versa un bicchiere di vino. Accende la televisione, ma non riesce a seguire il notiziario, è tesa. Annaffia le piante sul davanzale. Versa poca acqua sul timo e sulla menta, è più generosa con il prezzemolo e il basilico, che crescono rigogliosi. Il profumo è inebriante. Si siede sul divano e chiude gli occhi. Rivede la cucina della nonna, a Trapani, la tenda sbiadita, a quadretti, a schermare gli scaffali con sopra impilati piatti e stoviglie, l'odore intenso dell'origano, il lento sobbollire della salsa di pomodoro su uno dei due fornelli... Senza nemmeno accorgersene, scivola nel sonno.

«Cornelia, aiutami!».
È Leroy. È appena arrivato a casa, a mezzanotte passata, scosso e impaurito. Dopo il lavoro ha preso il treno per Croydon, racconta, aveva appuntamento con un amico. Soltanto quando è salito si è reso conto che il treno avrebbe attraversato SE27. Sa che i Wild Boys hanno una guardia, sui treni che attraversano il loro territorio, e a ogni fermata il cuore gli saliva in gola. A West Norwood, la prima all'interno di SE27, nessuno era entrato nello scompartimento. Ma poi era spuntato un tizio con scarpe da ginnastica, jeans sbiaditi e giubbotto di pelle nera: la guardia della gang. Aveva tirato fuori il coltello e glielo aveva puntato alla gola, la lama gelida sulla pelle. «Un'altra volta e sei morto» gli aveva detto mentre il treno rallentava, poi era saltato sulla piattaforma ed era sparito.

Terrorizzato, lui era sceso subito dopo. Non sapeva dove si trovasse esattamente. Aveva cercato di tornare a Pimlico in autobus, ma aveva dovuto cambiarne diversi perché tutti nel loro percorso tagliavano il distretto della gang. Si era perso. Alla fine era rincasato a piedi.

Leroy scoppia a piangere. «Solo tu potevi salvarmi. Ci hai provato e io ti ho delusa».

Cornelia fa per carezzargli la guancia. Lui le ferma la mano, poi si allontana e comincia a colpirsi la testa con i pugni.

Scena 6
Studio legale Zac&Green
Lo vogliono morto

Venerdì 23 marzo, ore 11.30 am

Il venerdì mattina i clienti di Zac&Green si presentano senza appuntamento, per problemi che richiedono immediata attenzione: come se l'ufficio fosse il pronto soccorso di un ospedale. Si tratta perlopiù di donne maltrattate, impaurite all'idea di un intero fine settimana in casa con il marito violento, o semplicemente di qualcuno che ha bisogno di condividere solitudine e ansie.

Cornelia rientra dal tribunale: «È andato tutto liscio» annuncia.
Trova Donna che l'aspetta nel suo studio, insieme a Maggie. «Donna ha qualcosa da dirti», e Maggie la invita a sedersi. Il fatto che sia lei a gestire la situazione significa che c'è qualcosa di molto serio. «Raccontale di nuovo cosa è successo» dice poi rivolta a Donna.
Quella mattina Donna è passata davanti al Corner Shop di Mr Khan, e lui le ha fatto cenno di entrare. Una mezz'ora prima, i Wild Boys erano passati a comprare i muffin per la colazione. Parlavano tra loro e rac-

contavano di aver beccato Leroy su un treno nel loro territorio. Mr Khan le ha raccomandato di dire a Leroy di stare attento, quella è gente che non scherza.

«Lo vogliono morto» piagnucola Donna. «Cosa possiamo fare? Voglio denunciarli!».

«Leroy te ne ha parlato?» chiede Cornelia.

«No, ha mantenuto la promessa. Non mi chiama e non viene a casa mia». Donna è orgogliosa.

«Donna ha ragione» dice Maggie, «la polizia dev'essere informata... non possiamo continuare a subire!». Entrambe guardano Cornelia, in attesa di una risposta.

Scivolata sulla poltroncina – spalle curve, colorito opaco, occhi socchiusi –, Cornelia sembra una vecchia. «Non posso farci nulla» risponde con voce stanca. Poi parla come se pensasse ad alta voce. «Non c'è politico, avvocato o poliziotto che possa farci qualcosa. Attorno alla droga c'è un giro di interessi, nel Primo, Secondo e Terzo mondo, che voi nemmeno immaginate... c'è gente che, per brama di potere e di danaro, non si fa scrupolo a sacrificare i più deboli. I Wild Boys sono crudeli, ma quantomeno non sono fanatici religiosi... e quando saranno stati spazzati via, altre gang più agguerrite li rimpiazzeranno, statene certe. Posso dirvi solo che Leroy deve mantenere la promessa fatta a Judy e a me, deve tenersi lontano da SE27». Gira il viso verso la parete, sfinita.

«E allora?». Maggie è impaziente. «Dacci almeno una speranza!».

Cornelia si volta, la fissa dritto negli occhi. «Non posso farci nulla... nulla» ripete stancamente. «I Wild Boys prima o poi saranno sconfitti, ma non so quando».

«Non è giusto!». Donna adesso è in piedi. «Mio figlio ha il diritto di prendere l'autobus che vuole, di andare dappertutto. Questa è Londra, è la sua città, e lui deve poter andare dovunque» insiste. Si guarda intorno. E dato che Cornelia e Maggie non rispondono, torna alla carica: «Se gli altri non gli assicurano questo diritto, lo farò io!».

«No, tu non farai proprio niente». Il tono di Cornelia è secco, ma lo sguardo è ancora spento.

Interviene Maggie: «Donna, ascolta Cornelia: è saggia, e ti vuole bene».

Donna rimane in piedi. Non si muove. Gli occhi guizzano dall'una all'altra. Prende la borsa e, come se parlasse a se stessa, dice: «Sono stata una cattiva madre per Leroy, ma sono sempre sua madre!». E se ne va.

Scena 7
Studio legale Zac&Green
Informazioni

Venerdì 23 marzo, ore 12.10 pm

Judy rientra dal tribunale e va subito nello studio di Cornelia. La trova seduta in silenzio insieme a Maggie. La informano che Donna è appena andata via, furiosa.

«Cosa è successo?» chiede.

Dopo averla aggiornata, Maggie le chiede se può ottenere informazioni sui Wild Boys tramite i suoi contatti con la polizia. No, Judy non può. I penalisti si confrontano con la polizia investigativa, ma non hanno amici tra loro; gli amici ce li hanno solo gli avvocati corrotti.

Cornelia ascolta, poi cerca di convincerla: «Ma *devi* avere dei contatti! Potresti chiedere informazioni, consigli...».

Judy si sente braccata. È irritata dal comportamento di Cornelia, crede che si sia lasciata coinvolgere troppo da Donna e Leroy.

«Potresti chiamare l'ispettore Grant...» suggerisce Maggie.

Judy si mette sulla difensiva.

«Ho sentito come gli parli». Cornelia non molla. «C'è stima tra voi. E forse da parte sua c'è qualcosa di più. Chiamalo».

Scena 8
Studio legale Zac&Green
Cornelia non lo sa

Martedì 27 marzo, ore 6.00 pm

Si festeggiano un'adozione conclusa felicemente da Cornelia e la vittoria di Melanie contro la polizia che aveva accusato tre giovani di stupro.

Maggie dispone sul tavolo bibite e biscotti. Si avvicina a Cornelia: «Leroy è triste. Sii gentile... ha paura che tu non gli voglia bene».

«Non potrei volergliene di più».

«Ma è un ragazzino, e non lo capisce. Devi essere dolce con lui».

«Non posso andare oltre, non è mio figlio».

Maggie si accorge che Leroy, da lontano, le ascolta.

Anche Judy, sulla soglia del suo studio, se n'è accorta. Osserva Leroy, non vista, poi entra nella stanza e si chiude la porta alle spalle. Leroy si sente figlio di Cornelia, ma Cornelia non se ne rende conto. Cornelia non lo sa che cosa significa, avere un figlio.

Scena 9
Studio legale Zac&Green
Un drink?

Martedì 27 marzo, ore 6.30 pm

Judy è alla scrivania. Non lavora, pensa. Poi squilla il diretto.
«Sono l'ispettore Grant. Posso aiutarla».
«Che cosa intende dire?». Judy si irrigidisce, le sopracciglia aggrottate.
«Il vostro studio conosce Leroy Campbell, vero? So che cosa è successo, si è messo nei guai con i Wild Boys».
«Questo lo so già».
«Vediamoci».
«Di cosa si tratta?».
«Conosco un *bad boy* diventato *good boy*. Potrebbe intervenire».
«Ne parlerò con la mia socia, le farò sapere».
«No. Incontriamoci al pub ora».
«Ho già un impegno, cerco di liberarmi». E Judy chiude la telefonata.
Si scosta la frangia bionda dalla fronte sudata. Lascia passare qualche minuto, poi richiama l'ispettore Grant e gli comunica che non è riuscita a liberarsi.

Quando rimangono sole, lei e Cornelia discutono sul da farsi. Tengono entrambe alla loro indipendenza e alla loro integrità. Ma per Leroy faranno un'eccezione.

L'indomani Judy è in aula. Nell'intervallo, l'ispettore Grant le si avvicina.
«Un drink?».

Dopo aver ordinato un'acqua tonica, Judy va in bagno. Si spazzola i capelli e tira fuori un rossetto dalla borsa. Lo guarda, è di un color corallo chiaro. Non va. Ne tira fuori un altro. Rosso brillante. Se lo passa sulle labbra con cura e torna al tavolo. L'ispettore Grant la guarda voglioso. Bevono insieme.
«Lei è un bravo avvocato, ma non ha le cause che la renderanno celebre e ricca».
«Che cosa intende dire?».
«Dopo che l'Ira ha bombardato Harrods, quattro mesi fa... il 17 dicembre, per la precisione... gli accusati erano corteggiati dai più grandi penalisti. Uno degli irlandesi voleva un avvocato donna e mi hanno chiesto di raccomandarne una. Se avessi saputo di più sul suo conto, sarei stato contento di fare il suo nome».
«Credevo fossimo qui per parlare di Leroy» ribatte Judy nervosa.
«Precisamente». L'ispettore Grant si protende attraverso il tavolo, abbassa il tono della voce: «Quel ragazzo merita giustizia, Judy. Non lo dico soltanto per lei e la sua socia, lo dico anche per lui. Sono a disposizione».

Scena 10
A casa di Donna
Ricordando il passato

Martedì 27 marzo, tarda sera

Il trilocale di Donna è in una fila di moderne case a schiera, ciascuna divisa in due appartamenti. La zona è alberata e ridente, all'interno di SE27. Un tempo quelle case erano destinate a ragazze madri e ai loro figli. Adesso sono colonizzate da drogati e spacciatori, protetti dalla gang del quartiere o sue vittime.

Donna sniffa colla. Ha ricominciato da poco, sta cercando di smettere con l'eroina: la colla si compra nei negozi, è economica e le ricorda la gioventù. A trentun anni si sente vecchia e disperata. Accosta il tubetto alle narici. Inala. Il passato le scorre davanti agli occhi come un brutto film.

Aveva otto anni e sua madre non le perdonava di essere stata stuprata dallo zio, come se fosse stata colpa sua. I fratelli e le sorelle erano trattati meglio, lei invece non riceveva carezze. Cercava di attirare l'attenzione della madre, ma tutto quello che otteneva era essere castigata, mandata a letto digiuna e picchiata. Si disperava: avrebbe voluto che la madre fosse giusta, e che la amasse, invece la rifiutava;

quando non ne poteva più di lei, la mandava dalla nonna. Donna non voleva, sapeva che lì la aspettava il mostro. Ma era costretta a obbedire. Passava il tempo. A scuola era sempre la peggio vestita e al controllo annuale il medico, preoccupato per la sua magrezza, convocò la madre. La madre negò che ci fosse qualcosa che non andava e divenne aggressiva, allora iniziarono le visite dei servizi sociali. Donna ricordava perfettamente la notte in cui gli assistenti sociali erano venuti a casa, con due poliziotti, e l'avevano portata via. Aveva undici anni.

Nella stanza accanto, gli spacciatori si mettono all'opera. Confezionano la droga in sacchetti di plastica. I vecchi amici si sono trasformati in aguzzini e padroni. Donna non sa come liberarsi di loro.

L'avevano mandata in una casa famiglia. Rivide la madre il giorno del suo dodicesimo compleanno: le aveva portato una torta di zenzero e datteri con le candeline, «fatta con le mie mani» disse. La rivoleva a casa, e promise di trattarla meglio. Si lamentava che gli assistenti sociali erano cattivi, minacciavano di toglierle gli altri figli. Donna disse di no. La madre allora si rivolse al tribunale, ma lei continuava a dire di no. Voleva una famiglia nuova e buona. Fu affidata a una coppia caraibica. Erano molto gentili e affettuosi, ma Donna non riusciva a fidarsi, aveva paura di amare e di farsi amare. Pensava sempre allo zio. Si sentiva indegna, e a tredici anni scappò.

Dopo un anno trascorso in case abbandonate con giovani come lei, senza famiglia, un ragazzo giamaicano le fece credere di amarla. Poi la costrinse a fare sesso con gli altri della sua gang e a prostituirsi. Lei cominciò a farsi di eroina e a spacciarla insieme a loro, ma quando rimase incinta e non volle abortire la gang la abbandonò. Andò a finire in una casa per ragazze madri. Lei e Leroy vi restarono per quattro anni e fu tramite una delle ragazze, Tanie, l'unica con cui avesse legato, che conobbe Cornelia: Tanie era stata portata in tribunale dal padre del suo bambino – non voleva che lei andasse a Trinidad, da sua nonna, col piccolo – e si era rivolta al Law Centre, dove Cornelia lavorava. Nacque una simpatia. Cornelia le scrisse quando aprì il suo ufficio a Brixton in società con Judy Green, e Donna passava sempre a salutarla se andava al mercato.

Nella stanza c'è un odore nauseabondo. La colla pizzica e inebria il cervello. Donna sente voci.

«Se muoio, devi fare tu da madre a Leroy» ha detto più di una volta a Cornelia. E adesso quella vipera vorrebbe portarglielo via.

Donna crede che il padre di Leroy sia John, un autista di Barbados, il cliente più gentile che abbia mai avuto – la trattava come una signora, non come una puttana. John dice che non è possibile. Ma quando si incontrano si ferma per chiederle di lui, e ne parla con affetto. Crescendo, Leroy è diventato la copia sputata di John. È bravo come suo padre, e non prende droga pesante. Qualche tempo fa, non sopportando più gli «inquilini» della madre, era andato via. «Non ne posso più di te e della droga» le aveva detto. Lei ne era rimasta sconvolta: sapeva che Leroy aveva tutte le ragioni.

Donna spreme il tubetto. La colla va a finire sulla finestra. Con il naso attaccato al vetro, le narici frementi, aperte, aspira la colla che scivola giù, giù, sempre più giù.

Leroy... Leroy era andato a vivere in una casa di accoglienza del comune, a Brixton, non lontano dal mercato. Andava ogni giorno a far visita a Cornelia, da Zac&Green.

Era sempre il benvenuto, e gli offrivano da mangiare. Poi avevano cominciato ad affidargli dei lavoretti, era diventato una specie di impiegato... o forse, rifletteva Donna, il giocattolo di due bianche senza figli.

Quelle, Cornelia e Judy, e anche Maggie, erano tutte sterili! Volevano che Leroy fosse il figlio che non avevano mai avuto. Colpa sua che le aveva lasciate fare, si era fidata troppo di quelle tre bianche. Cornelia una volta le aveva detto che considerava Leroy un figlioccio di battesimo e anche Judy lo trattava come un nipote, o un cugino più giovane.

Adesso, però, nessuna di loro voleva aiutarlo a salvarsi dai Wild Boys. Doveva pensarci lei, Donna, una povera drogata!

Spreme ancora il tubetto per schizzare gli ultimi residui di colla sulla parete e poi si inginocchia sul pavimento, le narici che percorrono l'intonaco, frenetiche.

Scena 11
In autobus
Una situazione insostenibile

Tra la notte di martedì 27 e l'alba di mercoledì 28 marzo

Maggie chiude a chiave la porta di Zac&Green. È l'ultima a uscire, insieme a Leroy. Si salutano, lui torna a casa di Cornelia, a Pimlico. È solo, mangia in silenzio e va a letto. Non riesce a dormire.

La situazione è insostenibile. Non si sente a proprio agio in quella casa, nella cucina piena di piante e di erbe, nel soggiorno pieno di libri. E lavorare da Zac&Green come tuttofare è diventato noioso. Soprattutto, è stanco di sentirsi compatito dalle donne dell'ufficio.

Anche Mavis, la sua ragazza, non gli piace più. Se sua madre fosse «normale», sarebbe tutto diverso. Vorrebbe dirglielo, a Donna, che è responsabile non solo delle sue disgrazie ma anche di quelle di suo figlio, perché è un'egoista e una drogata.

Donna non ha voluto fargli conoscere suo padre. Ha detto che non sa nemmeno chi sia. Ma non ha voluto fargli conoscere neppure la nonna materna e gli zii.

Sguscia fuori dal letto in punta di piedi. Cornelia, in camera sua, è sveglia. Sta leggendo *La vita davanti a sé* di Romain Gary: un professore di Roma che si è inventato la professione di biblioterapeuta glielo ha consigliato come medicina contro lo stress. Non sente che Leroy esce e si chiude la porta di casa alle spalle.

Prende l'autobus 38. A Brixton cambia e prende il 3, che passa da Norwood. A Herne Hill, quando l'autista sterza per costeggiare Brockwell Park, alle porte di SE27, va a sedersi al secondo piano. Da lì vede salire un ragazzo somalo, lo riconosce con un soprassalto: è una guardia dei Wild Boys. Leroy ha paura. Alla fermata successiva il ragazzo scende con un giovane nero, la mano stretta sul suo braccio come una morsa. Leroy non osa muoversi, quasi trattiene il respiro finché la notte diventa un'alba piovosa e salgono sull'autobus i primi passeggeri mattutini. Scende alla fermata vicino a casa di sua madre, passa davanti al Crown Centre. Quando apre la porta, si trova di fronte un drogato alle prese con siringa e laccio emostatico.

«Dove sei stato?» biascica l'uomo alzando su di lui due occhi rossi e acquosi. «Ha chiamato il tuo avvocato... Sei scappato? Tua madre è uscita a cercarti».

«Ti ha detto dove andava?».

«No. Ha detto solo: "Nessuno fa niente per Leroy, devo pensarci io"».

«È uscita da molto?».

«No, poco fa».

Leroy scappa via, diretto al Comprensorio John Tyler.

Scena 12
Comprensorio John Tyler
Devo pensarci io!

Mercoledì 28 marzo, all'alba

Donna esce raramente la mattina presto. È strafatta, rischia un paio di volte di perdere l'equilibrio, caracolla sui tacchi. Incrocia i primi lavoratori, genitori che portano i figli dalla baby-sitter o all'asilo, e gente che torna a casa dopo il turno di notte.

Borbotta: «Dov'è mio figlio?». «L'hanno preso?». «Me lo ammazzano!». «Nessuno fa niente per lui». «Devo pensarci io!». E continua a ripetere le stesse frasi come un mantra. Adesso cammina in mezzo alla strada, senza far caso ai clacson delle auto costrette a sterzare per evitarla.

Raggiunge la cima della collina dove negli anni Settanta è stato costruito il Comprensorio John Tyler, quattro palazzi di cinque piani ciascuno: un solo grande ingresso attraverso un arco molto ampio e quattro stretti passaggi pedonali sulla strada che gli corre attorno. È risaputo che, da quando è disabitato, i Wild Boys operano dal terzo piano del palazzo centrale. Su quel che resta del prato lì davanti, vetri rotti, sedie sfondate, immondizia.

Donna ha sete, ma il Corner Shop davanti all'arco è sempre aperto. Mr Khan, il proprietario, la riconosce. Da ragazza gli affidava Leroy, se incrociava un cliente disposto a pagare bene e subito. Si appartavano nei passaggi tra i palazzi e quando lei tornava a prendere Leroy, una mezz'ora dopo, spendeva parte dei soldi nella bottega, per ringraziarlo. Mr Khan, impassibile, le porge una lattina di Coca-Cola senza un sorriso. Che sappia anche lui?

Donna beve a piccoli sorsi, poi entra spavalda nel comprensorio. Guarda davanti a sé. I suoi passi rimbombano sul selciato dell'ingresso e del cortile. Sale al terzo piano. Spinge la porta. E riconosce i ragazzi della gang.

«Dov'è il capo?».

«Ancora non è arrivato. Hai un appuntamento?». Si divertono a punzecchiarla. «Cose di sesso?». «Una proposta? Di' pure a noi».

E ogni volta Donna risponde: «Cerco Leroy, mio figlio».

La accerchiano, come un branco: «Dov'è Leroy? Dov'è il tuo bimbo? Lo troveremo, e poi che facciamo?» canticchiano girandole attorno. È diventata una specie di danza tribale.

«Non lo troviamo... Dicci com'è. Facci vedere come cammina. Facci sentire come parla».

Alcuni lo scimmiottano, poi cominciano a spingerla compatti verso l'uscio, e da lì sul ballatoio; loro premono, lei indietreggia ma non desiste. «Voglio mio figlio!» urla, cercando di rimanere salda sulle gambe. Quelli continuano a spingerla. «Lasciatemi!».

Dall'interno si apre una porta, esce il capo – stivali pitonati, pantaloni neri aderentissimi, anelli d'argento alle dita.

«Voglio Leroy...» lo implora Donna. «Lasciatelo in pace».

Il capo ride con gli altri e canta: «Dov'è Leroy? Dov'è il tuo bimbo? Lo troveremo, e poi che facciamo?».

Adesso Donna è una belva, vomita insulti. «Bastardi!». Un pugno, e barcolla. «Maledetti bastardi!». Un altro pugno, ed è costretta ad aggrapparsi all'asse di legno che fa da ringhiera. Un altro ancora, e il corpo si inarca all'indietro. Le sono addosso, ondeggiando, la spingono, le sollevano le gambe... Donna cade di sotto.

Scena 13
Comprensorio John Tyler
Leroy vede cadere sua madre

Mercoledì 28 marzo, mattina presto

Leroy non ha avuto il coraggio di entrare e affrontare i Wild Boys, si è nascosto tra i cespugli spinosi all'esterno del comprensorio. Vede entrare la madre. Capisce che è lì per lui. Per aiutarlo. Per garantire la sua libertà. Per dimostrare a lui, Leroy, il suo amore. Decide di aspettare.

Vorrebbe vederla uscire tranquilla. Spera in una tregua, o magari, chissà, in una vittoria. Poi pensa che sua madre non ha mai concluso niente di buono in vita sua. Che è una povera drogata. Rumori, voci, poi sente chiamare il suo nome. I canti tribali dei Wild Boys. Sua madre è in pericolo. Per colpa sua.

Attraversa il cortile di corsa, piegato in due. Le voci sono salite di tono, concitate. Supera il primo ballatoio, ed è quando arriva al secondo che guarda in alto e la vede cadere, il corpo sbatte contro uno dei lampioni che sporgono sul cortile, poi si schianta sul selciato con un tonfo. Si precipita di nuovo giù, da lei. Le tocca i capelli, il volto squarciato. Le sue mani sono sporche di sangue.

«È lui!» urla la gang. «È lui, ha ucciso la madre! Andiamo a fare giustizia!». Si riversano giù per le scale.

«Giustizia! Giustizia!» grida il capo dall'alto. Il calpestio degli scarponi è come il brontolio di un vulcano, forte, sempre più forte, fortissimo.

Leroy scappa. Sotto l'arco incrocia una donna con una valigetta. Si rifugia nel Corner Shop, il volto pieno di lacrime e sangue.

«Vieni qui» dice Mr Khan.

Lo fa sedere nel retrobottega e gli porge una lattina di Coca-Cola.

Scena 14
Studio legale Zac&Green
Dov'è Leroy?

Mercoledì 28 marzo, ore 12.00

Judy ha ricevuto la notizia quasi contemporaneamente alla telefonata dell'ispettore Grant.

«La madre è morta. Il figlio dov'è?».

Un'infermiera che andava ad assistere un anziano residente del comprensorio ha trovato il corpo di Donna nel cortile. Secondo la ricostruzione della polizia, sembrava che fosse stato il figlio a mandarla a parlare con la gang, per tentare di rabbonirli, ma poi non si era fidato e l'aveva seguita di nascosto; e dato che la madre non aveva ottenuto quello che lui voleva, l'aveva presa a pugni e fatta cadere di sotto.

La gang si è messa a disposizione della giustizia. Le loro deposizioni sono coerenti e credibili: sembrano davvero estranei a quello che ha tutta l'aria di essere un regolamento di conti tra una madre drogata e un figlio violento.

«Bisogna interrogare Leroy» dice l'ispettore Grant.

Judy non sa dove trovarlo.

«Deve avere un'idea di dove possa essere» insiste lui. «Sappiamo che si vanta di abitare dalla sua socia... Vorrei evitarle l'imbarazzo di una visita della polizia giudiziaria nella sua bella casa di Pimlico».

Entra Maggie e Judy mette l'interlocutore in vivavoce, con lo sguardo le fa capire che si tratta di una persona importante.

«La gang è pronta a testimoniare, pare che dicano la verità. E l'infermiera conferma di aver visto un giovane, probabilmente Leroy, che scappava. È proprio sicura di non sapere dove trovarlo?».

Judy e Maggie ascoltano attente, occhi negli occhi. Maggie scribacchia: *È al Corner Shop, da Mr Khan.*

Ne sei certa?, scrive di rimando Judy.

Sì. E più sotto Maggie aggiunge: *Posso portarlo alla polizia, tra mezz'ora.*

«Forse sono in grado di aiutarla». La voce di Judy è decisa. «Ci vediamo tra mezz'ora alla stazione di polizia di Brixton, sarò con Leroy».

«Brava». Una pausa, poi l'ispettore Grant aggiunge: «Dimentichi quello che ho detto poco fa».

Scena 15
Studio legale Zac&Green
La cartella di Jeanne

Mercoledì 28 marzo, ore 4.00 pm

Leroy è amato persino più di quanto si pensasse.

Alla notizia che sua madre è stata trovata morta e che la polizia vuole interrogarlo, i clienti in sala d'attesa sono desolati. E il proprietario dei minicab all'angolo, chiamato da Maggie, si è offerto di andare a prenderlo gratis al Corner Shop.

Mezz'ora dopo, alla stazione di polizia di Brixton, Maggie e Leroy incontrano Judy, elegante nel suo tailleur e con un irresistibile rossetto color ciliegia.

Judy non si allontana dal suo fianco mentre Leroy dà la sua versione dei fatti, troppo sconvolto persino per piangere. Le tracce di sangue sulle mani e sulla camicia vengono rilevate dal perito giudiziario. Saranno analizzate nei laboratori della polizia. Leroy è formalmente accusato dell'omicidio della madre e rimane in stato di fermo.

Cornelia ritorna in ufficio dal tribunale, il cuore stretto. Non riesce a smettere di pensare a Donna. Ma siccome Judy è più esausta di lei, si offre di sostituirla all'appuntamento con Ruth Tong, la madre di Jeanne, la ragazzina che ruba cosmetici.

Cornelia legge la cartella e subito tre particolari attirano la sua attenzione.

Primo: gli insegnanti di Jeanne concordano nel definirla una ragazzina docile e studiosa, poche amicizie e probabilmente ancora nessun boy-friend. Ammette di aver rubato una grande quantità di cosmetici, trovati intatti nei suoi cassetti. I furti avvengono tra le quattro e le sei del pomeriggio di lunedì, giovedì e venerdì, mentre ritorna a casa da scuola.

Secondo: Jeanne vuole diventare poliziotto o avvocato e una condanna le precluderebbe entrambe le carriere. Vive con la madre, il padre è scomparso da anni. La madre e la nonna materna non si spiegano il comportamento di Jeanne. Eppure, nessuna delle due ha promesso di darle un occhio in quei pomeriggi, o di tenerla occupata.

Terzo: su suggerimento di Judy, Jeanne ha incontrato uno psicologo. Ma si è rifiutata di parlargli.

Cornelia è diretta nelle sue domande, e quando arriva Ruth va subito al punto: «Mi spieghi: lei cosa fa nei giorni in cui sua figlia va a rubare?». La donna arrossisce. «Non è che per caso va a rubare anche lei?».

Alla battuta di Cornelia, Ruth scoppia in lacrime e confessa di avere una relazione con un uomo sposato, in quei giorni lui va a trovarla a casa. Jeanne studiava nella sua stanza, ma capiva cosa succedeva, e aveva rimproverato la madre. «Mi sono sempre sacrificata per lei e pretende di costringermi a lasciare l'uomo che amo!»

dice Ruth tra i singhiozzi. «Sono stata io a dirle di non tornare a casa prima delle sei e mezza, in quei giorni».

«Non poteva mandarla dalla nonna?» chiede Cornelia.

Ruth fa un sorriso teso. «Mia madre non vive più vicino a noi, ha fatto un colpo di testa... Ha un innamorato che abita in uno squat ed è andata a stare con lui, nel Comprensorio John Tyler... sì, quello in cui è stata uccisa la donna di cui parlavate alla reception... abitavamo da quelle parti quando Jeanne era bambina e adesso mia madre è tornata lì, due stanzette al pianterreno... anche se passa un mucchio di tempo in cortile a curare quello che lei chiama "il suo giardino"».

Cornelia deve trattenersi per non esultare. Liquida Ruth Tong fissandole un altro appuntamento, la accompagna personalmente alla porta e poi va nella stanza di Judy per riferirle cosa ha appena scoperto.

Scena 16
Sul luogo del delitto
Asfodeli in boccio sotto un telo di plastica

Mercoledì 28 marzo, ore 6.00 pm

Le socie chiudono lo studio.
«Vado a ringraziare Mr Khan per aver accolto Leroy. E a dare un'occhiata al giardino di Miss Tong. Vieni con me?» dice Cornelia.
Judy accetta volentieri.
Dopo la visita a Mr Khan, passano sotto l'arco del comprensorio. In cortile il luogo dell'incidente è stato transennato e la sagoma del corpo di Donna – segnata col carbone – è ricoperta da una specie di cerata trasparente su cui spiccano alcune cicche, probabilmente lanciate dagli occupanti del terzo piano.
Una folata di vento porta il profumo del gelsomino d'inverno, quello dai fiori gialli.
Cornelia e Judy si voltano e sotto la balconata del primo piano vedono un giardinetto verdissimo, cresciuto dentro vecchi bidoni di benzina e vasi rotti. Alcuni vasi sono protetti da un telo di plastica, l'illusione di una serra: contengono piante di rosmarino, lavanda e asfodeli in boccio.

Scena 17
Comprensorio John Tyler
Miss Tong e Mr Mahoney

Mercoledì 28 marzo, ore 6.00 pm

«Miss Judy, cosa fa qui?».

È la voce di Miss Tong, in pantofole sulla porta di casa. La nonna di Jeanne continua: «Avevo paura, per questo non l'ho chiamata. Anche il mio vicino aveva paura. Venga, le voglio parlare».

Nella stanza ci sono un televisore, due poltrone e un grande letto con una coperta rosa a fiori. Il nido dei due anziani innamorati, pensa Cornelia.

«Alla polizia abbiamo detto di non aver visto niente» sta dicendo Miss Tong. «Prima di andarsene, il capo ci aveva minacciato: "Bocca chiusa! Altrimenti sgozzo il tuo cane!"... questo lo ha detto a Mr Mahoney. E siccome lui è uno stupido irlandese ha cercato di fare dello spirito... "Cosa ci fai poi col mio cane? Te lo mangi?"... Allora quello ha afferrato Spark per il collare, ha tirato fuori il coltello e lo ha sgozzato... qui, davanti a noi». Miss Tong si copre la bocca con le mani, gli occhi pieni di lacrime. «Prima di andarsene gli ha detto: "Se parli, tu e la tua amica farete la stessa fine"».

La vecchia adesso piange. «Leroy non c'entra niente, ne sono sicura...».

All'improvviso, Cornelia ricorda il loro incontro in ufficio. «Dunque, lei conosce Leroy?».

Miss Tong si asciuga gli occhi. «Quando era piccolo, lui e Jeanne andavano insieme a comprare le barrette da Mr Khan, erano due figli trascurati e si volevano bene come fidanzatini... Jeanne non l'ha mai dimenticato, lei è come me... e adesso è sconvolta per quello che gli sta succedendo».

Dall'interno dell'appartamento le raggiunge Mr Mahoney. Cammina a fatica, appoggiandosi a un bastone, ma la sua voce è decisa quando dice: «Spark era il mio più caro e vecchio amico, un motivo in più per testimoniare contro quei disgraziati. Adesso non ho più paura di essere ucciso».

«Sono felice che voglia testimoniare» dice Judy, «ma è mio dovere ricordarle che scegliere di venire in aula rappresenta sempre un rischio».

«È un rischio che voglio correre...». Mr Mahoney si interrompe. Le guarda. «Lo devo a me stesso, a Spark... e a Jeanne... a mia nipote Jeanne» dice dopo una lievissima esitazione.

Cornelia e Judy ricambiano lo sguardo, interrogative.

«Spiegaglielo...» mormora Miss Tong.

«Ero sposato quando conobbi Miss Tong... La madre di Jeanne, Ruth, è nostra figlia. Adulterio, si chiamava allora, ed era reato. Dieci anni fa sono rimasto vedovo e adesso Miss Tong e io viviamo insieme. Come prima, ci amiamo».

«Più di prima» lo corregge Miss Tong, tutta rossa.

Scena 18
Tribunale di Elephant&Castle
Accusa ritirata

Giovedì 5 aprile, mattina

Judy entra nell'atrio del tribunale. È serena, le labbra laccate di rosso. Quando fa il suo ingresso in aula, accanto a lei ci sono Miss Tong e Mr Mahoney.

La procura ritira l'accusa, Leroy è libero. Grazie alla testimonianza di Miss Tong e Mr Mahoney, la gang è incriminata per omicidio doloso e soppressione di prove.
Cornelia e Mavis ascoltano in silenzio, gli occhi umidi.
C'è anche l'ispettore Grant. Mentre Judy si avvia verso l'uscita, le si avvicina: «Pranziamo insieme?».
«Stavo per invitarla io. Con piacere».

Aprile

Fabio Stassi
Per tutte le altre destinazioni

Siamo tutti, ininterrottamente, in terapia.

JAMES HILLMAN

Via Merulana cambia aspetto alla luce artificiale dei lampioni. Nonostante non manchi mai qualche piccolo gruppo di turisti ai tavolini di un bar o di un ristorante, l'intero quartiere pare spopolarsi. Ha la stessa aria che assumono le cose alla fine di una festa. Come se gli invitati si siano trasferiti da un'altra parte, a Monti o a Trastevere, e abbiano lasciato soltanto le ceneri di una stagione ormai trascorsa: i coriandoli sull'asfalto, le saracinesche abbassate.

Attraversai la strada davanti la scalinata di Sant'Alfonso e tagliai all'interno. Dall'inizio di quell'aprile avevo ripreso l'abitudine di uscire. Dopo cena mi avvoltolavo una sciarpa di cotone al collo, sotto al giubbotto, fissavo il guinzaglio a Django e me ne andavo a camminare per un po' insieme a lui, senza meta, finché non mi sentivo stanco.

Emiliano aveva chiuso la libreria. Mi fermai a osservare la vetrina. Sulla sinistra aveva accatastato una pila di vecchi volumi di recente acquisizione. Le luci esterne li illuminavano appena, ma riconobbi il dorso rosso di alcuni titoli di trenta, quarant'anni fa. *La speculazione edilizia, Il mare colore del vino*. Qualche classico: *Cent'anni di solitudine*, *Il dottor Zivago*, *Il Gattopardo*. Un'altra piccola eredità che nessun parente aveva voluto. In fondo, l'attività di Emiliano non era così lontana da quella di un'agenzia funebre.

Alle mie spalle era sorta intanto la luna, rotonda e abbagliante, staccando dall'ombra l'arco bianchissimo di Gallieno, come quando si scopre la quinta di un teatro allo strappo del sipario. Django odorò qualcosa, e lo lasciai seguire la sua pista. Anche i negozi cinesi di computeristica e telefonia erano chiusi, le scale della metropolitana deserte, deserti pure i portici di piazza Vittorio. Un telo di plastica verde ricopriva due banchi dove di giorno si vendevano piccoli utensili per il bagno o la cucina, tagliaunghie, forbici, accendigas. Soltanto davanti l'inferriata dei giardini, un gruppo di africani discuteva concitatamente. Il più alto aveva una barbetta a punta e la voce rauca. Non mi tolse gli occhi di dosso finché non mi allontanai.

Quella notte soffiava un vento distratto. Mi strinsi nel giubbotto e continuai ad andare avanti. Addossata a un mucchietto di foglie, una carta da gioco era girata sul dorso. La rovesciai con la scarpa: asso di bastoni. La raccolsi senza motivo e la misi in tasca.

Dall'altro lato del cancello, le due statue di un dio egizio sorvegliavano da più di trecento anni la Porta Magica e i frammenti delle iscrizioni alchemiche incise sull'architrave. I rami secchi di un albero si scossero. Django annusò per terra. Il vento aveva spinto contro il muro dei foglietti di carta, di quelli che portano stampata sopra la pubblicità dei bar. Il primo era una ricevuta scommesse QUOTE BASEBALL. Lo tirai su e lessi quello che c'era scritto:

è nello studio attendere
è nello studio attendere
è nello studio attendere
è nello studio attendere
è nello studio attendere
è nello studio attendere

Sotto la dicitura del secondo, «Caffè Vergnano 1882», la stessa mano diligente e ossessiva aveva riprodotto per sette righe di fila questa espressione:

è il dirimpettaio impreciso
è il dirimpettaio impreciso
è il dirimpettaio impreciso
è il dirimpettaio impreciso
è il dirimpettaio impreciso
è il dirimpettaio impreciso
è il dirimpettaio impreciso

Il terzo diceva, anche lui in modo reiterato:

è dello stesso parere

E sull'ultimo, intestato al Caffè Negresco, tutto lo spazio era occupato da una promessa:

dovremo tutti essere felici e contenti

Li piegai e li conservai insieme alla carta da gioco.

Quella sera non avevo altro a cui pensare. Mi chiesi se l'uomo che aveva scarabocchiato quei tovagliolini da bar si riferisse allo studio di un medico. Immaginai una sala d'attesa, un divano, delle riviste su un tavolino di vetro. E una porta chiusa. Il *dirimpettaio impreciso* poteva essere lo stesso dottore che l'aveva in cura. L'uomo aspettava un responso, e quando finalmente il medico l'aveva convocato nella sua stanza gli aveva detto che era *dello stesso parere* dei suoi colleghi. Ma forse anche lui si era sbagliato, forse si erano sbagliati tutti. Il finale suonava però amaro e senza speranza.

Un tram scarrucolò in mezzo al viale. È assurdo, pensai, essere circondati da una quantità di storie possibili e avere invece un solo destino. Avrei potuto raccontare mille vicende, con quelle poche frasi, ma soltanto una era vera. Esisteva una sola diagnosi, per l'uomo in attesa che avevo ipotizzato.

A quell'ora, anche il marciapiede al centro della piazza, così desolatamente vuoto, dava sempre la sensazione di un confine incerto e provvisorio sulla linea del quale ero andato a vivere e dove tutto poteva accadere.

Mi accorsi soltanto in quel momento che il nome del Caffè stampato in cima all'ultimo foglio e incorniciato in un ovale giallo era lo stesso dell'albergo dove ero stato concepito: l'Hotel Le Negresco di Nizza. Rabbrividii, come se avessi ricevuto la prima cartolina di risposta da mio padre a tutte quelle che gli avevo inviato io, negli anni. Forse chi lo aveva scritto voleva usare il condizionale. *Dovremmo essere tutti felici e contenti*. Ma quel futuro era ancora più beffardo ed enigmatico. Lo rigirai incredulo. Naturalmente dietro non c'era nessuna firma, nessun nome, solo il gioco assurdo delle corrispondenze.

Strattonai il guinzaglio di Django. Forse l'origine di ogni equivoco era la mia stessa vita: era lei il primo mazzo di carte truccato, i suoi refusi non c'era verso di correggerli. Django sollevò il muso e si girò verso di me, muto come sempre. Gli ridiedi corda e continuammo a camminare.

Anche quel mese era cominciato con una telefonata. Una voce confusa, interrotta da ripetuti colpi di tosse, andava e veniva dall'altro capo del filo.
È il biblioterapista Vince Corso?
Sì.
Avrei bisogno di parlarle, quando può ricevermi?
Il tono sembrava contraffatto. Consultai l'agenda.
Lunedì sono libero. Le va bene nel primo pomeriggio?
Perfetto.
La aspetto allora.
Non feci in tempo a capire il nome, perché la comunicazione cadde bruscamente e me ne dimenticai subito, tralasciando di segnare l'ora dell'appuntamento. L'ultima settimana era stata snervante. Da quando mi ero avventurato in quel mestiere, avevo ricevuto soltanto donne, ascoltato i loro scontenti, provato vergogna per la mia improbabilità e per tutto quello che la letteratura non avrebbe mai potuto consolare. Eppure, sorprendentemente, l'inverno era passato e – credetemi – non ci avrei scommesso un euro.

L'ascensore si fermò sotto la mia soffitta qualche minuto prima delle tre e mezza. Non sentii nessun rumore di passi riempire l'ultima curva di scale, nessun campanello suonare, nessuna voce chiamarmi. Ero immerso nell'ascolto di *Trousse chemise* di Aznavour e mi accorsi soltanto alla linea finale degli archi che c'era qualcuno che bussava al legno della porta.

Pensai si trattasse di un controllore delle caldaie o di un ispettore del gas. Forse Gabriel si era scordato di annunciarmene la visita. L'uomo stazionava sul tappetino dell'entrata, come un'ombra remota e appartata, con un piede sulla lettera *W* e uno sulla prima *E* del *Welcome* che introduceva al mio appartamento.

Mi ha aperto il portiere, di sotto, disse quasi per scusarsi di avermi importunato.

Lo guardai in attesa di sapere il motivo della sua visita.

Non era oggi il nostro appuntamento? domandò con un soffio di fiato. L'ho chiamata qualche giorno fa.

Soltanto allora mi ricordai di quella spiccia e impacciata telefonata, e compresi il madornale equivoco che avevo sovrapposto alla smemoratezza.

Prego, entri, mi affrettai a riparare.

Non se lo fece ripetere due volte. Si intrufolò in casa con la velocità di uno scoiattolo che avesse avuto finalmente il permesso di scendere da un albero. Lo scatto della porta, alle sue spalle, mi parve confortarlo.

Andai a togliere il disco di Aznavour dal piatto e lo invitai a prendere posto sulla poltrona di pelle. L'occasione era inedita e sconcertante. A cosa dovevo l'inaspettata comparsa del mio primo cliente uomo?

Si tolse il giaccone. Gli attraversava il volto una ruga amara, profonda come una cicatrice. Se non avessi paura di enfatizzare, direi che veniva da due o tre notti di insonnia, un paio di bicchieri almeno di whisky, e che fosse sul punto di tremare. Pallido come lo stucco, esibiva una magrezza nervosa in ogni movimento. Anche i baffi, grigi, declinavano mestamente verso la fine delle labbra.

Si sedette, ancora un po' scombussolato.

Avrei voluto scusarmi per avere scambiato per telefono la sua voce per quella di una donna, ma preferii non dire niente per non sbagliare ancora.

Ci studiammo per qualche secondo. In realtà, né io né lui sapevamo come cominciare quella conversazione. Nei mesi precedenti avevo maturato qualche traballante esperienza con il genere femminile, seppure con esiti spesso biasimevoli. Ma non avevo idea di quale romanzo avrei potuto suggerire a un uomo, e per quale disagio. Accavallai le gambe e mi misi in ascolto.

Mi chiamo Giovanni, Giovanni Durante, cominciò il mio ospite. Non sono sicuro di essermi rivolto alla persona giusta e la prego di perdonarmi, non sono pratico di queste situazioni. Ma non le farò perdere troppo tempo.

L'uomo strinse i braccioli della poltrona e si tirò un po' indietro con la schiena.

Come può vedere, sono un uomo che ha superato ormai da un pezzo la mezza età. Non ho squilibri particolari, o almeno non conclamati. Soffro di solitudine, da quando ho perso mia moglie. Ma come tutti. E poi sono passati dieci anni, e mi sono abituato anche alla sua assenza. Nessuno è indispensabile, lo sa? È proprio vero. Ognuno è solo sul cuor della terra, hanno ragione i poeti. Anche i figli, a un certo punto, se ne vanno, com'è giusto. Io ne ho uno, e vive all'estero. Ma non sono qui per chiederle nessuna cura. Per la solitudine non esiste un antidoto. Come per alcuni reumatismi. Se sono qui, non è per questo, ma per un altro motivo.

Si chinò da una parte e mi accorsi soltanto allora che aveva con sé una borsa nera. Non so com'era stato possibile, ma non l'avevo notata quando era entrato. Eppure doveva averla avuta a tracolla, su una spalla, o stretta in un pugno.

Aprì la cerniera sulla parte superiore e dall'interno ne trasse un libro. Lo poggiò con calma sulla scrivania, ma non dalla mia parte, come se non avesse ancora deciso se mostrarmelo o no.

Si trattava di un romanzo molto famoso. Lo riconobbi dalla copertina. Al centro, un piccolo Cupido alato e solitario scoccava una freccia in mezzo a una lussureggiante foresta e risvegliava le piante con l'amore. Possedevo la stessa edizione. L'avevo scovata su una bancarella di Porta Portese, dalla parte del fiume, qualche tempo dopo la sua prima uscita.

Pensai che fino a quel momento quella seduta aveva una certa banale coerenza: tutte le donne che erano venute da me, lo avevano fatto perché trovassi per loro il libro giusto da leggere in una delicata fase della vita. Il primo uomo che sedeva sulla stessa poltrona di pelle, piena di graffi e di scorticature, invece un libro lo portava lui.

Apparteneva a mia moglie, disse. Era lei la lettrice di casa. Io non ho mai avuto il tempo. Può immaginare: sono stato revisore dei conti, poi dirigente del Ministero... i viaggi, mio figlio da crescere. Tutto quello che riuscivo a fare, la sera, era dare appena un'occhiata alle notizie sul giornale, niente di più. Ma mia moglie ristabiliva la media familiare. Leggeva per tutti: per me, e anche per mio figlio. Non c'è stata una notte che non l'abbia vista addormentarsi senza avere terminato qualche pagina. Quando se ne è andata, i suoi libri li ho lasciati lì, dov'erano sempre stati. All'inizio non avevo nemmeno il coraggio di toccarli. Come i vestiti, nell'armadio. Non so, anche cambiar loro di posto mi sembrava un sacrilegio. Ma forse è sempre così quando si muore prima del tempo stabilito: i nostri oggetti ci sopravvivono. La stessa cosa l'aveva fatta mio padre. Mia madre era morta che io ero solo un bambino e la casa in cui sono cresciuto rimase immutata finché non l'ho venduta, due anni fa, quando è morto anche lui. Quant'è presuntuosa, la nostalgia.

A queste parole, Giovanni Durante mi chiese dell'acqua. Mi alzai e dal frigo presi una bottiglia e due bicchieri.

I profumi, le collanine e gli altri gioielli, ricominciò poco dopo, li conservava in una ribaltina d'antiquariato. Neppure quella ho più riaperto. Ci crede? Nei cassetti è rimasto il suo odore, forte, inconfondibile. Lo stesso che si sente ancora nei suoi libri. Non le sembra strano?

A cosa si riferisce?

Al fatto che anche nei libri si ritrova l'odore delle persone che li hanno letti, oltre alle loro impronte digitali.

No, non mi sembra strano.

Sarà che io li ho frequentati poco, e non lo sapevo. Eppure è proprio così: è come se abbiano anche loro dei pomelli da tirare.

E lei li ha tirati?

Sì, ma sarebbe stato meglio lasciarlo chiuso, questo cassetto.

Finalmente Giovanni Durante spinse verso di me il volume che aveva lasciato sul tavolo e lo aprì.

L'incipit di quel romanzo mi aveva ossessionato per anni: «Era inevitabile: l'odore delle mandorle amare gli ricordava sempre il destino degli amori contrastati». In un viaggio in Corsica, ne avevo lette lunghe parti a Serena, a voce alta, mentre lei guidava. E poi, in tenda, la sera, alla luce sediziosa di una torcia. Soltanto per vedere la sua bocca ridere di gusto e provocarmi: Ma davvero credi a una storia così sentimentale? Un uomo che ha atteso 53 anni, 7 mesi e 11 giorni, notti comprese, per un bacio su un battello fluviale?

Giovanni Durante girò una pagina. Quella dopo la copertina era bianca, ma una breve dedica occupava la seguente. Sollevai gli occhi.

La prego, legga.

Lo feci senza ruotarla. Dalla mia posizione la vedevo al contrario, ma riuscii lo stesso a decifrarla. La data era segnata sul margine destro: *8 dicembre 1988*. Dal lato opposto, tre frasi:

A Chiara:
per il nostro amore,
per il nostro segreto,
per la nostra promessa eterna.
S.

Richiusi il libro. Sprigionava per davvero un odore di mandorle amare intorno a sé.

Chiara era il nome di sua moglie, vero?

Appena la pronunciai, la banalità di questa domanda mi infastidì. Sì, certo che Chiara era il nome di sua moglie. Giovanni Durante non si diede neppure l'incomodo di confermarlo.

È stato il primo che ho tolto dalla sua libreria.

Pensai che l'istinto è un ragioniere ingovernabile e abbassai lo sguardo.

Sono andato in pensione da un mese appena, ma sarei disonesto se le dicessi che volevo dedicarmi finalmente a tutto quello che fino a questo momento ho trascurato. Non è vero. Non mi ero ripromesso niente. Non come mio padre, che in vecchiaia si lasciò contagiare da Chiara e riempì anche lui di libri il tempo vuoto della sua lunga vedovanza. Che non ci fosse nessuna libertà, alla fine del lavoro, lo sapevo già. La libertà bisogna prendersela prima: ormai è troppo tardi. La vera ragione per cui ho aperto la libreria di mia moglie è che non la ricordo più. Sono passati dieci anni, e se la dovessi descrivere, probabilmente le parlerei di una ragazza, della ragazza che avevo conosciuto e di cui mi ero innamorato, tanto tempo fa, ma non della donna che era diventata. Quella mi sfugge. Ricordo la sua voce, tanto che a volte mi viene voglia di chiamarla, al telefono: una cosa stupida. Ma tutto il resto si è oscurato: cosa pensava, come si muoveva per casa. Soltanto per strada, certi giorni mi assalgono dei lampi slegati da tutto, che riguardano altri luoghi, altre stagioni. Delle istantanee. Ho pensato allora che leggere i libri che aveva letto lei mi avrebbe rimesso sulla sua scia, che potevano aiutarmi a ritrovarla. Un'imprudenza imperdonabile, alla mia età. Avrei dovuto regalarli, quei libri, o venderli. Disfarmi di tutto quello che le apparteneva. Nessuno dovrebbe mai interrogare il passato. Il passato va lasciato in pace, lì dov'è. Non c'è niente di più pericoloso che continuare ad abitarlo.

Giovanni Durante bevve un altro sorso d'acqua.

Vede, io e Chiara abbiamo avuto anche un figlio, gliel'ho già detto. Adesso ha quasi trent'anni e vive a Cambridge. Tra alti e bassi, il nostro alla fine è stato un matrimonio riuscito. O almeno questo è quello che avevo sempre pensato. Finché non ho letto questa dedica.

È soltanto una dedica, signor Durante.

La dedica di un innamorato.

Se anche fosse, è unilaterale. Non conosciamo la risposta di sua moglie.

Non sia ingenuo lei, adesso. L'uomo che le ha dedicato queste righe, ha usato per tre volte il pronome «nostro». Parla di un segreto, di una promessa e di un amore condivisi.

Come fa a essere così sicuro che sia stata una mano maschile a tracciare queste righe?

Mi pare evidente.

Ha firmato con una S. Potrebbe trattarsi di Susanna, Sonia, Sabina, Stefania, Scilla...

Ma anche di Stefano, Salvatore, Samuele...

Sa già a chi appartiene? Sospetta di qualcuno?

No, affatto, non ne ho la minima idea: è per questo che sono venuto da lei.

Ha sbagliato indirizzo, allora. Non sono un investigatore privato, e non mi occupo di presunti adulteri retroattivi.

Non è un esperto di libri?

La domanda suonò come una provocazione.

Il guaio, signor Durante, è che non ho letto abbastanza per occuparmi soltanto di libri. Ma nella vita pratica sono anche peggio. Non potrei aiutarla, neppure volendo. Perché si è rivolto a me?

Non so, un'intuizione. Mi sono detto che se un libro mi ha cacciato in questa storia, solo un altro libro può farmene uscire. Trovi lei quale.

L'avevo fraintesa, mi scusi. Credevo volesse affidarmi un altro incarico...

Non è forse compito della letteratura quello di cercare la verità? Chiara lo ripeteva sempre. Perché ne ha così paura?

Continuo a non capire, mi perdoni.

Lo sa quando è nato mio figlio? L'8 settembre 1989. A nove mesi esatti da questa dedica.

Una dedica non ha mai messo incinta nessuna donna.

Ne è sicuro? Le aggiungo questo altro particolare, forse insignificante: mio figlio ha gli occhi azzurri. Ma sia nella mia famiglia che in quella di Chiara nessuno ha gli occhi di quel colore. Almeno fino alla linea dei bisavoli. I dottori hanno detto che le trasmissioni genetiche possono risalire ancora più in là, seppure la percentuale si abbassi. Non sa quanto ci abbiamo scherzato sopra. Ma del resto a casa mia tutto è sempre stato scombinato: pure io sono daltonico e nessuno dei miei genitori e dei miei nonni lo era, per quello che siamo riusciti a sapere. Non si può mai dire.

No, non si può mai dire. Se proprio si vuole togliere il tarlo, vada a Cambridge e sottoponga lei e il suo rampollo a un esame del Dna.

E cosa consiglia? Vediamo: potrei andare da Andrea, che adesso è un promettente ricercatore di astrofisica al St. John's College, e dirgli: nella libreria di tua madre, che, come sai bene, è morta per un cancro dieci anni fa, ho trovato questa dedica su un romanzo d'amore dell'uomo che potrebbe essere il tuo padre biologico. La teoria sulla espansione dell'universo è più facile da affrontare, non crede?

Mi vergognai. Non era una questione di genere: se anche avessi avuto soltanto uomini per clienti avrei continuato a sbagliare tutto.

Mi aiuta, allora?

Per un paio di giorni, non smisi di pensarci. Nel quaderno su cui registravo il nome di tutti i personaggi di romanzo che avevano avuto qualche disturbo con la vista, non figurava nessun daltonico. Controllai meglio. Il primo era quello di Mattia Pascal, strabico di un occhio. Seguiva una lunga schiera di miopi, orbi e guerci che abitavano i libri di Balzac, di Maupassant, di Salgari, di Jorge Amado.

Alcuni casi clinici erano piuttosto interessanti, come quello di Theo Gantenbein, un personaggio di Max Frisch, affetto da cecità temporanea dopo un incidente. Scoperti i vantaggi del suo stato, appena la retina gli guarì decise comunque di continuare a simulare il danno subito. Nei parchi di Zurigo se ne andò a lungo in giro trainato da un cane, con un bracciale giallo al polso e una pipa spenta in bocca. Così si credeva molto più libero. Poteva vedere senza essere visto. Giocare a scacchi fingendo di farlo mentalmente. Apparire assente senza essere redarguito. Non far pesare il suo controllo o la sua condanna su nessuno. Ma tutto questo avrebbe avuto un prezzo che non poteva prevedere: quello di dover assistere, inerme e a occhi aperti, al tradimento di sua moglie.

Giovanni Durante sarebbe stato perfettamente d'accordo con la feroce ironia dello scrittore svizzero riguardo alla cecità volontaria e deliberata all'interno di un matrimonio. Seguitai a sfogliare i miei appunti. Oltre alle impenetrabili lenti nere di Theo Gantenbein, avevo riportato minuziosamente la descrizione di diverse paia di occhiali, da quelli di Pierre Bezuchov, in *Guerra e pace*, alla montatura d'oro di Athos Fadigati, l'otorinolaringoiatra creato da Bassani. Nelle ultime pagine, le lenti si facevano più spesse e i fastidi alla retina peggioravano, scivolando progressivamente verso una cecità reale e non più inscenata. Il quaderno a questo punto si interrompeva e rimandava a un altro taccuino, ben più corposo.

Su questo tema ero stato costretto, infatti, ad aprire un secondo registro anagrafico, a cui avevo dato il titolo di «*Censimento dei ciechi*». L'avevo compilato per anni con l'ossessiva regolarità di un contabile, catalogando tutti i grandi non vedenti della letteratura, dal cantore Demodoco dell'*Odissea* a Max Carrados, il detective cieco amato da Borges. Dentro vi avevo conservato anche la riproduzione di una foto di Paul Strand del 1916, che ritraeva una mendicante con al collo la scritta «Blind» e altre immagini di fisarmonicisti ciechi nella metropolitana di New York. Ho sempre pensato che se si potesse scattare una foto ai personaggi di romanzo, apparirebbero così.

Ma di daltonici nemmeno l'ombra. Mi maledissi per avere letto così poco. Eppure una curiosità mi solleticava in quella direzione. Forse più che di mandorle amare, per Giovanni Durante la solitudine aveva preso un odore di canfora, come per Theo Gantenbein. Chissà se pure nella sua casa vuota aveva ricoperto le poltrone con delle lenzuola bianche. Il sospetto e la gelosia sono la peggiore forma di daltonismo da cui si possa essere affetti. Alterano il profilo delle cose, guastano la memoria, distorcono il tempo. Che libro avrei potuto consigliargli?

Provai a documentarmi. Il disturbo era stato descritto per la prima volta alla fine del Settecento da un chimico inglese che si occupava pure di meteorologia, sir John Dalton, in una relazione che presentò alla *Lit & Phil* di Manchester, la Società Letteraria e Filosofica, e che intitolò *Extraordinary facts relating to the vision of colours*. A una riunione di quaccheri, sir John aveva indossato un abito rosso al posto di quello tradizionalmente nero, creando involontariamente uno scandalo. Si era allora reso conto che per lui l'erba aveva lo stesso colore del sangue. Gli mancava il verde. E neppure col rosso se la cavava bene. Sottopose suo fratello a dei test improvvisati e scoprì che anche lui soffriva delle stesse perturbazioni. I fiori di campo azzurri, ad esempio, apparivano a entrambi della tinta che gli altri chiamavano rosa. Non c'era dubbio: la loro cecità cromatica era dovuta a una malattia genetica ed ereditaria che – suppose – rendeva l'umor vitreo blu invece che trasparente. Ma, affinché qualcuno trovasse una spiegazione definitiva alla loro anomalia, per volontà testamentaria impose al suo assistente di asportargli alla morte i globi oculari e di donarli alla scienza.

Accarezzai la testa di Django. Chissà di che colore vedeva il mondo, con i suoi occhi di ghiaccio. Anche suo padre li avrà avuti dello stesso tipo, come quasi tutti i weimaraner. Giovanni Durante doveva sapere bene che il carattere del colore degli occhi è recessivo e che è abbastanza raro che da due genitori con gli occhi scuri nasca un figlio con gli occhi azzurri. La circostanza rendeva intrigante la comparsa di questo gene nella sua prole. Come aveva detto, di sicuro era stata fonte inesauribile di battute e scherzi con gli amici sulla sua paternità presunta.

Eppure la noce di un dubbio era rimasta rintanata nella sua coscienza come un piccolo ordigno inesploso. L'avvisaglia di qualche rovinoso inganno, che quella dedica aveva fatalmente riesumato. Aspettai che Charles Brassens finisse di cantare *Je me suis fait tout petit* e uscii.

In cortile, per la prima volta dalla fine dell'inverno, il Sor Gigi aveva risistemato una sedia da una parte e vi era affondato in tutta la sua lunghezza, come una lucertola che si fosse risvegliata dal letargo e avesse ritrovato il suo angolo di muro. Davanti a lui, Gabriel ramazzava per terra, canticchiando una canzone di cui afferrai soltanto queste parole: *De Africa llegó mi abuela, vestida con caracoles...*

Li lasciai ad assaporare il tepore dell'ora del pranzo e mi diressi verso il negozio di dischi di fronte le Ferrovie Laziali. La nuova stagione aveva invaso i marciapiedi come una smania improvvisa. Moltiplicava le voci, gli odori delle spezie indiane, la caleidoscopica varietà della gente che viveva nel quartiere.

Provai a immaginare come un daltonico potesse percepire l'esplodere della primavera in quelle strade. Se davvero l'erba aveva il colore del sangue, come dovevano apparirgli gli alberi, gli abiti delle donne, la frutta sui banchi del mercato? Cosa si depositava sulla sua retina lacunosa? La fioritura della rosa, del glicine, del ciliegio selvatico erano per lui soltanto una lunga serie di pettegolezzi, il cambio di stagione una diceria. Ma a che si riduceva tutto quel turbamento? A una macchia confusa e senza sfumature? O forse non potere contare quanti mirtilli ci sono in un cespuglio preservava ogni giorno la possibilità di una sorpresa? Forse per un daltonico il mandorlo era sempre in fiore e l'universo aveva l'aspetto di una sola interminabile magnolia, di una primula, di un arbusto giallo di forsizia?

Alla Discoteca Laziale, il reparto della musica francese si era ridotto a un cantuccio di pochi titoli e pochi autori che nessuno considerava più. Dischi che possedevo già da anni. Ogni volta ci tornavo nella speranza di imbattermi in qualcosa di nuovo. Ma ne restavo sempre deluso. Per consolarmi acquistai un vecchio album di Piero Ciampi, Pierre l'italianó, come lo chiamavano a Parigi, il più francese tra gli italiani. La signora alla cassa somigliava a Doretta Doremì, l'antica fidanzata di Paperon de' Paperoni dei tempi del Klondike. Avrei voluto dirglielo, ma lei mi rivolse un sorriso scintillante e io ne fui felice come se a sorridermi fosse stata la Stella del Polo in persona. Pagai e mi incamminai verso la bottega di Emiliano.

La campanella scordata dell'entrata annunciò il mio arrivo. Emiliano stava incolonnando dei libri sulla scrivania. La scacchiera sulla mensola sembrava essere stata dimenticata lì in un tempo remoto. Come se quella partita fosse cominciata all'inizio della seconda guerra mondiale, in un appartamento del ghetto di Roma o della Zeltnergasse di Praga, e né io né lui ricordassimo più la posta in gioco. Sapevamo soltanto che era enorme e infinita.

Ti capitano spesso libri con le dediche?

Emiliano sollevò gli occhi e si grattò la barba selvatica che si era lasciato crescere.

Qualcuno, ogni tanto.

E ti fermi mai a leggerle?

Ho dei clienti che le collezionano.

Notai che la sua barba conservava ancora una vaga impronta rossiccia.

No, scusa, non mi sono spiegato bene, non intendevo volumi autografati dall'autore.

Avevo capito, Vince.

Vuoi dire che c'è qualcuno a cui interessano le dediche degli anonimi lettori che li hanno preceduti?

Sì, e sono disposti a pagarle anche bene, dipende da quello che c'è scritto. A San Francisco un esperto di libri di seconda mano ne ha raccolte così tante, in giro per il mondo, che ha messo su una biblioteca virtuale. Puoi collegarti, e leggerle dal tuo pc.

Non so, mi sembra una profanazione.

Se il libro finisce in una bottega antiquaria, Vince, è perché qualcuno l'ha venduto o perso, o il proprietario è morto ed è passato davvero molto tempo. Ma bisogna stare sempre attenti a quello che si lascia scritto su un frontespizio o su una pagina bianca, con tanto di firma sotto.

Pensai con un brivido a tutti i romanzi che avevo regalato a Serena, a quante promesse inutili le avevo destinato. Forse qualcuno di loro era già nelle mani di un estraneo.

Più che una biblioteca, quell'americano ha inaugurato un museo, Vince. L'archivio degli amori, degli adulteri e delle amicizie perdute. Ma forse ogni libreria come la mia lo è.

E delle dediche che sono passate da qui, qualcuna te la ricordi?

L'altra settimana ne ho scovata una molto bella, su una vecchia edizione del *Grande Gatsby*. L'aveva firmata una donna con il nome di Felicia, ma non è detto che si chiamasse per davvero così. Era indirizzata a un uomo. Diceva semplicemente:

Per quello che siamo stati,
per quello che avremmo potuto essere.

Mi ha colpito il modo in cui era scritta. Come se la mano avesse indugiato un po'. Forse era un addio, chissà, o una tardiva dichiarazione d'amore, a giudicare dal romanzo che Felicia aveva scelto per trasmettere il suo messaggio. O soltanto una formula per perdonarsi. Eppure, a distanza di tanti anni e lontano dalle vicende personali che l'avevano generata, ho pensato che quelle parole non coinvolgevano più due persone e basta, ma si erano dilatate nel tempo e nello spazio, e ora comprendevano anche me, te, sì, insomma, tutto quello che saremmo potuti essere e non siamo.

Emiliano spostò un volume sulla sua scrivania da una colonna a un'altra.

Ora che ci ho fatto l'occhio, Vince, mi sono convinto che c'è una relazione tra la calligrafia degli esseri umani e il suono della loro voce. È una mia idea fissa. Ogni volta che trovo degli appunti, all'interno di un libro, mi sforzo di immaginare la voce di chi li ha scritti. Un esercizio inutile. Ma nelle ore che passo qui dentro mi attraversano tanti di quei pensieri. Lo stesso metodo lo applico quando incontro una dedica. Ve ne sono alcune che sembrano scritte sottovoce, altre a pieni polmoni, altre ancora soffiate come una delazione. Credo che molta dell'autenticità che gli concedo, quando le leggo, e che le solleva, a volte, dalla loro banalità, dipenda dal tratto. In generale, sono tutte veritiere, e attendibili, anche se provengono da luoghi immaginari e hanno date illogiche. Ne ho viste diverse riportare in calce il nome di Macondo o di un'isola di Gulliver o della contea di Yoknapatawpha. Piccole imposture di qualche lettore estroso, nomi che non sono segnati su nessuna carta. All'interno della prima edizione italiana di *Moby Dick* ne pescai una, assai letteraria, che suonava così: *Sul ponte del Pequod, ore 16:45, 4 aprile del 1851. Per cacciare la malinconia e regolare la circolazione, non c'è migliore cura che mettersi in mare. Ishmael.* Ebbi l'impressione che l'avesse scritta realmente un marinaio di un altro secolo finalmente a caccia di balene dopo lunghi pomeriggi senza vento. La presi come un invito. Chi può dirci in quale maniera il destino ci recapita i suoi dispacci? Ma io sono troppo grande, oramai, per salire su una nave.

Mi tornarono in mente le scritte che avevo trovato sui tovagliolini da caffè sotto il cancello di piazza Vittorio. L'asso di bastoni lo tenevo ancora in tasca. Poi mi ricordai che anche il capitano Achab era di religione quacchera, come sir John Dalton. E se pure lui, o Ishmael stesso, fossero stati daltonici? Forse Moby Dick non era così bianca come ci avevano raccontato.

Emiliano allargò le mani sul tavolo e poggiò tutto il peso sulle braccia.

Perdona la mia passione per questo argomento. Non ne avevamo mai parlato, ma scoprire una dedica all'interno di un libro mi ha sempre fatto compagnia, perché dentro ci trovo la vita degli uomini, i loro sentimenti, le speranze, le delusioni. Possono essere belle come una poesia o più enigmatiche di un indovinello.

La sua voce si era di colpo arrochita, come quella di un vecchio baleniere zoppo.

Che strano paradosso: al riparo della finzione, anche da lettori, smettiamo di fingere. Un romanzo è un luogo appartato, lo scrigno ideale a cui affidare un segreto. In fondo ogni dedica contiene una storia da ricostruire. L'importante è come e da dove la si osserva.

Che vuoi dire?

Che il vero mistero sono i segni. A volte vanno visti al contrario. Dalla fine all'inizio. Oppure sottosopra.

Fai un esempio.

Questa lezione me la insegnò un siciliano: Leonardo Sciascia. Rammenti come inizia *A ciascuno il suo*? «La lettera arrivò con la distribuzione del pomeriggio». È una busta gialla. Il postino la deposita sul banco di una farmacia e si siede ad aspettare che il proprietario la apra. L'indirizzo è ritagliato da un foglio intestato del negozio. Una lettera anonima, di sicuro. Il farmacista Manno è riluttante. Alla fine la legge: «PER QUELLO CHE HAI FATTO MORIRAI». Qualche giorno dopo, durante una battuta di caccia, la minaccia viene messa in pratica. Ma sarà soltanto un taciturno insegnante di italiano e latino al liceo come fino a pochi mesi fa potevi essere tu, a intuire la pista giusta. Per un caso. Solo per avere osservato con attenzione il retro di quel foglio, sul marmo bianco del bancone. Dal suo punto di vista al contrario, il professore riconosce chiaramente le parole «unicuique» e capisce che il giornale da cui sono state tagliate via le lettere per comporre quell'avviso minatorio è l'«Osservatore Romano». Come vedi anche uno scapolo di quarant'anni, metodico e timido, e sovercchiato dall'amore della madre, può mantenere una fatale e stupefatta curiosità.

Come si chiamava?

Laurana, professor Paolo Laurana.

Ah, sì. E quale insegnamento ne hai tratto da questa storia?

Che la Sicilia è una regione di alfabeti capovolti. Da quelle parti, tutti sanno che l'indizio della verità è sempre nel rovescio di ogni parola.

Vale anche per le dediche che trovi sui libri?

Vale per tutto: dediche, lettere minatorie, biscotti della fortuna.

Grazie, Emiliano, mi sei stato molto utile, oggi.

Non so per cosa, ma grazie a te per avermi ascoltato con tanta pazienza.
Strinsi la carta da gioco nella tasca e uscii precipitosamente. A casa, Django mi festeggiò come sempre nella sua maniera, senza un mugolio né un abbaio. Tolsi il disco di Piero Ciampi dalla custodia, poggiai la puntina sulla prima traccia e subito dopo scartai un pacchetto nuovo di Gauloise.

Ti ricordi via Macrobio?
Qualche volta eri felice.

Giovanni Durante si sedette sulla mia poltrona di pelle lasciando trasparire minore agitazione della prima volta. Buster Keaton, dalla parete dove avevo attaccato il suo manifesto, continuò tuttavia a osservarlo con diffidenza per tutto il tempo. La sua calma era soltanto apparente. Non c'era bisogno di travestirsi da Sherlock Holmes, o di imbracciare una lente d'ingrandimento, per capire quale altalena di sentimenti gli ingombrasse l'animo. La vergogna di essere stato tradito. L'imprudenza di averlo rivelato a un estraneo come me. L'intollerabilità di non poterne chiedere conto alla moglie. Lo scherno del tempo. La memoria offesa, anche quella del dolore. E l'atroce persuasione di essere stato derubato persino della paternità di suo figlio. Una trappola emotiva dalla quale non c'era difesa, né via di scampo.
Il mulinello di tutti questi ragionamenti lo aveva spossato. Appariva più vecchio: i capelli definitiva-

mente ingrigiti ai lati delle tempie, le mani secche e disperate, gli occhi da ubriaco. Il corpo, già magro, aveva perso in una settimana ogni energia. Nessuna collera lo eccitava più. Nessun assillo. Era l'oggetto vinto di uno scherzo da cui non si sarebbe più ripreso.

E la causa del suo avvilimento era stato un libro. Poche righe dimenticate sulla prima pagina del più improbabile dei romanzi d'amore. La prova inconfutabile della sua cecità.

Una smorfia di provocazione gli segnò la bocca con uno sforzo.

Allora, signor Vince Corso, ha trovato un rimedio letterario alla mia situazione?

Lasciò cadere le braccia lungo i fianchi e si dispose ad accogliere l'amara inevitabilità della sua vittoria.

Sollevai una matita dal tavolo. Anche Buster Keaton, dal muro, si mise in ascolto.

No, dissi senza barare, non ho niente da suggerirle.

Quale titolo avrebbe potuto guarire, del resto, quell'uomo dalle sue tristezze private e dall'odio per i libri che aveva senz'altro sviluppato? Qualsiasi romanzo sarebbe stato un farmaco scaduto.

Un sorriso di pena gli allargò il viso.

Grazie per non averci nemmeno provato a rifilarmi un'illusione di seconda mano. L'avevo sottovalutata. Temevo che avrebbe usato qualche espediente consolatorio anche con me.

Mi guardò con una certa riconoscente complicità. Ma non ne fui inorgoglito. Avevo appena compreso perché si era rivolto a uno sconosciuto biblioterapeuta di cui aveva trovato per caso il numero su un elenco telefonico o in rete. Non potendosi più vendicare sulla moglie, né sull'ipotetico e anonimo amante, né sul proprio figlio o ex figlio, mi aveva istericamente eletto come antagonista. Il garante vicario di tutti i suoi mali. Il cerimoniere del potere nefasto dei libri. Per un transfert ero io il terminale di tutta la sua rabbia. Ma anche la rabbia era svaporata, insieme al resto. Non c'era niente che si potesse correggere.

Si alzò con quel po' di dignità che gli avanzava e mi indirizzò uno sguardo ormai indifferente.

La prego, signor Durante, lo fermai, avrei ancora qualcosa da dirle.

Giovanni Durante si riscosse per un momento dalla sua apatia.

Si segga, per favore.

Mi ubbidì meccanicamente. Non sapevo se era giusto quello che stavo per fare, ma non lo sarebbe stato neppure lasciarlo uscire in quello stato.

Ha mai sentito parlare dell'enigma della camera chiusa?

Giovanni Durante scrollò la testa.

È una variante del giallo deduttivo o romanzo ad enigma. Si tratta di uno schema classico, il cui capostipite è Edgar Allan Poe: viene commesso un crimine, ma la scena del delitto è una stanza chiusa dall'interno. Nessun segno di effrazione. Nessun indizio apparente.

Ci hanno girato decine di film. Ma cosa c'entra?

L'ha detto lei, l'altra volta, che compito della letteratura è quello di cercare la verità, non di consolare.

Sto soltanto cercando di applicare la tecnica del romanzo al suo caso.

Vada avanti.

Nel Novecento alcuni scrittori, soprattutto sudamericani, hanno rinnovato il genere, spingendo l'enigma a un passo dal fantastico e allargando il laboratorio della trama. Le situazioni si sono fatte più allucinate, l'azione è stata ridotta. Al primato dell'intelligenza è subentrata la fedeltà all'immaginazione, l'unico passepartout in grado di penetrare il più brutale dei sogni: quello della realtà. L'enigma iniziale è stato sostituito da altri enigmi, che implicano direttamente il lettore, perché anche l'esperienza della lettura accade dentro al libro, lo trasforma e ne è trasformata. Da questo momento in poi ogni soluzione, pur sempre verosimile, non sarà che una congettura.

Si spieghi meglio.

È come se anche la scrittura sia diventata daltonica. Il giallo è soltanto uno dei colori possibili.

Vuol dire che da quel momento in poi anche i lettori sono finiti sul registro degli indagati?

Sì, in un certo senso sì.

Dove vuole andare a parare, signor Corso?

In questa storia, il crimine è l'adulterio di sua moglie e il patto fraudolento che sua moglie stabilì con un altro uomo per addossarle una paternità che non le apparteneva, con la reciproca promessa di mantenere il segreto. Faccia uno sforzo: lo spazio della dedica su *L'amore ai tempi del colera* di Gabriel García Márquez è una camera chiusa. In fondo non si tratta neppure di un mistero.

Gli attori del crimine sono ancora lì dentro. Abbiamo le loro parole. Sappiamo chi è il mandante e chi il destinatario. Conosciamo un nome per esteso, Chiara, e un altro fissato per l'eternità da una iniziale, una S con un punto. Su questo delitto c'è una firma, evidente, intelligibile. Quella dedica è una dichiarazione di colpevolezza quasi ovvia. Niente da scoprire, in apparenza.

Il signor Durante ora mi osservava con curiosità, senza perdersi un passaggio delle mie argomentazioni.

Ma nessun libro è una camera chiusa, signor Durante. Un libro è soprattutto uno specchio capovolto.

Non mi tenga sulle spine.

Ho buoni motivi per credere che anche il nome di suo padre iniziava per S.

Mio padre?

Sì.

Si chiamava Stefano.

Per l'appunto.

Non capisco.

Ha scritto lui, quella dedica.

Lui? Ma...

Sì, avrà leggermente falsificato la calligrafia, o forse lei non l'ha riconosciuta perché era l'unico uomo, tra tutti quelli che frequentavano la vostra casa, che non ha preso in considerazione.

Mio padre e Chiara?

Ma no, non sia ridicolo. La spiegazione è un'altra. Lei sbaglia la prospettiva, signor Durante. Ha letto quelle frasi dal punto di vista dell'insicuro che ha sempre dubitato della paternità di suo figlio.

E invece?

E invece doveva rovesciarle e leggerle dal punto di vista di un figlio, non di un padre.

Non la seguo.

Era la paternità di suo padre da mettere in discussione.

Giovanni Durante si chiuse in un silenzio attonito e confuso.

Perdoni il gioco di parole, ma lei pensava di non essere il padre di suo figlio, e invece non è il figlio di suo padre. Capisce adesso?

Giovanni Durante mi fissò frastornato.

Tutta la sua infanzia dovette ripassargli simultaneamente davanti agli occhi.

Lei quanti anni ha ora? gli domandai dopo un po'.

Sessantatré.

Ecco, la sua attesa è durata dieci anni esatti più di quella del protagonista del romanzo su cui ha trovato la dedica. La letteratura ha un involontario senso dell'ironia e dell'esagerazione. Soltanto che a differenza di Florentino Ariza, lei ha aspettato tutto questo tempo, notti comprese, non per coronare un amore, ma per sapere di essere stato adottato.

Dirlo a voce alta mi costò fatica, ma ruppe in parte l'imbarazzo della circostanza.

Ma perché le avrebbe regalato proprio quel libro?

Una coincidenza, stavo per rispondere. Poi mi ricordai di un dettaglio che forse un dettaglio non era.

Florentino Ariza era stato allevato dalla madre. Il padre, un dirigente della Compagnia Fluviale dei Caraibi, non lo aveva riconosciuto. In fondo, anche quel romanzo, riletto sotto questa luce, racconta un'altra vicenda, assai meno sentimentale. Tanta ostinazione amorosa scaturisce da uno strappo iniziale, da un abbandono, da una necessità di riparazione. Se voleva una prova, si accontenti di questa. Non ce ne sono altre.

Mi chiesi, di nuovo, se era stato lecito avanzare le mie illazioni sino a quel punto. Quel pasticcio assurdo era tutto un intrigo di figli illegittimi e di ribaltamenti, di oblii e di accettazioni, e riguardava anche me.

L'uomo sprofondato nella mia poltrona adesso non somigliava più a un vecchio patriarca spodestato, ma a un bambino senza difese. Di certo stava computando in silenzio le infinite questioni che quella possibile verità suscitava. Perché nessuno gli aveva mai detto nulla? O era stata sua madre, prima di morire, per proteggere sia il suo bambino che la futura memoria di lei, a chiedere al marito un vincolo di riserbo? E la moglie Chiara lo aveva scoperto da sé, rimettendo a posto qualche antico documento, oppure era stata l'unica donna con cui il padre aveva deciso di confidarsi, quando anche a lei era toccata la stessa sorte di ammalarsi? Di certo, suo padre le era molto affezionato. *Per il nostro amore.* Sì, ora era chiaro che stavano parlando di lui. *Per il nostro segreto. Per la nostra promessa eterna.*

Giovanni Durante si alzò in piedi per la seconda volta, senza sapere esattamente cosa fare. Non capiva neppure con precisione cosa stesse provando, se era più il sollievo o uno strano cordoglio di se stesso. Tirò fuori il portafoglio e posò sul tavolo l'onorario che avevamo concordato. Cinquanta euro.

Se li è guadagnati, disse.

Poi si avviò alla porta. Da lì mi rivolse un'ultima domanda, ma come se parlasse tra sé.

Lo sa che per me gli occhi di mio figlio non sono mai stati azzurri?

Gabriel stava chiudendo la portineria. Nell'aria c'era un forte odore di terra bagnata che preannunciava la pioggia.

Ti serve un ombrello?

No, grazie, ho solo voglia di fare due passi.

Anche se è già aprile, questa primavera tarda ad arrivare, ma vedrai che da domani…

Sì, da domani, Gabriel.

Buona passeggiata, allora.

Grazie.

Mi incamminai, ma tornai subito indietro.

Scusami, puoi buttarmi questi foglietti, per favore?

Tirai fuori la carta da gioco che avevo raccolto da terra una settimana prima e gli altri bigliettini.

Dove li hai trovati?

In piazza, vicino a un mucchietto di foglie.

Lo sai che in Cile si dice che tutto quello che incontri per strada ha un senso?

E che senso avrebbero, secondo te, queste frasi sconclusionate sopra i tovaglioli di un bar?

Mah, innanzitutto devi leggere la carta da gioco. Era insieme a loro?

L'ho trovata poco prima. Ti intendi anche di cartomanzia?

A Lima conoscevo un vecchio che le sapeva leggere. Interpretava pure i fondi di caffè e di cioccolata.

E cosa indicherebbe un asso di bastoni?

Quel mazzo noi lo chiamiamo *baraja española*. Tu che ami la letteratura, forse avrai letto un racconto di Juan Rulfo, *Il gallo d'oro*.

Gabriel mi sorprendeva sempre.

No, purtroppo.

Cercalo allora. C'è un personaggio, Dionisio, che ci gioca. Ma un asso di bastoni può indicare tante cose. Come l'hai raccolta: diritta o rovesciata?

Era girata sul dorso.

Vedrai che se ripensi a quello che ti è successo in questi giorni troverai il suo significato.

Mi ricordai quello che avevo già detto a una mia cliente, qualche mese prima: abbiamo davanti soltanto il passato, non il futuro, è il passato l'unico tempo che possiamo tentare di predire.

Comunque, se ti interessa, da noi quella carta rappresenta un orfano.

Quell'uomo aveva la semplicità di un oracolo. Lo sentii avviarsi verso il suo appartamento a piano terra.

Adesso sapevo che storia avevano raccontato tutti quei foglietti. La mia. Ero io la carta solitaria, il senzapadre, la dedica rovesciata. Ero io il dirimpettaio impreciso che attendeva nello studio i suoi pazienti. Non avevo mai cambiato parere: dovremo essere tutti felici e contenti. Siamo condannati alla felicità. O forse, semplicemente, io ero il più malato di tutti. Le mie supposizioni, il delirio di un paranoico. Quello che avevo rivelato al signor Durante, con tanta convinzione, chissà se era accaduto per davvero. Mi venne voglia di telefonare alla mia amica Marta, ma ormai si era fatto tardi.

In piazza, davanti la Basilica, un gruppo di attempati turisti si era riparato sotto la tettoia di un bar di via Merulana. Alcuni stavano bevendo un Campari soda, altri divoravano un tramezzino. Parlavano tra loro in toscano. Il più grande si alzò in piedi, improvvisando un brindisi agli anni perduti della giovinezza. Gli altri lo chiamavano con uno strano nome, Ampelio. Mi fermai a osservarli, pensando che forse erano scappati da una casa di cura e ora stavano celebrando la loro ritrovata libertà. Nonno Ampelio se ne accorse. Gli indirizzai un sorriso e sollevai un calice invisibile nella sua direzione. Mi rispose con una bestemmia. I compagni sollevarono all'unisono le bandierine gialle dei papaboys e le sventolarono.

Mi accesi una Gitane. Nell'altra tasca della giacca avevo portato con me una cartolina vuota. *E tu come te la cavi con la vista? Saresti capace di riconoscermi?* scrissi a un padre che non avrebbe mai potuto rispondermi. Poi, andai a imbucarla nella più vicina cassetta postale.

Per tutte le altre destinazioni.

Anche per quelle sbagliate.

Maggio

Marco Malvaldi
Voi, quella notte, voi c'eravate

Il giorno in cui si mangia meglio, al Bocacito, è il mercoledì, che è il giorno di chiusura.

Per poter apprezzare un ristorante al massimo delle sue possibilità, la cosa giusta da fare è prenotare quando c'è poca gente; quindi non di venerdì o di sabato sera, quando i tavoli sono tutti occupati, la cucina è invasa dagli ordini e come piatto fuori carta ci sarebbe il coniglio fritto impanato nel panko su carpaccio di carciofi e bottarga che appena lo senti inizi a salivare, purtroppo mi dicono dalla cucina che l'ultimo l'hanno ordinato ora ora. Un ristorante, qualsiasi ristorante, dà il suo meglio quando la sala è semipiena, o quasi vuota, il personale di sala è rilassato, e si vede, quello di cucina anche, e si sente.

Se poi uno è amico di lunga data del proprietario, può chiedergli di organizzare una cena solo per lui e i suoi amici; ma è ancora meglio se il proprietario è amico vostro, e vi invita a degustazioni o cene private che si svolgono esclusivamente nel giorno di chiusura. Il locale, la cucina, e la sua cantina sono tutti per voi. Come accadeva non di rado al Boccaccio, il precedente ristorante di Aldo, fino a qualche anno fa.

«To', tanto se n'è fatta una e via nel ristorante vecchio» disse Ampelio, parcheggiandosi sulla sedia a capotavola con l'aiuto del bastone e levandosi il basco, d'altronde è maggio e comincia a fare caldo, si può anche mangiare senza il cappello.

«Mamma mia, davvero» disse Pilade, accomodandosi anche lui, si fa per dire, su una sedia che bastava sì e no per lo spazio fra le tasche posteriori dei pantaloni. «Il Parruccini andava a fare le cèe a Boccadarno, colla riparola. Poi le portava di là, al Boccaccio, e Tavolone le faceva in padella, e noi a dagli una mano».

«Perché, la padella era troppo pesante?» chiese Massimo, tirandosi la sedia sotto le ginocchia.

«Sèi, pesante. Tavolone quand'era giovane gli ci potevi mettere la ròta d'un camion nella padella, te la voltava in aria come una frittata. No, è che le cèe van messe in padella ancora vive. E le cèe non son mica l'aragosta, che se tenta di scappa' più di tanto non fa. Quelle si dimenano, se le metti in padella schiccherano via, e te in cucina ti ritrovi un tornado d'anguille tipo piaga d'Egitto. Allora si doveva essere in tre. Aldo le buttava, Tavolone reggeva la padella e io zàc!, col tappo della padella sopra. Poi, quando avevan finito d'agitassi, una grattatina di formaggio e via in tavola, belle calde».

«Fai tanto il ganzino perché non c'è Alice» disse Aldo, dall'alto, mentre brandiva il cavatappi.

«Perché? È vegetariana?».

«No, è sensibile» disse Massimo, prendendo un panino al sesamo dal cestino. «Comunque, mi è piaciuta la descrizione della scena. Tavolone alla padella, Aldo alle materie prime e te a impedire la fuga. E il nonnaccio, nel frattempo, che faceva?».

«De', chiacchierava» disse Pilade, guardando con invidia Massimo che, posato il panino sul tavolo, prendeva il coppino del burro. «Del resto il tu' nonno era sindacalista ventiquattr'ore su ventiquattro».

«Se 'un c'era la gente come me, quelli come te l'avrebbero licenziati colla catapurta, ber mi' Pilade» rispose Ampelio, prendendo anche lui un panino con ostentata consapevolezza. «Artri tempi».

Davvero, altri tempi. E si vede. Un po' perché il ristorante di Aldo non si chiama più Boccaccio, ma Bocacito, e non è più in via delle Peonie numero 12, ma accanto al bar di Massimo, del quale è diventato la naturale continuazione. Un po' perché le cèe, ovvero gli avannotti delle anguille, non si possono più pescare, né con la riparola né con altri mezzi. La cosa, a dire la verità, era già proibita alla fine degli anni Ottanta, il periodo a cui Pilade si riferiva, ma il Parruccini se n'era allegramente infischiato e aveva continuato a pescare di frodo nottetempo, fino al giorno in cui era stato beccato dalla capitaneria di porto con due chili dei preziosi avannotti e multato di lire cinquantamila per ogni singolo esemplare sotto misura, cioè tutti. Sapendo che una singola cèa, alla latitudine di Pisa, ha un peso di circa cinque grammi, è abbastanza comprensibile come la moglie del Parruccini, il giorno dopo, gli avesse rotto la riparola in capo, e quindi, da quel giorno, basta cèe per il povero Del Tacca e soci.

Negli anni, poi, la varietà dei cibi su cui il buon Pilade poteva mettere la dentiera si era ulteriormente assottigliata, non per colpa della legge dello stato ma per colpa del medico di famiglia. Essere alti centosessanta centimetri e pesare centodieci chili erano ritenute due condizioni incompatibili, e nonostante le proteste («To', peso cinquanta chili meno della mia altezza») il Del Tacca era stato messo a dieta, e le cèe non gli sarebbero toccate in alcun modo.

Come, del resto, nessuna delle mefitiche delizie che in quei giorni di maggio asserragliavano il paese, avvolgendolo in una nuvola di fritto che parlava al cuore. La Sagra del Totano, uno degli eventi più popolati del litorale, lungo le cui bancarelle migliaia e migliaia di persone diventavano gente e decidevano di salutare il ritorno del bel tempo con una bella mangiata di pesce fritto in riva al mare. Pilade aveva iniziato a partecipare attivamente alla sagra nel 1950, coi pantaloni corti, e aveva smesso, obtorto collo, sessant'anni dopo, quando ormai i pantaloni erano diventati ascellari. Altri tempi.

«Già, artri tempi» sbuffò il pensionato. «Prima i vagabondi 'un si potevano licenzia' perché c'erano i sindacati. Ora invece 'un si pòle più licenzia' nessuno perché 'un c'è più nessuno che sia assunto. Aspetti sei mesi, gli scade il part-time e pigli qualcun altro. Povera Italia».

«Sì, povera Italia» disse Aldo, liberando con cura la bottiglia dalla capsula con il temperino del cavatappi. «E la colpa di chi è?».

«In che senso?».

«Nel senso, caro il mio Pilade, che se non ci fossero stati quelli come te che prendevano lo stipendio mensile pur lavorando tre o quattro ore l'anno, magari questo paese adesso non era messo come è messo». Aldo appoggiò la vite del cavatappi sul tappo e cominciò a girare. «E ora sei in pensione tranquillo e mangi grazie a quelli che lavorano al posto tuo, e che in pensione non ci andranno mai».

«Ma cosa vòi che mangi» disse Pilade, scuotendo tristemente il capo. «Il dottore m'ha tolto anche il pane. I grissini, perlamordiddio. Il sale, lo posso usa' solo per gli scongiuri, come faceva Romeo».

Sia detto per i non indigeni: a Pisa, il nome proprio «Romeo» non indica il giovane rampollo della famiglia Montecchi, ma l'indimenticato Anconetani, presidentissimo del Pisa Sporting Club che in città è ancora oggi oggetto di laica e trasversale venerazione da parte di tutti, pochissimi esclusi. Tra questi, ovviamente, Ampelio, per il quale lo sport è solo il ciclismo, il cui principale nemico è il sovrappeso.

«Ho capito, Pilade, ma lo fa per ir tu' bene» notò infatti il nonnaccio, spalmando di burro il panino. «Sei grasso pinzo».

«Son dimagrito quattro chili».

«Sì, ma l'hai perzi tutti d'ossi» ipotizzò il vegliardo, indicando l'amico con il coltello ancora marezzato di bianco. «Non è che devi dimagri' perché così la Vilma fa meno fatica a portatti a giro sulla carriola, devi dimagri' per via della salute».

«Bisogna vede' cosa intendi per salute» replicò Pilade. «C'è anche la salute mentale, sai? Se a me mi gira i coglioni a duemila perché mangio solo fagiolini sconditi, io un giorno mi butto dalla finestra per lo sconforto».

«Avverti in Comune, se der caso» rispose Ampelio, tranquillo. «Solo di tranzenne per circondare la buca, devono rivede' 'r bilancio dell'annata».

«A proposito d'annate, Aldo, ci siamo?».

Ci siamo, ci siamo. Aldo, con fare professionale, fece leva sul cavatappi ed estrasse un lungo tappo di sughero dalla bottiglia. Quindi, il tappo ancora avvitato sulla spirale, annusò a lungo.

Il momento, in fondo, lo richiedeva.

La bottiglia che Aldo aveva appena stappato era un Pergole Torte 1990 riserva. Di bottiglie come quella, in origine, ne erano state prodotte settecentocinquanta. Non poche di queste settecentocinquanta erano state bevute, nel corso degli anni. Quella che Aldo e Massimo si apprestavano a degustare era, presumibilmente, uno degli ultimi esemplari rimasti. Una rarità assoluta, e di pregio: sul mercato americano, una bottiglia del genere vale più di mille dollari.

Ancora più raro ed eccezionale, però, l'evento di degustazione, se si considera che la bottiglia l'aveva portata il Rimediotti.

Esatto, Gino Rimediotti: pensionato delle poste che non solo di vino non ci capisce una mazza, ma è anche talmente tirchio che quando gli suonano il campanello si lamenta che gli consumano la corrente.

Se qualcuno dei lettori si preoccupasse per le finanze del poveretto, che ha una situazione bancaria dignitosa ma magra, è bene sapere che non c'è motivo di inquietudine per il conto in banca del pensionato.

Perché il Rimediotti, quella bottiglia, l'ha trovata letteralmente per terra.

«"Prosegue con grande successo la Sagra del Totano. Primi due giorni di enorme affluenza per la manifestazione gastronomica che avrà luogo sul litorale fino a domenica sera. Grande attesa per la serata finale dove sarà ospite l'intera squadra del Pisa Calcio"».

«Speriamo mangino da un'altra parte» commentò Marchino, mentre asciugava lo shaker e lo appoggiava sul bancone. «Io l'altr'anno ci sono andato, tranquillo che quest'anno non mi vedano. Un piatto di plastica con cinque anellini fritti che sembravano di gomma, a masticarli ci ho messo una vita».

«Armeno ti son durati» fece notare Ampelio, posando il giornale. «Se erano bòni finivan subito, e ti lamentavi che eran pochi. Poi figurati te se un calciatore mangia quarcosa a una sagra. Va lì, du' applausi, tre o quattro sèlfi, e poi va dal Sandroni. Ostriche, sciampagn e brindisi a que' brodi che pagano il biglietto per veni' allo stadio, che son gli stessi che vanno a fassi avvelena' alle sagre».

Già, le sagre. Al BarLume, la popolazione è divisa. Da una parte c'è l'anima proletaria, costituita da Pilade, instancabile collaudatore di panche e tavolate per qualsiasi tipo di cibo venga servito all'aperto sotto uno striscione, e il Rimediotti, che sostiene che il pesce fritto a cinque euro lo trovi solo alla sagra. E ci sarà un motivo, fa notare immancabilmente Ampelio, vedrai se era bòno con cinque euri ar massimo t'apparecchiavano, e niente pane.

«Te però Massimo quand'era piccino alla Sagra der Totano ce lo portavi. O mi sbaglio, Massimo?».

Massimo, chiudendosi alle spalle la porta a vetri dopo aver fatto entrare Alice, alzò il dito indice.

«Confermo. Però avevo otto anni e del totano fritto mi importava anche il giusto. Io volevo andare alle giostre».

«Bellino, Massimo che andava alle giostre» disse Alice, andandosi ad appollaiare su uno sgabello. «Non riesco a immaginarti su un cavalluccio della fiera».

«Infatti andavo solo al tiro a segno. Poi sono cresciuto, e non c'erano più motivi per andare a mangiare dei pesci morti per sovraffollamento in una vasca zincata dalle parti di Tramate nell'Ombra o qualche altro postaccio squallido del finterland milanese, cucinati in condizioni igieniche discutibili mentre a me per un pedale di dimensione non adeguata al lavandino della cucina mi fanno tremila euro di multa».

Seguì qualche secondo di pesante silenzio.

Sull'argomento «sagre», Massimo aveva un unico punto di vista, ovvero la totale disapprovazione. Se era di umore lieto e portato alla celia, tale disapprovazione si concretizzava in finti manifesti preparati appositamente in tipografia e reclamizzanti le manifestazioni culinarie più improbabili, come la *Sagra della Polenta col Caviale Beluga* (tre anni prima, c'erano stati dei fresconi che avevano chiesto informazioni alla Pro Loco) o la già più manifesta *Sagra del Pesce Piranha*, che nelle specifiche sul cartello in carattere piccolo informava gli utenti che se uno portava la suocera entrava gratis.

«Ostriche, può essere» disse dopo qualche secondo Aldo, rompendo il silenzio in modo compassato. «Champagne, se vanno a mangiare dal Sandroni, mi sa che gliene tocca poco, visto il casino che è successo».

«Ma cosa dici?».

«Si parlava prima del Sandroni. Se sul giornale c'è scritto quello che è successo davvero, e siccome sono vecchio tendo a credere che sia più probabile quello che è scritto sul giornale che non i video di YouTube, il nostro potrebbe avere un piccolo problema con la carta dei vini. È sullo stesso pezzo di carta che hai in mano» disse Aldo, con la affidabile competenza di chi commenta una disgrazia che è successa a qualcuno che gli sta sui coglioni. «La pagina dopo a quella della sagra. In basso a destra».

«In basso a destra. "Perché Nobel? Incontri con la cittadinanza sui premi dell'Accademia delle Scienze, a cura dell'Univerzità di Pisa. Stasera incontro dal titolo: 'Perché Bob Dylan ha vinto il premio Nobel per la letteratura 2016?'. Relatore: Carlo Monterossi, sceneggiatore e autore televisivo". O cosa c'incastra?».

«La pagina dopo, in basso a destra».

Ampelio, non senza difficoltà, voltò la pagina riuscendo miracolosamente a non squadernare il quotidiano.

«In basso a destra» ripeté Aldo.

«Ho capito, Dio bòno. Sono lento, mica scemo. Eccoci. "Rapinato noto ristoratore. Svuotata la cantina. Pineta. Un lavoro di scasso finissimo, e la fatica di una vita se ne va in fumo. Dopo aver forzato una finestra sul retro del locale, tacitando il sistema d'allarme, ignoti la notte scorsa sono penetrati nel caveau del ristorante Porco D'Istinto, di proprietà del sommelier Stefano Sandroni, e hanno saccheggiato le pregiatissime cantine del locale, portando via, a detta del proprietario, più di cento bottiglie di vino, per un valore complessivo tra i cinquanta e i centomila euro". Centomila euro di vino, te fammi ir piacere. Vedrai, se te ci compravi un appartamento eran sempre lì».

«Sì, pieno di sfrattati di un centro sociale».

«Armeno serviva a quarcosa. "Bottiglie rare, preziosissime, alcune di valore superiore al migliaio di euro. 'C'erano grandi italiani, Sassicaia, Masseto, grandi francesi, Château Pétrus, La Tâche, di annate particolarissime, e anche bottiglie promettentissime, come la prima annata del Campo Magno, che diventerà una bomba', dichiara Stefano Sandroni al nostro taccuino. Del resto, è noto che Sandroni è uno dei massimi esperti internazionali di enologia, e che dal suo fiuto sono stati individuati, ancora sconosciuti, quelli che poi sarebbero diventati dei cult del vino italiano, come il merlot Redigaffi o il Paleo. Grazie alla sua indiscussa competenza..."».

«... e al fatto di essere un pezzo di merda senza pari...» chiosò Aldo che d'altronde l'articolo l'aveva evidentemente già letto.

«"... Sandroni si era quindi ritagliato un posto di primo piano anche nella ristorazione, aprendo a Pineta il suo primo ristorante, che è diventato in breve tempo il più importante punto di riferimento..."».

«... per tutti i magnaccia ceceni del litorale che si sono arricchiti vendendo armi dell'ex Armata Rossa, sì».

«L'invidia è una brutta bestia, eh, Aldo» disse Pilade, dopo aver dato un sorso pieno di rimpianti a un bicchiere di minerale non gassata. «E poi lo dicevi anche te che il Sandroni ciaveva una cantina che levava di sentimento».

«Senza dubbio» disse Aldo. «Capirci ci ha sempre capito. Il problema è che ci ha anche sempre lucrato. La prima bottiglia di Paleo, quando l'ho comprata, l'ho pagata trentamila lire, cioè quindici euro. Adesso costa settanta euro, se ti va bene. E non è certo quello che è aumentato di più, anzi. Senza contare che come vino non c'è niente da dire, è notevole. Ma c'è gente in Maremma che vende a cento euro vini che non sono altro che spremute di legno. Tutti uguali, come la Coca-Cola. Per clienti tutti uguali, ignorantoni con vestiti di sartoria da tremila euro che portano il colletto della camicia sopra la giacca. Scusa, cara, potrei mica approfittare?».

Aldo, dopo aver rivolto uno sguardo complice ad Alice, le fregò con gesto elegante la sigaretta appena arrotolata e se la mise in bocca, mentre Massimo lo guardava malissimo.

«Tranquillo, me la accendo fuori».

«No, non sono tranquillo, sono rassegnato. Le freghi anche alla mia fidanzata, adesso?».

«Per forza. Tu non me le dai più».

«Per forza lo dico io. Non ti compri un pacchetto di sigarette da quando hanno il filtro. Se avessi dieci centesimi per ogni sigaretta che mi hai rapinato...».

«Questo non è rapinare. Questo è un favore tra amici». Aldo fece cenno verso il giornale con l'indice deformato dall'artrite. «Quello è rubare».

«Ho capito. Allora almeno dammi soddisfazione, entrami nel bar col furgoncino e rubati tutte le sigarette che vuoi. Se decidi, quando entri, arrota Marchino».

«Io cosa c'entro?».

«Te c'entri a prescindere. Chi è che ha rimesso in frigo tre bottiglie vuote, ieri?».

«Lascia perdere, Marchino» disse Alice, con aria saggia. «Oggi Massimo cerca solo un pretesto per attaccarsi con qualcuno. E comunque, amore mio, mi sa che il tuo ex socio ed attuale amico quando parlava di ladri non parlava veramente al plurale».

«Vedi, Massimo? C'è chi ode, chi ascolta e chi comprende. La tua fidanzata comprende. E c'è chi rapina con la pistola e chi rapina con la carta dei vini. E il Sandroni rapinava con la carta dei vini. E ora hanno rapinato lui. C'è speranza, per il ladro, oppure lo prenderete?».

«Non saprei» disse Alice dopo aver guardato male l'ex socio del fidanzato, cioè Aldo, sia detto per chi entra per la prima volta in questo bar. «Ho fatto un sopralluogo ieri mattina, ma c'era poco da vedere. Non abbiamo molto su cui lavorare. Quello che sappiamo è che verso le tre di notte un motocarro, un Apino bianco smarmittato, è passato di fronte al presidio alla fine della sagra. Il momento era particolarmente silenzioso, e i colleghi hanno visto e distinto bene il motocarro, ma chiaramente non hanno pensato a una rapina. Il momento sarebbe compatibile».

Triste, ma vero. Il presidio antiterrorismo, si intende. Una delle prime decisioni del nuovo questore era stata quella di destinare a una sagra del pesce fritto una quantità di forze dell'ordine sufficiente a sedare una piccola rivolta. Dopo Nizza, e dopo Barcellona, qualsiasi evento in grado di allineare e raggruppare delle persone lungo un viale non era più da considerarsi una festa, ma una preoccupazione. Almeno per un certo periodo di tempo.

«Compatibile non vuol dire per forza vero, Alice» rimbeccò Aldo. «Senza contare che alcuni dei vini che tiene in carta secondo me manco ce li ha, e li scrive solo per darsi delle arie».

«Questo non te lo so dire» rispose Alice, con aria vaga. «Di sicuro la denuncia coincide con il sopralluogo. C'erano le impronte delle bottiglie nella polvere della cantina. Sai, quando vedi due pareti di una cantina tutte polverose, eccetto per i posti dove erano appoggiate delle bottiglie, e i posti vuoti sono tot, e il denunciante riporta la sparizione di tot bottiglie, non c'è molto da eccepire».

«Ho capito. Se le sarà portate a casa per rivenderesele al nero. Guarda, non mi stupirei se fosse tutta una montatura per fregare l'assicurazione».

«Cioè?».

«Cioè niente mi toglie dalla testa che il caro vecchio Sandroni, che, ricordiamolo, è una merda, oberato dai debiti di gioco, abbia finto una rapina e si sia portato a casa una collezione di vini pregiati. Così frega l'assicurazione e intanto smercia le bottiglie su Internet».

Alice alzò un sopracciglio. Cosa che irritava sempre Massimo, sia perché lui non era in grado di farlo, sia perché ormai aveva imparato che c'era una riproducibile *consecutio temporum* tra il momento in cui Alice alzava un sopracciglio, cioè disapprovava quello che era appena stato detto, e quello che succedeva nella mezz'ora successiva, che Alice avrebbe impiegato per chiarire, discutere, rimproverare, litigare con il malcapitato. Che, in questo caso, era Aldo, colpevole sicuramente (se Massimo conosceva bene Alice) di lasciarsi andare in pubblico ad affermazioni passibili di diffamazione, che era comunque un reato.

Per sua fortuna, Aldo non venne interrotto da Alice e dal suo ditino alzato, ma da un rumore decisamente bizzarro, a metà tra una scatarrata e una serie di vani tentativi di accendere un motorino senza miscela. Rumore ormai familiare agli avventori del BarLume, che invece di guardarsi intorno cercando un ciclomotore parcheggiato accanto al bancone si voltarono all'unanimità verso il Rimediotti.

Da quando, un paio d'anni prima, il Rimediotti aveva avuto l'intervento di stasamento della carotide, la voce dell'anziano pensionato delle poste non era più tornata quella di una volta, e i primi tempi dopo l'operazione capire cosa dicesse Gino era stato difficile. Col tempo, gli altri erano stati in grado di stabilire una correlazione tra i rumori che emetteva il vegliardo e il loro significato; nella fattispecie, la forma d'onda appena trasmessa dal Rimediotti era chiaramente una risata.

«Di sichuro-quarcuno ha-pwhortato delle bhotthiglie in un certo-postoh» disse Gino, annuendo con soddisfazione. «Chhh'ho-le prowhe».

«Le prove? Hai arrestato uno dei banditi?».

«Nono. Hanno» pausa «phwerzo» ripausa «quarcosah. Davanti-kasah». E annuì, prostrato dallo sforzo.

«Qualcosa? Cioè?».

«De', Ardo, cos'avranno perzo?» si inserì Ampelio, stizzito. «Hanno rapinato una cantina, avranno perzo una bottiglia».

«Una botthiglia» confermò il Rimediotti, con voce raschiante, ma sicura.

Si risparmiano al lettore i successivi quindici minuti, nei quali Gino Rimediotti spiegò con dovizia di particolari e consonanti involontarie quello che gli era successo la notte precedente. Il Rimediotti, dovete sapere, viveva in una piccola villetta viareggina al termine di via degli Allori, una salita con dei tratti di pendenza notevoli adorata dai ciclisti di ogni età, che d'estate e d'inverno si mettevano alla prova sull'erta. Da un paio di notti, ovvero da quando era iniziata la Sagra del Totano, il viale di fronte alla viareggina dove viveva l'anziano ex postino era invece diventato il percorso preferito da decine di adolescenti in motorino che tornavano in città dopo essere stati alla sagra, e che transumavano sgassando a pochi metri di distanza dalla parete della camera da letto di Gino, tenendo svegli sia lui che la moglie («che giahà rfhwompe 'coglioni quando va thutto bene, fwhrrriguriamoci se 'un dhorme»). La notte in questione, quindi, armato di pazienza – e di fionda, ma questo il Rimediotti non lo disse – il vegliardo si era installato sul terrazzo, desideroso di collaudare una mira che sin da giovane gli aveva dato grandi soddisfazioni.

A un certo punto, un rombo di motorino smarmittato lo aveva messo in allerta, e aveva dato di piglio all'arma; ma, invece dell'atteso ciclomotore, il Rimediotti aveva visto un Apino con degli evidenti problemi alla carburazione scollinare dalla salita, e passargli di fronte a casa («Un Aphe cinqfwan-tah, bianco, di quelli kor cass-hone, uguale a quello di Ardo»). Nel passaggio, il Rimediotti si avvide di due cose.

La prima era che il cassone dell'Ape era pieno di cartoni e cassette di legno, tenuti fermi da degli elastici fissati tutto intorno al carico. La seconda era che, nel passare, uno scossone particolarmente robusto aveva fatto cadere dal retro dell'Ape una bottiglia di vino, che era atterrata dentro una pozzanghera di fango ed era rimasta lì. Almeno fino a qualche secondo dopo, quando il Rimediotti stesso, uscito di casa, non era andato a ghermirla con le sue mani adunche e a portarla in casa.

«Ho capito. L'Apino bianco è passato davanti casa sua. Che ore erano, lo sa?».

«Sarhanno-state le trhrhre» annuì Gino, soddisfatto. «Thrhrhe, thrhrhre e-un quarto».

«È un po' vago».

«Ma compatibile» disse Aldo. «C'è un'altra cosa che è compatibile. Lo sai, Alice, dove sta Gino di casa?».

«In via degli Allori. Me lo ha appena detto».

«Al termine di via degli Allori, esatto» confermò Aldo. «Là dove via degli Allori diventa via delle Acacie, cioè una strada buia e semiboscosa con pochissime case, tre o quattro appena, dopo di che finisce il paese. Ma quelle tre o quattro case, va detto, son case signorili. Di proprietà di gente di un certo livello. In una ci abita il notaio Aloisi, per esempio. In quella quasi alla fine, lo sai chi ci abita?».

«Me lo dica lei».

«Stefano Sandroni».

Alice guardò Aldo con aria vagamente assente, ma con le pupille dilatate. Dopo un paio di secondi, orientò dette pupille sul Rimediotti, che non riceveva uno sguardo di donna così intenso dal 1941, quando aveva fatto la prima comunione.

«E quella bottiglia ce l'ha ancora in casa?».

«Dio-bhòno» disse Gino, sorridendo.

«Senta, adesso devo andare a controllare il presidio e a verificare una cosa». Alice, che nel corso del racconto del Rimediotti aveva chiesto, ottenuto e degustato il secondo cappuccino della mattinata, posò la tazza sul piattino e scese dallo sgabello con poca voglia. «Mi potrebbe portare la bottiglia oggi, dopo pranzo?».

«Dio-bhòno».

«Grazie, allora. A dopo».

Alice, dopo aver mandato a Massimo un bacio con la punta delle dita, aprì la porta a vetri e uscì nel tiepido venticello di maggio.

I sei rimanenti (Massimo, Marchino e i quattro avanzi del Regno) aspettarono qualche secondo in silenzio. Poi, con aria disinteressata, Aldo chiese al Rimediotti:

«Gino, per cortesia, mi descriveresti mica questa bottiglia?».

«C'è un'etichetta bhwrutta con un dhisegno che sembra fatto da un bhimbo-shhcemo».

«Ah» rispose Aldo. «E c'è anche scritto qualcosa, sull'etichetta?».

«Sìssi. C'è scritto perghole storte».

«Pergole *torte*» corresse Aldo.

«Bhravo, c'è scritto chosì» annuì il Rimediotti, gracchiando soddisfatto. «Phergole thorte riserrrwhva».

«Riserva? Scusa, per caso ti ricordi anche se c'è scritta l'annata?».

«Shicuro. Millenovecentonovanta».

«Millenovecentonovanta». Aldo rimase un attimo in silenzio. «Senti, Gino, facciamo una cosa così. Te oggi pomeriggio, se Alice ti chiede qualcosa, le dici che la bottiglia l'ha usata tua moglie per farci l'arrosto. Se vuole le puoi dare la bottiglia vuota. E dopo pranzo, invece, vai a prendere quella bottiglia e me la porti al ristorante. E stasera vieni a cena qui».

«Ma stasera il ristorante non è chiuso?» disse Marchino.

«Appunto» rispose Aldo, sorridendo.

«Allora, Massimo, mi fai due normali e un...» stava dicendo Marchino, quando la porta a vetri del BarLume si aprì e si richiuse violentemente, con un rumore simile a un'esplosione.

Massimo, che era alla macchina espresso, si voltò verso l'entrata. A giudicare dal rumore, fuori dalla porta a vetri si sarebbe aspettato di vedere un tornado in stile caraibico. Invece, fuori dal BarLume apparentemente continuava ad esserci il solito tiepido venticello dei pomeriggi di maggio. La tempesta, però, era in arrivo lo stesso. Solo che, contrariamente a tutti i dettami della meteorologia, si sarebbe scatenata dentro al bar. E l'epicentro era esattamente a un metro e mezzo da lui, vestito da vicequestore Alice Martelli.

«Cosa è...» chiese Aldo, emergendo dalla sala biliardo con una stecca in mano. «Oh, buongiorno, Alice».

«Buongiorno un tubo» rispose la ragazza, puntando verso la sala medesima. «È di là il Rimediotti?»

«Sì, è di...».

«Grazie» disse Alice, entrando nella sala. Sala che, lo ricordiamo per i clienti meno assidui del bar, era insonorizzata, per non disturbare i giocatori con la musica del locale ed evitare ai clienti normali le bestemmie barocche dei giocatori. Disgraziatamente la commissaria, dopo essere entrata nella stanza, lasciò la porta aperta, in modo tale che tutte le persone presenti nel bar poterono sentire ciò che accadde dopo. O, almeno, ricostruirlo.

«Allora, Rimediotti, me l'ha portata la bottiglia?».

La voce di Gino rispose con un borborigmo non intelligibile, qualcosa di non troppo diverso dal notiziario della radio croata fuori sintonia.

«Lo stracotto, eh? A maggio? Le piacciono le sensazioni forti, a lei. Allora, se le piacciono così tanto, le andrebbe una bella denuncia per falsa testimonianza?».

Seguì un altro borborigmo, stavolta un po' stupito.

«Perché quella bottiglia non c'è mai stata, Rimediotti. E non c'è mai stato nemmeno nessun Apino che transitava di fronte a casa sua».

Borborigmo interrogativo.

«Perché, perché. Perché abbiamo provato, con un motocarro uguale, a fare quella salita con il carico descritto dal Sandroni. Manco la inizia, la salita, l'Ape! Non ce la fa. Siamo quasi oltre il limite di carico in pianura, fare la salita di fronte a casa sua con tutte quelle bottiglie di vino nel cassone è fantascienza, cazzo!».

Borborigmo non classificabile dal punto di vista epistemologico.

«Io sono venuta per dirvi che la dovete smettere di usare la polizia come se fosse il medico di famiglia. Non potete spalleggiarvi a vicenda e dirmi tutte le troiate che vi passano per la testa e poi farmici indagare sopra. Se lei mi dice una cosa che riguarda un reato, deve essere vera! Non verosimile, o andare nella direzione di cui siete convinti voi. Vera. È chiaro? E almeno, quando dite le panzane, pensatele meglio, cavolo».

E, due secondi dopo, Alice rientrò nel bar e ne uscì, senza salutare, ma lasciando traccia.

Nel giro di qualche attimo, riemerse Aldo, seguito da un Rimediotti attonito.

«Ma quando è a casa si incazza così?».

«Anche peggio» disse Massimo, oscillando il capo piano piano.

«Non m'ha nemmeno fatto apri' bocca» commentò Ampelio, uscendo anche lui dalla sala biliardo.

«Te l'ho detto, è una ragazza eccezionale. In tutti i sensi».

E così, Massimo e i quattro vecchietti quel mercoledì si erano ritrovati stile cospiratori nel ristorante chiuso, con il corpo del reato portato dal Rimediotti avvolto nella carta da giornale, che Aldo aveva stappato e versato in un decanter. In sintonia con lo spirito da società segreta, la cena era iniziata con una bella pasta alla carbonara, accompagnata da un Franciacorta che non stonava troppo né col piatto né con l'atmosfera radical chic dei cospiratori di ogni epoca; in abbinamento alla bottiglia, si sarebbe quindi proseguito con il wagyū croccante su federazione di patate.

Diluviata la carbonara («bòna, eh, ma magari un po' scarsina») i cinque cospiratori aspettavano che Tavolone portasse il wagyū e si sedesse al suo non accrescitivo (cioè a tavola). Nel frattempo, il rosso aveva riposato, aveva rivisto l'ossigeno dopo tanto tempo chiuso in bottiglia e aveva esaurito tutti i convenevoli e riallacciato tutte le relazioni che si interrompono quando due gruppi di molecole non si vedono per una trentina d'anni, ed era pronto da versare nei bicchieri. Cosa che Aldo fece, con gesto elegante, andandosi quindi a sedere – sempre con modi eleganti – e infine alzando il proprio bicchiere e brindando, con aria ugualmente elegante:

«Signori, in culo a chi ci vuol male».

Dopo di che, si era portato il calice alle narici, esattamente nel momento in cui Tavolone entrava con i piatti.

«Allora, bimbi. Si prosegue con il wagyū. Manzo di razza giapponese allevato in Alto Adige a cereali, fiori di montagna, vinaccia e lievito di birra. Lo serviamo con delle patate in federazione, purè di patata viola a destra e patatine novelle arrosto a sinistra. Buon appetito».

«Boia» disse Ampelio guardando il suo piatto, dove troneggiava una fettona di carne marmorizzata di grasso, un tripudio di rossi e bianchi che si interrompeva sulla superficie, arrostita alla perfezione. «Dev'esse' strepitosa».

«E lo è» disse Massimo, che sapeva di cosa stava parlando. «Invece, Aldo, il vino com'è?».

Domanda giustificata. Aldo, infatti, si era portato il vino al naso e aveva odorato a lungo. Poi, invece di bere, aveva allontanato il bicchiere e aveva guardato il colore; infine, aveva dato un sorsetto più esplorativo che degustativo.

«Non capisco».

«C'è qualcosa che non va? Ha preso di tappo?».

«No, no, assolutamente» disse Aldo. «Il vino è perfetto, e si è conservato bene. Anche troppo bene, per essere un vino del '90. Via, buon appetito a tutti».

«Buon appetito una sega».

«Guarda che se si fredda non è più succulento, solo buono. Sai, il manzo wagyū...».

«Son sopravvissuto più d'ottant'anni senza e son sempre stato parecchio bene» disse Ampelio, posando il bicchiere distante dal piatto. «Invece quando mi pigliano per ir culo mi sento a disagio. Cosa c'è che non va in quella bottiglia lì?».

Da notare la presa di distanza verbale. Fino a pochi momenti prima, era stata «questa bottiglia qui»; adesso, visto che chiaramente c'era qualcosa di sospetto, Ampelio la scostava anche a parole.

Aldo si guardò intorno. Il Rimediotti, che aveva già preso il bicchiere e mandato giù una robusta sorsata, adesso stava immobile, forse tentando di capire eventuali effetti di un qualche principio di avvelenamento. Scuotendo il capo, Aldo posò il bicchiere.

«Niente eccetto il nome».

«Se vuoi lo chiamo fiasco».

«No, Ampelio. Questo è un buon vino. Un ottimo vino. Sicuramente è un vino degli anni Novanta, non so se proprio del 1990. Ma di sicuro non è un Pergole Torte».

«Sei sicuro?».

«Sicuro al cento per cento».

Aldo, mentre parlava, camminava a passi lenti intorno al biliardo.

«Quante volte l'hai bevuto questo vino specifico?».

«Questo? Il Pergole Torte del 1990? Mai. Ho bevuto altre annate, ho anche bevuto il 1990 normale, non riserva». Aldo prese in mano il gessetto, se lo passò pensoso sulla punta del dito e lo appoggiò sulla sponda del biliardo. «Non mi era mai toccato, fino a stasera. Credevo».

«Allora non puoi esserne sicuro» disse Massimo, mentre prendeva il gessetto dalla sponda e lo rimetteva sul tavolo, a posto. Pilade, dal largo della sua persona, scosse la testa, mentre il resto del corpo rimaneva piantato sulla seggiola di plastica, la ciccia che debordava dalla seduta.

«Guarda, Massimo, conosco Aldo da sempre» disse Pilade, con tranquillità. «Se gli chiedi di tenere in ordine le fatture è un conto...».

«Ma se si parla di vino è diverso» disse Aldo, tranquillamente. Ed era vero. Per ricordarsi una qualsiasi scadenza o impellenza burocratica, Aldo era affidabile più o meno come un bambino dell'asilo. Ma se ti dice qualcosa di vino... «Se si parla di vino, sono infallibile» confermò Aldo, come se leggesse nel pensiero di Massimo.

«Come il Papa?» sorrise Massimo.

«Parecchio di più» disse Aldo, serio.

«Ma sì, lo so. Te ne intendi tantissimo. Però se non hai un termine di paragone...».

A quel punto, Aldo avrebbe potuto parlare di terreni argillosi, della tipica acidità sapida delle uve cresciute in quei territori, e di altro ancora, ma sarebbe stato un parlare a se stesso. Anche i concetti più logici e chiari, se li diciamo in cinese, rischiano di non essere capiti a chi quella lingua non la parla. Aldo, oltre a essere una persona intelligente, era un commerciante; uno che per prima cosa era in grado di capire che lingue parlavi, e di usare solo quelle.

«Massimo, hai mai letto un libro di Camilleri?».

«Secondo te?».

«Ecco. Allora, se ti dessi in mano un libro dicendoti che è un romanzo inedito di Camilleri e invece è un buon giallo di un altro scrittore siciliano, ti accorgeresti che c'è qualcosa che non va? Saresti in grado di scambiarlo per un libro di Camilleri?».

«Manco per un secondo».

«Ecco. Per me è la stessa cosa». Pausa, mentre Aldo prendeva una boccia e la faceva rotolare piano sul panno. «Questa non può essere una bottiglia di Pergole Torte. Questa è una frode, Massimo. Sandroni aveva in cantina delle bottiglie false. Con fuori un'etichetta e dentro qualcos'altro. Buono, ma qualcos'altro».

«Aldo, ho capito. Però non posso chiamare Alice e farle indirizzare un'indagine sulla base del fatto che tu sostieni che quella bottiglia di vino è falsa, e mi dici che è falsa solo perché il tuo gusto e il tuo olfatto ti dicono che non corrisponde a quello che ti aspettavi».

«Massimo, se ti faccio assaggiare il pollo e ti chiedo se è manzo, tu cosa...».

«Aldo, scusa, non sono stato chiaro. Io mi fido di quello che mi stai dicendo. Però non esiste nessun pubblico ministero che mi autorizzerebbe ad indagare sulla base di quello che mi stai dicendo».

«Perché non sono affidabile come testimone olfattivo?».

«Anche» disse Pilade. «Ma anche perché si sa che te il Sandroni ce l'hai come un dito nell'occhio. Lo chiami zoccola rifatta, vai a giro a dire...».

«Io non vado in giro a dire niente. Se qualcuno mi chiede cosa ne penso del suo locale...».

«... Gli dici che è come buttarsi da un aereo senza paracadute» completò Massimo. «Lì per lì è una sensazione nuova, per alcuni anche esaltante, poi però arriva la botta. Non sei il testimone più affidabile del mondo, ecco. E ti sconsiglio decisamente di andarlo a denunciare direttamente. Almeno, se queste sono le evidenze che hai».

«Ho anche il tappo. Il tappo che era dentro la bottiglia, e che sicuramente risulterà un falso. Basterà confrontarlo con un vero tappo di Pergole Torte...».

«Certo. Lo stesso tappo che tu hai stappato in un giorno di chiusura del ristorante, alla presenza di tre tuoi amici, del tuo ex socio e del tuo cuoco, ma senza la mia fidanzata. Tutti testimoni assolutamente non influenzabili, e sicuramente puoi dimostrare che quel tappo che hai di là è venuto fuori dalla bottiglia che volevamo svuotarci abusivamente e senza dirle niente. Sarebbe il modo migliore per farsi ascoltare».

«Ma se abbiamo ragione...» disse Aldo.

«Ir guaio, ber mi' Ardo, è che Alice è una donna» disse Ampelio, guardando Massimo. «Non basta ave' ragione. Bisogna convincella».

«Omo, donna o travestito 'un conta. È una perzona intelligente» disse Pilade, tranciando netto. «Alice è una che non va dietro all'impressioni. Ha fatto físia, ha fatto economia. Una così dà retta solo a' numeri. Ci vole 'numeri per convincerla. Certo che se invece di dacci una mano quell'artro si mette a occhi chiusi davanti ar televisore spento, si va pòo lontano».

Vero. Massimo, effettivamente, era piazzato davanti al megaschermo con gli occhi chiusi. Un po' come lavarsi i piedi coi calzini, sentì distintamente dire ad Aldo, però quando fa così di solito sta pensando a qualcosa. Un secondo dopo, Massimo aprì gli occhi.

«Massimo, te che ne pensi? O meglio, cosa hai pensato?».

Massimo, guardando Aldo, sorrise.

«Niente di particolarmente significativo. Però una cosa mi è venuta in mente, e vorrei verificarla».

«E cosa?».

«Ah no. Mai parlare prima di avere le necessarie evidenze sperimentali. Facciamo così: preferisci cercare su Internet o guidare l'Apino?».

«Che domande. Io su Internet non so nemmeno dove cominciare».

«Venduto, allora. Intanto passami l'iPad, poi si va a caricare l'Apino».

«Peccato che duri così poco» aveva commentato Alice, passando un dito sul piatto per recuperare gli ultimi rimasugli di purè, che giaceva in pochi arabeschi scomposti sul piatto di porcellana bianca.

«Se vuoi qualcosa che duri tanto, in tasca devo avere dei chewing gum» disse Massimo. «Oppure se hai sempre fame puoi prendere qualcos'altro».

Erano circa le una e Alice, smontata dal turno di sorveglianza notturna alla Sagra del Totano, aveva telefonato al bar una mezz'ora prima per offrire un ramoscello d'olivo e farsi offrire qualcos'altro, sempre di commestibile ma più sostanzioso. Detto, fatto: tavola apparecchiata, manzo wagyū sulla piastra e un bel bicchiere di un rosso come si deve.

«Cioè, tipo, ne potrei avere un altro uguale?». Alice fece una pausa, dando un piccolo sorso al bicchiere di rosso. «Mamma mia com'è buono anche 'sto vino. È quello che mi dicevi?».

«Sì, è il Paleo. Aldo ci è fissato, ma in carta di vini con una certa personalità ne abbiamo qualche decina. Ci sono anche tante altre cose sul menu, fra l'altro, oltre al manzo giapponese. Senza contare che è l'una e mezzo, e magari Tavolone...».

«Tavolone è qui a sua disposizione, signorina signor vicequestore» disse il cuoco, passando accanto al tavolo e notando il piatto lucido come appena lavato.

«Come siete signorili, ragazzi, coi soldi degli altri» disse Massimo, mentre il cuoco portava via il piatto. «Sai, la porzione di carne che ti sei sbafata a noi costa circa quindici euro».

Alice sorrise, con un sorriso da bambina che entra nel negozio di giocattoli mano nella mano con la zia ricca senza figli.

«Guarda, te lo pago a prezzo pieno ma fammene portare un altro immediatamente. È una roba divina».

«Ma perlamordiddio» disse la voce di Aldo, alle spalle di Massimo. «Tu qui dentro toccherai il portafogli solo quando i vulcani erutteranno panna. E poi, è il minimo che potevamo fare. Niente come una bella cena per far passare le inquietudini di ogni tipo».

«Sì, ragazzi, scusate. Oggi sono stata un po' villana col Rimediotti, però dovete capire anche voi...».

«Nessun problema. Se ti preoccupi per il Rimediotti, Ampelio lo tratta di merda da quando c'era il duce e son sempre amici. C'è anche da dire che sulla base di quello che sapevi il tuo ragionamento filava. Se...».

Alice, che aveva il nasino appuntato sul vino, tirò su lo sguardo senza muovere il viso.

«Perché filava?».

«Perché adesso non fila più, mi stai chiedendo?».

Alice, tirando su anche il naso, mise giù il bicchiere, assentendo senza parlare.

«Posso?» disse Aldo. «Hai già illustrato il tuo esperimento?».

«No, non ancora. Aspettavo che il signor vicequestore si togliesse le grinze dallo stomaco. Appena mi dà l'okay...».

Alice guardò sia Massimo, seduto a gambe incrociate, la caviglia destra sul ginocchio sinistro, che Aldo, in piedi con le mani dietro la schiena. Sereni e seri, entrambi. Così come ora, smontata dal turno e con lo stomaco pieno, cominciava evidentemente a rasserenarsi anche lei.

«E che ti devo dire? A questo punto sono curiosa».

«Benissimo, allora. Dunque, oggi pomeriggio sono stato a casa del Rimediotti con l'Ape. È un modello classico, lo stesso con cui Gino consegnava i pacchi quando ancora faceva il postino. Praticamente tutto il paese ce l'ha uguale».

«Okay. Abbiamo per certo che la rapina è stata compiuta da un tipo di furgone che in paese hanno tutti, a parte me. Non vedo molti progressi».

«Li vedrai. Quante bottiglie sono state rubate al signor Sandroni?».

«Non te lo posso dire di preciso, abbi pazienza. Fa parte della denuncia».

«Allora ipotizziamo» disse Massimo. «Ipotizziamo che il numero preciso è centotrentasei. Centotrentasei bottiglie di vino pregiato, che sono state, questa è la mia opinione, effettivamente prelevate dalla cantina del Sandroni e portate altrove».

Alice guardò il fidanzato come se stesse tentando di decidere di cosa fosse colpevole, di sicuro di qualche comportamento non regolamentare ma non era chiarissimo quale.

«E questa cosa qui come la sai?».

«Mi riservo il diritto di tenere protetta la fonte» disse Massimo, serio. Guai se Alice avesse saputo che aveva fatto un cappuccino fuori orario all'agente Rappazzo a patto che gli dicesse il numero di bottiglie riportate sulla denuncia, promessa che il solerte servitore dello stato aveva onorato di lì a mezz'ora. Anche se Rappazzo era un maschio con tanto di baffi e peli nelle orecchie, poteva scattare una crisi di gelosia senza precedenti. «Comunque, la cosa importante è il numero. Centotrentasei. Bel numero. Intero, discreto, naturale. Da centotrentasei possiamo ricavare un altro numero, o meglio, una quantità. Moltiplicandolo per un chilo e quattrocento grammi, cioè il peso medio di una bottiglia di vino, otteniamo centonovanta chili e quattrocento grammi. Siamo oltre il limite della portata di un Ape 50, che da libretto è di centosettanta chili».

«Sì, vabbè» disse Alice, con espressione dubbiosa,

ma concentrata. «E questo è quanto dice il libretto. Nella realtà...».

«Infatti, ho provato a mettere sull'Ape un carico di centonovanta chili, nella fattispecie di bottiglie di acqua, ma la massa è la medesima, e in effetti il motocarro parte. Parte e arriva fino all'inizio di via delle Acacie, dove comincia la salita che porta a casa del Rimediotti. E lì, l'Apino con centonovanta chili di carico sopra col cazzo che ce la fa a fare la salita. La affronta, la accenna, ma dopo qualche metro la ruota anteriore si solleva e se non sei lesto a levare gas ti ribalti con l'Apino e tutto. E il giorno dopo finisci in prima pagina sul "Tirreno". Una fine veramente ingloriosa».

E Massimo, con la mano aperta, indicò Aldo, che fece un piccolo inchino, le mani sempre dietro la schiena. Alice ridacchiò, ma restò con gli occhi attenti.

«Ci ho provato tre volte» confermò Aldo «e per tre volte ho rischiato di fare una capriola all'indietro».

«Potevate fidarvi».

«Quando si testa una nuova teoria, prima di tutto occorre verificare i risultati già pubblicati da altri laboratori» disse Aldo, solenne. «È la prassi, me lo spiegava proprio il tuo fidanzato».

«Il mio fidanzato sa tante cose, vero?» disse Alice, con finta sorpresa. «Non vorrei che un giorno mi toccasse indagare su di lui».

«Ah, quelli son cavoli vostri».

«Comunque» continuò Massimo «per evitare che Aldo venisse sbattuto, sia sull'asfalto che in prima pagina, abbiamo provato ad affrontare la salita con il carico ridotto a un terzo. Sessantatré chili di carico, circa. Facendo cifra tonda, settantadue».

«E perché proprio un terzo? E, soprattutto, che cavolo di cifra tonda sarebbe, settantadue?».

«A livello aritmetico non lo è» ammise Massimo «ma a livello fisico, sarebbe il peso dato, esattamente, da sei casse contenenti sei bottiglie d'acqua da due litri l'una. Ma, curiosamente, sarebbe anche il peso di centotrentasei bottiglie di vino, se fossero tutte o quasi tutte *vuote*».

«Vuote?».

«Vuote».

«E per quale motivo, scusa, uno dovrebbe...».

Ma, sul dovrebbe, Alice si fermò. Un po' perché al suo fianco si era materializzato Tavolone con in mano un piatto contenente una bella porzione di manzo wagyū con le sue patate in doppia consistenza, e un po' perché Aldo aveva tirato fuori da dietro la schiena proprio l'oggetto di cui si parlava.

Una bottiglia vuota.

Una bella bottiglia di vetro scuro, con una etichetta scritta in caratteri eleganti.

«Ecco. Questa è la bottiglia che è cascata di fronte a casa del Rimediotti, e che» colpo di tosse «la Vilma ha usato effettivamente per fare l'arrosto».

Alice allungò la mano, e prese la bottiglia facendola ruotare lentamente sul fondo, tenendola per il collo con due dita.

«Ah».

«Esatto».

«Pergole Torte 1990. Riserva» lesse Alice, che era improvvisamente ridiventata commissaria. «E la moglie del Rimediotti ci ha fatto lo stracotto».

«Così pare».

«Doveva essere buono».

«Non come avrebbe dovuto» disse Massimo, mentre scorreva lo schermo dell'iPad.

«In che senso?».

«Ecco, giudica te».

E Massimo, dopo aver tracciato un ultimo gesto deciso con l'indice sullo schermo, voltò il tablet verso Alice, mostrandole la foto di una bottiglia di vino. Montevertine, Pergole Torte, 1990 riserva.

«Capisco. È la stessa bottiglia?».

«Sì. Quasi».

Alice guardò la foto, poi la bottiglia che aveva in mano, facendola girare lentamente di nuovo fra le dita per guardarla a tutto tondo, probabilmente per cercare un particolare. Come il piccolo bollino rotondo con un volto di donna che, nella foto, era attaccato alla capsula, la sciarpina metallica che si avvolge intorno al collo della bottiglia per proteggere il tappo.

Bollino rotondo che, però, sulla bottiglia che Alice aveva fisicamente in mano non c'era.

«Sì, capisco. È importante?».

«È fondamentale» disse Aldo. «Vedi, Alice, di questa bottiglia ne sono stati fatti solo settecentocinquanta esemplari. Ognuno aveva questa particolarità, che è stata messa solo per questa bottiglia: l'etichetta tipica del vino riportata in piccolo sulla capsula. Se la capsula non ce l'ha, la spiegazione è una sola».

La capsula non è originale, completò lo sguardo di Alice.

«Ora, se la capsula non è originale, se ne può tranquillamente inferire che anche il vino che conteneva non fosse quello imbottigliato all'origine».

«Cioè, mi stai dicendo che il Sandroni si teneva le bottiglie vuote e le riempiva con del vino normale?».

«Non proprio normale. Magari anche buono. Magari anche ottimo. Ma non quel vino. Ma non lo biasimerei troppo. Il vino, è vero, era un altro, ma la bottiglia era la stessa, e anche il prezzo sulla carta rimaneva uguale».

Alice, pensosa, posò la forchetta sul piatto.

«Se non inizi si fredda».

«Non ho più molta fame, scusa...».

«Allora, se non ti spiace...» e Massimo, a due mani, prese il piatto e se lo mise davanti. Tanto ora toccava ad Aldo parlare.

Alice, nel frattempo, continuava a guardare alternativamente la bottiglia di vetro curvo e quella di vetro piatto, come se si aspettasse che distogliendo lo sguardo una delle due immagini potesse cambiare.

«Sì, ma scusa...».

«Dimmi».

«Ma se il vino che ci mette è buono lo stesso, io non me ne intendo, ma gli conviene fare tutto 'sto casino?».

«Vedi, Alice, come direbbe il tuo fidanzato, non c'è una relazione lineare tra la bontà del vino e il suo prezzo. Anzi, non c'è nemmeno una relazione monotòna. Detto come lo direbbe Aldo, questo vino, che è ottimo» e Aldo puntò un dito verso il bicchiere di Alice «costa settanta euro la bottiglia».

«Mi sembra già abbastanza».

«Sono parzialmente d'accordo» disse Massimo, pulendosi la bocca col tovagliolo, e prendendo l'iPad. «Il problema è che esistono vini dello stesso uvaggio, e della stessa annata, che ne costano settecento. E altri ancora che, per darti un'idea... Ecco, guarda qui. Aldo, te lo conosci mica questo sito?».

E Massimo mostrò ad Aldo e Alice il sito di un commerciante on line.

«Sì, certo. È un tipo curioso. Vende solo bottiglie vuote».

«Solo bottiglie vuote. Ellallà». Massimo fece una faccia stupefatta. «Ma è veramente esoso, questo signore. Per una bottiglia vuota di Château Lafite-Rothschild del 1982 chiede milleduecento euro».

Milleduecento euro per una bottiglia vuota?, chiesero le pupille di Alice.

«Esoso? Lei dice, signore?» rispose Aldo con tono da maggiordomo inglese. «Dipende tutto dall'utilizzo che si ha intenzione di farne, sa. La bottiglia che lei dice, se originale e piena di vino, s'intende, costa sui tre-quattromila euro. Se una persona, presumo non troppo onesta, volesse truffare degli ignari appassionati di vino, potrebbe acquistare questa bottiglia, riempirla di un vino passabilmente simile a quello in questione ma con un valore di mercato dieci-venti volte inferiore, tapparla con un marchingegno adeguato e, se la sua clientela è fatta in buona parte da gonzi che non distinguerebbero il Chianti dal Brunello...».

«Ma un intenditore non li distingue?».

«Un intenditore vero? Certo. Ma un ghiozzo arricchito no. Senza contare che la distinzione, nel tempo, diventa più labile. Nessuno può dire come evolverà un vino dal 1990 ad oggi. Più il vino invecchia più vale, ma al tempo stesso, paradossalmente, diventa dipendente dalle condizioni di conservazione. Per cui, su vini di venti o trenta anni fa, diventa veramente difficile poter dire se il vino è realmente quello o no. Anche da parte di uno che ne capisce».

Aldo, scostando una sedia dal tavolo, si mise seduto davanti ad Alice.

«Allora, se io fossi il Sandroni e volessi truffare l'assicurazione con una finta rapina, cercherei comunque di tenermi tutte quelle bottiglie vuote che erano a dormire sugli scaffali impolverati della cantina, e mi porterei a casa anche le poche che ho già riempito. O no?».

«E se così fosse» disse Massimo «io sono abbastanza convinto che le abbia ancora nell'unico posto dove le può tenere, in attesa che i periti dell'assicurazione finiscano i loro rilievi».

Alice, invece, non disse nulla.

Come quelli che hanno intenzione di fare qualcosa.

Tipo, di chiedere al magistrato un mandato di perquisizione per l'abitazione di un noto sommelier.

«"Traffico di vini preziosi, arrestato noto sommelier. Pineta. Una tegola che si abbatte sulla ristorazione del litorale. Stefano Sandroni, titolare del ristorante il Porco D'Istinto e noto guru dell'enologia, è stato arrestato ieri mattina all'alba dal Nucleo Antisofisticazioni della Polizia di Stato. L'accusa, quella di aver messo in piedi un vero e proprio traffico internazionale di bottiglie contraffatte. Nel corso della perquisizione domestica seguita all'arresto, gli inquirenti hanno trovato in casa del Sandroni circa un centinaio di bottiglie vuote di vino francese, italiano ed australiano ed una macchina tappatrice artigianale. Pare, secondo stessa ammissione del Sandroni, che le bottiglie si trovassero nel caveau del suo stesso ristorante, e che siano state fatte sparire nei giorni scorsi fingendo una rapina, della quale abbiamo dato ampio risalto anche su questo giornale. Si sospetta che Sandroni, noto nell'ambiente del gioco d'azzardo, fosse da tempo vicino alla bancarotta. Gli inquirenti ritengono che il Sandroni abbia tentato la strada della simulazione di furto per poter riscuotere un cospicuo risarcimento dall'assicurazione. Quindi, Sandroni ha deciso di liberarsi del materiale compromettente trasferendolo a casa propria, e simulando una rapina, forse al molteplice scopo..."». Ampelio abbassò il foglio, e prese fiato. «Ecco, lo scopo. Ma tutto questo casino per cosa?».

«Per poter conservare i vuoti» disse Aldo, brandeggiando la stecca. «Hai presente la legge sul vuoto a perdere? Ecco, quelle bottiglie erano tutto il contrario».

«Sì, ma allora però c'è un'artra cosa che non capisco».

Aldo, dopo aver fatto oscillare la stecca avanti e indietro, si fermò, si rialzò e, posizionatosi bene su due piedi, alzò la stecca per tentare un colpo ad effetto.

La stecca partì, violentemente, impattando la biglia bianca, che descrisse un grazioso e dinamicamente promettente arco che però, rallentando improvvisamente, si infranse sul castello dei birilli prima ancora di raggiungere la boccia gialla.

Aldo, sempre inappuntabile, si voltò.

«Dimmi cos'è che non capisci».

«Io non capisco due cose. La prima, perché insisti a fa' colpi a giro che son settant'anni che li padelli. Secondo, ma secondo lui quelle bottiglie che sosteneva che l'hanno rubato come faceva a rivendelle?».

Aldo, contemplando lo sfacelo sopra il panno verde, scosse la testa.

«Semplice. Su Internet. Avrebbe messo su un piccolo negozio on line e...».

«E prima o poi lo pinzavano. Al ristorante lo capisco, te ne rendi subito conto se quel cliente che hai davanti è uno che ci capisce o un brodo che vuole far vedere quanti vaìni c'ha, ma se vendi una roba su Interne' e va in mano a un esperto...».

«Il giorno che un esperto comprerà su Internet una bottiglia di Château Lafite del 1982 da un rivenditore sorto dal nulla, senza sapere come è stato conservato e da dove viene, alza gli occhi al cielo e aspetta» disse Aldo, tranquillo, riponendo la stecca. «Passerà di sicuro qualche asino volante».

«Ha ragione Ardo» disse Ampelio, andando a prendere la stecca. «Il probrema di Interne' è che prima li scemi der villaggio avevano intorno tutto il resto del paese che ne lo diceva, che erano scemi. Ora, invece, sono scemi der villaggio globale, e trovano tante persone che sono d'accordo con loro, e si sono convinti di essere furbi».

«Ma lo dici te» disse Pilade. «Gli scemi son sempre esistiti, e son sempre stati convinti d'esse' furbi. Finché sono scemi co' sordi loro, è un problema loro. Non c'è modo migliore per diventa' furbi che butta' via de' sordi in maniera scema. E ricordasselo».

Giugno

Alessandro Robecchi
Doppio misto

Uno

Aveva scritto «non ti fidare» su ogni parte del corpo, e soprattutto su quelle che il biondo stava fissando più intensamente. L'altro, quello con la cravatta, aveva alzato gli occhi al cielo. Così adesso erano lì, in un ufficio spoglio preso a nolo per qualche ora, anonimo come tutto doveva essere. Il biondo con la faccia da schiaffi, l'altro che sembrava serissimo, e lei: più di trenta, meno di quaranta, biondo d'ordinanza, qualche gioiello, le gambe accavallate, la scollatura giusta, non una che potrebbe avere il problema della solitudine, ecco.

Lei aveva preso un appuntamento dopo la solita trafila di sicurezza e si era presentata quasi puntuale. Il biondo aveva aperto la porta e lo stupore era entrato insieme a lei. Loro la conoscono, la tipa. Lei no.

«Posso avere un suo documento?» dice quello con la cravatta.

«È necessario?».

«Dobbiamo sapere se lei è lei, signora» dice il biondo. Ha un sorriso che dice: su, su, qualche signorina l'ho vista, non sono uno che si impressiona.

Dunque Alessandra De Carli, nata a Piacenza, 6 settembre 1980, coniugata, residente a Milano eccetera eccetera. Tutte cose che sanno già.

Quando i clienti si siedono lì a dire quello che vogliono, di solito sono un po' imbarazzati. Lei niente, come stesse comprando le carote al mercato.

E poi tutti usano giri di parole, lei no:

«Vorrei... ehm... sbarazzarmi di una persona».

«Sì, conosciamo il problema» dice il biondo «di solito ci contattano per questo».

«Bene. Vorrei sapere qualcosa di più. Costi... tempi...».

Ora le scritte «non ti fidare» brillano come neon nella notte.

Quello con la cravatta si alza e si avvicina alla finestra. Guarda fuori per un momento poi si volta e incrocia le braccia. Camicia azzurra, cravatta rossa, pantaloni leggeri, sembra un professore americano, di quelli dei film, chissà se esistono veramente.

«Non funziona così, signora» dice.

«Ah, no? E come allora?».

Sorride come se conoscesse il funzionamento di quasi tutto, e il resto se lo immagina.

Così l'avevano piano piano guidata a illustrare il caso.

Il marito, la sua stupida fabbrichetta che arranca per il calo degli ordinativi, la proposta di acquisto del terreno per un qualche grattacielo superlusso, magari col bosco sui balconi, e una fetta della torta, dopo, a metri quadri venduti a peso d'oro.

Soldi. Tanti.

E lui, il cretino, che vuole continuare a fare l'industriale, a tirar l'anima coi denti tra bilanci e sindacati, quando bastava firmare una carta e sarebbero stati ricchi. Ricchi veri. Metà per uno e tanti saluti. Lei l'aveva proposto, ma lui continuava a dire no, no, si aggrappava a quella scemenza della storia di famiglia: industriale il nonno, industriale il padre, industriale lui, e intanto il terreno, che prima era in periferia, ora era in centro città. Invitante, grasso, prezioso. Edificabile. Come trovare un tesoro per la strada. Insomma, un cretino.

«Devo firmare la vendita entro il 30 giugno. Se lui non vuole... pazienza, lo farò da vedova».

«Oggi è il primo giugno, signora» dice il biondo «non c'è molto tempo».

«Sì, lo so».

«Questo complica le cose» dice quello che sembra un professore.

«E dovrebbe sembrare un incidente» dice lei

«Questo le complica anche di più» dice il biondo.

Poi lei tira fuori dalla borsetta una busta. Dentro c'è un foglio scritto a mano e una foto. Quello da ammazzare, il marito.

Angelo Roviti, nato a Bergamo, il 12 giugno del '64. La foto è un primo piano, fatta in vacanza. Lui sorride col sole in faccia, in barca, ma non si vede se sono in porto o in mare aperto.

Il biondo e quello con la cravatta osservano la foto,

poi si guardano in faccia e si dicono con gli occhi quello che sanno già: hanno un problema.

«Ci riserviamo di accettare il caso» dice il professore. È il primo dei due che si è ripreso.
Il biondo accompagna alla porta la signora.
«Ci facciamo vivi noi» dice.
«Sì, ma presto» dice lei uscendo.
Così ora sono soli. Ci sarebbe da ridere, ma nessuno dei due lo fa. Poi quello con la cravatta si alza di scatto.
«Ci siamo dimenticati di chiederle una cosa» dice. Prende la giacca ed esce di corsa.
«Sì, vero» dice il biondo, «ci vediamo in ufficio». Intende quello vero.

La signora Alessandra De Carli apre la portiera della sua Mercedes nel parcheggio sotterraneo, si siede al volante e sobbalza come se avesse visto un cobra.
Invece ha visto quello con la cravatta, seduto al posto del passeggero.
«Come ha fatto...».
«Lasci stare, è un mestieraccio. Devo farle un'altra domanda».
Lei riprende la sua aria sicura e finge di sbuffare, ma per scherzo.
«Chi le ha dato i nostri contatti?».
«Ah... devo proprio dirglielo?».
«Temo di sì, signora... il motto della ditta è "sicuri noi, sicuri lei", se di mestiere ammazzi la gente non è che lo devono sapere in tanti, giusto?».

«Sì, mi sembra ragionevole...».

Così lei parla di un funzionario di una grande azienda, che una sera, a cena, aveva raccontato di averli contattati per un affare, che poi non se n'era fatto niente... però aveva rivelato dei dettagli, gli sembrava interessante far sapere a tutti che aveva avuto a che fare con due killer, credeva di rendersi affascinante, più virile, ecco.

«Nome?».

«Vinardi, Venardi, una cosa così».

«Quanto tempo fa?».

«Mah, sarà un anno, anche di più».

«E che ci faceva a cena con questo tizio?».

«Sarebbero un po' cazzi miei, non crede?».

Lui fa una faccia che dice: se mi chiedi di ammazzare tuo marito i cazzi tuoi non esistono, e allora lei parla ancora. Non era stato un tête-à-tête, ma una cena mondana, c'era anche suo marito, e altri amici, e conoscenti. Della storiella dei killer e di come contattarli in caso di bisogno avevano riso tutti, gente di mondo. Quanti? Boh, una ventina.

«Cristo» pensa lui. E anche: «Venardi... sì, mi ricordo».

Un'ora dopo quello con la cravatta apre la porta blindata dello studio. La targa dice Snap Srl. Dietro la porta ce n'è un'altra. Apre anche quella con una combinazione e una chiave, la sicurezza non è mai troppa. Quando entra, il biondo è seduto su un divano con dei fogli in mano.

«Abbiamo un problema» dice senza alzare gli occhi dalle carte.

«No, ne abbiamo due» dice l'altro.

«Andiamo a pranzo e ne parliamo».

Il biondo guida una decappottabile aggressiva rosso fuoco, il tetto abbassato, gli occhiali da sole, sembra un americano in vacanza. Quell'altro sembra uno delle tasse. Non dicono niente finché non sono seduti a un tavolo all'aperto, dalle parti di Porta Ticinese, vicino alla Darsena.

Quando arriva da mangiare finalmente parlano. Anzi, parla quello con la cravatta.

«Riassumiamo» dice.

«Sentiamo» dice l'altro.

«Dunque, questa signora Alessandra vorrebbe ammazzare il marito Angelo, e bene, fin qui siamo nella norma. La stranezza è che questo marito Angelo, una settimana prima, è venuto a chiederci di ammazzare la moglie Alessandra».

«Un matrimonio è perfetto, quando si vuole la stessa cosa».

«Lui però ha mentito».

«Be', sai, gli uomini...».

Sì, aveva mentito. Aveva parlato di gelosie, incomprensioni, liti, stanchezza. Forse un'altra donna, cose dette e non dette. Nemmeno un accenno alla fabbrichetta da chiudere o tenere in piedi. Non c'era l'odio che di solito si sente nei mandanti, semmai una specie di leggero fatalismo, come davanti a una cosa da fare che non si fa volentieri, ma...

Loro hanno preso l'incarico, procedura standard, duecentomila subito, duecentomila a lavoro eseguito. Contanti, ovvio.

«Tecnicamente, stamattina abbiamo parlato con un lavoro da fare» dice il biondo.

Li chiamano così, «lavori da fare», e quando li hanno fatti arriva il carro funebre.

«Non è etico fare affari con una che devi ammazzare» dice l'altro.

«Non è etico nemmeno pagare qualcuno per ammazzare la moglie».

«Non possiamo accettare l'incarico della signora».

«Perché no?».

Ora quello con la cravatta alza lo sguardo dall'insalata di mare. Guarda il suo socio. Sono insieme da anni, fanno un lavoro difficile che prevede una fiducia assoluta nell'altro. Di solito si capiscono al volo e parlano solo per chiarirsi le idee, i dubbi sono rari, ma stavolta, eccone uno. Bello grosso.

«Perché no?» ripete il biondo.

Quello che sembra un professore sta zitto. Perché no? Cerca un motivo. Poi lo trova:

«Be', sarebbe un problema farsi pagare, se l'ammazziamo».

«Ammazziamo prima lui, allora».

«E così perdiamo il saldo che ci deve lui».

Stanno zitti fino al caffè, poi parla il biondo:

«I problemi si risolvono».

«A proposito di problemi, ne abbiamo uno più urgente».
«Sì, quello va risolto subito».
«Che palle».
«Sì, che palle, ce ne occupiamo domani».

Due

La portiera corre ad aprire, sbuffando. È una sui cinquanta portati male, ha una specie di divisa che serve soprattutto a dire che quello è uno stabile di gente fine, che il personale di servizio lo vuole vestito da maggiordomo, per sentirsi sulla Quinta Strada anche se quando esci dal portone sei in corso Sempione.

«Oggi è festa, sapete! La portineria è chiusa! È la Festa della Repubblica!».

«Chissà come sono incazzati al "Corriere"», dice il biondo.

Allora parla quell'altro, che sembra più serio.

«Ha ragione, signora, ci scusi. Il fatto è che la cosa è urgente e... cerchiamo Massimo Venardi, che abita qui, vero?».

«Ah, quello! Te lo raccomando! No, non sta più qui».

I due si guardano. Quando le cose devono andar male non è che ti chiedono il permesso, eh! Così il biondo si fa da parte e l'altro si arma di santa pazienza.

«Che peccato, signora... e noi che dobbiamo parlargli urgentemente... ma lei sa dove lo possiamo trovare, vero?».

Il biondo sbuffa. Sa come funziona. Una risposta immediata è la cosa migliore. Se invece passa più di un minuto, quella fa in tempo a raccogliere le idee, a pensare: chi sono questi? Che vogliono? Chi li manda?

«Chi siete?».

Ecco, appunto.

Allora quello con la cravatta si caccia una mano nella tasca dei pantaloni e tira fuori due banconote da cento euro.

«Siamo amici, e abbiamo bisogno di parlare con questo Venardi... ma paghiamo il disturbo, sa?».

La signora mette su un'arietta furba e i soldi spariscono in un secondo come una bicicletta non legata in piazza del Duomo.

«Non siete mica i primi che lo cercano, sapete?».

Il biondo capisce al volo e tira fuori due biglietti da cento anche lui, li tiene in mano e dice:

«Ma scommette che noi siamo i primi che lo trovano?».

Ora la signora fa una risatina, fa sparire gli altri biglietti e torna nella sua guardiola senza dire una parola. Esce dopo pochi minuti.

«Quello che so è questo. Dovevo mandargli la posta qui» e allunga al biondo un foglietto con un indirizzo.

«E lei gliel'ha mandata?».

«I primi tempi, poi non è arrivato più niente».

«E chi altri lo cercava, il nostro amico?».

«Gente incazzata con lui».

«Altre cose che dobbiamo sapere?».

«Se n'è andato di colpo come un ladro. Prima era tutto soldi e bei vestiti e poi sembrava un barbone... ha lasciato dei debiti, credo... non so. Un bello stronzo, mi sa».

Alle quattro e mezza c'è un sole pallido, ma in compenso c'è un'afa che taglia le gambe. Quando scendono dalla macchina la polo del biondo gli si appiccica alla pelle come un costume da bagno quando esci dal mare. Quell'altro, niente, nemmeno una goccia di sudore. Sono davanti a una stamberga in fondo a via Mac Mahon, dove gira il tram. Una sala giochi, due bar brutti, un portone più brutto ancora. Non che sperino di trovarlo al volo, ma da qualche parte bisogna pur cominciare. E il tizio non si nasconde, o si nasconde molto male, perché c'è il nome sul citofono. Così suonano. Risponde una voce impastata:

«Chi cazzo è?».

I due si guardano. Un po' di fortuna non è che fa male, con 'sto caldo.

«Amici» dice il biondo.

«Non dire cazzate» dice la voce metallica del citofono.

«Ti conviene aprire. Abbiamo dei soldi per te».

Sentono l'esitazione. L'avidità che lavora. Il bisogno che spinge. È un trucco cretino, ma funziona sempre.

«Terzo piano, salite».

E ora sono lì. Lui ha aperto la porta e li ha riconosciuti subito. Loro ci hanno messo qualche secondo in più, perché ha la barba lunga e sembra uno scampato a un incendio, è in mutande ma con una camicia, per quanto lurida. Entrano senza tanti complimenti.

«Che ti è successo, Venardi?».

«Che cazzo volete?».

«Che ci racconti la storia. Com'è che non stai più nei quartieri alti?».

Quello lancia qualche bestemmia, si siede al tavolo della cucina, si direbbe l'unica stanza, e si versa un mezzo bicchiere di whisky. Non ne offre, e loro non la berrebbero certo, quella benzina per poveri cristi. Così c'è un attimo di silenzio, ma lui lo rompe subito. Si vede che non parla con nessuno da un bel po'.

«Mi hanno cacciato».

«Sì, questo si vede» dice il biondo.

Quello con la cravatta sta zitto e si guarda intorno. Avrà poco più di quarant'anni, 'sto Venardi, ma sembra un vecchio finito.

Si mette a parlare piano, anche se sotto le parole che escono al rallentatore si sente la rabbia.

«Il consiglio di amministrazione non ha approvato. Ho spiegato che l'incarico era solo esplorativo, che era uno... studio di fattibilità, ecco. Be', si sono cagati sotto».

Insomma, lui era andato da loro a chiedere di fare un lavoro, in realtà a chiedere modi, tempi, un preventivo. C'era uno che sapeva delle cose che non doveva sapere, e che se moriva era meglio per tutti, roba grossa di banche e finanziarie, tanti zeri. Invece i consiglieri e gli azionisti erano saltati sulla sedia: un omicidio? Ma è matto? Lo avevano cacciato su due piedi, via lo stipendio, la casa, la macchina, tutto. Fuori dai coglioni, e la minaccia di avvertire la polizia.

«Deficienti». Fa una faccia schifata per dire che se l'aspettava meno umanitario, il capitalismo delle grandi aziende. Che gusto c'è a fare gli squali se non si azzanna nessuno? Poi si riscuote e ripete la domanda:

«Che cazzo volete?».

«Abbiamo avuto un incarico e ci hanno detto che hai fatto tu il nostro nome e hai detto come contattarci, volevamo controllare».

«Chi è il tizio?».

«Ci prendi per scemi, Venardi? Tu vai in giro a dire che noi ammazziamo la gente e vuoi anche sapere chi ci fa lavorare? Non è che ne bevi troppa di quella roba lì?».

Allora parla quello con la cravatta. È una bella cravatta rossa, stretta, non quei tovaglioli da mafiosi da film.

«Cerca di ricordare. Una cena, tu che fai il gradasso dicendo che conosci dei killer...».

«Boh, può essere, sì... dopotutto è per aver contattato voi che sono finito nella merda... è un buon aneddoto da raccontare ai nipotini, no?».

Il biondo lo guarda fisso.

«Vuoi dire che vai a raccontarlo in giro come se parlassi del tempo, o del calciomercato?».

«Andavo. Ora non vado più da nessuna parte. Però possiamo venirci incontro... voi mi date qualcosa e io prometto di non dire più che conosco due killer».

«Mi sembra sensato» dice il biondo.

L'altro, il professore, gli versa del whisky nel bicchiere, tanto, lo riempie quasi, ed è un bel bicchiere da cucina.

«Su, brindiamo».

Quello, che non ha capito un cazzo, crede di fare un affare insperato, butta giù tutto d'un fiato e sente la botta. Era già mezzo sbronzo prima, ora sembra Vasco Rossi quando è lucido.

«E quanto vorresti per non andare in giro a dire che conosci due killer?» chiede il biondo.

Quello non risponde perché ci sta pensando. Quanto può valere un contratto così? Ha paura di chiedere troppo, ma anche di chiedere poco... Si alza e barcolla un po'.

«Vieni qui, stenditi un attimo» dice quello che sembra un funzionario del Fisco, e lo accompagna su un piccolo divano.

«O dobbiamo farti noi una proposta?» dice ancora il professore.

Ma quello non fa in tempo a rispondere che il biondo, da dietro, gli mette un cuscino in faccia. Il prof gli tiene le gambe, che non scalci, e dopo tre minuti è tutto finito. Erano in tre, ora sono in due più un cadavere, è una cosa che gli succede spesso, ai due rimasti vivi. Il biondo va in cucina e cerca un sacchetto di plastica, che mette sulla testa del morto e lega sul davanti, un nodo a fiocchetto sul collo, come se se lo fosse messo lui. Puliscono quello che hanno toccato ed escono nel sole di giugno, raggiungono la macchina e partono.

«Ecco, ora abbiamo un problema solo» dice quello con la cravatta.

«Bene, parliamone».

Tre

Alessandra De Carli esce da un portone di corso Venezia che sono le due meno venti del mattino, c'è una piccola brezza e Milano vive la sua notte standard senza tumulti, un modello per il paese.

Si dirige verso la sua macchina, sale e sobbalza. Il biondo è sul sedile dietro, l'altro al posto del passeggero. Sta diventando un'abitudine. Ma stavolta lei non protesta e non chiede. Si vede che l'irritazione lotta con la speranza, bella partita, ma vince la speranza, che come sapete è l'ultima a morire.

«Allora?» dice lei.

«Accettiamo l'incarico» dice il biondo, da dietro.

«Ma c'è un problema» dice l'altro, di fianco a lei, che sta zitta e aspetta. La camicetta bianca ha un bottone slacciato di troppo, niente reggiseno, il biondo è pentito di essersi messo dietro, ma è solo un pensiero.

«In questi casi, signora, dopo il... l'incidente, ecco... scattano cose ordinarie come il blocco dei beni, indagini serrate sui parenti stretti, si va subito a vedere chi eredita...».

«Non ci sono altri eredi» dice lei.

«Appunto... le staranno un po' addosso».

«Avrò un alibi, sapete? Non sono mica scema».

«Sì, sì, certo, immagino che starà spesso in compagnia, mentre noi lavoriamo per lei... ma sono cose complicate lo stesso. Il problema è il pagamento».

«Non è metà prima e metà dopo? Non mi direte che ho letto tutti quei gialli per niente!».

«Sì, signora, di solito funziona così. Ma è la metà dopo che ci preoccupa... se lei va sotto un tram, dico per dire, o l'arrestano, o... capirà che...».

«Quindi?».

«Quindi la nostra proposta è: duecentomila subito, e duecentomila da un notaio, pacco chiuso, da consegnare... ehm... dopo l'incidente di suo marito».

«Cazzo, siete cari».

«Non come un palazzone di appartamenti fighi che viene su dal niente» dice il biondo.

«In contanti, così su due piedi, posso arrivare a tre e ottanta» dice lei.

È uno sconto del cinque per cento, pensano i due, si può fare, ma che non si sappia in giro. Però pensano anche che lei non avrà molto tempo per raccontarlo alle amiche.

«Va bene» dice il professore con la cravatta.

Poi le danno un cellulare vecchio modello, un numero da chiamare e le istruzioni per contattarli, basta un sms con ok e il nome del notaio che ha il malloppo, e dove andare a prendere l'anticipo.

«Niente scherzi, eh!» dice il biondo.

«Scherzare con voi mi sa che è rischioso» dice lei mentre mette in moto.

Scendono e se ne vanno nella notte.
Due giorni dopo hanno centonovantamila euro in contanti, il nome di un notaio di via Torino, e si sentono un po' degli esperti in dinamiche di coppia.
Gente che suggerisce soluzioni drastiche.

Quattro

Erano stati giorni di pedinamenti e di dibattiti etico-morali.

La signora era andata sul lago, poi a fare compere, poi a casa di questo e di quello, a certi party di gente perbene. Mai ferma un momento, consapevole di dover dire a un poliziotto, prima o poi: all'ora dell'incidente ero da Tizio, da Caio, dalla talaltra coniugata Sempronio.

Loro, dietro.

Avevano escluso di farlo a casa di lei, in questi casi vanno subito a beccare il marito, e quello il saldo, la seconda metà del contratto, mica l'ha messa da un notaio, quindi meglio che avvenga fuori, ah, la delinquenza dei giorni nostri, sapesse, signora...

Così la seguono ovunque e aspettano l'occasione buona. Il biondo ha la sua Sig Sauer sotto il sedile, l'altro una Beretta piccola.

Lei parte con la sua Mercedes bianca, loro dietro. Tangenziali, autostrade, poi strade statali, poi provinciali di montagna, anche belle ripide, poi basta. La signora si ferma davanti a un villone spropositato dalle parti di Bormio, sono le otto di sera, fa freschino, loro vanno in paese, parcheggiano la Ford presa a nolo coi documenti falsi e cenano. Niente vino, acqua minerale.

Quando tornano alla villa, la Mercedes è ancora lì e loro aspettano. Il biondo controlla l'artiglieria, è una specie di maniaco. Quello con la cravatta – ora ha anche la giacca, perché la montagna è la montagna – legge il giornale, l'edizione milanese di «Repubblica».

«Hanno trovato il nostro amico» dice.

«Meglio tardi che mai».

«Qui dice che la questura pensa al suicidio, ma non sono tanto convinti. L'indagine la fa un certo Ghezzi».

«Be', auguri».

Poi stanno zitti, finché il biondo dice:

«Piano A o piano B?».

Il piano A è di fingere l'incidente stradale. Una cosa difficile in città, più facile lì, specie se la signora non dormirà in villa e guiderà di notte. Il piano B è di fermarla prima della città, simulare la rapina e farle un buco preciso, niente di fantasioso, ma il classico ha sempre il suo gusto. Loro sanno essere veloci, e quella non se l'aspetta.

Poi Alessandra De Carli esce dal grande cancello, fa ciao con la mano a qualcuno all'interno e cammina verso la macchina. Non barcolla, non sbanda, ma non ha il passo deciso da signora dei quartieri alti che le hanno già visto. Lei parte e loro dietro, a distanza. Guida il biondo, se la signora fa la stessa strada dell'andata, probabile, c'è un punto che può andar bene, curva stretta a destra con controcurva subito dopo, un piccolo tornante veloce a picco sulla valle. Certo, è un azzardo, ma mancano ancora una ventina di chilometri e loro sono rilassati, vedono i fari della Mercedes un centinaio di metri avanti, non c'è da affannarsi.

Poi il biondo bestemmia e l'altro si sistema meglio sul sedile. È perché la signora la prende allegra, quella strada di montagna, taglia le curve e sfiora i muretti, schiaccia il pedale un po' troppo, e se ha bevuto... insomma, il biondo deve concentrarsi per starle dietro, con tutto che è uno che guida bene. Se quella fila così, sarà un problema affiancarla nel punto giusto. Pensano tutti e due la stessa cosa, tutti e due con disappunto, tutti e due con un certo fatalismo: piano B, e vaffanculo.

E invece la signora De Carli Alessandra, di anni trentasette, un po' brilla, seduta sopra 400 cavalli tutti al galoppo su quella strada stretta, decide per il piano A. Da sola, senza consultarsi con nessuno, in piena autonomia. Non vede una curva, o la sbaglia di brutto e insomma, loro tengono gli occhi sui puntini rossi dei fanalini di coda e poi non li vedono più. Anzi sì, li vedono per un istante in volo libero giù nella scarpata, insieme a vetri che partono, ruote che girano a vuoto, e un botto forte che sale dalla valle.
«Cazzo».
Il biondo inchioda e accosta su una piazzuola di ghiaia. Scendono e tornano indietro, solo poche decine di metri a piedi, fin dove c'è un punto da cui possono guardare giù. E giù vuol dire proprio giù, una qua-

rantina buona di metri, si vede la macchina accartocciata, un rottame bianco come quando appallottolate un foglio di carta.

«Scendiamo?» chiede il biondo.

«No».

Due ore dopo sono a Milano, in ufficio alle quattro del mattino, il biondo si versa una vodka, l'altro ha in mano una tazzona di caffè americano. Preparato col filtro, come si deve, una specie di mania.

«Domani si incassa» dice il biondo.

Quello con la cravatta – ora senza giacca perché a Milano in giugno fa caldo – prende un cellulare antico da un cassetto, lo accende e manda un messaggio.

«Fatto» dice, ma non è contento.

«Che c'è, ora?».

«Mah... non è molto etico» dice quello che sembra un funzionario d'ambasciata.

«Boh, però è comodo, no?».

«Sì».

Cinque

Angelo Roviti, industriale, cinquantatré anni, pancetta d'ordinanza, giacca scura su jeans troppo giovani per lui, scende dalla macchina con la faccia di uno che non dorme dal Congresso di Vienna.

Loro lo vedono perché sono lì che lo aspettano da un po', seduti a un tavolino di una pasticceria americana in viale Premuda, uno di quei posti dove le torte si chiamano «pie» e costano il triplo del normale.

L'uomo si siede senza dire una parola e appoggia una borsa a terra, tra la sua sedia e quella del biondo.

«Il saldo» dice.

Loro fanno per alzarsi. Lavoro finito, saldo versato, arrivederci e grazie. Non è un settore dove si diventa amici dei clienti, ecco.

Ma lui invece ha voglia di parlare e quindi salta un'altra regola. Restano lì e ascoltano.

«Non dovevamo, non dovevamo...».

Si torce la mani.

«È stata una cazzata, mi manca già, la mia Alessandra... non dovevamo...».

Il biondo gioca con le chiavi della macchina. L'altro

fa una faccia un po' schifata. Ma quello, l'industriale che ha fatto ammazzare la moglie, non la smette.

«Che cazzata, che cazzata immensa... ora per tutta la vita...». Manca solo che si metta a frignare... «Secondo voi ha sofferto?».

«Non credo ne abbia avuto il tempo» dice il biondo.

L'altro lo guarda come dire: ma sei scemo? Non è affare loro, non sono discorsi per loro, non è una buona idea immischiarsi nei sensi di colpa dei mandanti, bagnarsi delle loro lacrime. Un lavoro, un tavolo da piallare, un tubo da sturare. Fatto, niente ricevuta, solo contanti.

Però sa anche come lavora il rimorso. Goccia dopo goccia, piano, silenzioso, ti prende come un brutto male. E sa anche che non è una faccenda loro, ma tutta sua, del vedovo che ora si macera e si pente. Una cosa brutta per lui, pericolosa per loro.

«Non so se ci riesco» dice il tizio.

Gli si rompe la voce. Non piange, ma ha il fiato spezzato come i bambini che piangono.

Allora quello con la cravatta si alza, e il biondo lo imita dopo un nanosecondo.

Se ne vanno a piedi, girano l'angolo e salgono sulla spider rossa fiammante, dopo aver messo la borsa coi soldi nel bagagliaio.

«Roba da matti» dice il biondo. «Uno ammazza la moglie e poi si fa mangiare dal rimorso».

Quello che sembra un ingegnere della Nasa – oggi ha pure la camicia bianca e una cravatta sottile nera – non dice niente, si gode l'aria della sera. Sembra pensoso.

Poi spegne la radio che manda una musichetta di moda e dice:
 «Hai letto *Teresa Raquin*?».
 «Eh?» dice il biondo.
 «Niente» dice l'altro «portami a casa, ti spiace?».

Sei

Alle nove sono già in ufficio.

Sui giornali c'è qualche riga sul funerale della signora De Carli Roviti, quella vecchia dinastia industriale. Che brutta fine. Nomi noti della Milano che conta, i piani alti, ma non gli attici. Il marito, affranto, ha avuto un malore durante la funzione. Un incidente terribile. Una così bella signora. Si amavano tanto.

Quello con la cravatta – oggi di maglina blu – prepara un pacchetto con due buste gialle di quelle imbottite. Sono i quattrocentomila del dottor Roviti – il lavoro fatto – e i centonovantamila della signora De Carli, parlandone da viva – il lavoro da fare.

«Vado in banca» dice.

La regola è: una cassetta di sicurezza per ogni lavoro svolto. Solo dopo un anno versamenti in piccole tranche sul conto della Snap Srl, e poi piano piano sui loro conti privati, tanti e difficili da rintracciare.

Questa volta la cassetta di sicurezza sarà per due lavori, tipo tomba di famiglia, un'altra regola che salta, ma anche loro non hanno capito se si è trattato di due incarichi o di uno solo, però doppio.

All'appello mancano centonovantamila euro – il saldo della signora – e un cadavere, e poi il cerchio sarà chiuso come si deve.

E comunque hanno deciso di fare in fretta. Un po' per chiudere la faccenda e un po' perché di quel mandante che poi piange il morto non si fidano per niente. Capace che va a costituirsi e dice tutto. Il paradosso è che loro andrebbero in galera per un incidente stradale. Per l'unico morto non ammazzato con cui hanno avuto a che fare. È una cosa che fa ridere il biondo. L'altro non ride per niente.

Ora sono seduti in macchina, una Golf presa a noleggio coi documenti falsi – ne hanno una scorta, non è un problema.
In macchina davanti al portone di questo Roviti imprenditore neo vedovo inconsolabile, si direbbe. O almeno lo direbbero loro, perché quello da due giorni non si muove da casa e bisogna prendere una decisione. Devono entrare loro? E in quel caso? Finta rapina? Inscenare un suicidio? Sono cose facili da dire, ma da fare no.
Il biondo è per il piano classico: aspettare che quello rientri una sera e fargli un buco solo, bello preciso, con la Sig silenziata, e poi lasciare la polizia a cercare i tartufi naso a terra. L'altro, quello che sembra un direttore di banca, pensa ad altre cose.
Se il rimorso ha colpito il tizio come un treno in corsa, quel silenzio, quel chiudersi in casa, non è per niente un buon segno. È una cosa che ti mangia dentro, che

ti consuma, e se hai fatto ammazzare la moglie non è che puoi parlarne con qualcuno... In quelle condizioni ci sta di fare una cazzata, e la peggiore sarebbe chiamare la polizia... venite a prendermi. Ogni minuto che passa il rischio aumenta, pensa quello con la cravatta. Il biondo, lo pensa anche lui.

Ma quello non esce, quindi aspettano.

Aspettano ancora un giorno. Due. L'appostamento è una cosa noiosa, si sa. La casa è una villetta indipendente al quartiere Maggiolina, facile da controllare perché ha una sola uscita, più la rampa del box che sta lì attaccata, quindi non serve mettersi proprio davanti, col rischio di farsi notare. Ogni tanto si spostano per non sembrare fissi, presepiati come due che fanno la posta a un capriolo.

Fanno dei turni, prendono altre macchine a nolo – altri documenti falsi, le spese salgono. Ma soprattutto sale la tensione e aumenta la voglia di entrare in casa del tipo e chiudere la faccenda, anche se così è più rischioso, le cose che possono andare storte sono centinaia.

«Ma dobbiamo proprio farlo?» chiede il biondo.

«Abbiamo un contratto» dice quello che sembra un broker.

«La signora non viene certo a protestare, se non onoriamo il contratto».

«Prendere i soldi e non finire il lavoro non è molto etico, però. Cosa diresti se lo facesse il tuo idraulico?».

Nessuno dei due dice la verità e tutti e due lo sanno. Per come ha reagito e per come gli hanno ceduto i nervi, il fresco vedovo lo devono ammazzare per la loro sicurezza, non perché hanno un contratto con la signora. Anzi avevano, povera donna.

Il biondo pensa che in quel mestiere sicurezza ed esecuzione lavori sono cose che coincidono spesso. La logica dice che chi sta seduto sul tuo stesso ramo non lo taglierà con una sega. I casi di mandanti che sono andati a cantarsela indicando gli esecutori non esistono, è più facile il contrario.

Quello con la cravatta pensa le stesse cose, quasi con le stesse parole. Però pensa anche che esistono variabili imponderabili, come la natura umana, come il rimorso. Gli viene in mente una frase che quello ha detto al bar, là, alla pasticceria fighetta americana... «E ora per tutta la vita...». Pensa che il rimorso è una strana forma di egoismo, ma sempre egoismo è. Non è del morto che ti frega qualcosa, ma di come starai tu dopo che quello è morto.

Teresa Raquin.

«A Natale ti regalo un libro» dice.

«Siamo a giugno, hai tempo per ripensarci» dice il biondo.

Stanno zitti per un po'.

Poi si alzano ben dritti sui sedili, perché il cliente, il dottor Angelo Roviti, esce dal portone e scende verso il box. Solo la camicia bianca, niente giacca, il passo stanco. Sono quasi le otto di sera e c'è quella luce densa che dà sul rossastro.

Il biondo mette in moto – questa volta è una piccola Audi bianca – e aspetta che quello esca in macchina. Invece non succede niente. Passa mezz'ora. Passano quarantacinque minuti.

«Che cazzo ci fa uno nel box per tre quarti d'ora?» chiede il biondo.

Lo chiede a se stesso, perché sa che l'altro se l'è già chiesto otto volte.

Passa un'ora, sono le nove, è quasi buio.

Allora quello con la cravatta tira fuori da una tasca un mazzo di chiavi, che non è un mazzo di chiavi. Sembra più un fagottino di piccoli attrezzi.

«Vado a vedere» dice. «Porta la macchina fuori vista e torna qui, ma prima aspetta un attimo. Se suona l'allarme andiamo via di corsa».

Scende e traffica con la serratura del cancello, che si apre dopo un minuto, senza sforzo, appena qualche esitazione. Se qualcuno ha visto la scena ha pensato a due amici che si salutano davanti a casa, poi uno entra e l'altro se ne va dopo un attimo, in macchina, ha solo aspettato a ripartire, come si fa quando si accompagnano a casa le signore che non ti dicono «Sali a bere qualcosa?».

Quando il biondo ripassa davanti alla casa, l'aria distratta di quelli che portano fuori il cane, ma senza cane però, quello con la cravatta emerge dal cancello appena socchiuso e quasi lo trascina dentro.

«Vieni a vedere».

Scendono la rampa del box e devono coprirsi il naso con le mani. Il box è pieno di fumo di scarico, non si respira, lacrimano gli occhi, non si vede niente. Ah, sì, qualcosa si vede: due canne di gomma che escono dai tubi di scappamento e finiscono nei finestrini posteriori, il motore acceso. Una camera a gas a trazione integrale, guida assistita, sedili in pelle.

Con un morto dentro.

Quello con la cravatta fa due passi veloci e richiude lo sportello, il motore resta acceso, la camera a gas funziona ancora, anche se adesso è inutile.

«Il fumo nel box è perché ho aperto la portiera» dice «speriamo che non si veda da fuori». Ma questo lo dice quando sono già all'aria aperta. Il biondo lo guarda con una domanda negli occhi e quello scuote la testa.

«Niente».

«Cazzo!».

«Bisogna dare un'occhiata in casa, gli ho preso le chiavi».

Così entrano dalla porta principale, e cominciano a cercare in giro. Veloci, precisi, nessun indugio, nessun rallentamento. Cercano una busta, una lettera, un foglio di carta, non toccano niente ma hanno gli occhi che saettano veloci, attentissimi.

Poi il biondo dalla cucina a piano terra dice:

«Qui».

Sul tavolo in marmo c'è un foglio scritto a penna, no due fogli, anzi tre, uno sopra l'altro. Leggono insieme le prime righe, e bastano quelle.

Mezz'ora dopo sono in un bar per hipster monoreddito di Porta Venezia, con due Moscow Mule belli carichi e una musica diffusa, troppo alta, di qualche gruppo volevamo-essere-i-Pink-Floyd-ma-qualcosa-è-andato-storto.

La lettera dice tutto. Dell'idea folle di ucciderla, anzi di farla uccidere «perché sono un vigliacco». Di come un tizio, un tale che si vantava di conoscere dei killer, gli aveva dato l'idea. Di come li aveva contattati e di come si era sentito dopo. Della pena. Del rimorso. Dell'impossibilità di tornare indietro.

Parla anche di loro, come no, abbastanza da fargli avere qualche ergastolo in quattro e quattr'otto. «Uno alto con la cravatta, l'altro con la faccia da coglione», c'è scritto.

«Che pezzo di merda» dice il biondo.

«Portami a casa, ma fai un giro lungo» dice quello che sembra un dottore, la cravatta marrone, le maniche della camicia arrotolate ai gomiti. C'è un'umidità che pare di respirare plancton, forse investiranno qualche pesce rosso. Mentre il biondo guida, l'altro piega i fogli della lettera e comincia a strappare. Regolare, quasi geometrico.

Ora ha in mano tanti quadratini minuscoli e li getta dal finestrino a piccolissime manciate, a intervalli di qualche minuto.

È come gettare le ceneri del caro estinto da un ponte sul Po, o dal Machu Picchu, o dalla barca a vela nel golfo di Napoli. Cenere, coriandoli, la città se li mangia.

Poi sono arrivati.

«Vado a rendere la macchina» dice il biondo.

L'uomo con la cravatta scende, l'altro riparte al volo, non aspetta come si fa con le signore perché quello non è per niente una signora, anzi, ed è pure armato e pericoloso.

Il biondo sgomma via e pensa: «Su, allegro che domani si incassa».

Sette

Invece per incassare aspettano qualche giorno. Non c'è fretta e si sono presi quarantotto ore di pausa.

Nella stanza più grande della sede della Snap Srl – due scrivanie, due poltrone, un divano per quando si fa tardi la notte, o per quando la notte non c'è del tutto – entrano lame di luce viva e si sente il ronzio dell'aria condizionata.

«Mai visto un culo simile» dice il biondo. Due che devi ammazzare che si tolgono di mezzo da soli non capita tutti i giorni. Non capita mai, anzi.

«Correre un rischio così senza ammazzare nessuno... sì, assurdo» dice quello con la cravatta. Che poi prende la giacca, come controvoglia.

«Su, andiamo».

Il notaio Alessandro Farotto ha lo studio in via Torino, al 43, un posto dove non potrebbe parcheggiare nemmeno la Madonna con il pass dei residenti. Così camminano un po' nell'afa soffocante. Quando entrano dopo aver atteso sei secondi sullo zerbino hanno due buone sorprese: la prima è l'aria condizionata polare, la seconda è una segretaria che sembra uscita dalla terza pagina del «Sun», però coi vestiti addosso.

«Oh, la ragazza della porta accanto» dice quello con la cravatta.

«Non lo ascolti» dice il biondo «nella porta accanto alla mia ci abita il mostro delle paludi».

Lei non fa una piega, ma ride con gli occhi, prima di dire: «I signori hanno un appuntamento?».

«Sì, si può dire così, ma non lo troverà sull'agenda».

«E... chi devo annunciare?».

«Amici della povera signora De Carli».

«E dell'ancor più povero marito».

Poi passano due minuti e un signore dalla faccia simpatica si affaccia a una porta in noce, pesante, solenne, tirata a lucido.

«Grazie, Sissy... signori... vengano, prego».

Entrano in uno studio vastissimo, con poltrone, divani, una scrivania immensa di legno intarsiato, roba che costa un bel po'. E poi scaffali pieni di volumi rilegati, lampade a stelo, tappeti, quadri alle pareti. Le persiane sono accostate, c'è una penombra da studiosi, e fa quasi freddo.

«Accomodatevi» dice il notaio Farotto, e quando quelli sono seduti su due poltroncine davanti alla scrivania che sembra un sarcofago assiro, si siede anche lui e fa scivolare sul piano di legno una busta gialla senza scritto niente.

«Le istruzioni sono chiare...».

«Bene» dice quello che sembra un consigliere di Bob Kennedy.

«Per quanto... qualche curiosità...».

«Cosa intende?» chiede il biondo, senza un minimo di agitazione.

«Signori, capirete che le circostanze sono strane... la signora viene qui e mi dà un pacco anonimo, di cui non mi rivela il contenuto, da consegnare...».

Prende un foglio sulla scrivania e legge.

«... Da consegnare a chiunque lo reclami nel caso di morte di mio marito Roviti Angelo... una prassi inusuale...».

«Sì, capisco» dice il biondo.

«La vita è inusuale, sa?» dice quello con la cravatta, filosofico.

«... E poi quella fine. Prima lei, poi lui... Immagino che non mi mostrerete un documento... o che sarebbe falso, vero?».

«Perché pensa questo?».

«Perché faccio questo lavoro tra più di trent'anni, e prima lo faceva mio padre, e prima mio nonno... e una cosa così non l'ho mai vista né sentita».

«E non è contento di stupirsi della vita, ogni tanto?».

Il notaio fa un sorriso storto. Sembra calmo e rilassato, ma loro sanno leggere certe occhiate. Sanno che è vigile e all'erta come uno che vede un crotalo dietro il water mentre sta pisciando. Lui, non il crotalo.

«Voi sapete che io ho doveri di riservatezza... ma anche che...».

«Basta così» dice quello con la cravatta. Ha un'aria dura, ma non scortese.

Il biondo prende la busta dalla scrivania e si alza. Escono senza salutare. Senza salutare il notaio, perché invece quando ripassano dall'anticamera il biondo fa un piccolo inchino alla ragazza:

«Addio Sissy, non possiamo continuare a vederci così».

Lei ride.

Poi camminano un po', salgono in macchina, abbassano la capote e vanno via nell'aria bollente.

«Lo sai, vero?».

«Sì, porca puttana, lo so».

«Che storia del cazzo».

Otto

«In sostanza non abbiamo in mano una beata minchia, giusto?».

Il vicequestore Gregori non ha ancora battuto i pugni sul tavolo, ma tutti nella stanza sanno che lo farà.

«È presto, capo» dice il sovrintendente Ghezzi.

«Stiamo facendo tutti i controlli di routine, ma è una cosa lunga... un notaio con tanti clienti, tanti casi in ballo... compravendite, testamenti... un sacco di carta» dice il sovrintendente Carella.

Il capo Gregori lancia una specie di gemito che sembra un barrito. Loro, Ghezzi e Carella, che sanno le lingue, traducono subito, all'impronta, e il barrito significa: non si può ammazzare un notaio con un colpo in testa in via Manzoni, praticamente sotto il nostro naso, a mezzanotte appena passata, e nessuno ha visto un cazzo. Virgola più, virgola meno.

«È presto, capo» dice ancora Ghezzi.

Gregori lo fulmina con un'occhiata.

Carella sa che deve dire qualcosa, e lo dice:

«Crediamo che stesse rincasando, abitava in via dell'Annunciata, lì vicino. Lo studio è in via Torino. La pistola, una 7,65, forse una Sig, probabilmente silenziata. Colpo secco, a uno, due metri, nuca piena, il tizio è morto prima di toccare terra».

«Che cazzo me ne frega, Carella, non sono mica la vedova!».

«Sì, capo, però è una cosa che sa di professionisti, quindi bisogna cercare negli affari di questo notaio Farotto, è ovvio che la cosa arriva da lì, e mi spingo a dire che è un lavoro su commissione».

«Vuol dire ficcare il naso in centinaia di affari» dice Ghezzi «non sarà una cosa veloce».

«La segretaria è a disposizione per visionare tutte le pratiche in corso, e anche quelle chiuse da poco».

Aspettano la manata sulla scrivania, che però non arriva, non ancora.

«Portatemi qualcosa in fretta e... Carella».

«Sì, capo».

«Ci mandano una collega per uno... che ne so, stage, formazione, quelle cose dei cervelloni del Viminale per complicarci la vita, si chiama...» guarda un foglio sulla scrivania «... si chiama Angela Mazzola, arriva a Linate alle quattro, valla a prendere e...».

«Adesso faccio il tassista, capo?».

«No, adesso fai quello che dico io, e non farmi incazzare, Carella. Mandaci Sannucci, manda chi vuoi, starà qui un paio di settimane e la voglio sull'indagine, così impara come lavoriamo. Viene da Palermo, trattatela bene, cerchiamo di fare bella figura, mi hanno detto che è brava».

Ghezzi sorride senza farsi vedere, perché sa cosa succede. E infatti...

E infatti la manata sul tavolo arriva davvero, insieme al modo consueto in cui finiscono quelle riunioni per fare il punto:

«Via, fuori dai coglioni, andate a lavorare e... non fate cazzate, voi due, che messi insieme mi fate paura...».

Così Ghezzi e Carella escono dall'ufficio del capo, salutano l'agente scelto Senesi facente funzioni di segretaria, porta-caffè e spia del capo e prendono il corridoio lungo, verso le scale, poi giù in cortile, poi al bar di fronte alla questura.

«Non abbiamo nemmeno un filo da tirare, Ghezzi... o forse ne abbiamo centinaia, che è la stessa cosa».

«È presto, Carella, non incominciare a andare a fuoco, che già fa caldo».

Ma quello niente, scalpita.

«Andiamo da questa segretaria, su, vediamo di dividerci il lavoro. Di' a Sannucci di raggiungerci là».

«Stai calmo, Carella, li prendiamo».

Ma quello è giù sul marciapiede rovente ad accendersi una sigaretta, la camicia bagnata di sudore, annusa l'aria come se cercasse una traccia.

Ma non c'è nessuna traccia, pensa Ghezzi, questa è una cosa lunga, ci vuole tempo.

E vanno al lavoro.

Luglio

Gian Mauro Costa
Il divo di Ballarò

Che paura le avevano fatto quelle figure lamentose. Uomini con lunghe tonache e pesanti medaglioni, cappucci, occhi spenti o fissi nel vuoto, il minaccioso fuoco di una candela in mano, lo scampanellio di invisibili serpenti a sonagli, la litania individuale che diventava improvvisamente grido corale, come l'urlo di una guerra misteriosa. Angela Mazzola, persa nei suoi ricordi infantili, seguiva la processione della Santuzza scivolando lungo il marciapiede che dall'uscita delle reliquie dal portone della Cattedrale conduceva sino al mare, al di là della Porta Felice di una città chissà se mai davvero felicissima come raccontavano. Maglietta blu con lo stemma della polizia, discreto, quasi da confondere con i marchi più o meno alla moda dei suoi coetanei ventenni, pantaloni carta da zucchero sbiadita, scelti appositamente abbondanti per il suo corpo slanciato e soprattutto poco consoni a mettere in evidenza la linea scolpita dei glutei che l'aveva subito resa popolare presso la sezione antiscippi e rapine se non presso l'intera squadra mobile.

Un servizio supplementare, quello del 15 luglio, giorno conclusivo del Festino dopo la notte di febbre popolare alla Marina, dopo il bagno di folla del carro storico trascinato dai buoi, dopo i boati dei giochi di fuoco che andavano a morire di morte fredda nell'acqua del mare. Da una parte i ranghi ridotti, le ferie che dimezzavano il personale, dall'altra le aumentate necessità di controllo del territorio e della sicurezza di cittadini e turisti, soprattutto in caso di eventi affollati, diventati ad alto rischio di attacchi terroristici. Conclusione: gli agenti della mobile costretti a dare una mano ai celerini, ai colleghi predisposti alla tutela dell'ordine pubblico. E il Festino, come no, era uno degli appuntamenti più a rischio. In certi passaggi di quel fascinoso budello che portava il nome del Cassaro, la densità si spingeva sino a sette persone a metro quadro, pronte a correre, a travolgere o a essere travolte, per seguire un grido di gioia o di allarme.

A complicare di più le cose, ed era questo il caso, il formidabile richiamo che i festeggiamenti di Santa Rosalia esercitavano sulle troupe cinematografiche. Per loro, l'occasione imperdibile di una scenografia umana straordinaria per girare folcloristiche inquadrature di massa e suggestivi campi lunghi nei quali inserire gli attori protagonisti o, meglio, le loro controfigure.

Appunto: era il quinto giorno, e per fortuna l'ultimo, che Angela era costretta a scortare i lavori della produzione americana impegnata nelle riprese di un film ambientato a Palermo. La storia di una coppia in crisi – lui un uomo d'affari newyorkese, il divo Richard Gere, lei una giornalista di moda, la splendida Patty Morissey – che, in una breve vacanza in Sicilia, stava cercando di riallacciare una relazione sfilacciata. I set avevano privilegiato i luoghi diventati, quasi d'imperio, comuni: il mercato di Ballarò, il Teatro Massimo, i vicoli del centro storico, la Cappella Palatina, gli interni dei palazzi nobiliari restaurati, piazza Marina, la spiaggia di Mondello. E ora, noblesse oblige, il Festino: «Chissà» pensò ironicamente la poliziotta, «forse la sceneggiatura prevede il colpo di scena di un miracolo di Santa Rosalia che, nella sua grotta, fa ritrovare l'amore perduto». Per ogni ripresa problemi di transenne, di traffico, di assembramento di curiosi, e anche di profilassi anti-pizzo.

Angela guardava con un mezzo sorriso la passerella di quegli uomini delle confraternite che tanto l'avevano intimorita quando una volta, da bambina, era stata portata dai suoi genitori a partecipare alla processione. Aveva finalmente potuto vedere con i suoi occhi l'evento per il quale suo padre, impiegato in un panificio di Borgo Nuovo, uno dei quartieri più periferici ma anche più devoti della città, si massacrava di lavoro nei giorni precedenti. Era costretto, povero cristo, ad allungare i turni di lavoro sino ad attaccare quasi le sere con le albe, per produrre quintali di dolci e biscotti che sarebbero andati a finire in mostra nelle centinaia di bancarelle disseminate lungo i percorsi della festa.

«Vedi quel gelato di campagna?» le aveva detto a un certo punto, orgogliosa, sua madre, bel faccione triste sormontato da una chioma di capelli ricci e rossi che le aveva passato in dotazione. «L'ha fatto tuo padre. Quei colori solo lui li sa dare».

E davanti a quell'arcobaleno di zucchero, nato nella tradizione popolare per simulare i gusti più svariati e ricchi scelti dai signori che si potevano permettere i veri gelati, Angela si era potuta godere una delle poche soddisfazioni familiari della sua infanzia. Adesso, grazie alla sua tenacia, le cose erano cambiate. Il suo patto di sangue con la piccola compagna di giochi, Elina, era stato mantenuto. Le aveva silenziosamente giurato che sarebbe diventata una sbirra, e alla fine c'era riuscita. Elina di quel patto non era mai stata a conoscenza. E oggi chissà dov'era finita, dopo quello che era successo a sua madre.

Angela invece era diventata sbirra vincendo le diffidenze, a volte anche il disprezzo della gente del quartiere, e soprattutto le resistenze di suo padre che la scoraggiava a proseguire gli studi sollecitandola a trovarsi subito un impiego. Aveva fatto di testa sua, ingoiando lacrime di umiliazione e di rabbia, era riuscita a usufruire presso un collegio di suore di uno dei posti riservati alle famiglie bisognose e si era adattata a ogni genere di lavoretti per cominciare a guadagnare di suo. Aveva anche puntato su un progetto alternativo, improntato a uno stile di vita del tutto opposto alla filosofia esistenziale di Borgo Nuovo: vivere di notte, nel cuore delle mondanità promiscue, affascinanti e pericolose del centro storico, servendo ai tavoli di uno dei tanti pub alla moda o, magari, in una delle bettole sommariamente rimesse a nuovo per accogliere le velleità trasgressive dei ragazzi dei quartieri alti. E così si era anche pagata la retta per frequentare un corso di degustazione di vini e cocktail. Un diploma sinora mai utilizzato, se non per qualche discreto e piccolo sfoggio con le colleghe fuorisede con le quali condivideva l'appartamento a due passi dalle sedi di questura e squadra mobile. Nelle poche sere in cui si ritrovavano tutte insieme nella modesta cucina comune e avevano voglia di una «botta di vita», stappavano un paio di bottiglie di Grillo o Catarratto per festeggiare il fermo di uno scippatore.

Angela aveva vinto insperatamente, ormai da due anni, il concorso per entrare nelle forze dell'ordine e ogni mattina si svegliava con una sensazione di euforia. Si affacciava al piccolo balcone della casa condivisa e respirava a fondo l'odore, forse immaginario, dei platani della vicina Villa Bonanno misto al tanfo di umidità di seminterrati mai bagnati dal sole e alle zaffate di pomodori e formaggi messi a stagionare in armadietti con moschiera all'aria aperta. E si sentiva libera e realizzata.

Adesso poteva guardare la sfilata dei devoti sapendo che spesso dietro una fede di facciata si malcelavano traffici ben poco spirituali. Roba di competenza dei suoi colleghi più navigati e specializzati. Lei al momento si accontentava di criminali di piccolo calibro, scippatori e rapinatori tra i quali si augurava ogni volta di non dover riconoscere visi familiari o abitanti del suo quartiere. Ma quando la sera a casa liberava dal fermaglio la cascata di capelli rossi davanti allo specchio del bagno, e indossava i leggings con i quali poteva finalmente circolare senza dover replicare alle battute troppo cameratesche dei colleghi maschi, Angela avvertiva nel suo corpo un fremito, una tensione elettrica che sapeva non le avrebbero dato pace sino al raggiungimento dei suoi obiettivi. Quali, non aveva ancora il coraggio di elencarli. Ma provava la certezza di poterli riconoscere qualora fossero stati alla sua portata o nel suo orizzonte. Si sentiva sbirra fino al midollo: non solo una vocazione, ma una vera e propria febbre, l'istintiva ricerca di una nemesi.

La processione era ormai giunta a piazza Marina. Lì l'arcivescovo avrebbe recitato la sua omelia ai fedeli e poco dopo le confraternite, i devoti, i curiosi avrebbero cominciato a disperdersi lungo la via del mare, a mangiare anguria o gelati, o sarebbero risaliti verso le strade della città vecchia. A lei l'ultima incombenza, prima di tornare a una settimana di lavoro nell'antirapine e godersi poi una settimana di ferie con la prima vera vacanza della sua vita, tre giorni in un'isola delle Eolie. Le toccava ancora scortare la troupe sino alla partenza dalla città.

Il calendario del film prevedeva infatti uno spostamento del cast e delle attrezzature subito dopo le scene del Festino, con destinazione Taormina, dove sarebbero state girate alcune inquadrature a bordo di un motoscafo, fondamentali per il definitivo addio o la ricomposizione dell'armonia di coppia dei due protagonisti. Un giorno di riprese prima del rientro in America.

«Tra mezz'ora nel luogo stabilito». La voce del suo caposquadra giunse nitida alla ricetrasmittente.

«Uno dei pochi casi in cui è meglio di quella naturale» osservò Angela, a cui gli ordini rauchi e con note isteriche di Massimo Cangemi, dirigente del reparto impegnato in servizio, facevano lo stesso effetto di un chiodo strisciato su una lavagna.

Il punto di raduno, la poliziotta ne era stata informata prima di uscire dalla questura, era stato fissato al Foro Italico, all'altezza di Villa Giulia. Lì gli agenti avrebbero trovato già schierati i camion della troupe con le attrezzature a bordo e sempre lì si sarebbero unite le auto con attori, tecnici e personale di scena. Il serpentone si sarebbe mosso per raggiungere, seguendo il litorale, l'imbocco dell'autostrada. All'avvio della carovana, Angela e i suoi colleghi avrebbero potuto rompere le righe e ritirarsi.

«E finalmente l'abbiamo finita con 'sta camurrìa» fu il pensiero, non certo isolato, della poliziotta, quando salì su una delle volanti per tornare in questura. Arrivati alla stazione centrale, sul punto di imboccare via Roma, la radio di bordo lanciò l'allarme: «Incidente stradale sul ponte di Brancaccio. Ci sono feriti gravi». Maurizio Mineo, alla guida della Pantera, invertì bruscamente la direzione di marcia e comunicò: «Ci rechiamo sul posto».

Arrivarono in dieci minuti, nonostante la fitta coda di automobili che si stava formando lungo la litoranea in direzione Bagheria. E fortuna che la carovana cinematografica era riuscita a passare indenne prima che il traffico si ostruisse. L'incidente era avvenuto a poche decine di metri di distanza dalla confluenza sulla litoranea, appunto, della strada che si collega al quartiere di Brancaccio. Un camion si era schiantato sul guardrail del ponte che scavalca la stazione ferroviaria e una serie di caseggiati industriali. Non si scorgevano altri mezzi coinvolti: sembrava che il bestione avesse fatto tutto da solo, per un'improvvisa perdita di controllo da parte del guidatore. Intorno al luogo dell'impatto, nonostante l'angusto spazio di transito, una folla di abitanti del quartiere e di automobilisti che avevano abbandonato le loro vetture. C'era già una prima volante, il cui equipaggio stava cercando di arginare i curiosi e creare un'area franca per l'arrivo dei soccorsi. Dalla radio di servizio Angela sentì la richiesta urgente di un'ambulanza anche se, dalle parole del collega, si intuiva che all'autista del camion, in realtà, il medico sarebbe servito solo a certificarne il decesso. Come Angela poté constatare subito dopo di presenza: il corpo di un giovane giaceva abbandonato sull'air bag, con il viso sfigurato, in un lago di sangue. Non indossava la cintura di sicurezza. Lo sportello accanto al posto di guida era aperto. Sul parabrezza, il segno di un altro impatto, reso visibile da un'ulteriore macchia rossa.

«Quand'è successo?» chiese Angela al collega che si trovava sul posto.

«Non lo sappiamo con precisione assoluta. A noi la segnalazione dalla sala operativa è arrivata quindici minuti fa...».

«Sì, lo so» convenne la giovane poliziotta. «L'abbiamo sentito mentre stavamo rientrando...».

«Chissà però quanto tempo è passato prima che qualcuno chiamasse il centralino».

«E della dinamica si sa nulla?».

«Mah, al momento l'unica ipotesi è un malore del conducente. O una sterzata improvvisa per evitare l'impatto con qualcosa o qualcuno. Magari un cane... Ma saranno i tecnici a stabilirlo. Aspettiamo il medico legale: questo qui...» e indicò il corpo esanime «è ormai affare suo. E se necessario della scientifica...». Poi tornò sull'argomento. «Forse l'air bag ha completato l'opera... il disgraziato era senza cintura. Avrà sbattuto con violenza la testa e...».

«Ma c'era qualcun altro a bordo?».

«A una prima occhiata direi di sì. Lo vedi questo sangue sul lato destro del parabrezza? Non può appartenere al guidatore... E lo sportello aperto? Abbiamo cercato di chiedere in giro, ma nessuno ha visto niente... Dicono solo di aver sentito un forte rumore... Ecco, stanno arrivando i colleghi».

Oltre alle volanti, sopraggiunsero anche le auto dei vigili urbani, impegnati a districare il groviglio di macchine. Pochi minuti dopo ad Angela e agli altri componenti della sua Pantera giunse l'autorizzazione a rientrare in sede.

Il camion, privo di carico, era stato rubato due giorni prima dell'incidente da un deposito di alimentari di Villabate, un grosso comune vicino. E l'autista morto era un certo Gaspare Picciurro, di 27 anni, con precedenti per furto e rapina. E sì, c'era qualcuno accanto a lui al momento dell'impatto. Qualcuno che, forse ferito, ma di sicuro contuso, aveva pensato bene di dileguarsi prima dell'arrivo della polizia. Questi particolari Angela li appurò l'indomani in questura, quando riprese servizio nell'antirapine. E non fu l'unica novità della giornata. Giunse alla mobile la segnalazione di un'auto sospetta abbandonata a Romagnolo, una zona del litorale non distante da Brancaccio. Angela faceva parte dell'equipaggio inviato sul posto. La scomparsa dell'auto, una Fiat Tipo color grigio topo, era stata denunciata al commissariato di zona la mattina del 14 luglio da un dipendente delle ferrovie che l'aveva parcheggiata a inizio turno di lavoro nel piazzale della stazione Brancaccio. All'interno gli agenti trovarono quattro passamontagna, due calze di nylon e una torcia elettrica. Nessun'arma o altro oggetto improprio. Dal contachilometri, grazie alla meticolosità del proprietario, poterono dedurre che i ladri, o rapinatori che fossero, avevano coperto solo una breve distanza.

Dopo gli accertamenti, e dopo il sequestro del materiale rinvenuto, non ci fu alcun ostacolo per riconsegnare l'auto. D'altronde, non c'erano state rapine in zona. E con quelle avvenute nel resto della città non sembrava esserci alcun nesso. Si pensò dunque a un colpo abortito in partenza per chissà quale motivo. In verità, visti i precedenti dell'autista deceduto, qualcuno degli investigatori insistette su un possibile collegamento con l'incidente del ponte, ma, in mancanza di ulteriori riscontri e, soprattutto, in assenza di un reato evidente che non fosse il furto, la pista non venne presa in particolare considerazione. Le indagini proseguivano per far luce sull'anomala sottrazione del camion: perché rubarne uno privo di merce? Di cosa doveva essere riempito, allora?

Sei giorni dopo Angela, eccitata come una bambina, si presentava con il suo trolley rosa al porto di Palermo per prendere l'aliscafo che l'avrebbe condotta a Lipari. Con lei Luisa, un'amica conosciuta al corso di degustazione, una ragazza bruna, pienotta e simpatica, che lavorava in un'agenzia di pratiche automobilistiche e con la quale la poliziotta aveva condiviso qualche aperitivo nei locali, per ufficiali ragioni di «studio» e sottesi progetti di rimorchio. Un'esigenza, questa, per la quale Angela – cui non mancavano di certo numerosi corteggiatori – si prestava più per complicità ludica che per particolare impellenza. La sua linea di comportamento, in quel periodo, prevedeva concessioni sporadiche e di certo non impegnative, in attesa di un fuoco inequivocabile che, ci avrebbe giurato, le si sarebbe acceso dentro solo con il combustibile più adatto. E difficilmente, si disse dondolata dall'aliscafo, quella vacanza sarebbe stata a rischio. Pochi i giorni a disposizione per saggiare la tenacia di eventuali fiamme e comunque, sottolineò a se stessa come volesse rassicurarsi, il suo unico obiettivo era quello di stare al sole e in acqua il maggior tempo possibile: la sua prima vera vacanza da quando aveva raggiunto l'indipendenza economica, e non solo, meritava totale dedizione.

Approdarono a Lipari nel pomeriggio, dopo una traversata canaglia come solo il mese di luglio sa essere, improvvisamente scosso da un vento senza ragione se non quella di portare scompiglio e increspare le certezze dell'animo e dell'estate. Barcollando in preda a una leggera nausea, Angela e Luisa si riproposero di farsela passare al più presto con la cura omeopatica di un bicchierino di Malvasia: «Se non qui, dove?» si dissero a vicenda, forti della comune competenza enologica.

Raggiunsero l'alberghetto che avevano prenotato sotto un sole così prepotente da lasciar ritenere possibile che non si sarebbe mai rassegnato a uscire di scena. Indossavano entrambe jeans, sandali e abbondanti camicie di lino, ma non vedevano l'ora di disfarsene. Lo fecero appena entrate nella stanza, piccola ma comoda e ombrosa, e soffusa di un piacevole profumo agrumato. Fatta una rapida doccia, si infilarono addosso bikini e pareo e, ognuna con una leggera borsa di tela, dopo aver bevuto, come concordato, la Malvasia al piccolo bar dell'albergo, raggiunsero la spiaggia di Canneto. Realizzarono che si era fatto tardi soltanto quando si ritrovarono da sole in riva al mare e tutto intorno fervevano i primi movimenti di un'altra lunga notte di aperitivi.

Un'ora dopo si unirono al popolo dei calici nella piazza di Marina Corta, la collocazione migliore, a detta di Luisa, per esaminare il campionario maschile a disposizione e delineare le prospettive notturne. Centellinarono due bicchieri di Grillo e poi un'altra coppia di un eccellente blend di bianchi accompagnati dalla gradevole strimpellata di un'orchestrina di musicisti locali: simpatici signori anziani, stravaganti e quasi metafisici, imperturbabili nell'esecuzione a memoria dei brani della canzone italiana d'autore. Angela superò il languore allo stomaco, stordendolo con un terzo bicchiere e una generosa dose di pane cunzato ricco di pomodori e capperi e, solo con una leggera punta di rammarico per la delusione della sua amica, intravide un meritato e dolce approdo tra le lenzuola.

Fu in quel momento che invece Luisa si avvicinò accompagnata da un giovane dai capelli ricci, abbronzato ai limiti del buon gusto, camicia floreale aperta sino all'ombelico, catenina d'oro a entrambi i polsi, pantaloni corti bianchi con tasche stragonfie, che si presentò con un sorriso esagerato: «Ciao Angela. Io sono Vito. È una serata bellissima, non è vero?».

Angela fu scossa dall'improvviso richiamo della foresta. Quell'accento, soprattutto la cantilena inconfondibile contenuta in quell'espressione, «bellissima», con la prima vocale aperta e la consonante marcata, la riportava senza equivoci alle sue origini, a Palermo, all'intonazione tipica del quartiere natale di suo padre, Ballarò. Se ci fosse stato bisogno ancora di una controprova, arrivò poco dopo: Vito Barresi, questo il nome del giovanotto ben agghindato, confermò di essere un concittadino, e della zona di Porta Sant'Agata, uno degli storici ingressi delle vecchie mura all'altezza, appunto, di Ballarò. Ma espose subito con orgoglio le sue credenziali: «Faccio il sensale, compravendita di immobili». E poi: «Sono con un amico, eccolo lì, Giuseppe. Stiamo andando a ballare. Venite con noi, forza...».

Angela captò l'espressione di Luisa, che forse non sperava più in un salvataggio in extremis della sua serata, e capì che doveva rassegnarsi, fosse solo per compiacere l'amica. Prima di salire a bordo di una vecchia Mehari, l'auto a noleggio più gettonata a Lipari per far colpo sulle ragazze, mangiarono un gelato. Giuseppe, l'amico del sensale, ne aveva approfittato per cominciare a stringere nella sua morsa Luisa. Gli accoppiamenti così, almeno sulla carta, si erano formati senza tanti indugi.

Una volta arrivati in discoteca, Angela decise che era meglio continuare a bere e non pensarci più. Si scolò un paio di mojito, chiacchierarono e cazzeggiarono prima di abbandonarsi al ballo. Il noioso sproloquio di Vito sul momento critico ma interessante del mercato immobiliare a Palermo fu stroncato dalle battute di Luisa che più volte chiamò in causa l'amica incitandola a raccontare qualche particolare della sua vita di poliziotta. Angela si limitò a riferire aneddoti sulla sua recente esperienza sul set del film americano. Vito fece qualche commento sgradevole su Patty Morissey. Ma, dopo il terzo cocktail, tutto era diventato più confuso, parole comprese, intorno a lei, e però nello stesso tempo gradevole. Aveva l'impressione di danzare con leggerezza, di poter sfiorare con i piedi l'acqua del mare, di riuscire a levitare in una dimensione che le permettesse di prendere la distanza da ogni peso, da ogni preoccupazione. Si sentiva, e con euforia, sola, libera.

A un tratto visse l'antica sensazione di abbracciare il suo piccolo cane di peluche e di scivolare nel sonno. Ma una zampata un po' troppo vigorosa del peluche le fece realizzare che non si trovava nel suo lettino da bambina ma in un angolo buio della discoteca. A qualche metro di distanza Luisa e Giuseppe pomiciavano furiosamente. E il cane Vito cercava di dare ampia dimostrazione dei suoi animaleschi istinti predatori. Ansimava e farfugliava, tentando almeno con le parole di riscattare la sua natura umana: «Altro che Baldo Massaro... Tu sei meglio di Patty Morissey. Rossa come lei, ma donna vera, no finta... Ci scommetto che lei non ce le ha queste...».

Angela riacquistò un po' di lucidità. Cercò innanzitutto di scostarsi da Peluche ma capì che per riuscirci avrebbe dovuto far ricorso a qualche mossa d'arte marziale appresa nel periodo di addestramento in polizia. Valutò se era il caso e si domandò con sincerità quali potessero essere state le premesse di quella situazione. Si chiese che cavolo c'entrassero Patty Morissey e un certo Baldo Massaro ma comprese che non era il momento più adatto per avere una risposta plausibile. Si rese conto che doveva al più presto tirarsi fuori dal contatto imbarazzante. E scelse la strada più rapida. Pochi istanti dopo Peluche guaiva tra le sue mani.

Angela si risvegliò che il sole aveva già invaso la camera d'albergo. Luisa, nel letto accanto, dormiva ancora profondamente. Chissà a che ora era rientrata, lei. E chissà come aveva concluso la sua nottata. Non che morisse dalla voglia di saperlo. Angela era riuscita a svicolare e a rientrare prima, salutando un Vito mogiamente scodinzolante al quale aveva assicurato che no, non era proprio possibile rivedersi, perché l'indomani sarebbe arrivato a Lipari il suo ragazzo, uno degli agenti della catturandi. Una balla, naturalmente. Si infilò sotto la doccia, decisa a raggiungere il mare anche senza l'amica e, sotto il getto, si ricomposero alcuni frammenti della serata in discoteca. E le fu chiaro quell'accenno sgradevole all'attrice americana: «Un picciotto del mio quartiere, Baldo, che lavora in una bottega di ferramenta a Ballarò, sì, un negozio della sua famiglia... Massaro si chiamano, l'hanno preso per girare alcune scene al mercato...». Vito, stuzzicato dal discorso di Angela sul film americano, non aveva perso l'occasione per sfoggiare un becero campanilismo maschile.

«Se l'è fatta» aveva annunciato trionfante, riferendosi a Baldo e la Morissey. «Sai queste dive... appena incontrano un vero uomo siculo, perdono la testa, un po' pulle come sono. Chissà a cosa sono abituate in quel giro di pappemolli, mezzi drogati e mosci...».

La reazione di Angela e Luisa non doveva essere stata delle più convinte perché Vito aveva rincarato la dose: «Non mi credete? Minchia, è tutto vero. Lo sa tutta Ballarò. Anzi, lui se ne è andato appresso a lei. Capace che adesso sono insieme in America».

«Sì, certo, sono assieme in America» ironizzò Angela uscendo dalla doccia. «Che fosse questo il colpo di scena del regista per risolvere la crisi coniugale dei due protagonisti? La fuitina col picciottazzo?».

Luisa si rigirò tra le lenzuola e biascicò: «Vai avanti tu, fai pure colazione. Più tardi ti raggiungo in spiaggia».

Angela si godette una mattinata solitaria, con numerosi bagni di mare e di sole. Quando Luisa arrivò, la poliziotta era già pronta a rientrare in albergo per fare un sonnellino. E non fu l'unica sfasatura delle residue giornate di vacanza. Sembrava che i fusi orari delle due amiche, da quel momento, si rincorressero senza combaciare quasi mai. Ma a entrambe, alla fine, andò bene così. Luisa si concesse un'altra serata con Giuseppe, «ma senza impegni, eh? Solo una storiella estiva senza conseguenze»; Angela si unì a un gruppo di turisti del suo albergo per seguire un concerto di musica classica, «un po' palloso, ma suggestivo», nella piazza del Municipio. Tra loro, una simpatica straniera, mezza turca e mezza tedesca, Kati Hirschel, proprietaria di una libreria specializzata in gialli a Istanbul e anche lei alle Eolie per una breve vacanza. Dopo il concerto, si erano intrattenute piacevolmente per un'ora, passeggiando lungo il corso. La temperatura era salita di cinque gradi, da quando erano arrivate. Ovunque, in Sicilia, altro appuntamento di rigore nel mese di luglio, divampavano gli incendi e i roghi appiccati da criminali e speculatori: «Li sbatterei dentro con l'accusa di omicidio volontario» fu il commento della poliziotta, durante la colazione, agli altri commensali che seguivano le notizie al telegiornale locale.

Quando rientrarono a Palermo, il caldo si era fatto più sostenibile. Angela aveva ancora due giorni di vacanza. E nel primo fu per lei naturale andare a pranzo a casa dei suoi. L'accolse la solita irritante e commovente normalità: suo padre, stanco e taciturno dopo aver fatto il turno dell'alba, sua madre, sudata e odorosa di salsa di pomodoro e frittura di melanzane. E logorroica. Mangiarono con appetito, passarono in rassegna il bollettino sanitario di parenti e congiunti, commentarono le ultime piccole novità del quartiere, tra cui l'apertura di un'agenzia di scommesse e quella di uno spaccio di hamburger. Fu in uno di questi passaggi che ad Angela scappò una battuta sul picciotto che Vito Barresi aveva indicato come sorprendente latin lover. Lei in realtà si era limitata a chiedere: «Ma voi ve lo ricordate un certo Baldo Massaro di Ballarò?».

«Balduccio?» reagì subito la madre. «Certo, l'ultimo arrivato di casa Massaro quando tuo padre lavorava ancora a Ballarò, nel panificio vicino alla ferramenta dei Massaro. Loro avevano negozio sotto e casa sopra. Il panificio te l'abbiamo fatto vedere, ti ricordi? Ma Balduccio che fece? Combinò qualche guaio che sei venuta a sapere?».

Angela stava per rassicurare sua madre ma fu inaspettatamente bloccata dall'intervento del padre che si rivolse direttamente a lei con piglio severo: «C'è sotto qualcosa, allora? Proprio ieri un parente dei Massaro passò a prendere due teglie di sfincione. E ci disse che Baldo, che si fece intanto un giovanotto grande e grosso, se ne andò una decina di giorni fa, scomparso senza dire niente a nessuno. Pare per una questione di innamoramento. Non disse altro, ma non sembrava preoccupato. Combinò danno, invece? Che c'è di mezzo, qualche picciridda?».

«Ma quale picciridda, papà» gettò subito acqua sul fuoco Angela, che dovette però dominare la sorpresa per la notizia ricevuta, che confermava la voce raccolta da Peluche. «Sarà sicuramente una femmina fatta e formata. A me non risulta nulla, chiedevo così, tanto per chiedere...».

«E com'è che ti venne in mente proprio Baldo Massaro, che tu manco l'hai visto in vita tua?» insistette sospettoso Salvatore Mazzola.

In aiuto di Angela arrivò lo scampanellio che annunciava la solita visita per il caffè del dopopranzo della zia Giuseppina, la sorella di sua madre, che abitava nello stesso palazzo e a cui la ragazza era da sempre affezionata. La zia volle raccontata per filo e per segno la vacanza a Lipari e Angela fece una sapiente scelta delle cose – paesaggi e cibi su tutto – da poter riferire. A Baldo Massaro non pensò più.

Almeno sino all'indomani, quando la poliziotta, affacciandosi in pigiama al balcone nel suo ultimo giorno di vacanza, prese una decisione: era o non era sbirra fino al midollo? E non c'era solo la molla della curiosità, ma la voglia accanita, come scelta di vita, di dar risposta, ogni volta che le fosse stato possibile, a ogni mistero, piccolo o grande. Si chiese: se Baldo fosse davvero fuggito con la Morissey, si trovava allora all'interno di una delle macchine della troupe? Rise della sua fantasia, poi le affiorò il ricordo dell'incidente.

Passò dalla squadra mobile per accertarsi se era stata presentata una denuncia di scomparsa. Il risultato fu quello che si aspettava: nulla. E allora si incamminò per i vicoli che dalla questura conducono al mercato di Ballarò. Percorse lo stretto varco pedonale che si apriva tra le due file fitte di bancarelle con le mercanzie esposte in allegra promiscuità, dalle scarpe ai tonni, dritta verso la sua destinazione. Raggiunse il panificio dove suo padre aveva buttato sangue nella sua giovinezza e parte della sua maturità e non ebbe difficoltà a individuare l'insegna del ferramenta. Entrò nel negozio, con l'aria di una cliente. Dietro il bancone, un uomo massiccio, con le mandibole da bulldog e gli occhi azzurri. Angela ipotizzò che fosse uno dei fratelli maggiori di Baldo. Il padre era morto da tempo.

Si presentò come figlia di Salvatore Mazzola «il panettiere» e chiese di parlare con la signora Massaro, la madre di Baldo. L'uomo l'aveva squadrata, sospettoso, ma le credenziali presentate, constatò, furono sufficienti a consentirle l'accesso. Fu invitata a salire le scale che dal retrobottega portavano all'abitazione di famiglia. Ad accoglierla, avvisata dall'annuncio gridato dal fratello di Baldo, una donna sui sessanta, con i capelli corvini tinti, vestita di nero ma ravvivata da un intenso rossetto cremisi e una lunga collana di perle bianche. Sul viso l'incerta apertura di un sorriso, poi le labbra si schiusero del tutto mostrando una dentatura perfetta.

Si accomodarono nella penombra di un salotto le cui tende proteggevano dalla luce della mattina ma non dai mille rumori, umani o meno, del mercato, e sorseggiarono un caffè la cui preparazione era stata accompagnata dai convenevoli e dai ricordi della donna. Dopo un po', Angela decise di rivelare il motivo della sua visita, con la storiella che si era preparata.

«Signora» attaccò, «ho una cugina che sogna di fare l'attrice. Sa come sono le ragazzine di oggi... la televisione, i divi... Ma perché non dare una mano, quando è possibile? Sempre meglio che lasciare 'sti picciotti per strada, senza speranze... con tutti i pericoli che ci sono oggi...».

Davanti alla fiera delle ovvietà, che magari a lei apparivano profonde riflessioni filosofiche, la signora Massaro non poteva far altro che annuire con ampi cenni della testa.

«Allora, ho pensato...» proseguì Angela, enfatizzando un inesistente imbarazzo «... che siccome suo figlio Baldo, lo abbiamo saputo e siamo stati molto contenti, ha recitato nel film americano che hanno girato a Palermo... insomma, lui che ha già i contatti giusti, se volesse, se potesse... ecco, presentare la ragazza a qualcuno... qualcuno che può introdurla, magari dopo un provino...».

«Balduccio, sì...» si illuminò la Massaro. «Lui ce l'ha fatta» e gonfiò l'ampio seno di madre. «Guarda» partì in quarta la donna, «è stato un regalo della Provvidenza. Quando venne a comunicare a tavola che era stato preso nel film, non ti dico che non ci abbiamo creduto, ma pensavamo che, magari... Invece... Ha fatto una parte qui al mercato... non ti dico, si muoveva come se fosse a casa sua, che poi è la verità... Passeggiava avanti e indietro, glielo hanno fatto fare almeno dieci volte tanto gli piaceva. E a un certo punto, nella scena, si trovava addirittura a pochi passi dall'attrice importante. Che poi è stata questa la svolta. Per Balduccio è stato un colpo di fulmine. E non solo per lui... L'ha guardata in fondo agli occhi, sino a sucarle l'anima. E lei, lei che poteva fare davanti a tutte quelle persone? Gli ha sorriso, gli ha fatto capire subito che le piaceva, che anche per lei era stato l'incontro scritto dal destino... La sera, a casa, Balduccio non poteva stare fermo. "Mamà" mi ripeteva, "lo capisci, è la donna della mia vita: bella, ricca e famosa, chi me lo doveva dire?". E io che cercavo di calmarlo: "Balduccio, ma sei proprio sicuro? Quella proprio a te va a pensare...". Ma il cuore di madre mi batteva forte e sapevo che mio figlio aveva ragione. Lui insisteva: "Mamà, lo dovevi vedere quel sorriso... era rivolto a me, sono sicuro. Ti voglio, stava a significare". Ed era chiaro che doveva finire così, che si mettevano assieme. Figghiuzzo mio, ora chissà cosa l'aspetta là in America... Lo vedremo presto in qualche cartellone di Ollivùd...».

Angela cercò più volte, durante lo sproloquio della donna, di cogliere un lampo nei suoi occhi, un gesto, un'espressione che lasciasse intendere che era tutta una recita. Ma non trovò traccia di questo. La signora Massaro era tenacemente, orgogliosamente, disperatamente attaccata alla verità che aveva raccontato. Come se stringesse in una morsa l'unico salvagente a disposizione in un oceano di paure.

La poliziotta non poteva che stare al gioco, naturalmente, anche perché era l'unica strada per apprendere qualche altro particolare: «Ma suo figlio glielo ha comunicato che se ne andava da casa per unirsi a Patty Morissey?».

«E come faceva, povero ragazzo? Non se l'è sentita di venire da me e dirmi: "Mamà, lascio tutto e vado in America...". No, sapeva che ci saremmo messi a piangere, che magari con troppa commozione gli mancava il coraggio... A dire la verità, ci ho provato una volta, lo confesso, a chiamarlo al telefonino, che tra l'altro era nuovo nuovo, ma spunta una voce che dice che Balduccio non si può raggiungere... E certo che non si può raggiungere là dove se ne andò... No, ha fatto la cosa giusta. Non ha detto niente a nessuno. Aveva già comunicato tutto quello che c'era da dire. Ha aspettato che quelli del film finivano a Palermo e se ne è andato con la sua donna, mettendosi alle spalle tutto, la sera della processione della Santuzza. Non si è portato dietro manco un vestito. Che ora, certo, non poteva mettersi le solite cose addosso. Chissà l'attrice, Patty, che cosa gli ha comprato... non manca certo a lei... Ha lasciato solo una foto sul comodino scattata quel giorno delle riprese, quando è successo tutto. Si vede lui e sullo sfondo quella Patty. La vuoi vedere? È in camera sua, vieni, vieni...». E senza attendere risposta si alzò e passò nella stanza accanto, seguita da Angela. Senza interrompere, come in un rosario, il suo discorso: «Si farà sentire presto, Balduccio, sono sicura, quando avranno sistemato le loro cose di coppia. Magari dovranno prima cercare una nuova casa, che dico, villa...».

«Figurarsi se alla signora Massaro, con queste convinzioni, è venuto in mente di rivolgersi alla polizia per denunciare la scomparsa del figlio...» rifletté Angela. «Avrà pensato che poteva solo ostacolarne la brillante carriera». Poi tentò di fare qualche passo indietro nel discorso: «Certo, certo... ma non mi ha ancora raccontato come Balduccio è riuscito a farsi prendere nel cast...».

«Le conoscenze giuste, figlia mia... Negli ultimi due anni era diventato amico di alcuni nostri fornitori, legatissimi a un impresario di non so bene cosa, che però è molto importante nel cinema. Non c'è film a Palermo dove non sistema le persone che gli stanno a cuore. Certo, non tutti sfondano come Balduccio. Mio figlio, non lo dico perché sono sua madre, ha il corpo muscoloso di un pugile e come bellezza non ha niente da invidiare a quello lì, come si chiama, Di Capra...».

«Ma allora, signora, mia cugina potrebbe rivolgersi a questi amici di Balduccio, che dice? Come li può avvicinare?».

«Che ti posso dire, figlia mia? Provaci... sono i fratelli Lo Bello, lavorano nella fabbrica di vernici di Settecannoli...».

«Mamà, mamà» irruppe in tono concitato il fratello bulldog di Balduccio. «Ancora qua siete?».

«Sì, Mario, che fu? Stiamo chiacchierando...».

«Niente ci fu, mi chiedevo...» rispose Mario che guardò in viso Angela con due occhi ridotti a fessure. «Mamà, ma la signorina te lo disse che lavora nella polizia?». E il suo tono, lungi dall'essere compiaciuto, aveva un chiaro timbro di allarme, se non minaccioso.

«No, non avevo ancora avuto il tempo» cercò di schermirsi giocando d'anticipo Angela. «D'altra parte, la mia era solo una visita di cortesia. Ma se adesso si è fatto tardi e disturbo...». E poi, tra sé e sé: «Cazzo, questo qui si è premurato a prendere informazioni sul conto della mia famiglia...».

«No, ma che disturbo» intervenne d'istinto la signora Massaro, ma poi rallentò, perplessa, e si rifugiò in un imbarazzato: «Ma se si è fatto tardi...».

Un minuto dopo Angela ripercorreva in senso opposto il mercato di Ballarò, alternando imprecazioni e associazioni mentali da sbirra. E sul fatto che fosse inguaribilmente sbirra aveva la prova in tasca: quando era entrata in camera di Balduccio, si era impossessata di una piccola spazzola per capelli. A questo punto, si disse stringendo in pugno il reperto sottratto, se c'è un fondo di questa storia ci voglio arrivare. Sarà solo una minchiata, quella che mi è venuta in testa, aggiunse in un soprassalto di modestia, ma vale la pena di provarci.

Trascorse il resto del suo ultimo giorno di vacanza a casa, con una vecchia maglietta a cui era affezionata dai tempi del collegio, e un paio di pantaloncini per vederla con i quali i suoi colleghi avrebbero di certo fatto la fila a partire dal corpo di guardia in questura. Mangiucchiò i resti di formaggio trovati in frigo, si sparò la sua colonna preferita di rock negli auricolari dell'iPod e alle dieci di sera spense la luce. L'indomani mattina si presentò con un buon anticipo alla mobile e si diresse alla sezione investigativa che si occupava dell'incidente mortale avvenuto a Brancaccio. Lì lavorava Lucia Speciale, un'agente con la quale aveva simpatizzato durante il periodo di addestramento. Le domandò innanzitutto se c'erano novità e appurò che le indagini non avevano fatto significativi passi avanti.

«Abbiamo avuto conferma» spiegò Lucia «che la seconda macchia di sangue non apparteneva alla vittima. Abbiamo anche isolato il suo Dna ma non è stata trovata alcuna corrispondenza in archivio... E neanche sulla vittima, Gaspare Picciurro, siamo riusciti a trovare collegamenti. Dopo che era uscito di galera, aveva trovato impiego come magazziniere in un colorificio...».

«A Settecannoli?».

«Sì, proprio quello».

Ad Angela cominciò a battere forte il cuore. Raccontò alla collega il retroscena, le confidò i sospetti che le erano venuti e le consegnò la spazzola, chiedendole se fosse possibile farla pervenire al suo ragazzo, che lavorava alla scientifica. Espresse anche una preoccupazione: «Non è che stiamo facendo qualcosa di... irregolare?».

«Non credo» sorrise Lucia Speciale, che prima di entrare in polizia aveva anche frequentato per un paio d'anni la facoltà di giurisprudenza. «Mica stiamo costruendo prove anomale da portare in un processo... Al momento stiamo cercando di identificare una persona coinvolta in un reato. E che si tratti di un reato non c'è dubbio, visto che il camion è stato rubato. E poi la persona di cui mi hai parlato... è un caso di scomparsa, no?».

«Be', comunque di un allontanamento volontario sospetto» precisò Angela. «Non c'è neanche una denuncia... d'altra parte è maggiorenne e vaccinato. E pure ben messo, secondo sua madre. Vuoi vedere che in questo momento si trova davvero ai bordi di una piscina a Hollywood?».

«Già...» rise Lucia. «Magari, prima di andare alla scientifica, dovremmo rivolgerci a qualche giornalista delle riviste di gossip, non ti pare?».

Si salutarono con un abbraccio: «Spero di farti sapere presto» fu il commiato di Lucia.

Angela trascorse la sua giornata di lavoro in servizio prevenzione antiscippi battendo con un collega anziano tutto il percorso dell'itinerario arabo-normanno. Ma i suoi pensieri tornavano spesso a Ballarò. Rivedeva, fotogramma per fotogramma, i pochi minuti trascorsi nella stanza di Balduccio, la foto sfocata che ritraeva il ragazzo sul set al mercato, la sagoma a distanza della diva, le espressioni esagitate dei venditori, impegnati a dare il miglior saggio possibile della vivacità palermitana, i profili delle abitazioni incombenti, il drappeggiare di tende e lenzuola. E poi quel letto a una piazza diventato forse troppo angusto per ospitare l'omone che era diventato l'ultimo nato di casa Massaro con l'ingombrante peso aggiuntivo di sogni e fantasie, la collezione di auto da corsa in miniatura schierata sulla mensola del mobile-armadio, il poster di Gigi D'Alessio sulla parete, un manga giapponese sul comodino, un paio di scarpe sportive di marca, o magari made in Ballarò, una pila di magliette colorate, stirate e ordinate, forse frutto di un cieco e ostinato amore materno.

«Sì, una fissazione» ammise Angela. «Mi sono intestardita su questa storia... Ma magari è solo la mia fantasia a collegare una banale serie di coincidenze: la partenza della troupe, l'incidente lungo il percorso, il secondo passeggero misterioso, la contemporanea scomparsa di Balduccio, le voci sul suo flirt... E ora anche il luogo di lavoro comune tra Picciurro e i Lo Bello...».

Poi le affiorò anche il particolare dell'auto abbandonata con i passamontagna ma, in assenza di un ulteriore possibile collegamento, mise a freno l'immaginazione. Anzi, a fine turno, per darsi una regolata e tornare con i piedi per terra, decise che il consiglio scherzoso di Lucia, per scrupolo, andava seguito. E prima di rientrare a casa, passò dall'edicola e comprò un mucchio di riviste da un euro, che promettevano di rivelare gli ingredienti del frullato pomeridiano di Jennifer Lopez, il colore preferito da Matt Damon per i suoi slip e l'autore del primo bacio ricevuto all'asilo da Laura Chiatti. Dopo cena, si chiuse in camera e sfogliò per un paio d'ore, sdraiata sul letto, i settimanali. E alla fine riuscì a trovare qualcosa: un servizio di due pagine su «Patty Morissey impegnata nelle riprese di un film a Palermo» con una grande foto di repertorio dell'attrice e una più piccola scattata sul set. In una nutrita didascalia, ma non nel testo dell'articolo, si faceva riferimento all'invaghimento di un nobile cittadino per la star americana. Un corteggiamento, a quanto vi era scritto, accettato, e condito di serate a lume di candela in terrazze sul mare.

«Sempre che sia vero» commentò Angela, «e comunque difficilmente il nostro Balduccio poteva essere scambiato per un conte». E decise di chiuderla lì.

Nei giorni successivi si immerse nella routine. Quella estiva, la cui topografia criminale prevedeva scippi nei luoghi turistici e rapine nei locali vicino al mare. L'indagine sull'auto rubata e abbandonata con i passamontagna, che il questore, una volta esclusi possibili retroscena mafiosi, aveva deciso di affidare alla sezione di Angela, non veniva considerata tra le priorità. La scientifica aveva rilevato numerose impronte digitali ma sarebbe stato necessario dapprima un lungo lavoro di esclusione di quelle appartenenti al proprietario e ai suoi parenti e amici. E comunque qualche test di raffronto in archivio, fatto nel frattempo, non aveva dato risultati.

Il caldo di luglio aveva subdolamente incantato Palermo in un torpore che si trasformava in nervosismo nelle ore di apertura degli uffici e di maggiore traffico, sino a quando, a fine lavoro, un formicaio di auto si incolonnava ad est e ovest verso gli imbocchi autostradali per raggiungere le modeste villette dei litorali. A quel punto, la città si rilassava sino a entrare in uno stato letargico e attendista, e tutti si rendevano complici di un maleficio che imponeva la rassegnazione a rinviare ogni cosa a dopo le colonne d'Ercole di settembre. Una deriva comportamentale, se non esistenziale, alla quale Angela si era sempre opposta con tutta se stessa. E a maggior ragione adesso, motivata dal suo ruolo di sbirra. Ma gli effetti di luglio inevitabilmente condizionavano anche il lavoro in questura, almeno nei casi non importanti, e Angela dovette farsene una ragione. Si concesse un paio di bagni a Sferracavallo e qualche aperitivo con Luisa. E fu proprio in un tardo pomeriggio nel quale stava bevendo con lei uno Zibibbo secco al tavolo di un bistrot del centro, che ricevette una telefonata alla quale rispose senza guardare il display, sull'eco di una risata dell'amica.

«Beata te che ti diverti, mentre io sono ancora qui a dare il culo. Guarda che ho una grossa notizia per te».

Angela, che aveva riconosciuto la voce di Lucia, ebbe uno scatto che rischiò di rovesciare il vino sul tavolo. E facendo un cenno con la mano a Luisa, si allontanò dal bistrot.

«Dimmi, Lucia».

«Coincide. Il Dna della spazzola è lo stesso di quello dell'auto. Il passeggero misterioso è il tuo Balduccio Massaro».

«Sei in ufficio? Arrivo subito».

Mezz'ora dopo Angela partecipava a un'improvvisata riunione alla mobile con il dirigente e alcuni responsabili di sezione. La certezza che Massaro si trovasse a bordo del camion, la sua successiva scomparsa, gettavano nuova luce su quel che era accaduto il 15 luglio. La poliziotta riferì tutto quello che aveva appreso sul giovane di Ballarò, parlò dei dubbi che erano sorti e delle coincidenze che aveva riscontrato, raccontò la sua visita a casa Massaro e la struggente ricostruzione della madre, non tralasciò i particolari che si riferivano al reclutamento nel cast del film, alla figura dell'impresario ben introdotto nella scelta di comparse, al ruolo dei fratelli Lo Bello, al loro legame di lavoro con la vittima del camion rubato. E si delineò una strategia investigativa.

Prima mossa: entrare in possesso del numero di cellulare di Baldo Massaro. E si decise di escludere ogni coinvolgimento familiare e di far ricorso al registro di lavoro dell'agenzia locale di casting che aveva affiancato la produzione americana. Seconda mossa: cercare di localizzare l'apparecchio. Operazione, questa, senza alcun riscontro. Terza mossa: chiedere e ottenere dalla magistratura le dovute autorizzazioni di accesso alla compagnia telefonica. A questo punto, dopo tre giorni di fitto lavoro, una volta ricostruito il codice IMEI, la sequenza numerica che si associa indelebilmente all'apparecchio anche in assenza della SIM, i tecnici della polizia postale centrarono l'obiettivo. L'apparecchio di Massaro era ancora vivo ma con un'altra utenza. Un altro passaggio ancora e vennero identificati il nuovo numero e il relativo titolare: Giacomo Lo Bello. Data del passaggio della SIM, il 15 luglio: quadratura del cerchio! Adesso tutti gli elementi del puzzle potevano e dovevano essere ricomposti. La scientifica, intanto, lavorando sui passamontagna aveva riscontrato una microscopica traccia di vernice bianca. Se fosse stato necessario, si sarebbe potuto, con ulteriori esami, risalire al marchio di fabbrica.

Poche ore dopo Giacomo Lo Bello veniva sottoposto allo stato di fermo. Nella sua abitazione gli agenti trovarono il cellulare appartenuto a Baldo Massaro, un fiammante modello di iPhone.

«Me l'ha venduto un amico che non lo voleva più» fu la sua linea difensiva, ma a quel punto era chiaro che non avrebbe retto a lungo. L'attrazione per il cellulare di ultima generazione aveva fatto commettere a Lo Bello un errore fatale, insieme all'illusione che bastasse disfarsi della SIM per renderlo irrintracciabile ai controlli degli investigatori.

Angela Mazzola fu invitata a partecipare all'interrogatorio di Giacomo Lo Bello. Il giovane, tarchiato, gambe magre a sorreggere un peso eccessivo di adipe e muscoli, occhi spiritati, fedina penale pulita, ma conoscenze pericolose nel giro del clan di Brancaccio, escluse con accanimento ogni circostanza, arrivando quasi a negare pure il suo impiego presso il colorificio e la sua conoscenza con Massaro e Picciurro. Dopo otto ore di interrogatorio, senza neanche il conforto di un ventilatore, Lo Bello si piegò alla ferocia di luglio e all'incalzare degli investigatori.

«Avevamo un piano» confessò.

La sua ricostruzione, fatta di ammissioni altalenanti e spezzoni di discorso, venne così sintetizzata nel verbale: «Volevamo bloccare con un incidente il passaggio della carovana del film e, approfittando della confusione, portarci via l'attrice americana. L'avremmo condotta in un posto sicuro là vicino e l'avremmo rilasciata subito dopo il pagamento immediato di trecentomila euro. Avevamo preparato tutto bene: il camion per l'incidente, la Tipo dietro per scappare insieme con quelli che si trovavano sul camion, un telefonino truccato, l'informazione che il capo della produzione, quello di cui avevamo il numero grazie a Massaro, aveva con sé una cassetta con una grossa somma in contanti. Il gruppo era costituito da me, mio fratello Carmelo, Picciurro e Baldo Massaro, che però non sapeva niente fino all'ultimo. L'avevamo fatto entrare come comparsa grazie alla nostra conoscenza con un impresario del settore, Salvatore Caminiti, e gli avevamo anticipato che poi doveva farci un favore. A noi bastava che ci informasse sugli spostamenti della troupe e indicasse la macchina da bloccare. Sapevamo che, sul piano operativo, non c'era da contare su di lui, ma di contro, una volta avvenuto il sequestro della Morissey, ce lo potevamo portare dietro senza problemi. Era uno pacioso di carattere. Gli avevamo dato a intendere che dovevamo seguire la troupe con un altro camion che serviva per le riprese a Taormina. E lui era stato felice di venire, sostenendo che così avrebbe avuto la possibilità di mettersi d'accordo con l'attrice americana con cui, a suo dire, doveva partire. L'abbiamo presa per una battuta di spirito. Ci siamo accorti che faceva sul serio quando era troppo tardi. Appena Massaro ha capito quello che stava per succedere, perché ci ha sentiti parlare al telefonino in vivavoce con Picciurro, ha cominciato a fare il pazzo. Si è messo a gridare che nessuno avrebbe toccato la sua donna e ha afferrato Picciurro. Noi che seguivamo con la Tipo abbiamo visto che c'era una colluttazione e che poi il camion, senza controllo, è andato a schiantarsi».

La ricostruzione proseguiva con i concitati momenti successivi all'incidente. I fratelli Lo Bello si erano avvicinati al camion, avevano constatato che per Picciurro non c'era più niente da fare, avevano fatto sparire il telefonino della vittima e gli altri due passamontagna che sarebbero serviti per il rapimento e si erano trascinati Massaro che, ferito e confuso, poteva però reggersi in piedi.

E lì era cominciata la descrizione di quanto accaduto al povero Balduccio: «L'abbiamo fracchiato di legnate, non ci vedevamo più dalla rabbia». Il ragazzo era morto sotto una gragnola di pugni e calci forse senza che gli sciagurati se ne rendessero conto. A quel punto era stato necessario occultare il cadavere scavando una fossa nell'arenile di Romagnolo. Ma Angela quest'ultima parte della ricostruzione, con relativa indicazione del luogo nel quale recuperare il corpo di Balduccio, aveva deciso di risparmiarsela allontanandosi dalla stanza dell'interrogatorio. Le aveva già fatto una forte impressione constatare che il racconto di Lo Bello sembrava privo di qualsiasi emozione. Del resto il carnefice aveva avuto pure il sufficiente distacco per decidere di impossessarsi dell'iPhone della vittima.

Angela restò negli uffici della mobile ancora per parecchie ore. Carmelo Lo Bello, fratello di Giacomo, era stato intanto arrestato. Nei corridoi i colleghi commentavano la vicenda. Da una parte, due o tre balordi, responsabili di un piano spropositato e scellerato, già in partenza pieno di punti deboli e con pochissime chance di riuscita. Dall'altra, un giovane ingenuo, troppo ingenuo, bruciato dalle sue illusioni e fantasie.

«Se non li avessimo presi noi» fu il commento di un investigatore della omicidi, «ai Lo Bello, chissà, una brutta fine gliela facevano fare quelli della cosca di Brancaccio».

«Ne sei proprio sicuro?» aveva ribattuto un collega. «Un tempo queste cose non le avrebbero neanche fatte succedere. A Brancaccio, poi... Vuol dire che davvero la mafia non riesce a tenere più sotto controllo manco i piani deliranti di tre scassapagghiari».

Angela lasciò la mobile frastornata e con l'amaro in bocca. Aveva contribuito in modo decisivo al raggiungimento della verità, ma non aveva alcuna voglia di compiacersene e tantomeno di esultare. Fuori, in piazza della Vittoria, gli alberi della villa vicina regalavano una parvenza di frescura. Sentì di avere gli abiti appiccicati addosso per il sudore, si ripromise di stare a lungo sotto il getto della doccia. Si incamminò verso casa e dopo qualche metro notò la figura di un giovane, seduto ai piedi della scalinata della questura. Con una mano reggeva la sigaretta, con l'altra si ravviava nervosamente i capelli. Quando gli fu a due passi di distanza, lo riconobbe: era Mario Massaro, fratello di Balduccio.

Lui la guardò con gli occhi arrossati, fece un'involontaria smorfia e le disse, ciondolando il capo: «Ma chi te l'ha fatto fare? Non era meglio se le cose restavano in quel modo? Io non ci credevo, ovvio. Ma mia madre sì».

Angela cercò di rispondere ma un groppo in gola le impedì di parlare. Restò per lunghi secondi a fissare il giovane, mentre una lacrima le scendeva lungo la guancia. Fece un altro sforzo, inutile, poi scrollò le spalle, farfugliando «mi dispiace» e riprese la strada di casa.

Ma chi me l'ha fatto fare?... se lo chiese più volte durante quella notte interminabile. Alle prime luci dell'alba arrivò la risposta più semplice: era una sbirra. Si quietò e si distese a letto. Accanto al comodino, il suo trolley rosa. C'era rimasto dentro qualcosa, si ricordò. Lo aprì e tirò fuori l'edizione italiana di un libro che le aveva caldamente consigliato e quindi regalato, durante la passeggiata lungo il corso del paese, quella simpatica libraia conosciuta a Lipari. E cominciò a leggere *Il potere del cane*.

Agosto

Esmahan Aykol
Macchie gialle

«Gli storici raccontano degli inverni rigidi di Istanbul. Il primo episodio registrato riguarda il congelamento del Corno d'Oro, nel 378, durante il periodo dell'imperatore Valente...». Quando Pelin ha indicato il Corno d'Oro, il braccio del Bosforo che separa le due sponde, calmo e riparato come un lago, abbiamo girato la testa tutte insieme. Eravamo sulla terrazza dell'hotel Anemon in piazza Galata, a sorseggiare i nostri gin tonic; da una parte si vedeva la spettacolare Torre dei Genovesi, con dietro il Bosforo e la parte asiatica piena di luci, e dall'altra il Corno d'Oro e la penisola storica: Santa Sofia, Palazzo Topkapı, Sultanahmet, Süleymaniye. Trovarsi in una terrazza – pur poco ventilata – alla fine di una giornata calda e appiccicosa è una gran fortuna.

«Nel 401, il freddo sinistro che fece tremare tutta l'Europa provocò un fenomeno naturale imprevedibile: le acque dello stretto del Bosforo che separa i due continenti diventarono ghiaccio. E si dice che questo non si sciolse per venti giorni, e quando alla fine si liquefece, i pesci morti furono rinvenuti a Sarayburnu. E ci fu ancora un altro duro inverno, in cui le persone camminavano tra Asia ed Europa...».

Mia madre si è emozionata. Non è riuscita a trattenersi e ha urlato:

«Io lo ricordo quell'inverno!». Si è girata verso di me. «Tu non eri ancora nata».

«Probabilmente no. Correva l'anno 703, vero?».

Ha preso il suo bastone con l'impugnatura in avorio appoggiato alla sedia e ha battuto un paio di volte, quasi volesse richiamarmi alla serietà. Fra poco avrà novantasette anni ma – tocchiamo ferro – è ancora sveglissima.

«Era l'inverno del 1954, lo ricordo molto bene. Le masse di ghiaccio che si erano staccate dal Danubio erano scese sul Bosforo attraverso il Mar Nero. Vi rendete conto, tutto il Bosforo era di ghiaccio! Pensate: i turchi, che quando nevica non mettono il naso fuori di casa, vedono il Bosforo tutto ghiacciato! Per le strade non c'era anima viva. Noi, allora, abitavamo a Moda. Con Avraham siamo partiti a piedi dal promontorio e abbiamo camminato sul ghiaccio. Incredibile. Dopo un paio di giorni si è sciolto ma comunque avevamo provato una grande gioia. Abbiamo camminato sul mare, tra due continenti...».

Il sole al tramonto colorava le famose colline di Istanbul di una luce scarlatta. I suoi occhi dallo sguardo spento si sono riempiti di lacrime. «Quanti ricordi ho, legati a questa città... Gli anni Trenta, anni in cui con Avraham siamo scappati dalla Germania per rifugiarci qui... La Turchia di Atatürk era appena nata, mentre noi avevamo perso il nostro paese. Magari avremmo dovuto restare e opporci a Hitler. Ma in che modo potevamo lottare? Eravamo di fronte a una brutalità organizzata... Cosa potevamo fare? Siamo scappati e siamo venuti qui. Abbiamo attraversato gli anni più bui della storia umana e a Istanbul abbiamo di nuovo abbracciato la vita...».

A tavola è calato il silenzio. Gertrude, l'amica di mia madre ospite anche lei alla casa di riposo a Palma di Maiorca, era commossa. Con una mano ha preso quella di mia madre, con l'altra la mia. Mi sono sforzata di non toglierla. Che donna antipatica. Quando mia madre mi aveva informato che sarebbero arrivate insieme avrei dovuto dire di no, ma fra le tante cose non c'era stato il tempo.

«Cosa? Come? Ho sentito bene? Hai detto "Voglio venire a Istanbul"?».

«Non capisco perché ti stupisci. Avevo forse detto che non ci avrei più messo piede senza tuo padre?».

«Dicevi che non saresti mai tornata...».

«E adesso ho cambiato idea. Sto consultando il sito per i biglietti. La prossima settimana...».

Era evidente che aveva già deciso ancor prima di chiamarmi. Ho deglutito. Dopo tanto tempo voleva venire a trovarmi, e non potevo tentennare. Non era possibile. Ho fatto quello che dovevo e ho cercato di spiegarle che la città non aveva più il sapore di una volta: ovunque, come funghi, sono venuti su interi palazzi. Inoltre ho raccontato della polvere, della sporcizia e del rumore che facevano i cantieri. E ho aggiunto di non venire in agosto, se proprio non poteva farne a meno. Con quel caldo umido e infernale non si respirava neanche nelle stanze climatizzate.

Ha provato a dire: «Anche a Palma fa caldo ad agosto».

«Nessun luogo può essere caldo quanto Istanbul, credimi. Parliamo di una città con più di venti milioni di abitanti. I palazzi di cemento armato e i grattacieli costruiti a caso hanno cambiato il corso dei venti. E l'umidità, che a volte sale al novanta per cento, incombe sulla città per via di questa eccessiva cementificazione. Le foreste al Nord sono state distrutte: solo per la costruzione del terzo ponte e del terzo aeroporto sono stati tagliati tre milioni di alberi. Il clima è cambiato. E in centro, dove vivo io, fa ancora più caldo. Non si respira proprio».

Ho elencato tutto questo nel modo più persuasivo possibile ma non c'è stato verso. Mia madre si era già messa in testa di venire.

«È mancato il marito di Gertrude» ha detto abbassando la voce. «Voglio farle una sorpresa. In questi giorni è molto triste, e così si anima un po'. Sono anni che non fa che parlare di Istanbul...».

«Come? Verrete insieme? Anche lei starà da me?».

«Vuoi che se ne stia da sola in albergo, povera donna? E poi non resteremo a lungo. Per un paio di giorni ci aggiustiamo. Arriviamo il ventuno e ripartiamo il ventisei. Ho già prenotato».

Non ho potuto evitare di sperare che il ventisei l'aereo partisse di mattina, pur continuando a essere gentile.

Ho detto: «Come vuoi tu».

Una volta scese dall'aereo, mia madre era raggiante. Erano esattamente ventidue anni che non metteva piede a Istanbul. Era tutta entusiasta. Purtroppo non è durato. Appena uscite dall'aeroporto climatizzato siamo state assalite dall'aria pesante e umida. Ho guardato mia madre: era diventata pallida. Dall'ultima volta che l'avevo vista mi sembrava più piccola e debole. Mi sono preoccupata. Quando l'ho vista barcollare, l'ho presa subito per il braccio e l'ho trascinata verso uno dei taxi che aspettavano lì davanti.

Chi è causa del suo mal pianga se stesso. Ma mia madre, nonostante si fosse pentita di essere venuta in agosto, in ogni nostra uscita non si è mai lamentata. A dire il vero, se c'è una persona autorizzata a lamentarsi, quella sono io. Le ho lasciato la mia camera climatizzata e il mio comodo letto costruito con tecnologie spaziali; dormo in un angolo del soggiorno. Gertrude si è sistemata nella camera di Fofo; e Fofo si è rifugiato a casa di un amico. Ad ogni modo, manca poco alla loro partenza.

«Dài, vai vicino a Rosalie, così vi faccio una foto davanti al panorama» ha detto Pelin. Si sono conosciute un'ora fa, si sono piaciute e sono entrate subito in confidenza. Sperando che l'atmosfera triste del nostro tavolo si stemperasse, ho tolto la mano dal palmo sudato di Gertrude e mi sono alzata. Mia madre e io abbiamo posato guancia a guancia, dietro c'erano Santa Sofia e Palazzo Topkapı. Una volta prendevamo in giro i turisti giapponesi che non si separavano mai dai loro apparecchi fotografici; da quando esistono i telefoni «intelligenti», nessun popolo può prendere in giro nessun altro. In tre giorni ho posato in almeno cento foto.

«Puoi farne una anche con il mio?».

Quando mia madre ha estratto dalla borsa il suo iPhone Plus, l'ultimo modello, l'espressione di Pelin era tutto un programma. L'ha preso piena di stupore, quasi dal cielo fosse caduto un meteorite sul nostro tavolo.

«Un apparecchio così all'avanguardia...».

«È sorpresa perché conosce me» le ho spiegato. «Il fatto che la madre di una persona che ha cercato in tutti i modi di evitare la tecnologia e che per anni non ha avuto il cellulare abbia un apparecchio del genere, certo che è proprio stupefacente...».

«Ma che c'entra? Non è per quello; è che questo è un apparecchio che usano i musicisti, i grafici... cioè coloro che hanno altre necessità...».

«Brava. Hai detto bene. È proprio la parola giusta: necessità. Anch'io lo uso per una mia necessità. Kati te l'ha detto, no, che soffro di degenerazione maculare...».

«Parli di quel disturbo che hai all'occhio? Tipo cataratta?».

«Magari fosse cataratta! Si risolverebbe con un semplice intervento. Purtroppo non hanno ancora trovato una soluzione alle macchie gialle, cioè alla degenerazione maculare. Riesco a rallentarla, ma non riesco a eliminarla. Mi fanno iniezioni dentro l'occhio, con siringhe enormi, ti rendi conto? E in più senza anestesia. Non mi fa male, questo no, ma vedere un ago enorme che si avvicina all'occhio è terribile».

«Mi dispiace molto» ha detto Pelin, l'espressione che metteva in risalto l'ansia. «Però non peggiora così tanto la qualità della tua vita: sei autosufficiente».

«Purtroppo non del tutto». Ha indicato il bastone. «Ho bisogno di questo per camminare. E per leggere il menu ho bisogno del cellulare...».

«Che c'entra il menu col cellulare?».

«Questa malattia la chiamano anche "malattia delle macchie gialle", ma in realtà dovrebbero chiamarla "malattia delle macchie nere". Ho sempre davanti agli occhi delle ombre. Vedo le cose ridotte a pezzi. Per esempio, sul tuo viso c'è un'ombra. Ti vedo le mani ma sono spezzate. E non riesco a individuare il colore della tua T-shirt. Sono colori misti, variegati...». Si è spostata da una parte: «Se guardo da questo punto, vedo meglio il tuo viso, ma adesso l'ombra è scesa sul tuo collo. Come puoi capire, è una brutta malattia. Perdita della vista, ombre davanti agli occhi, il fatto di non poter distinguere i colori, di vedere le cose solo di traverso... di tutto e di più. E non esiste alcuna terapia...».

«Mi spiace molto» ha ripetuto Pelin. «Ma non riesco a capire la relazione fra la tua malattia e l'iPhone Plus».

Mia madre, per farle un esempio concreto, ha preso il menu e l'ha aperto alla prima pagina.

«Non riesco a leggere niente. Vedo solo lettere e numeri sovrapposti, vuoti e ombre...». Mentre parlava, senza neanche provare a leggere, ha fotografato la pagina – pareva un gesto abituale – e ha ingrandito lo schermo. Quando le lettere sono diventate enormi, e le parole chiare, le si è illuminato il viso.

«Ecco, adesso comincio a vedere. Il buio si dirada». Ha riso. «C'è qualcuno che vuole mangiare qualcosa?

Un'insalata? Allora: insalata mediterranea. Caesar salad. Insalata con tonno, oppure... Aspettate... la minestra del giorno: zuppa al pomodoro. Ah... non mi piace per niente».

Pelin era a bocca aperta.

«È un'invenzione geniale. Una cosa straordinaria, che salva la vita».

«Questo è sicuro». E sorridendo gentile ha scattato un paio di fotografie a Pelin. Ha ingrandito lo schermo e ha osservato la foto. «Ma che begli occhi che hai».

Potete immaginare la felicità della mia amica. Ha risposto al complimento:

«Dovresti brevettarla questa tua invenzione».

«Non esagerare, figliola. Non ho mica inventato l'iPhone. Non posso essere l'unica persona ad aver pensato a una cosa del genere. Ce ne saranno ben altre».

Si è intromessa Gertrude:

«Ma certo! Non ha mica inventato l'iPhone. Può venire in mente a tutti un sistema del genere».

«L'ha già detto lei, non c'era nessun bisogno che lo ripetessi» ho replicato.

È intervenuta mia madre.

«In conclusione, l'iPhone è davvero utile. Se nessuno l'avesse inventato, tutte queste meraviglie che voi vedete per me sarebbero state solo ombre o figure alterate. Però...». Si è girata verso di me: «Quando me ne hai parlato al telefono, non immaginavo fosse così, ma avevi ragione. Potevo anche non rivedere Istanbul. Cos'è successo a questa città?... È un tripudio di cemento armato. Fa male al cuore vederlo. Come si fa a essere così crudeli con una città? E perché? Non riesco a capirlo».

«Il motivo si conosce. Denaro. Speculazione. Negli ultimi venti, venticinque anni hanno costruito dappertutto. Residence, uffici, centri commerciali... È un'economia fatta di speculazione. La città più bella del mondo ci è stata portata via: adesso viviamo in una metropoli di cemento armato. Pure il clima è cambiato. Sapete qual è la percentuale degli spazi verdi? L'uno virgola cinque per cento. Inconcepibile. È diventata la città con meno spazi verdi al mondo. Hanno rovinato Istanbul in modo irrimediabile».

«In verità io non sono così pessimista» ha obiettato Pelin. «Secondo me Istanbul si salva da sé. È sempre stato così. È una delle città più vecchie al mondo. La sua fondazione risale al 667 a.C. Da allora quante distruzioni e catastrofi naturali si sono viste, quanti assedi e massacri! Tutto ha avuto una fine, e la città è sopravvissuta».

«Anche questo è vero» ho detto. «La città può essere salvata solo da una catastrofe naturale. Per esempio un bel terremoto, otto gradi di magnitudo. Riesco a vedermela la città che si leva di dosso tonnellate di cemento armato».

«Non dirlo neanche per scherzo. Quando c'è un terremoto, capisci cosa vuol dire la parola incubo».

«Hai ragione. Non si scherza su queste cose. Possiamo morire pure noi...».

«Prima o poi ci sarà» ha detto Pelin. Ha scrollato le spalle. «E visto che viviamo in questa città, dovrem-

321

mo essere pronti. Non c'è scampo. A Istanbul, in media ogni cento anni c'è stato un grande terremoto. Gli scienziati dicono che il prossimo è ormai vicino».

Gertrude è impallidita.

«Magari può aspettare la nostra partenza...» ha borbottato. «Come fai a sapere tutte queste cose su Istanbul?».

«È il mio mestiere. Aiuto Kati in negozio, ma in realtà sono una guida turistica di professione. Kati dice sempre: "Non c'è niente di più naturale che una persona a cui piacciono i libri gialli venda libri gialli". E io ho pensato: "Una persona innamorata di Istanbul, cos'altro può fare se non raccontare questa città?". Così ho deciso di fare la guida turistica. Istanbul è la madre di tutte le città. Un posto magnifico. Centro del mondo durante il Medioevo, capitale dell'impero bizantino e di quello ottomano. Certo, siccome da un paio di anni i turisti europei non ci mettono più piede, lavoro pochissimo, ma il mio amore per la città non si discute».

«Oltre agli arabi, non ci sono turisti di altre nazionalità, sbaglio? Abbiamo notato questa cosa...» ha detto mia madre.

«Hai ragione. E del resto gli arabi si interessano di pochi argomenti. Oltre ai centri commerciali e ai negozi dove vendono *baklava*, non c'è altro ad appassionarli. Vanno alla moschea a pregare ma finisce lì. La storia, l'architettura, lo sviluppo della città, sono cose che non gli interessano. Pazienza... Voi dove siete state di bello?».

«Un giorno col battello abbiamo fatto un giro sul Bosforo. È stato bellissimo. Si sente la brezza del mare. Abbiamo mangiato pesce e cozze fritte ad Anadolu Kavağı. Un'altra volta, dopo aver visitato la chiesa di Chora, siamo andate sul Corno d'Oro e da lì con la teleferica siamo salite alla casa di Pierre Loti. Mi è sempre piaciuto il panorama da quel punto. E oggi abbiamo girato un po' a Beyoğlu e un po' qui, nelle stradine di Galata. Domani è il nostro ultimo giorno. Andremo a visitare Santa Sofia. E sabato mattina partiamo».

«Certo non si può partire senza vedere Santa Sofia».

«Se ci rimane del tempo, pensiamo di fare un salto anche al Gran Bazar».

«Se siete lì a mezzogiorno, potete pranzare al ristorante Havuzlu».

Mia madre si è illuminata. Si è girata verso di me: «Lo conosci? Ci porti?».

«Sì, vi porto. Dovremmo uscire di casa intorno alle undici...».

«Visto che andate a visitare Santa Sofia, dovreste vedere anche la Moschea Blu. Sono a cinque minuti l'una dall'altra: Santa Sofia è all'inizio dell'ippodromo, la moschea al centro». Ha indicato i sei minareti lontani. «Riesci a distinguerla?».

«Figurati! Però vagamente me la ricordo. Quando vivevo a Istanbul, facevo continuamente gite turistiche. Sono pochi i posti che non ho ancora visto in questa città».

«Perché si chiama Moschea Blu?».

«La chiamano così gli stranieri. Noi turchi la chiamiamo col nome del sultano che la fece costruire: Sultan Ahmet. E anche il quartiere si chiama Sultanahmet.

Le pareti interne e la cupola sono ricoperte da ventunmilaquarantatré piastrelle di ceramica turchese, ornate con disegni di fiori, alberi e frutta; furono portate da Iznik e da Kütahya. Si chiama Moschea Blu perché il colore dominante su queste piastrelle è il blu. È una moschea molto bella, enorme e illuminata da centinaia di finestre. Secondo me è uno dei luoghi imperdibili di Istanbul. Dovete assolutamente vederla».

«Magari potessimo visitarla» ha detto Gertrude. Ha lanciato uno sguardo eloquente a mia madre. «Sarebbe bello se Pelin ci facesse fare un giro della città, non sei d'accordo? Quando viene spiegata da una guida, la città la osservi con occhi diversi. Pure adesso, facendo solo due chiacchiere, quante cose abbiamo imparato».

A questo punto tutte e tre mi hanno lanciato un'occhiata che parlava da sola.

«Domani tocca a me aprire la libreria» ha detto Pelin, nel suo modo di fare più ingenuo. «Visto che sono tornata proprio oggi dalle ferie, chissà cosa mi direbbe il responsabile se facessi ancora vacanza a mio piacimento...».

«Certo non io, ma Fofo cosa ne direbbe? È da solo in negozio da lunedì. Sarà stanco morto».

«Aspetta. Forse lo convinco».

Pelin ha preso il telefono e si è allontanata dal tavolo. Quando è tornata sembrava molto contenta.

«Tutto a posto. Ci siamo messi d'accordo. Lavorerà ancora domani e poi per tre giorni di fila ci starò io in negozio. Sta per arrivare l'ultimo romanzo con l'investigatrice Petra Delicado e non vedo l'ora di cominciare a leggerlo. Però non potrò venire con voi all'aeroporto».

«Ci accompagnerà Kati» ha detto Gertrude. Non ce la fa proprio a stare senza ficcare il naso dappertutto. Pelin ha finto di non sentirla.

«Lasciate a me l'organizzazione... penso io a ogni cosa».

«L'organizzazione di che? Prenotare forse il ristorante?».

«Ma no! Prenoto una macchina attraverso Uber. Domani mattina ci verrà a prendere a casa e ci porterà in giro tutto il giorno. Così non dobbiamo stare dietro ai taxi, con questo caldo...». Si è messa a spiegare a mia madre: «Non tutti i taxi hanno l'aria condizionata. Alcuni, anche se ce l'hanno, non la vogliono accendere per risparmiare. La cosa migliore è noleggiare una macchina con autista».

«Lo so benissimo. Sono giorni che lottiamo con i tassisti. Uno ci ha chiesto un supplemento per accendere l'aria condizionata. Ma dove esiste una cosa del genere?».

Pelin ha ridacchiato.

«Mi avevano già detto che prendono un supplemento per il bagaglio, ma questa non l'avevo ancora sentita. Un metodo per imbrogliare i turisti... Domani, senza dover nulla a questi qua, gireremo comodamente grazie a Uber».

Perché le altre non capissero, ho parlato fra i denti in turco:

«Va bene, cara, però... Uber non costa un po' troppo? L'autista ci porterà di qua e di là, ci aspetterà... e poi tutto il giorno...».

«Tu non ti preoccupare, ci penso io. Voglio fare un bel gesto per tua madre e per la sua amica».

«Non dire sciocchezze. Non esiste proprio. Non nuoti mica nell'oro... Non posso assolutamente accettare una cosa del genere. Scordatelo. Io sono il tuo capo. Non si fanno favori a pagamento al datore di lavoro».

Mia madre non aveva dimenticato il turco, nonostante non avesse molte occasioni per parlarlo a Palma di Maiorca, né aveva scordato la generosità e l'ospitalità dei suoi conterranei.

Si è intromessa: «Pelin cara, tu ci fai già un favore facendoci visitare domani la città. Prenota pure Uber, però la spesa la dividiamo io e Gertrude».

«Neanche per sogno! Voi siete due pensionate».

«In Germania le pensioni non sono come qui, non preoccuparti. Soprattutto per noi ex impiegati statali...».

Gertrude, anche se non afferrava le parole, aveva stretto forte la sua borsa, quasi avesse presentito che avrebbe dovuto tirar fuori dei soldi. Ma quando mia madre le ha comunicato la sua proposta, non ha avuto il coraggio di obiettare e si è limitata a mettere il broncio. E quando ha sentito che a prenderle sarebbe arrivato un Mercedes Vito, il denaro è sparito completamente dai suoi pensieri.

«È la vettura su cui viaggiano i vip... ci sono i vetri oscurati, giusto? Ah, che emozione! Era da tanto che volevo salirci. Chissà cosa si prova. Certo, certo, prenotala, così giriamo comode».

«A che ora volete che venga? Va bene alle dieci?».

«Non così presto». Dopo tre giri di gin tonic è difficile svegliarsi di buon'ora la mattina. Ed essendo in tre, bisogna mettere in conto anche il tempo di attesa davanti alla porta del bagno. Anzi, vista l'ora, non permetterò a Pelin di andare a casa sua, e così saremo in quattro.

«Pelin, cara, tu vieni da me. Domani mattina facciamo colazione insieme e poi usciamo».

«Ma tu ce l'hai un posto?».

«Nel soggiorno... su un divano dormo io, mentre l'altro è per te».

La mattina dopo, quando ho aperto gli occhi, ho sentito dei ticchettii in cucina. Ho alzato la testa dal cuscino: l'orologio della tv indicava le dieci e quarantotto. Sono saltata giù immediatamente. Non si può fare la padrona di casa in questo modo.

Pelin, avendo le mani impegnate, ha indicato col mento i piatti della colazione: «Puoi metterli in tavola? L'autista sarà qui alle undici e mezza. Cerchiamo di non fare tardi».

Quando abbiamo visto la lussuosa vettura che ci aspettava, ci siamo agitate. È un vero spasso, in effetti, vivere come gli attori di Hollywood.

Quando siamo arrivate all'ippodromo bizantino – che oggi si chiama piazza Sultanahmet – abbiamo visto diversi blindati e numerose macchine della polizia, una in fila all'altra; schiere di poliziotti e squadre speciali, con armi pesanti e abbigliamento camouflage, andavano su e giù: chiedevano i documenti e perquisivano chiunque ritenessero un tipo sospetto.

«Cosa succede qui?» ho chiesto all'autista.

«Come? È forse successo qualcosa?».

Ho indicato i blindati.

«C'è lo stato di emergenza, e qui è così ogni giorno, sorella» ha risposto. Ma quando ha guardato bene tutto intorno, anche a lui sono venuti dei dubbi. «In effetti... Non è sempre così pieno. Forse perché è venerdì».

Mi sono messa le mani nei capelli.

«Accidenti! Questo non ci era venuto in mente».

«Accidenti davvero». Pelin si è rivolta a mia madre e alla sua amica: «La preghiera del venerdì è un obbligo per i musulmani maschi. Nel Corano è detto chiaramente che è peccato non rispettare questa regola. E non si può rimediare in nessun modo. Così, il venerdì a quest'ora, le moschee sono piene zeppe. Che dite? Cosa facciamo? Rinunciamo alla visita della moschea?».

«Perché rinunciare? Secondo me la visita diventa ancora più interessante. Mentre loro pregano, noi stiamo in un angolo a osservarli...».

«Sì, certo. Se proprio non possiamo entrare, possiamo comunque stare nel cortile interno. Ma è meglio che non capiscano che non siamo musulmani. Durante la preghiera, nella moschea non fanno certo entrare i turisti».

«Sorella, se andassi a pregare ci sarebbe qualche problema? Voi quanto ci metterete?».

«Faccia pure. Abbiamo il suo numero. Quando finiamo la chiamiamo».

«Che Dio vi benedica».

A un angolo della piazza siamo scese dalla macchina e ci siamo sistemate i vestiti. Siccome Pelin ci aveva istruite, avevamo delle camicie con le maniche lunghe e dei pantaloni; avevamo portato anche una sciarpa. Non mi sarei mai messa la sciarpa in testa in modo da non far vedere neanche un capello, come le musulmane turche. Anche le iraniane sono musulmane, e io ho tenuto la sciarpa un po' morbida proprio come loro.

«Potevi anche non mettertela, quella sciarpa!» ha detto Pelin.

«Perché?».

Mi ha tirato giù la camicia:

«Perché mentre ti metti la sciarpa ti sale su la camicia e ti si vede la pancia».

La gratitudine non è di questo mondo. Poco ma sicuro.

«Ho solo due camicie estive con le maniche lunghe. Una l'ho data a te, l'altra è questa».

All'ingresso della moschea i poliziotti perquisivano tutti dalla testa ai piedi prima di farli entrare nel cortile esterno. Ci siamo messe alla fine della coda: era lunga chilometri.

«Non hanno esagerato un po' con la sicurezza? Chissà se c'è qualche segnalazione di un possibile attentato...».

«Chi mai potrebbe mettere una bomba in una moschea? È l'Isis a compiere attentati, e loro non uccidono musulmani».

Si è intromessa Gertrude.

«E poi durante la preghiera del venerdì... Non uccide i suoi militanti...».

Sono saltata su: «Non dire sciocchezze!». Ci mancava solo l'islamofobia, ed ecco, in lei c'era pure quella. «Se fossero militanti dell'Isis, non potresti stare qui nemmeno cinque minuti».

È intervenuta mia madre, evidentemente aveva avvertito la tensione.

«Di cosa state parlando?».

Pelin mi ha preso per un braccio e mi ha trascinato via:

«Noi andiamo a informarci per capire come mai ci sono così tanti poliziotti in giro».

Quando siamo tornate, entrambe avevamo il muso lungo un palmo.

«Che sfortuna! Arriva il presidente. Ogni venerdì va in una delle grandi moschee per una dimostrazione di forza. E questa settimana ha deciso di venire a pregare qua».

Gertrude ha riso tutta allegra.

«Perché dici "sfortuna"?». La coppia malese che aspettava davanti a noi si è girata a guardarla. «Così vediamo il presidente. Cosa volete di più? Forse riesco a farci anche un selfie insieme. Tu l'hai mai visto da vicino?».

«Lo stai chiedendo a me?» ho detto. «Prima di tutto non penso che le guardie del corpo faranno avvicinare qualcuno. E poi non sento l'esigenza di vederlo, dato che tutti i canali televisivi trasmettono in diretta i discorsi che fa, ogni giorno, da due o tre luoghi diversi. Appena accendo, ce l'ho davanti. Se vuoi torniamo a casa e guardiamo la tv».

«È impossibile discutere con te».

«Se dici cose logiche, non mi tiro certo indietro. Provaci se vuoi».

Mia madre mi ha preso sottobraccio e si è appoggiata a me con tutto il suo peso. Poverina, sarà stata cinquanta chili, non era certo quello il problema.

«Sei stanca?».

«Non so se è il caldo, che oggi mi sembra aumentato, oppure la tensione...».

Pelin ha dato un'occhiata al meteo sul cellulare.

«Trentaquattro gradi. È da una settimana che è più o meno così. Oggi l'umidità è maggiore rispetto agli altri giorni. Ed è per questo che è come se ce ne fossero quarantadue».

Ho preso la situazione in mano.

«Pelin, tu aspetta qui. Mamma, Gertrude, venite, ci sediamo in questo caffè. Quando vediamo che tocca a noi, ci alziamo».

Dopo una piacevole mezz'ora passata a bere tè e acqua di soda – e in seguito a una scrupolosa perquisizione – siamo finalmente entrate. Mentre camminavamo verso le scale della porta laterale che dava sul cortile interno, Pelin ha detto:

«Venite con me. Ho una sorpresa per voi». Si è fermata davanti a una panchina millenaria: era tutta rovinata, nera di pioggia e di fango. «Sapete che cos'è questa? È una delle panchine di marmo della tribuna dell'ippodromo. È qui da anni. Temo che qualcuno la riconosca e la porti via con sé».

«Ma no. Chi vuoi che la porti via... Cosa se ne possono fare? Non la possono certo mettere nel soggiorno di casa...».

«Non si sa mai. Portano via i sarcofagi, e cosa se ne fanno? Cosa te ne fai di una tomba? Forse fioriere in marmo. Fioriere in marmo di tremila anni».

«Ma quante cose brutte racconti, figliola... Cosa sta succedendo in questo paese? Si saccheggia la natura, si saccheggia la storia...».

«Proprio così. Un terribile saccheggio. Oggi la città viene depredata per la seconda volta dopo l'invasione bizantina, e per la prima volta nella storia si devasta l'impero ottomano. C'è da impazzire».

Mia madre aveva le lacrime agli occhi.

«Non mi sarei afflitta così tanto se non fossi stata testimone di quell'entusiasmo, di quel fervore che si respirava durante gli anni in cui venne fondata la Repubblica turca» ha sussurrato.

Pelin l'ha abbracciata forte.

«Cara Rosalie, ti prego, non essere triste. Vedrai, anche questi giorni passeranno. Ma è colpa mia. Perché ho tirato fuori simili argomenti? In questo momento, non possiamo farci nulla, né tu né noi... Venite, su. Se riusciamo a visitare la moschea prima dell'arrivo del presidente, forse ci torna il buonumore».

Mia madre, appoggiandosi con tutto il suo peso al bastone, ha proseguito. Aveva addosso la stanchezza degli ultimi giorni. L'ho raggiunta: mi ha preso sottobraccio. Ha posato leggermente il capo sulla mia spalla.

Mentre passeggiavamo nel cortile posteriore la tensione si è allentata. Le misure di sicurezza, la polizia, i blindati, pure il caldo infernale erano rimasti dietro al muro; tutte quante ci sentivamo avvolte dalla pace e dalla devozione emanate dal tempio sacro. Dagli altoparlanti si diffondeva la voce profonda dell'imam: pronunciava la *khutba*. Gli uomini si erano tolti le scarpe e le calze per l'abluzione; si lavavano i piedi sotto l'acqua delle fontane lì allineate, bisbigliando preghiere. Donne coperte e bambine erano sedute sulle panche all'ombra degli alberi o sul prato, alcune avevano disposto i loro tappetini a terra e aspettavano l'ora della preghiera.

Le donne turche si distinguevano dalle altre per le loro sciarpe a fiori, color rosso o rosa. Era evidente che le donne arabe, di qualsiasi nazionalità fossero, preferivano colori più sobri, ma erano così truccate che sembravano uscite da una tanica di colore. Le etiopi erano bellissime, da fare invidia alle modelle. Arabe dei paesi del Golfo col chador e borse di Chanel e Louis Vuitton, curde con sciarpe bianche ricamate ai bordi, malesi in abiti semplici... Nonostante la moda femminile musulmana cambiasse da un paese all'altro, tutte avevano in comune un particolare: sopra i vestiti indossavano impermeabili, chador, scialli lunghi o tuniche, in modo da non mettere in evidenza le forme del corpo. Sotto questi si vedeva solo l'orlo dei pantaloni. A osservarle mi veniva da sudare. E la cosa più curiosa era che nessuna di loro sudava quanto me, nonostante l'infinità di strati che avevano addosso.

Mia madre, come se mi avesse letto nel pensiero, ha detto:

«Ma quelle donne si sono messe l'impermeabile?».
«Hanno il chador, l'impermeabile... di tutto!».
«Ma come fanno ad andare in giro vestite così con questo caldo?».
«Il segreto sta nella fede».
Ha ridacchiato.
«Tu credi a quello che dici?».
«Come no! Ecco, le prove sono qui davanti a me. Guarda noi, in che stato siamo, e poi guarda loro... quasi quasi si metterebbero il cappotto, con questo caldo, e non si lamenterebbero neppure».
«Loro sono arabe» ha detto Pelin, con fare saccente. «Sono abituate a vivere a cinquantacinque gradi. Questo caldo, cosa vuoi che sia per loro? La considerano una giornata fresca...».
«Non ci sono solo arabe, tesoro. Ci sono anche turche. Guarda quelle là».
«Saranno del Sud, di Adana».
Pelin ha davvero la risposta a tutto.
Una parte del cortile, quella sotto l'ombra dei platani secolari, era chiusa da lamiere zincate. Sui cartelli c'era scritto che uno dei minareti era in via di restauro, per un cedimento della base. Pelin si è messa fra mia madre e Gertrude, e mentre camminava verso le scale ha cominciato a raccontare:
«I sei minareti – ma in questo momento sono cinque – rappresentano la particolarità più importante della Moschea Blu. È l'unica moschea con sei minareti costruita durante l'impero ottomano. Ha una storia curiosa: Ahmet I, nel 1609, ordinò la costruzione di un

tempio proprio davanti a Santa Sofia, e volle che fosse più bello, più spettacolare e maestoso di quest'ultima. Quando finì e si scoprì il numero dei minareti accadde il finimondo. A quel tempo solo la moschea della Mecca aveva sei minareti... Quando gli ulema ne condannarono l'arroganza, il sultano fece aggiungere un altro minareto alla moschea della Mecca. Così le acque si calmarono, e nessuno ebbe più il coraggio di far erigere una moschea con sei minareti».

La moschea ci è parsa ancor più bella, spinte dall'ammirazione che abbiamo provato per la sagacia del sultano.

«Dovreste innanzitutto vedere le piastrelle di ceramica all'interno» ha detto Pelin. «Facciamo in fretta: entriamo prima dell'arrivo del presidente, così possiamo ammirarle. Manca poco alla preghiera. Quando comincia non fanno più entrare nessuno e bisogna aspettare che la folla defluisca».

Insieme alle persone corse alla moschea per pregare, abbiamo anche noi iniziato a salire lentamente le scale di marmo segnate dai secoli; in alcuni punti erano incrinate, rotte e tutte rigate. Quando abbiamo messo piede nell'ampio cortile interno siamo rimaste senza fiato. Esattamente al centro c'era un'elegante e straordinaria fontana per le abluzioni, con rose e garofani scolpiti in rilievo. Intorno, panchine di marmo dove sedevano le donne; i bambini correvano di qua e di là tutti allegri. Alcuni uomini erano seduti a gambe incrociate sotto il portico che sorreggeva le cupole allineate in un'armonia straordinaria, altri stavano sul pavimento di marmo, all'esterno, dove avevano disposto i loro tappetini e adesso ascoltavano le preghiere diffuse dagli altoparlanti. Nonostante tutta la folla e la confusione si provava una singolare pace e leggerezza nel cuore.

Sono rimasta incantata finché non mi sono accorta degli uomini con lo sguardo nascosto dietro le lenti scure davanti all'ingresso principale e nell'atrio. Era impossibile indovinare dove guardassero e che intenzioni avessero, ma era evidente chi fossero, e ancor di più cosa facessero. Sembravano razzi di segnalazione. Chi mi conosce sa che adoro i polizieschi, però non amo assolutamente la polizia, in particolare le «guardie del corpo». Per me sono più antipatici dei poliziotti, e penso che potrebbero diventare delle macchine di morte anche di fronte alla più piccola minaccia verso il loro padrone. Non per nulla li chiamano pure gorilla. Ho storto il naso. Da lettrice di gialli, ho osservato intorno senza farmi notare troppo. Erano decine e decine. Chi grasso, chi magro, chi grande e grosso, chi gracile, chi con la barba, chi con i baffi... E guardando più attentamente mi hanno insospettito altri tipi seduti a gambe incrociate sui tappetini da preghiera. Probabilmente le guardie in borghese si erano mescolate tra la folla. I giornali non ne scrivono, ma se stiamo a sentire i social il numero delle guardie del corpo del presidente è arrivato a cinquemila. Si dice che non si fidi di nessuno, e ha così paura di morire che ne assume sempre di nuove perché lo difendano dalle altre, perciò il numero aumenta di giorno in giorno. Gira voce che ha scelto come capo delle guardie suo cugino, uno che sembra un killer.

All'improvviso mi sono accorta di non trovare interessanti né il presidente né i suoi parenti né le guardie del corpo. I cattivi sono banali quanto la cattiveria stessa. Era umiliante anche respirare la loro stessa aria. L'incantesimo si era rotto, e ormai né trovavo più sorprendente l'intelligenza del sultano, né mi pareva singolare l'abbigliamento delle donne, né mi sembravano simpatici i bambini. E non ero più estasiata.

«Ho deciso di non entrare. Guardate che facce sinistre hanno gli uomini davanti all'ingresso...».

«Che ci importa? Noi siamo venute a visitare la moschea».

«Io faccio un paio di foto» ha detto mia madre entusiasta.

«Ora che siamo qui, visitiamola» ha piagnucolato Gertrude.

«Voi entrate. Io vi aspetto lì». Ho indicato le donne in fondo al cortile interno.

«Aspetta un attimo». Pelin si è messa davanti a me: «Magari se chiedessi tu ai poliziotti il permesso di entrare... puoi farlo? Gli dici che si trattengono dieci minuti ed escono prima dell'inizio della preghiera. Anzi, cinque minuti. Il tempo di darci un'occhiata».

«Perché non lo chiedi tu?».

«Sì, posso farlo anch'io ma...». Ha toccato le nappe di seta dorate della sciarpa che mi cadevano sul petto. «... con questo foulard in testa sembri molto convincente. Nessuno potrebbe dirti di no».

Ero diventata tutt'uno con la mia sciarpa, a tal punto da dimenticarne l'esistenza. L'ho toccata. Era scivolata leggermente, e l'ho aggiustata.

«Dici sul serio?».

Ha strizzato l'occhio.

«Dài, vai a chiedere. Non perdiamo altro tempo».

Sono andata vicino a uno panciuto, giovane e ovviamente con gli occhiali che sembrava più autorevole degli altri. Parlava al telefono, col suo auricolare. Quando mi ha visto ha interrotto la conversazione e con la mano mi ha fatto segno di non avvicinarmi:

«Signora, qui non si può stare. Aspettiamo il venerabile presidente. Potrebbe onorarci con la sua presenza da un momento all'altro».

Sono rimasta impassibile.

«Mia madre e la sua amica sono venute dalla Spagna. Oggi è il loro ultimo giorno a Istanbul... Potrebbero solo dare un'occhiata alla moschea? Se no torneranno a casa senza averla vista».

«Signora, abbiamo l'ordine di sgomberare l'area...».

«Immagino. Le chiedo solo cinque minuti...».

Da lontano la situazione doveva essere parsa disperata a mia madre, che con passi lenti è venuta vicino a noi. Quando la guardia del corpo l'ha vista ha cambiato espressione e i lineamenti del volto si sono distesi. Una qualità dei turchi è quella di essere rispettosi e affettuosi con le persone anziane.

«Cara zia, non sfiniamoci inutilmente a vicenda. Anche se io chiudessi un occhio sarebbe il mio superiore a non farvi entrare».

«Il tuo superiore? E chi sarebbe?».

«Il capo della squadra. Guarda, ci sta osservando da lì».

«Ah, magari lo vedessi, figliolo! Io soffro di macchie gialle. Ne hai mai sentito parlare? Ogni giorno che passa i miei occhi vedono sempre di meno. Alla fine si diventa ciechi... Prima di morire avrei voluto vedere questa moschea ma evidentemente non è destino».

Stavo quasi per mettermi a piangere pure io. Potete immaginare la povera guardia del corpo.

«Perché dici così, zia? Perché dici che non è destino? Aspettate un'ora e, quando finisce la preghiera, entrate. In questo momento la moschea è chiusa alle visite. Io non ci posso fare niente...». L'uomo si era messo a consolarci ma d'improvviso l'espressione affettuosa sul suo volto è scomparsa e si è innervosito. Per sentire meglio ha appiccicato ben bene il ricevitore all'orecchio.

«Sì, comandante. Agli ordini, comandante» ha detto, la voce dura. Era chiaro che gli era stato segnalato l'arrivo del presidente. Tutto agitato, si è girato verso di noi.

«Cara zia, via di qui. Adesso ci sarà il finimondo». Ha poggiato una mano sulla spalla di mia madre. Il presidente doveva essere entrato dall'ingresso laterale, quello che dà sul Mar di Marmara. Le persone scorrevano come un fiume in piena verso quella zona. In pochi minuti è scoppiato il caos – sembrava una malattia contagiosa – e la pace era ormai un ricordo lontano. Chi spingeva da dietro, chi tirava da davanti, chi rifilava gomitate, chi pestava i piedi...

La gente cercava di avvicinarsi al presidente, a elemosinare un posto di lavoro nello Stato per il figlio o per la figlia, oppure per trovare una soluzione a un problema, chissà quale, ma le guardie del corpo non permettevano a nessuno di raggiungerlo, così era nato un feroce trambusto. Eravamo rimaste sbalordite, bloccate in mezzo al caos. In quel tumulto, in quella situazione di vita o di morte, ho sentito la guardia del corpo che diceva: «Zia, attenzione che ti schiacciano». Ho cercato di muovermi verso mia madre però era impossibile fare un passo. Tra noi s'innalzava un muro umano. Mi dibattevo disperata nel tentativo di svegliarmi da quell'incubo, ma non riuscivo a fare niente.

È successo tutto in pochi istanti. La mia cara mamma ha d'improvviso perso l'equilibrio. Mentre il suo piccolo e fragile corpo andava giù avevo in mente un solo pensiero: «Sarà calpestata!». Ero in preda al panico. Ho cercato di gridare. Non sono riuscita a emettere alcun suono. C'era da impazzire. Proprio in quel momento la guardia del corpo è corsa in aiuto. L'ha subito presa in braccio e l'ha alzata da terra. Poi mi ha dato uno strattone:

«Vieni con me».

Ancora sotto shock ho afferrato la sua borsa e il suo bastone e li ho seguiti. Il giovane uomo dopo un paio di passi era già nel cortile interno. Quando è arrivato all'inizio delle scale ha esitato e si è guardato attorno. Facendosi strada tra la folla, si è diretto verso la parte posteriore del cortile, chiusa per lavori. In condizioni normali la gente si sarebbe ammassata intorno a noi, ma l'entusiasmo per l'arrivo del presidente era ancora intatto. Nessuno ci prestava la benché minima attenzione.

La porta di lamiera zincata era chiusa a chiave. La guardia del corpo ha provato un paio di volte ad aprirla, e quando ha capito che non era possibile ha cercato di sfondarla. Una spallata, un'altra. La porta si è spalancata. E siamo entrati in un paese da favola. Un giardino verdissimo... Non c'era nessuno: gli operai dovevano essere andati a pregare. Ha fatto sdraiare mia madre sul prato vicino alla baracca, sotto il muro con le finestre che circondava il giardino.

Tremavo tutta. Mi sono precipitata: ho piegato la mia borsa scamosciata e morbidissima e l'ho messa sotto la sua testa. Mi sono tolta la sciarpa e ho iniziato a sventolarla a mo' di ventaglio. Ho guardato la guardia del corpo con riconoscenza.

«Puoi rimediare un po' d'acqua?».

Mia madre aveva gli occhi aperti. Mi ha dato la mano e io l'ho presa fra le mie. L'ho tenuta stretta per farle coraggio. Anch'io potevo svenire da un momento all'altro, ci mancava davvero poco.

«Mamma cara» ho bisbigliato. «Chiamo l'ambulanza...».

Ha tirato via la mano.

«Basta che tu mi dia il mio bastone. Non voglio nessuna ambulanza».

«Ma mamma...».

«Io sto bene!». Ha tossito. La guardia del corpo aveva portato dell'acqua dalla baracca e adesso stava in piedi accanto a lei, il bicchiere in mano. Quando l'ha visto ha ripetuto in turco:

«Figliolo, io sto bene. Tu torna pure a lavorare».

E se sveniva di nuovo? In quel momento non volevo affatto che la guardia del corpo se ne andasse. Mia madre si è girata verso di me:

«Lascia che il giovane vada via. Non mi è piaciuto per niente il suo superiore».

Meno male che questo l'aveva detto in tedesco. Stavo per dirle: «Come hai fatto a vederlo? E la tua malattia dalle macchie gialle?». Ma non era il momento di fare polemiche. Sono stata zitta.

Si è raddrizzata, con un'energia degna di nota, poi ha preso l'acqua.

«Sei sicura di stare bene, mamma?».

«Se mi dai il mio bastone mi sentirò meglio».

Gliel'ho allungato. L'ha preso senza guardarmi in faccia.

«Dài, figliolo, torna al tuo lavoro».

Poverino, mi guardava fisso come a chiedere il mio permesso.

«Certo. Certo. Vai pure».

«Sembra stare bene» ha detto, quasi volesse rassicurarsi.

«Ho detto che sto bene». Si è girata verso di me: «E tu vai a cercare Pelin e Gertrude invece di stare a guardare come una stupida...».

Sono trasalita. Questa non è mia madre. Lei non parlerebbe mai così. Era chiaramente sconvolta, e voleva rimanere sola.

«Va bene, vado. Tu però non ti muovi da qui... Trovo le nostre amiche e torno subito».

Ho seguito la guardia del corpo. Appena dopo le lamiere zincate ci siamo trovati in mezzo al caos. Era iniziata la preghiera: una parte delle donne stava sui tappetini; i bambini non avevano smesso di giocare. Volevo solo andare via da lì il più in fretta possibile. Ho teso la mano:

«Grazie mille di tutto. Appena trovo le amiche torno a prendere mia madre e poi ce ne andiamo».

«Se vuoi ti do il mio numero. Se avete bisogno di qualcosa chiamatemi pure».

Stupita ho detto solo: «Come?».

«Per portare tua madre in macchina vorrei solo...». Ha sorriso, l'espressione da dongiovanni. Era evidente che non si trattava più della premura e della disponibilità di un poliziotto affettuoso e rispettoso verso gli anziani. L'ho osservato attentamente. In verità era carino, nonostante la pancia. Visto che era almeno una ventina d'anni più giovane di me, non si poteva definirlo un conservatore o un uomo tradizionale. Era riuscito a guadagnarsi anche l'affetto di mia madre. Ho sorriso. Era un buon partito. Se non fosse stato un poliziotto – peggio ancora, una guardia del corpo –, non avrei avuto nulla da ridire sul suo conto. Ma in queste condizioni...

Stavo per ringraziarlo e per dirgli che ci pensavamo noi al resto quando qualcosa ha colpito la sua attenzione e si è distratto. Non riuscivo a distinguere esattamente dove avesse rivolto lo sguardo nascosto dagli occhiali scuri, ma comunque fissava un punto lontano, dietro di me. Poi gli ho visto le orecchie allungarsi e le narici aprirsi e chiudersi. La sua pancia era davvero scomparsa o era solo una mia impressione? Lo vedevo trasformarsi davanti a me. Dicono che le guardie del corpo del presidente siano addestrate in Israele. Se non avessi visto con i miei occhi quell'uomo non ci avrei creduto, ora però non ho più dubbi. Era diventato un cane da guardia. Mi sono girata. La folla si agitava come le acque del Mar Nero. Da una parte il caldo, dall'altra l'emozione mi hanno fatto girare la testa. Quando mi sono ripresa lui non c'era più.

Mi sono rivolta a un signore accanto a me: «Cosa sta succedendo?». Un commerciante di mezza età... Anche se non lo era, ne aveva comunque l'aspetto. Gli uomini del presidente sono in genere come questo tizio, con i baffi sottili... Teneva l'occhio incollato allo schermo del cellulare; con l'indice andava su e giù.

«Durante la preghiera il presidente ha avuto un improvviso calo di zuccheri» ha detto senza alzare la testa. «Fra poco il suo vice rilascerà una dichiarazione. Ma la notizia si è già diffusa. Ringraziando Dio, dicono che non ha nulla di preoccupante...».

«Lo sta vedendo sullo schermo?».

Ha annuito. Poi mi ha riassunto:

«Siccome i canali televisivi trasmettono in diretta la preghiera del presidente... adesso ci sono i sottotitoli. La moschea ha un'altra porta, dalla parte opposta... L'hanno fatto uscire da lì. E dicono che oggi pomeriggio si riposerà a casa sua».

La gente nella moschea aveva cominciato a defluire verso il cortile posteriore. Lo spettacolo era finito e la folla se ne andava. Ho preso la borsa che avevo in spalla. Non si sa mai. In momenti così gli scippatori si mettono in azione senza badare alla sacralità dei luoghi. Ho sentito qualcosa di strano; ho guardato e ho visto che la borsa non era la mia. Per sbaglio avevo preso quella di mia madre. Dentro stava vibrando il cellulare. Indovinate chi era?

«Dove sei? Mi hai preso il telefonino e te ne sei andata!».

La voce era un tremito.

«Qua succedono cose strane. Adesso arrivo».

Mentre mettevo giù l'ho sentita brontolare:

«Succedono cose strane, dice!... E lo dice proprio a me...».

Non ho capito che intendesse. L'unica cosa che sapevo era che la tensione non diminuiva. Dopo neanche un paio di minuti ha telefonato Pelin. Cercavo di farmi strada tra la folla. Ma non ero avanzata nemmeno di due passi.

«Dove sei?».

«Sono vicino alla porta da cui siamo entrate».

«Benissimo. L'autista ci aspetta nel punto in cui ci ha lasciate. Non serve che tu venga qui. Ci vediamo direttamente alla macchina».

«Voi dove siete? Mia madre...».

Neanche il tempo di finire la frase che mi ha detto:

«Non preoccuparti. Abbiamo già parlato con tua madre. È stata lei a dirmi di avvisarti. Noi tre siamo qui insieme».

Nonostante le scuole fossero ancora chiuse il traffico era intenso perché era l'ultimo venerdì prima della festa del Sacrificio. Durante il ritorno a casa mia madre non ha aperto bocca. Pelin ha cercato di chiederle un paio di volte cosa fosse successo ma lei l'ha zittita con un gesto della mano. Ha salito le scale senza l'aiuto di nessuno, tenendosi semplicemente al corrimano. Nel soggiorno si è lasciata andare sulla poltrona.

«Datemi qualcosa da bere».

«Un caffè?».

«Qualcosa di forte».

«Un espresso?».

«Kati!». Se non si fosse vergognata avrebbe certo alzato la voce. Aveva riacquistato le sue forze, sì... ma questa rabbia? L'ho guardata storta. Nel frattempo Pelin aveva preso dalla credenza il whisky e i bicchieri e ce li aveva portati.

«Ghiaccio?».

«Io sì. Con questo caldo...».

Ci siamo accomodate in un angolo del soggiorno facendo ticchettare i cubetti nei bicchieri. Che gita assurda! Ero stanca morta. Volevo che la giornata finisse presto.

«Adesso ti va di dirci perché sei così arrabbiata?».

«E me lo chiedi pure? Ma se mi hai rubato la borsa!».

Ho cercato di non perdere la pazienza. Cos'era questa storia?

«Sì, è vero, l'ho presa ma è stato uno sbaglio. Perché ne fai una tragedia?».

«Il mio cellulare...» ha sibilato.

Appena entrata in casa aveva poggiato la borsa sul mobile. Sono andata a prenderla. Gliel'ho messa vicino.

«Ecco la tua borsa. E il cellulare è dentro».

Non si è nemmeno girata a guardarla. Sedeva accovacciata, il bicchiere in mano e il broncio sul viso.

«Ormai è tardi. Tu hai idea di cosa è successo alla moschea?».

Ho buttato giù un goccio di whisky.

«Direi di sì, almeno credo». Non volevo dilungarmi troppo. Avevo bisogno di una doccia rinfrescante... «Mi hai spaventata molto. Ma non fa niente... ormai è passata...».

Ho fatto un respiro profondo. Quando l'avevo vista per terra, mi ero accorta di quanto avessi paura di perderla e ne ero rimasta sconvolta. Mi stavo accingendo a rivolgerle un paio di frasi piene di sentimento quando mia madre si è piegata un po' in avanti, quasi volesse confidarmi un segreto.

Poi ha gridato, come se stesse urlando dentro una buca «Re Mida ha le orecchie d'asino»:

«Oggi il presidente ha avuto una crisi epilettica davanti ai miei occhi».

Sembrava fosse esplosa una bomba nel soggiorno. Mia madre, per accrescere il piacere che provava in quel momento, ha ripetuto la frase. Avevo i nervi tesi. Sono scoppiata a ridere.

«Tu dici "davanti ai miei occhi". Ma guarda! Una crisi epilettica. Certo che è curioso». La mia voce pian piano stava aumentando di tono. Ero lì lì per scoppiare.

«Tu non li hai gli occhi, mamma! Tu sei malata di "macchie gialle". Come ci ripeti da giorni, in ogni momento...».

Gertrude mi osservava con disapprovazione. Le ho dato ragione, per la prima volta. Queste non sono cose da dirsi a una madre. Si è intromessa Pelin.

«Perché no? In realtà...». Non le ho permesso di continuare perché cominciava a dire sciocchezze.

«Con queste fesserie...».

Mia madre mi ha interrotto:

«Non sono fesserie! Io ero alla baracca, e il presidente stava giusto davanti alla porta...». Tutta agitata, si è alzata in piedi per farci vedere ciò che era accaduto. «La guardia del corpo, ti ricorderai, mi aveva fatto sdraiare sotto un albero... Ecco, esattamente in quel punto hanno fatto sdraiare anche il presidente. Fra me e lui non c'erano neanche cento metri. Prima del loro arrivo mi sono nascosta dentro la baracca, fra la porta e l'armadio. Non si sono accorti di me. A nessuno è venuto in mente di ficcare il naso lì. Le guardie del corpo avevano innalzato un muro umano intorno a lui... Quando è arrivato il medico tutti quanti hanno fatto un passo indietro... E allora ho visto cosa stava succedendo...». Si è portata la mano sul petto, quasi stesse rivivendo il batticuore di quel momento, quindi si è lasciata andare sulla poltrona.

Ho avuto una specie di folgorazione. Certo! Non aveva potuto fotografare il presidente perché io avevo confuso le borse. Ogni persona ha in testa un'idea di crisi epilettica. Ho immaginato il presidente in quella circostanza. Non era in una posa che gli poteva far guadagnare voti. Mia madre a novantasette anni aveva avuto tutte le intenzioni di diventare un'eroina popolare ma per colpa mia aveva perso l'occasione.

«Accidenti! Può essere. L'avevo già sentita questa cosa» ha detto Pelin. «È già successo che svenisse, proprio come oggi, e l'hanno fatto passare come un improvviso calo di zuccheri. Adesso mi ricordo. L'ho visto su YouTube. Le guardie del corpo l'hanno circondato e, via subito, l'hanno allontanato senza farlo vedere a nessuno. Alcuni dicevano che aveva avuto una crisi epilettica ma la faccenda è stata tenuta nascosta». Ha strizzato gli occhi: «E non è successo solo una volta ma almeno un paio: non ricordo i dettagli però in passato questa situazione si è ripetuta almeno un paio di volte. Non è una cosa impossibile. Nella storia ci sono stati leader che hanno sofferto di epilessia. Per esempio Alessandro Magno, o Napoleone...».

Gertrude ha annuito, poi ha aggiunto:

«Giulio Cesare».

«Ci sono stati anche degli scrittori, degli artisti. Dostoevskij. Van Gogh».

«Complimenti!» ho detto. «Adesso che avete deciso che è epilettico lo ammirate pure? E poi tu, Pelin. Fino a ieri lo ritenevi "un dittatore, un assassino, un ladro"... gliene dicevi di tutti i colori. Adesso lo metti sullo stesso piano di questi personaggi».

Secondo me ci era rimasta un po' male.

«Che c'entra? Napoleone non era forse un dittatore?...». Ha storto le labbra. «È un uomo talmente noioso che neanche l'epilessia può renderlo interessante».

Mi sono versata un altro dito di whisky; anche mia madre mi ha allungato il bicchiere.

«Non dite sciocchezze» ho esclamato. «Questa è una malattia neurologica seria. Non è affatto uno scherzo. Non ti fanno certo presidente se ne soffri. Sono accuse gravi, le vostre».

«È per questo che è un segreto molto ben custodito. L'hanno portato via dalla moschea in modo che nessuno lo vedesse».

«Accuse? Stiamo solo facendo due chiacchiere» ha detto Pelin.

Con gli occhi ho indicato mia madre.

«Si lamenta di non essere riuscita a fargli una foto». Era persa nei suoi pensieri e non mi ha sentito. «Vero, mamma? Sei arrabbiata con me per questo?».

«Se adesso avessi le foto...» ha bisbigliato distratta. «Sotto quell'albero... mentre schiumava dalla bocca... il suo corpo gli si contraeva e sobbalzava. A un certo punto il medico...».

«E proprio in quel momento avresti scattato! Mamma, ma il cervello ti funziona ancora?!». Stavo per prenderla dalle spalle e scuoterla. «Ti avrebbero beccato le sue guardie del corpo. E poi vai a spiegargli perché... Le macchie gialle... questo e quest'altro...».

«Mi dispiace dirtelo, Rosalie, ma Kati ha ragione. Se ne sarebbero accorti. Metti che si azionava il flash e una telecamera lo rilevava... Non conosciamo le loro tecnologie. Sono di sicuro dei veri professionisti». Pelin si è piegata in avanti per riempirsi il bicchiere. «Non potevi uscire da lì facendo finta di niente. Inutile...». Ha scosso la testa per sottolineare le sue convinzioni. «Avresti forzato inutilmente la sorte».

«Non mi sembri certo Mata Hari» ha detto Gertrude. «E poi anche lei venne arrestata».

«Vedi? Siamo tutte dello stesso parere. D'un tratto ti saresti ritrovata nei guai. Meno male che ti ho preso la borsa».

Non era affatto convinta.

«Non capite. Era impossibile che mi prendessero: nessuno si era accorto di me».

«Ecco, Pelin cerca di spiegarti proprio questo. Probabilmente è solo perché non hai scattato la foto che non sei stata sorpresa. Se l'avessi fatta, per via del flash...».

«Non è detto. E comunque non avevo il cellulare con me. Certo lui stava davanti a me...».

Non sapevo se essere contenta per aver confuso le borse. Ho dato retta al mio cuore. Amo questo paese, così tanto da disperarmi. D'altra parte, anche se avessimo avuto le prove fotografiche di una circostanza del genere, cosa ne avremmo fatto? A chi le avremmo portate? Alla stampa? Non esiste più giornale turco che osi pubblicare foto del genere. E se le avessimo fatte pubblicare all'estero, quale turco le avrebbe viste? Avremmo potuto metterle su YouTube... Ma con due sole foto come avremmo fatto a lottare contro quel loro potere enorme, quelle loro illimitate risorse che non riconoscono più alcuna legge morale?... Non volevo neanche pensarci. Sono rabbrividita.

«Mamma, dimentica questa faccenda, per favore. E anche tu, Gertrude. Scordatevela».

«E perché mai?».

«Perché sono questioni molto pericolose. Migliaia di guardie del corpo, trilioni di dollari... Questi non sono tipi affidabili. Quante persone sono state messe in carcere con l'accusa di essere spie al servizio dei tedeschi. Volete forse marcire in galera? Mi raccomando, domani all'aeroporto, o durante il volo, non raccontatelo a nessuno. Questa cosa non è esistita. E in effetti non abbiamo nessuna prova. Sono soltanto parole. Perciò la cosa migliore è dimenticare».

Mia madre se n'è uscita in un piccolo strillo.

«Non mi spaventare con queste cose!».

Gertrude aveva cominciato a muovere la mano a mo' di ventaglio.

«Inizio a sudare, ragazze». Si è alzata in piedi. «Vado a sdraiarmi un po' sul letto. Avvertitemi quando la cena è pronta».

Dopo che se n'è andata, mia madre ha commentato: «Certo che Gertrude proprio non ti piace».

Non le ho risposto: era così evidente.

«La guardia del corpo sembrava molto attratta da te».

Pelin si è intromessa subito:

«Di quale guardia del corpo stai parlando?».

«Quando mi sono sentita male, mi ha aiutata...».

Mi ha guardata con la coda dell'occhio.

«Salta fuori anche un flirt in questa vicenda?

Oh, ne ho abbastanza! Quante cose sono successe oggi».

Ho fatto un gesto con la mano, per dire che si trattava di argomenti futili, e sono rimasta zitta. Non avevo più la forza di aprire bocca. Ed ero anche un po' brilla. Mia madre ha ridacchiato.

«Abbiamo avuto una giornata davvero piena».

Mi sono sistemata ancora meglio sul divano. Avevo superato la mia indecisione tra fare la doccia e rimanere rannicchiata lì.

«Mamma, lascia perdere. Dimentichiamo quegli episodi».

«Quali episodi?».

«Quelli non fotografati».

Ho aperto gli occhi: mi stava guardando con uno sguardo pieno di malizia.

«Dove l'hai messo il cellulare?».

«Quale cellulare?».

«Il tuo. Quello da due soldi. È cinese? Ti regalerò un iPhone, senza aspettare il giorno del tuo compleanno».

Sono stata assalita da un dubbio. Mi sono rimessa seduta. Ho preso la mia borsa dal tavolino.

«Cosa vuoi fare col mio cellulare?».

«Adesso vedi. Dammelo».

Pelin è scoppiata a ridere. Si era rinfrancata. Mentre faceva segno a mia madre di passarle il bicchiere, ha detto:

«Me lo aspettavo. Giuro che me lo aspettavo. Sei grande, Rosalie».

«Mamma?!» ho detto, e quasi soffocavo. «Non puoi aver fotografato il presidente col mio telefonino... non l'hai fatto, vero?».

Si è piegata in avanti e mi ha strappato il cellulare di mano.

Settembre

Alicia Giménez-Bartlett
Quando viene settembre

Settembre è il mese della scuola. Ci ricorda gli esami di riparazione, il ritorno sui banchi, i compagni di classe ritrovati. Ma viene un'età in cui tutte queste suggestioni ci portano a una sola conclusione: non siamo più studenti e l'unica cosa che ci aspetta alla fine dell'estate è il ritorno sul luogo di lavoro.

Questo era il sentimento che mi pervadeva nei primi giorni di quel settembre che non dimenticherò mai. Mi ero goduta un mese intero di vacanza. I primi quindici giorni li avevo passati con mio marito e i suoi figli, tutti insieme appassionatamente in una casa presa in affitto in riva al mare. La seconda quindicina con Marcos, noi due soli, in un piccolo albergo campestre. Lì quello che facemmo fu di una semplicità che ad alcuni potrebbe apparire sconfortante. Ci limitammo a passeggiare, a leggere, a chiacchierare, a mangiare bene e bere meglio. Erano forse passatempi limitati? Assolutamente no. Poter fare tutto con lentezza, avere a disposizione giornate intere non scandite dal lavoro, dalle visite dei ragazzi, dagli impegni della vita sociale, era per noi un lusso da maragià.

Ma una volta venuto settembre, come dicevo, mi bastò rendermi conto che non ero una studentessa, e nemmeno una marahani, per farmi tornare in commissariato col morale a terra. Addirittura gli ambienti e i mobili che mi erano familiari sembravano aver subito un deterioramento accelerato. Ma non era possibile, nulla cambia così drasticamente in quattro settimane. La spiegazione è che l'uomo si abitua a qualunque cosa, anche allo squallore più profondo, ma se per un po' rimane lontano dal suo miserabile ambiente, lo riscopre in tutta la sua bruttezza quando lo ritrova. Mi accorsi che una delle pareti del mio ufficio era chiazzata da due grosse scrostature, che da lontano ricordavano la cartina della Sardegna e della Corsica. Quel particolare che non avevo mai notato mi depresse più che mai. E proprio in quel momento di dolore estetico, irruppe nella stanza come un tornado il viceispettore Garzón.

«Petra Delicado, ispettore della Policia Nacional!» gridò, al colmo della contentezza.

Aveva lanciato i pugni in aria come un tifoso dopo un gol della squadra del cuore. Era abbronzato, sembrava perfino più magro e tonico, e indossava una camicia azzurro cielo che sottolineava il suo aspetto estivo. Mi abbracciò con sghignazzate selvagge.

«Come va, mia capa adorata, come si è svolto il periodo vacanziero?».

Gli sorrisi stancamente indicando la parete.

«Lei si ricorda se quel muro era già così malconcio prima che andassimo in ferie?».

Lui si riscosse dalla sorpresa e, osservando il muro, si strinse nelle spalle.

«E io cosa diavolo ne so, Petra? Che domanda! Le pare questo il modo di accogliermi dopo un mese che non ci vediamo?».

«Mi scusi, Fermín, ha perfettamente ragione. Ma da quando sono tornata vedo tutto di una bruttezza spaventosa».

«Ma se è come sempre! Il fatto è che lei si è abituata ad ambienti migliori. Mi racconti che cos'ha fatto in agosto».

«Poco di straordinario: riposarmi e leggere. E lei?».

«Ah, io non mi sono fermato un attimo, ispettore. I primi quindici giorni siamo rimasti nella casetta di Beatriz sulla Costa Brava. Il programma se lo può immaginare, spiaggia, un po' di sport nel pomeriggio, aperitivo... e la sera a cena con i suoi amici ricconi. Questo era il peggio, perché non è che mi vadano tanto a genio. Poco male, io mi concentravo su quel che avevo nel piatto e sul vinello fresco, e nessuno stava meglio di me».

«Sembra tutto molto piacevole».

«Ma non le ho ancora detto il meglio. Negli ultimi dieci giorni abbiamo fatto una crociera di gran lusso per le isole greche. Beatriz aveva un piccolo fondo di investimento che scadeva e abbiamo deciso di godercelo alla grande. Devo dire che è stata un'esperienza formidabile».

«La vedo entusiasta».

«In fondo sono rimasto un bifolco della Castiglia profonda, di quelli che la cosa più esotica che hanno visto in vita loro è stata la festa patronale del paese vicino. In questa crociera ho provato di tutto, ispettore: ballare fino all'alba in alto mare, contemplare tramonti che non finivano mai, mangiare in ristoranti strepitosi. E anche visitare i monumenti, non creda! Mi sono sciroppato tutti i templi e le vecchie pietre che ci sono da qua fino in Turchia. E poi ho conosciuto un bel po' di gente simpatica fra cui una coppia di Milano, lui, un arzillo tappezziere in pensione, non ha smesso di farmi domande su delitti e indagini, la compagna Angela mi ha raccontato della casa di ringhiera in cui abitano, una specie di teatro shakespeariano».

«Complimenti, Fermín, ha fatto buon uso del suo tempo».

«Può dirlo! Mi sento le pile carichissime e sono pronto a mettere le mani su qualunque assassino osi manifestare la sua presenza in un raggio di cento chilometri».

Potevano esserci al mondo due creature più diverse? Sul viceispettore le belle esperienze agivano da stimolo per affrontare il futuro, mentre per me la sola idea che le cose belle potessero finire era motivo di disperazione. Senza contare che quello che era un piacere per lui era una tortura per me! Se fosse toccato a me imbarcarmi su una nave da crociera carica di pensionati pieni di soldi e deliziose coppiette in luna di miele, costretta a dividere lo spazio con loro per quindici giorni ballando fino all'alba, credo che mi sarei buttata in mare alla ricerca di una morte certa per annegamento o per inquinamento delle acque mediterranee.

Me ne andai a fare un giro negli altri uffici per vedere quali fossero le novità nel nostro piccolo mondo poliziesco. Nulla sembrava troppo originale: quelli che erano tornati dalle ferie erano impegnati a illustrare con entusiasmo le loro banalità balneari. Quelli che non erano ancora partiti si lamentavano per il sovraccarico di lavoro nel mese di agosto. Le sole novità venivano dagli agenti più giovani che avevano scelto attività estreme. López mi raccontò di aver nuotato fra gli squali insieme a una comitiva di turisti intrepidi accompagnati da apposito istruttore.

«Lei ha una bella voglia, López, con tutti gli squali che già ci tocca affrontare nella vita normale».

«Quelli sono meno pericolosi degli squali umani, ispettore. Una passeggiata, in confronto. Se le dicessi cos'ha fatto Mínguez! Ha trovato un'agenzia di viaggi che organizza avventure nei paesi in guerra».

«Che orrore!» esclamai con piena convinzione.

Decisamente, paragonado i miei svaghi estivi con quelle dimostrazioni di coraggio gratuito, si poteva giungere alla conclusione che, o la gente era completamente impazzita o io mi ero ridotta a godere della noia più totale.

Abbandonai la mia inchiesta sociologica e passai alle notizie sui nuovi casi criminali di cui i colleghi si stavano occupando. Zubieta, che era l'ispettore meglio informato della squadra omicidi, mi mostrò le schede delle indagini in corso. Le passai in rassegna distrattamente finché una mi colpì in modo particolare. Strano, tutte le mie divagazioni sull'atmosfera scolastica del mese di settembre parvero assumere una nuova dimensione quando lessi il nome della vittima. Un ragazzo assassinato ad appena diciott'anni: Juan

Gálvez Batanero. Quel secondo cognome mi ricordò i miei anni di liceo in un istituto di suore. Quando sentivo pronunciare «Batanero», sapevo già che dopo sarebbe venuto «Delicado» e stavo in guardia per ogni evenienza. Ricordavo perfettamente la compagna di classe dal cognome così poco frequente: Maricruz Batanero Bonilla. La odiavo. Era lodata dalle insegnanti per la condotta impeccabile e l'eccellente applicazione negli studi. Quelle sue caratteristiche non erano le sole a rendermela antipatica. Maricruz era... come dire? una borghese integrata, mentre io cercavo di muovermi in un territorio più anticonformista e marginale. Non ricordo bene su che cosa si basassero queste categorie fra noi ragazzi di tanti anni fa, ma mi tornano in mente dei particolari: lei si offriva sempre come volontaria per tutto, era diligentissima, non veniva mai punita, aiutava le suore a cambiare i fiori nella cappella... Non so, sciocchezze che oggi mi appaiono quasi come delle virtù, ma che all'epoca me la rendevano insopportabile. Chiesi a Zubieta:

«La madre di questo ragazzo non si chiamerà per caso Maricruz?».

«Non te lo so dire. Se ne occupa Hernando, non è un'indagine che seguo io».

«Quando è successo?».

«Hanno trovato il corpo l'altra mattina».

Mi avviai verso la stanza di Hernando. Era un bravissimo collega, ci conoscevamo da anni e non era mai sorta tra noi la minima discussione. Mi ricevette affabilmente e soddisfece la mia curiosità senza problemi.

«Eh, sì, che coincidenza, la madre si chiama Maricruz, Maricruz Batanero Bonilla, per essere precisi» disse dopo una verifica al computer. «Il padre è Ricardo Gálvez Navales, un grosso dirigente. Li conosci?».

«Lei sì, ma sono secoli che non la vedo. Era una mia compagna di liceo».

«Povera donna, è distrutta! Ho parlato con tutti e due e non riesco ancora a crederci».

«Che cos'è successo?».

«Il figlio era un ragazzo un po' difficile, faceva uso di droghe leggere e un paio di volte era stato fermato per guida senza patente. Deve essersi cacciato in qualche guaio più grosso di lui. L'hanno trovato nel parco della Guineueta, con un paio di coltellate all'addome. Ma siamo ancora all'inizio. Vuoi che parliamo con Coronas così te ne occupi tu?».

Non mi era passato per la testa di ricevere un simile omaggio. Lo guardai sorpresa.

«Ma Jacinto, ci stai lavorando!».

«Devo partire per le ferie la prossima settimana, e se le cose dovessero complicarsi non potrò lasciarle a metà. Figurati mia moglie, come la prenderebbe. Quindi mi fai un favore. Anche se ti dico subito che non sarà una passeggiata».

«Come mai?».

«La famiglia è molto benpensante e cattolica, alta borghesia barcellonese. Lei è commercialista, lui siede nel consiglio di amministrazione di alcune grandi imprese, e hanno altri tre figli. Questo, il maggiore, era adottivo. Non riescono proprio a capirlo che con la vita che faceva una fine così se la potevano aspettare».

Accettai di accogliere l'offerta del collega. Ero curiosa, ma mi sentivo anche lievemente in colpa per come avevo trattato la povera Maricruz tanti anni prima. Più di una volta l'avevo presa in giro, le avevo dato persino della «maledetta secchiona» e della «leccaculo delle monache», se non peggio.

Il commissario non ebbe problemi ad affidare il caso a Garzón e a me. Eppure mi si affacciava un dubbio: come l'avrebbe presa Maricruz? Forse ero stata troppo impulsiva, lei poteva ancora nutrire una forte avversione nei miei confronti.

Ma parve che non fosse così. Si ricordava perfettamente di me, e spinta dalla carica di emozione di quei giorni, mi abbracciò senza riuscire quasi a parlare. La domestica che era venuta ad aprirci si asciugò una lacrima furtiva.

«Ho chiesto io di occuparmi del caso di tuo figlio, Maricruz, spero che per te non sia un problema».

«E come potrebbe esserlo, Petra cara? Con te vicino questo dolore sarà più sopportabile. È tutto così spaventoso» mi disse. Poi si voltò verso la domestica che era rimasta in attesa nel salone: «Enriqueta, vuole per favore portarci un caffè?».

«Devo essere forte, Petra» aggiunse quando Enriqueta si fu allontanata. «Se Dio mi ha dato questa croce è perché sono in grado di portarla. E poi c'è una cosa che conta più di tutto: ho altri tre figli e voglio che ne siano toccati il meno possibile».

«Brava. Credo sia l'atteggiamento giusto».

Non parlammo del nostro passato, né dei tempi del liceo né di nulla che potesse apparire lontanamente frivolo. Quando la tremante Enriqueta ebbe portato il caffè, spiegai a Maricruz che avrebbe dovuto presentarsi il giorno dopo in commissariato insieme a suo marito. I figli per il momento non li avremmo sentiti, in quanto minori. Lei si mostrò serena, salda, anche se si indovinavano sul suo viso le tracce del pianto e della sofferenza.

A Garzón non piacque per niente il caso che, per mia debolezza personale, gli avevo propinato. Non faceva che ripetere che quando le vittime sono ragazzi è sempre meglio tenersi alla larga. Gli amici e i compagni di scuola si coalizzano fra di loro ed è difficile farli parlare. L'emotività dei familiari non fa che peggiorare le cose, e insegnanti, presidi, educatori non vogliono vedere macchiato il buon nome dei loro istituti.

«Un casino, ispettore, vedrà».

«Mi rincresce, Fermín, ma ho obbedito a un imperativo morale. Può dire a Coronas che in questa occasione preferisce non assistermi. Lo capirò perfettamente».

«Sì sì, lei può capire quello che vuole, ma io da Coronas non ci vado. Poi mi toccherà sentirmelo rinfacciare a vita».

«Come può essere così falso e vigliacco? Non mi sognerei mai di rimproverarla per una cosa simile».

«Lasciamo perdere che è meglio, ispettore. Tanto mi sono già messo al lavoro. Ho parlato col medico legale, dice che il referto è quasi pronto. Che ne dice?».

«Dico che una cosa deve esserle ben chiara: lei accetta di collaborare a queste indagini del tutto liberamente. Non ho voglia di gettarmi ai suoi piedi e ringraziarla per ogni cosa che fa».

«Chiarissimo, ma c'è un'altra cosa che mi è ancora più chiara: quando si tratta di essere stronzi vince sempre lei».

Se ne andò ridendo sotto i baffi, convinto di avermi inflitto una pugnalata mortale. Forse aveva ragione, la mia stronzaggine è considerevole, e di sicuro se le difficoltà si fossero dimostrate insormontabili si sarebbe ritorta contro di me. Incrociai le dita e mi disposi a cominciare le indagini.

Ricardo Gálvez era un uomo alto ed elegante. Non rientrava negli standard del padre di famiglia numerosa, che si immagina placido e bonaccione. Era perfetto nel ruolo del dirigente d'impresa. Sia lui che Maricruz appartenevano a un ceto economicamente molto elevato, com'era evidente dal loro atteggiamento e dal modo di vestire. Gli altri figli andavano dai quattro ai quindici anni e non davano problemi. Una famiglia ideale, trafitta dal dramma del figlio maggiore.

Quando li ebbi davanti tutti e due capii subito che per lui avere a che fare con la polizia era un male inevitabile che tollerava a fatica. Evidentemente si aspettava che facessimo il nostro lavoro coinvolgendolo il meno possibile. Avevo visto reagire così altri parenti delle vittime, soprattutto in un contesto sociale come il suo. L'atteggiamento migliore in quei casi era la pazienza, virtù di cui la natura non mi ha eccezionalmente dotata.

La mia ex compagna di classe era il portavoce ufficiale della coppia. Fu lei a tracciare il primo ritratto caratteriale di Juan Gálvez, il primo quadro della sua breve vita. Nulla di troppo originale. Juan era sempre stato un bravo bambino, fino all'ingresso nell'adolescenza, quando le cattive compagnie lo avevano condotto su una strada sbagliata. Era iscritto a una scuola privata, gestita da un ordine religioso, e lì era entrato in un gruppo di ragazzi ribelli fra i quali giravano i primi spinelli di marijuana. Aveva cominciato ad andare male a scuola, a fare assenze ingiustificate, finché era stato espulso dall'istituto. Questo era stato il punto di non ritorno. Si erano visti costretti a iscriverlo in un'altra scuola, ma anche lì si era subito trovato un amico poco adatto a lui, un certo David, che non combinava niente. Qui per la prima volta il marito intervenne nello stringato racconto della moglie:

«E poi c'è la ragazza».

«Sì, Blanca» specificò lei di malavoglia.

«La fidanzata di vostro figlio?».

«Fidanzata mi pare eccessivo» replicò Maricruz immediatamente. «Essere fidanzati presuppone un impegno, un progetto. Erano solo dei ragazzini e...».

«Erano inseparabili» intervenne il marito. «Nella nuova scuola sembrava ben inserito, ma poi ha conosciuto quella ragazza, e lei l'ha destabilizzato ancora di più. Abbiamo cercato di separarli, non c'è stato niente da fare. L'abbiamo perfino mandato in un centro contro le dipendenze. Blanca è irrecuperabile: frequenta ambienti malsani, non studia, i suoi genitori sono incapaci di tenerla a freno. La sua influenza è stata deleteria».

«Conoscete la famiglia?».

«Sì. Sono persone di una certa cultura, con delle possibilità, però...».

«I genitori sono architetti» tornò a interromperla il marito. «Sono separati. La madre vive negli Stati Uniti. La ragazza è sempre da sola. È figlia unica, dubito abbiano mai saputo come educarla. Fa quello che vuole, è abbandonata a se stessa».

«Sono cose che succedono» intervenne per la prima volta Garzón, conciliante.

«Succedono se permetti che succedano» affermò drasticamente il capofamiglia.

Mi venne voglia di rispondere che, se era così, loro avevano permesso l'assassinio di un figlio. Ma naturalmente rimasi zitta.

Quella visita era servita almeno a indicarci i passi successivi: parlare con Blanca e con quell'amico chiamato David. Se il figlio aveva altre conoscenze indesiderabili, loro non ne sapevano nulla. La storia del figlio traviato dalle cattive compagnie la conoscevamo già, la conoscono tutti, dalla notte dei tempi.

David Carvajal era un compagno di classe nella nuova scuola di Juan. Si trattava di un istituto per ragazzi di buona famiglia respinti dai migliori licei della città. Ci ricevette il preside: severo abito grigio e capelli con taglio militare. Il suo discorsetto fu prevedibile come quello dei genitori del ragazzo: nella scuola da lui diretta venivano favoriti i progressi individuali, ottimizzando le potenzialità dell'allievo, che veniva affiancato da un tutor in grado di seguirlo passo passo. Chiedemmo di parlare con il tutor che seguiva la vittima. Questa volta l'abito era blu scuro, ma il taglio militare era lo stesso.

«Dire che Juan era un caso disperato mi pare eccessivo. Avremmo potuto migliorare di molto il suo comportamento e il rendimento scolastico, se i suoi genitori non avessero commesso l'errore gravissimo di lasciarlo frequentare quella ragazza. Con lei ha fatto esperienze che noi non potevamo controllare, e questa è stata la sua perdizione. Ma non sempre è possibile indirizzare i propri figli. I signori Gálvez sono gente esemplare, i fratelli si comportano bene, so che ottengono risultati scolastici eccellenti. Con questo ragazzo non sapevano più che cosa fare».

«Perché lo avevano adottato? Poi di figli ne hanno avuti, alla fine. Forse lei ha una spiegazione».

«Sono persone molto religiose. La signora mi spiegò che dopo due anni di matrimonio senza una gravidanza pensavano di non poter avere figli, e poi, come vede, sono arrivati. Ma loro non hanno mai fatto distinzioni, Juan era amato esattamente quanto gli altri, forse di più. La genetica non li ha aiutati, questo è tutto».

Rimasi allibita.

«Lei è un determinista genetico? Allora non vedo perché faccia l'educatore. Basta che uno nasca dai genitori sbagliati e non c'è più niente da fare».

«Non mi pare il caso di discuterne con lei, ispettore. Tuttavia, non potrà negare che l'alcol e le droghe di cui possono aver fatto uso i genitori biologici, o un genere di vita insano tramandato per diverse generazioni, influiscano sullo sviluppo di un soggetto».

«Temo che i genitori di Juan abbiano commesso un errore ben più grave che permettergli di uscire con quella ragazza, quello di metterlo nelle vostre mani».

Lui non parve troppo scosso. Le persone con opinioni rigide, soprattutto se conservatrici ed estreme, sono abituate all'incomprensione, per fortuna.

Uscita di lì avevo una gran voglia di una birra, anzi, ne avevo un assoluto bisogno, questa è la verità. Garzón non fece obiezioni.

«Mi è piaciuto come gliele ha cantate, brava. Ma quello non ha battuto ciglio. Per lui quel ragazzo valeva meno di niente».

«Qui tutti vogliono sentirsi liberi da colpe, si rende conto? Tanto per loro se l'è cercata, come se si fosse pugnalato da solo. Comincio a dubitare che i suoi genitori o i suoi insegnanti nutrano il minimo interesse nello scoprire chi è stato».

«Chi comincia male finisce peggio, di sicuro c'è un proverbio che dice così».

«Ma non è vero! Non esiste nessun proverbio del genere, e poi il mondo è pieno di bastardi che arrivano ai vertici della società».

Garzón bevve un coscienzioso sorso della sua birra, mi guardò con aria indifferente e mi chiese:

«Ci pensa se indagassimo solo sui delitti in cui la vittima, secondo il giudizio della gente, non meritava di morire?».

«Gioca agli indovinelli, viceispettore? Pensi a lavorare, piuttosto, cerchiamo di non fare di questo caso una questione filosofica. Temo si tratti di un delitto piuttosto banale. Un pusher a cui Juan doveva dei soldi gli ha rifilato un paio di coltellate in pancia. Ha sentito la narcotici e la Guardia Civil?».

«Erano avvertiti già da prima. Stanno facendo il loro lavoro».

«Bene, mi dia l'indirizzo di quel David e andiamo a trovarlo. Spero che i genitori non creino problemi».

Fecero di tutto per crearne, ma poi si stancarono di farci la predica su come trattare il loro fragile figliolo. A sentir loro era molto migliorato negli ultimi tempi e non volevano che un nuovo fatto negativo potesse intralciare i suoi progressi. Giurai con poco entusiasmo che gli avremmo usato ogni riguardo, mi seccava che ci prendessero per delle bestie capaci di mandare all'aria l'equilibrio psichico di qualcuno per il solo fatto di parlargli.

David faceva onore alla sua giovane età: era magro, spilungone, impertinente, e aveva la faccia piena di brufoli. Dovemmo fargli la stessa domanda tre volte prima che si degnasse di rispondere, ma poi lo fece, con un linguaggio francamente disinvolto:

«Juan era rovinato, stava male di brutto. Secondo lui ce li aveva tutti contro: i suoi, i prof, la gente... Ma è normale. Ci spaccano i coglioni tutti i giorni: "Fai così, non fare colà, ci aspettiamo questo da te, ci hai dato una grande delusione, questa cosa non va, quell'altra ancora meno...". Tutti pensano che siccome i nostri genitori sono ricchi possiamo fare quello che vogliamo. Ma sticazzi! Ci tengono il guinzaglio corto».

«Capisco il problema» gli risposi con una punta di cinismo. «Sai chi frequentava Juan fuori dalla scuola?».

«Se mi chiede della droga, io non so niente. Mi sarò fatto due canne in vita mia, non mi andava. Di amici veri, lui aveva solo me».

«Juan però era diverso riguardo agli stupefacenti».

«A lui piaceva distruggersi, ed è vero che ci dava dentro. È andato a infognarsi malamente, e poi non è che non sapesse come uscirne, è che non ci ha neanche provato».

«Quali sostanze consumava? Dove le prendeva?».

«Senta, le ho già detto che non lo so. Gliel'avrò spiegato mille volte che era meglio che quelle cose non le toccasse perché rischiava di finir male. Qualche canna ci sta, qualche birra, non succede niente, ma la roba chimica... È lì che ti metti nella merda, quando non sei più tu a controllarla».

«E lui non ti ha dato retta».

«A un certo punto gli ho detto di non venire più a raccontarmi niente, erano fatti suoi se poi gli capitava qualcosa».

«Quindi secondo te se l'è cercata».

«In un certo senso sì».

Un altro Pilato da aggiungere alla lista, pensai. Cominciavo a non capire se stavamo cercando l'assassino di Juan Gálvez per fargli scontare le sue colpe o per dargli una medaglia al valore. Per tristi che fossero i suoi amici e parenti, regnava il consenso generale sulla responsabilità della vittima nella propria distruzione. Io provo sempre pietà per le vittime, ma quella volta cominciai a provarne ancora di più. Juan Gálvez poteva anche essere un poco di buono e un ingrato. Con ogni probabilità aveva disprezzato le opportunità che la vita gli aveva offerto, ma santo cielo! Alla fine qualcuno l'aveva preso a coltellate in pancia e questo non era il finale previsto per una vita durata solo diciott'anni.

Decidemmo di seguire anche noi il vecchio detto «*cherchez la femme*», anche se l'età della *femme* in questione non era lontana dall'infanzia. Altri diciott'anni di ribellione e malumori ci aspettavano in casa di Blanca González. Avevamo avvertito il padre della nostra visita e lui non ebbe nulla in contrario a farci parlare con la ragazza. Era un signore dall'aspetto normalissimo, con un look leggermente artistoide, e la sua reazione di fronte a quello che era successo mi parve la più umana di tutte quelle che avevamo raccolto fino allora.

«Terribile, la morte di quel ragazzo! Assassinato in modo così brutale. Siate carini con Blanca, ve ne prego, è molto provata. Ha attraversato un brutto periodo, ma ultimamente stava meglio. Vi sembrerà egoista da parte mia, ma temo una regressione dopo questa disgrazia».

«Non si preoccupi, staremo attenti. Juan era il ragazzo di sua figlia?».

«Ispettore, so che passavano molto tempo insieme, ma non so a che punto fosse la loro relazione. Forse mia figlia si sentirà più libera di parlare con voi che con me, di queste cose. Vi avverto che è molto arrabbiata».

«Con chi?».

«Con il mondo, ispettore, con il mondo. Questo è stato per molto tempo il suo stato d'animo prevalente. Ma da mesi non tocca più droghe e proprio adesso si stava preparando al nuovo anno scolastico con qualcosa che si può avvicinare all'entusiasmo. Spero che la morte del suo amico non la faccia di nuovo precipitare».

Blanca ci aspettava nel piccolo giardino sul retro della casa. Aveva i capelli scuri e la pelle chiara, era magra e molto bella. Ci guardò con aria altera, e come unico saluto ci chiese:

«Che cosa volete sapere?».

Adottai il suo stesso stile asciutto per rispondere:

«Vogliamo sapere chi ha ammazzato Juan».

Deglutì, rimase in silenzio. Garzón ed io ci sedemmo su due poltroncine di vimini senza che nessuno ci avesse invitato a farlo. Finalmente rispose:

«Sono stata io».

Né io né il viceispettore prendemmo sul serio quella brusca confessione.

«Puoi spiegarti meglio?».

«Juan non l'ha ammazzato nessuno, si è suicidato».

Garzón prese la parola per dirle in tono paterno:

«Questo non è possibile, Blanca. È stato accoltellato nel parco della Guineueta».

«Si è suicidato, ed è stato per colpa mia. Gli avevo detto che non volevo più vederlo, che era finita».

«Sappiamo che è molto dura per te» dissi. «Ma devi raccontarci tutto nei particolari».

«Juan stava malissimo. Era a pezzi, e poi io gli ho detto che preferivo non stare più con lui. Non aveva più niente per cui vivere. Quindi sono io che l'ho ammazzato».

«Ma, Blanca...» cominciò Garzón.

«Ma Blanca un corno!» gridò.

Feci un cenno al mio collega perché la lasciasse parlare.

«Io non potevo andare avanti così. Non ce la facevo più. Sono cambiata, voglio fare qualcosa della mia vita, voglio riprendere la scuola e smetterla con le cazzate. Ho cercato di incoraggiarlo e fare come me, a lasciar perdere le canne e le altre cose. Ma Juan non voleva tirarsi fuori o non ne era capace. Non mi stupisce, con i genitori che ha». Il suo umore, fino a quel momento provocatorio ma sereno, diventò furente. Gli occhi le brillavano di odio puro. «Non mi stupisce perché lo trattavano di merda. In quella scuola che è come una prigione gli davano addosso per qualunque cosa. Io ho detto subito a mio padre che non ci volevo più andare, lui mi ha tolta e sono già iscritta da un'altra parte. Juan lo ha chiesto ai suoi e loro hanno fatto un casino. Quelli sono degli stronzi, non hanno mai capito niente. Io avrò anche la colpa di averlo lasciato, ma loro hanno la colpa di com'era, l'avevano rovinato».

«Come fai a dire così?».

«Sono degli integralisti autoritari. Sempre a ricordargli che era adottato, che doveva dir grazie per la fortuna che aveva. Gli martellavano la testa con le loro storie di Dio, del peccato, della religione. Gli dicevano che li aveva delusi, che era cattivo dentro, che aveva brutti sentimenti. Lo maltrattavano anche da piccolo, me l'ha raccontato lui. E quegli imbecilli dei fratelli, mai che si mettessero dalla sua parte o lo aiutassero. La madre lo faceva parlare con dei preti, sperava di fargli il lavaggio del cervello. Faceva una vita schifosa! Lo maltrattavano».

«Blanca, se i suoi genitori erano severi e volevano dargli un'educazione non significa che lo maltrattassero» affermò il viceispettore nel tentativo di essere conciliante.

«Lei può pensare quello che vuole. Ma perché adotti un bambino, allora, se vuoi farlo crescere per forza a modo tuo? Tanto vale prendersi un cane!».

Giudicai che si fosse sfogata abbastanza. Aveva espresso la sua versione dei fatti e il suo sentimento di protesta. Immagino che se il giudice l'avesse chiamata a deporre avrebbe detto le stesse cose con lo stesso linguaggio. Era il momento di venire al sodo.

«Juan non si è suicidato, Blanca. Pensiamo che il suo assassino appartenga agli ambienti dello spaccio. Ti viene in mente qualcosa che possa aiutarci?».

Liberata dalla tensione accumulata, messa di fronte alla realtà, la ragazza scoppiò a piangere. Le misi una mano sulla spalla e lei rifuggì il mio contatto.

«Può darsi che tu abbia ragione, che i suoi genitori fossero due stronzi. Neanche a me piacciono gli integralisti religiosi. Ma chi lo ha pugnalato era ancora più stronzo di loro e dovrà pagare per quello che ha fatto. Juan non meritava di morire».

Si lasciò prendere dall'emozione e pianse a dirotto. Non la interrompemmo. Quando fu un po' più tranquilla, le offrii un fazzoletto di carta per pulirsi la faccia. Poi riprese a parlare:

«Juan comprava il fumo da un tipo che tutti chiamano Pinky perché ha i capelli tinti di rosa. Non mi chieda dove abita perché non lo so, non ho nemmeno il numero di telefono. Juan sapeva dove trovarlo, e per sicurezza aveva imparato il suo numero a memoria. Era un poveraccio. Non era come gli spacciatori dei film, ispettore. Io non credo che sia stato lui, veramente, glielo giuro».

Le accarezzai i capelli. La lasciammo. Mi fece pena. Può darsi che avesse trovato una via d'uscita dalla sua amara situazione, ma quella morte avrebbe pesato a lungo sulla sua vita.

Prima ancora di salire in macchina Garzón aveva già chiamato la narcotici. Il nome di Pinky era noto. «Come uno di famiglia» fu l'espressione che usò il sergente. Ci diedero informazioni dettagliate. «Un disgraziato sulla cinquantina, con i capelli tinti di rosa. Si arrangia come può. Non è legato a nessuna organizzazione, ma pare abbia un bell'assortimento. Non lo arrestiamo perché ogni tanto ci passa informazioni». Poi ci chiesero: «Lo volete servito su un vassoio?». Al che io risposi: «Sarebbe un gradito omaggio».

Un piccolo spacciatore che faceva il confidente per la Guardia Civil, alla prospettiva di essere coinvolto in un omicidio, ci avrebbe rovesciato sul tavolo tutto quello che sapeva e anche di più.

«A meno che non sia stato lui» obiettò il viceispettore.

«Non sembra il tipo» risposi.

«Guardi, ispettore, io ho visto tipi angelici che hanno ammazzato il padre e la madre».

«Non mi faccia innervosire, Fermín».

Suonò il suo cellulare. Lo sentii affermare, negare... Chiuse la comunicazione e disse:

«L'autopsia è conclusa. Il medico non ha ancora trasmesso il referto. Prima vorrebbe parlarci personalmente».

«E perché?».

«Lo vedremo, ispettore. Mi è parso poco professionale chiederglielo. Era la domanda che facevo sempre a mia madre quando avevo sette anni».

«Adesso sì che mi fa arrabbiare».

Il mio nervosismo si mutò in sbalordimento alle parole del medico. Non mostrò la minima incertezza nell'affermare:

«È un caso insolito, signori. Il ragazzo non è morto per le coltellate ricevute, che gli sono state inferte dopo il decesso, ma per un cocktail di stupefacenti che gli ha procurato un arresto cardiaco. È stato trasportato sul posto già cadavere. Ne abbiamo la certezza per via di piccole lesioni ai polsi e alle caviglie. Ha ricevuto colpi anche alla nuca, il che significa che ha battuto la testa sul pavimento, o eventualmente sui gradini di una scala».

Ci guardò, cercando la spiegazione che noi invece aspettavamo da lui. Vedendo che non dicevamo niente, aggiunse:

«È già capitato che dei giovani si siano sentiti male dopo avere assunto sostanze in gruppo, e che gli amici, presi dal panico, invece di chiamare un'ambulanza abbiano preferito trasportarli altrove per non avere guai. Potrebbe essere qualcosa di simile?».

«E questi amici lo avrebbero accoltellato per avere ancora meno guai?».

«Non esistono casi simili nella letteratura forense, che io sappia, ma sarebbe una variazione sul tema. Sono ragazzi molto giovani, che tra l'effetto delle sostanze e lo scarso buon senso possono sentirsi spinti a fare le cose più strane».

«All'anima dei ragazzi!» saltò su Garzón. «Qui dallo scarso buon senso si passa alla macelleria».

«Non stiamo parlando di ragazzi esemplari».

«Quali sostanze avete trovato nel suo corpo?» chiesi.

«Crack, cocaina, anfetamine... niente di letale di per sé, ma mescolato insieme e nelle quantità che aveva in circolo, sì».

«Quanto tempo può essere trascorso tra la morte e le pugnalate?».

«Non è facile da determinare, ispettore. Ha sanguinato ancora un po', si può pensare che sia passato poco tempo, non più di un paio d'ore».

Garzón ed io rimanemmo a guardarci come inebetiti. Ciascuno pensava per conto suo. Il medico cercò ancora di aiutarci.

«Avete indagato sulla sua attività su Internet? A volte questi ragazzi incappano in siti che mettono strane idee in testa alla gente».

«I colleghi stanno analizzando il cellulare e il portatile, ma per il momento non sappiamo niente».

«Scusate se mi sono intromesso, sono curioso, è un caso molto particolare».

«Lo siamo anche noi, dottore. Grazie di tutto».

Uscimmo da Medicina Legale senza parlare. Era inutile, non c'era niente da dire. Garzón guardò l'ora.

«E se per oggi la finissimo qui?».

«Sta scherzando, spero. Più il tempo passa, più è difficile arrivare all'assassino».

«Questo è scontato, ispettore. Ma non è meno scontato che un essere umano ha dei limiti che non si possono ignorare».

«E chi le ha detto che noi siamo umani? Richiami il sergente della Guardia Civil».

«Io sì che sono umano. Chiamo mia moglie, se non le dispiace. Che almeno sappia che sto lavorando».

«D'accordo, io chiamerò Marcos, intanto».

Avvisammo brevemente i nostri rispettivi coniugi, allontanandoci di qualche passo. Quando ebbi finito, domandai:

«Che cosa le ha detto Beatriz?».

«Che prima di tutto viene il dovere. E suo marito?».

«Gli ho proibito di usare la parola "dovere", caso mai fosse tentato di ricordarmi quelli coniugali».

«Dio santo! Averla come capa è tremendo, ma poi mi consolo pensando che dev'essere molto peggio averla per moglie».

«Non avrei mai sposato lei!».

«Ah, sì? E perché no?».

«Non sopporto gli esseri umani».

Il sergente Alcántara ci disse che non avevano ancora rintracciato Pinky. Comunque, visto che la notizia della morte di Juan non era uscita sui giornali, non doveva essersi nascosto. Erano certi di trovarlo nel giro di un paio d'ore al solito posto sulla piazza di Sarrià. Lì stazionava in attesa di vedere che cosa poteva procurare ai ragazzi di quelle parti. Decidemmo di mangiare qualcosa finché non avessero messo le mani su quella sanguisuga dai capelli rosa.

Garzón si gettò su un piatto di calamari come se non ci fosse un domani. Io ero così confusa, così disorientata e ansiosa per l'andamento delle indagini, che preferii limitarmi a una banalissima frittata. Con la birra sì che non mi limitai, avevo assoluto bisogno del sostegno interiore che nessuno, se non un po' di alcol, poteva darmi. Eravamo sulla pista di una combriccola di figli di papà ai quali era scappata la mano in tutti i sensi. Se l'ipotesi del medico legale avesse trovato conferma, i problemi con le famiglie e con i giornalisti sarebbero stati di portata storica. Gli uni a fare di tutto per nascondere i panni sporchi, gli altri a cercare di strapparglieli dalle grinfie. Nemmeno la birra riuscì a liberarmi da quei presagi.

Trovarono Pinky esattamente dove pensavano, impegnato nei suoi traffici con i ragazzini di uno dei quartieri più eleganti della città. Furono così cortesi da recapitarcelo in commissariato. Quando arrivò era spaventatissimo. Appena lo informammo che stavamo indagando sull'uccisione di Juan Gálvez fu preso da un terrore isterico. Giurava, spergiurava, implorava con la sua irritante voce acuta, agitava le mani cariche di anelli. Temetti per il mio equilibrio mentale. Sull'orlo di una crisi di nervi, gridai:

«Basta! Se ne stia zitto e seduto, per favore. Risponda solo alle domande che facciamo noi».

Fu inutile, non la smetteva di protestare:

«Un omicidio? Ispettore, io non ne so niente. Non sarò un santo, ma un omicidio, neanche per idea...».

Garzón risolse il problema per le spicce. Gli mise una mano su una spalla e lo spinse con forza sulla sedia. Si limitò a dire:

«E piantala con queste stronzate, coglione!».

Fu come un balsamo, come una benedizione divina. Forse riconoscendo i modi che gli erano familiari, Pinky si placò e tenne la bocca chiusa.

«Lei conosceva Juan Gálvez?» domandai.

«Non so chi sia» rispose lui.

Garzón gli piazzò davanti agli occhi una fotografia del ragazzo.

«Ah, sì! Mi comprava qualcosa ogni tanto».

«Che cosa?».

«Fumo, ispettore, mica vendo cravatte».

«Limitati a rispondere, pezzo di merda, non fare commenti».

«L'hanno trovato morto» dissi senza specificare come. «Vogliamo sapere se la settimana scorsa gli hai venduto qualcos'altro».

«Vede, ispettore, io la roba pesante non la tratto. Mi limito al fumo, qualche pasticca, qualche trip e poco altro. La Guardia Civil lo sa».

«D'accordo, continua».

«Ma se ogni tanto un cliente mi chiede altro... faccio quello che posso per accontentarlo. Ma l'eroina io non la tratto, eh? Lo giuro su Dio».

«Va bene, figlio di puttana, non ti mandiamo al gabbio per questo, i colleghi della Guardia Civil sanno già come trattarti. Però adesso rispondi, una buona volta».

Anche il terzo intervento del mio collega si dimostrò opportuno. Alla fine si decise a dirci:

«Quel moccioso, perché era un moccioso come tutti quelli della zona, morto o non morto, la settimana scorsa mi aveva chiesto una bella quantità di materiale vario. L'ho chiamato quando ho avuto tutto e ci siamo visti. Però l'ho avvertito, perché io li avverto sempre quei bambocci, giuro, ispettore, l'ho avvertito: "Sentimi bene, bello, stacci attento. Se ti sniffi tutto assieme vai al creatore". Lui mi ha detto che faceva una festa e che gli invitati erano abituati».

«Ti ha detto chi erano questi invitati, o dove faceva la festa?».

«Ma cosa crede, ispettore? Che mi abbia detto di venire in smoking?».

«Fai ancora una volta lo spiritoso e ti gonfio la faccia, disgraziato».

«Il suo collega non ha un gran senso dell'umorismo, ispettore».

«Lui è fatto così, Pinky. Comunque non è servito a niente il tuo avvertimento, perché il ragazzo si è fatto tutto quello che gli hai dato, e tutto insieme, a quanto pare. È morto per questo».

«Non avevate detto che era un omicidio?».

«Forse tu sai che l'hanno ammazzato? Racconta».

Osservai bene il suo volto abbrutito ed era chiaro che non ci capiva niente. Mi guardò con diffidenza.

«Mi vuole prendere in trappola?».

«Dov'eri sabato scorso dopo la mezzanotte?».

«Al Liberty. Ci vado sempre. Ci sono belle ragazze, si beve bene e la musica mi piace».

«Verificheremo. Per il momento, ti teniamo qua».

«Cosa? Come?».

Ripartì con una nuova snervante filza di proteste. Quando lo portarono via provai qualcosa di molto simile alla pace dello spirito. Garzón ed io ci guardammo.

«Quel tipo non sa niente delle coltellate» dissi.

«È quello che penso anch'io».

Non aggiunsi altro, anche se avrei voluto fare i complimenti al viceispettore. I suoi interventi nel corso dell'interrogatorio erano stati un prodigio di maltrattamento verbale: coglione, pezzo di merda, figlio di puttana... mai una volta che avesse ripetuto lo stesso insulto. Uno stile come quello non si impara dai manuali.

Controllammo l'alibi di Pinky, che fu confermato. Solo perché era il disgraziato che era, passò la notte in guardina. Inconvenienti del mestiere, l'ingiustizia a volte è meritata.

Prima ancora che rimanessimo a corto di idee arrivò la relazione sul cellulare e il computer della vittima. Ma prima che avessimo il tempo di leggerla e commentarla, Garzón mi mise in guardia:

«I genitori del ragazzo chiamano di continuo per sapere come vanno le indagini. Ma soprattutto vogliono essere sicuri che si rispetti il segreto investigativo. Hanno una paura terribile che il nome del figlio finisca sui giornali».

«Ovvio, visti i tipi. E lei cosa risponde?».

«Che agiamo con la massima discrezione e che siamo sulla buona strada».

«Non è molto originale, ma può perfino darsi che sia vero».

«E poi aggiungo sempre: "Con l'aiuto di Dio". Visto come sono fatti, credo che apprezzino».

«Lei è fantastico, Fermín. Se non fosse nato lei, l'evoluzione della specie non sarebbe completa».

Rise a denti stretti e sospirò:

«Sono stanco, ispettore».

«Adesso è ora di andare a dormire».

La mia vita privata era sospesa fino al termine delle indagini. Avevo avvertito mio marito, caso mai si stupisse vedendomi entrare e uscire di casa alle ore più strane. Quella sera ci incontrammo in cucina. Sorrise mentre io facevo il gesto di lasciarmi cadere a terra sfinita.

«Non oso neanche chiederti come stai» disse.

«Fai bene. Non dovrebbe essere un caso complicato, ma per qualche ragione lo è. E in più ci muoviamo in un ambiente difficile dove sembra di camminare sulle uova».

Mentre gli illustravo sommariamente la vicenda di Juan Gálvez, lo vidi fare una faccia sempre più preoccupata. Ne indovinai la ragione.

«Stai pensando ai tuoi figli, vero?».

«È tutto così difficile, al giorno d'oggi! Vivi insieme a loro, li osservi, cerchi di parlare con loro il più possibile... ma non sai mai cosa succede dentro la loro testa, né che cosa fanno veramente. Il mondo dei ragazzi è imperscrutabile per noi genitori, e temo che lo sarà sempre».

«Non devi preoccuparti, i ragazzi stanno bene. I pericoli che corrono sono minimi: non hanno problemi a scuola e tu non sei un integralista religioso».

«Ma sono di due madri diverse, e io mi sono sposato tre volte. Nemmeno la loro è una situazione ideale».

«I genitori si sentiranno sempre in colpa, qualunque cosa succeda, anche nelle famiglie più sane».

«Può darsi che tu abbia ragione».

«Spero di averla sempre» scherzai. E poi aggiunsi, più seria, parlando a me stessa: «Comunque non è il caso di quella famiglia. Quei due sembrano dare tutta la colpa al figlio, al cento per cento. Si vede che il senso di responsabilità lo hanno riservato alle infrazioni alla legge di Dio».

Mi preparai un bicchiere di latte caldo, gli diedi un bacio sulle labbra e andai a letto. Nella mia mente non c'era più posto per un solo pensiero.

Il giorno dopo constatammo che i nomi di David e Blanca erano gli unici che ricorrevano nell'elenco delle chiamate sul cellulare di Juan. Solo loro, nessun altro. Ma non risultava alcun contatto con loro nelle ore precedenti la morte. A parte questo, c'era una chiamata a un numero che non era tra i contatti.

«Bisognerà chiedere alla famiglia se sanno a chi corrisponde».

«O altrimenti cercare di risalire al titolare della scheda».

«Per questo ci vuole tempo, Garzón».

«Comincio a chiedere che lo facciano. Se ci arriviamo prima noi, avvertiremo di lasciar perdere».

Dopo il telefono, veniva il computer. Juan ne faceva un uso normale per un ragazzo della sua età. Visitava periodicamente portali dedicati al calcio e allo sport, scaricava brani musicali, consultava Wikipedia per i lavori di scuola... Dall'ufficio informatico non ci avevano segnalato nulla di particolare. Il ragazzo si era soffermato su pagine che trattavano dell'anoressia e dei disturbi mentali, su un sito che raccoglieva fatti di sangue, su un altro che invitava i giovani al suicidio, su qualche portale erotico dove si vedevano donne nude, e aveva aperto diverse pagine che trattavano degli effetti delle droghe.

«Il lato oscuro di Juan» commentò Garzón.

«Scommetto che se indagassimo sulla navigazione virtuale di tutti i ragazzi del paese, comparirebbero le stesse pagine o altre molto simili. Internet permette di sbirciare nella parte più sinistra della vita. La curiosità dell'adolescente è in piena effervescenza, e gettare un'occhiata non comporta alcun rischio reale. Che cosa avremmo fatto a quell'età se avessimo avuto questa possibilità?».

«Non ne ho idea. Eravamo talmente tontoloni!».

«Profili sulle reti sociali non ne aveva?».

«No, lo vede? In questo era all'antica. Per noi le reti erano da pesca, e con Franco ancora vivo la parola *sociale** sapeva di pericolo».

«Quel ragazzo era strano, Fermín».

---

* Allusione alla Brigada Politico-Social, la polizia segreta del franchismo.

«Che cosa facciamo, ispettore?».

Interpellammo di nuovo David e Blanca, ma nessuno dei due conosceva il numero della chiamata misteriosa. Convocammo i signori Gálvez, che vennero in commissariato con grande e serena dignità. A loro quel numero telefonico non disse nulla.

«Quanto può durare tutto questo?» ci chiese Ricardo Gálvez un po' seccato.

«Facciamo quello che possiamo» risposi. Mi rivolsi alla mia ex compagna di scuola. «Lo sai che per la polizia questo è un caso importante, Maricruz. Per me lo è ancora di più».

Il suo sguardo fu gelido. Non rispose. Se c'era stata fra noi una qualche complicità, evidentemente si era dissolta. Ad ogni buon conto approfittai della sua presenza per approfondire una questione che non avevamo mai toccato.

«Sapete qualcosa sulla famiglia biologica di Juan?».

Il capofamiglia fu rapido e tassativo nel rispondere:

«Non esiste nessuna famiglia. Una madre giovanissima e nubile, della quale non sappiamo nulla, ha firmato per dare in adozione il figlio prima ancora del parto. Noi eravamo in lista d'attesa e siamo stati avvertiti. Ci hanno detto che la ragazza poteva pentirsi all'ultimo momento e reclamare il bambino, ma così non è stato. Non abbiamo mai avuto notizie di lei».

Maricruz parve agitarsi e chiese:

«Ci sono forse indizi in quella direzione?».

«No, ma dobbiamo esplorare tutte le possibilità».

«Spero che non accusiate nessuno senza una base reale» disse poco simpaticamente il marito.

«Non abbiamo questa abitudine, signor Gálvez. Lavoriamo attenendoci scrupolosamente alla legge e mettendoci la nostra migliore volontà».

«Lo spero» fu la sua laconica risposta. E poi aggiunse, quasi declamando: «Gesù colloca la giustizia fra le virtù più alte».

Uscirono dalla stanza senza quasi salutare. Vidi brillare una croce d'oro al collo di lei.

«Simpatica, la sua compagnuccia!» esclamò Garzón.

«Sì, ero pentita di averla presa in giro ai tempi del liceo, e ora mi pento di non averle rifilato il calcio negli stinchi che allora potevo darle».

«Non lo avranno fatto fuori loro quel figlio che ha rovinato il loro bel quadretto da catechismo?».

«Quel povero ragazzo è morto di overdose, viceispettore, e chi era con lui si è spaventato così tanto da inventarsi tutta la messinscena del delitto. E hanno fatto una simile sciocchezza perché erano giovani e inesperti. Questa è la sola ipotesi che rimane in piedi».

«Quindi ci sono in giro almeno due giovani inesperti che non abbiamo ancora intercettato. Perché ci sono volute almeno due persone per trasportarlo, ispettore. Dobbiamo tornare in quella maledetta scuola e parlare con i compagni, con qualunque ragazzo o ragazza abbia avuto il minimo contatto con lui».

Mi sentii male al solo pensiero. Garzón aveva ragione, ma questo significava tornare indietro e ampliare di molto il raggio delle ricerche. Si allontanava la possibilità di una rapida soluzione del caso e si moltiplicavano gli ostacoli che ci avrebbero posto i genitori dei ragazzi e la direzione dell'istituto. Per non parlare della difficoltà di mantenere la riservatezza sulle indagini. Come evitare la fuga di notizie quando venivano interrogati decine di ragazzi? Ma non sembrava esserci altra soluzione: a mali estremi, estremi rimedi. Ci avviammo quindi tristemente verso quel liceo iperpunitivo il cui solo pensiero mi dava la pelle d'oca.

Le mie peggiori previsioni si fecero realtà. Si dimostrarono contrari, nell'ordine: il direttore, il responsabile didattico, il collegio docenti, il counselor, il tutor della classe, e se per caso l'Olandese volante fosse passato di lì avrebbe avuto sicuramente qualcosa da ridire anche lui. Alla fine giunsero al compromesso di farci parlare con gli studenti a uno a uno in un remoto ufficetto dove nessuno potesse vederci.

Fu un vero e proprio incubo. Il comportamento di quei ragazzi era l'opposto di quello che avrei trovato naturale: entravano spaventatissimi e uscivano sereni e sollevati. Sembravano trovare del tutto normale che Juan Gálvez avesse perso la vita prematuramente in circostanze misteriose. Sapevano che era morto, ma dopo qualche colloquio capimmo che si era diffusa la voce che fosse stato assassinato. Quando spiegavamo che era morto per aver assunto un cocktail letale di stupefacenti sembrava addirittura che ci rimanessero male. Nessuno fu in grado di dirci qualcosa di utile. Nessuno sapeva se avesse amici con i quali si dava al consumo di droghe.

Come se non bastasse il terzo giorno ricevetti una telefonata di Maricruz. Era questa la nostra idea di discrezione? Raccontare a tutta la scuola che loro figlio era morto per droga? Me ne disse di tutti i colori, mi minacciò di querela, mi assicurò che avrebbe mosso cielo e terra per farmi togliere da quelle indagini. A un certo punto il nostro passato comune ebbe il sopravvento e la mandai al diavolo senza il minimo riguardo. Provai un piacere enorme, ma non era una buona soluzione.

Prima che tutto precipitasse, successe un fatto che mise in chiaro diverse cose: innanzitutto, che Dio deve esistere veramente, e poi che al giorno d'oggi il lavoro di un poliziotto non è nulla senza una buona équipe tecnica che lo sostenga. Chiamò il collega che stava cercando il titolare del numero misterioso, e pronunciò una frase che mi parve meravigliosa nella sua semplicità: «Ce l'abbiamo». Quando mi dissero il nome, era tale la mia aspettativa che mi bloccai e chiesi di ripetere.

«Enriqueta Rubiales. Le dice qualcosa, Petra?».

Confusa, dissi di sì, dissi di no, e lo ripetei ad alta voce rivolta a Garzón:

«Enriqueta Rubiales».

Lui socchiuse gli occhi come un cinese, cercando nella sua memoria, poi tutti e due unimmo le nostre voci per esclamare:

«Enriqueta! La domestica dei Gálvez!».

Riattaccai. Il destino ci riportava al punto di partenza.

Garzón stava già affrettando il passo verso la macchina quando lo fermai.

«Mica penserà di andare a interrogarla a casa loro!».

«Meglio chiamarla prima?».

«Non se ne parla. Aspetteremo pazientemente e discretamente vicino al portone e la abborderemo quando esce».

«Lei si ricorda che aspetto ha?».

«Credo di sì».

Mi parve di riconoscerla dopo due ore di appostamento sotto la casa dei Gálvez. Uscì camminando a passo pesante con un carrello della spesa. Vedemmo che si dirigeva al vicino supermercato. Feci il suo numero di cellulare e la vedemmo frugare nella borsa. Non c'erano dubbi, era lei.

«Buongiorno, potremmo offrirle un caffè?».

Anche lei ci riconobbe. Un bar sarebbe stato il posto più tranquillo. Mentre entravamo e prendevamo posto, constatai che la sua faccia solcata dalle rughe aveva assunto un'espressione prossima al terrore. Cercai di tranquillizzarla.

«Enriqueta, niente di grave. Vogliamo solo parlarle un momento. Prenderemo un caffè e poi sarà libera di andare a fare la spesa, d'accordo?».

Annuì, accettò il caffè, ma la mano le tremava così tanto che non riusciva a portare la tazzina alla bocca senza rischiare di versarlo. Serenamente cominciai a parlare:

«Si è scoperto, Enriqueta, che l'ultima persona con cui Juan ha parlato è stata lei. Sul suo cellulare c'è una chiamata al suo numero, la sera prima della morte».

Si fece rossa e sul suo viso cominciarono a scorrere le lacrime. Scosse la testa. Prima che cominciasse a parlare la avvertii:

«È importante che ci dica la verità. Se non ci spiega che cosa è successo, tutto sarà più difficile, per lei e per gli altri».

Aspettammo finché non si asciugò gli occhi e si soffiò sonoramente il naso.

«Non ha parlato con me. Cioè, lo ha fatto, ma poco. Però devo raccontarvi tutta la storia dall'inizio per farvi capire».

«La racconti, abbiamo tutto il tempo del mondo».

«Sono più di vent'anni che lavoro dai signori Gálvez. Mi hanno assunta al ritorno dal viaggio di nozze, quindi fate un po' il conto. Poi è arrivato Juan e poi gli altri tre. Li ho tirati su io, si può dire. Loro si fidano di me più che della madre. E non che la signora Maricruz non voglia bene ai figli, ma è sempre molto severa, io no. Dopo Juan la più grande è Ana, lei e suo fratello sono sempre stati molto legati. I due piccoli sono ancora bambini».

Non l'avevamo interrotta, ma lei non parlava più. Alzai le sopracciglia per invitarla a continuare.

«Quando Ana e Juan volevano parlarsi senza che i genitori lo sapessero, chiamavano il mio telefono e io glielo passavo. Perché loro gli controllavano le chiamate. Succedono tante cose ai ragazzi al giorno d'oggi! E Juan aveva dato tanti problemi! Ana ha solo quindici anni, capite. Quella sera Juan voleva parlare con sua sorella. È stata l'ultima volta che l'ho sentito».

Scoppiò di nuovo a piangere. Garzón le disse:

«I genitori esageravano un po', non crede?».

«Loro sono sempre stati così, molto per bene, ciascuno è fatto com'è fatto».

«Sa di che cosa parlavano i ragazzi?».

Scosse la testa. La pregammo di non riferire ai suoi datori di lavoro della nostra conversazione. Lei giurò. Poi disse tristemente:

«Se sanno del telefono mi licenziano. Con tutte le donne disposte a fare il mio lavoro che ci sono adesso! Ucraine, ecuadoriane. Io ormai sono vecchia, ne approfitterebbero».

La lasciammo andar via dopo averle chiesto gli orari di Ana. Sinceramente credevo che certe cose non esistessero più: donne di servizio legate a una famiglia per la vita, ragazzi che si parlano di nascosto, ma a quanto pare il passato riesce a sopravvivere a qualunque modernità, e la modernità ai Gálvez proprio non piaceva.

«A caccia della ragazza, adesso» esclamai. «Enriqueta ha detto che tutti i martedì alle sette va a fare nuoto alle piscine Picornell. La aspetteremo lì».

«Un momento, ispettore. E il permesso del giudice? È una minore».

«Se glielo chiediamo, vorrà l'autorizzazione dei genitori».

«Ma senza quel permesso non potremo utilizzare nulla di quello che dirà».

«Non mi secchi proprio adesso, Fermín. Correremo questo rischio. Dipenderà da quello che ci racconta, poi parleremo col giudice».

Scosse la testa, considerandomi irrecuperabile. Io non ero disposta a lasciarmi sfuggire quella pista per nulla al mondo. Più tardi avremmo sistemato le cose. In tutti quegli anni avevo imparato che c'è sempre un modo per farla in barba alle regole.

Dalle sei del pomeriggio montammo la guardia nell'atrio delle piscine. Avevamo detto alla signorina della reception che aspettavamo l'arrivo di Ana Gálvez e che ci avvertisse quando la vedeva comparire. Il nostro tesserino la convinse. Alle sette meno un quarto un suo cenno discreto ci indicò una ragazza che entrava con uno zaino. La abbordammo subito.

«Siamo della polizia, Ana. E stiamo indagando sulla morte di tuo fratello».

Non si turbò eccessivamente. Era alta, molto bionda, con occhi grigi freddi come il ghiaccio, quasi trasparenti. La somiglianza con sua madre era notevole.

«C'è un bar qui dentro?» chiesi.

«La mensa» mormorò.

Ci andammo. Lei era tranquilla, ci guardava senza la minima curiosità. Le parlammo di quello che ci aveva detto Enriqueta. Annuì.

«È vero, Juan aveva parlato con me poche ore prima di morire».

«Che cosa ti aveva detto, Ana? È fondamentale che tu ci dica la verità».

«Ha detto che si voleva suicidare, aveva già il necessario».

Perdemmo l'uso della parola, io come Garzón. Finalmente riuscii ad articolare:

«E tu?».

«Io lo capivo».

«Ma come? Non hai cercato di convincerlo a non farlo, di dirlo a qualcuno, di intervenire?».

«Perché? Da tutta la vita aveva tutti contro, punizioni, disintossicazioni, dispiaceri, sofferenze... Non ne poteva più. Se avessi cercato di fargli cambiare idea Juan si sarebbe ammazzato un'altra volta. E se lo avessi raccontato a qualcuno non me lo avrebbe mai perdonato».

«E allora, come spieghi quello che è successo? Perché l'hanno trovato in un parco con quelle pugnalate?».

«Io non so cos'è successo».

«Quella notte è o non è tornato a casa?».

«Io ero a letto e cercavo di stare sveglia, volevo sentire se tornava. Poi però mi sono addormentata e non ho sentito niente. Ma le nostre stanze non sono vicine. La mattina dopo mia madre non mi ha lasciata entrare in camera sua, voleva che andassimo subito a scuola. Ho pensato che non era tornato e che mia madre non voleva che ce ne accorgessimo».

«Che cosa vi hanno detto della morte di Juan?».

«Niente, che Dio lo aveva preso con sé. Ho saputo tutto dai suoi compagni, attraverso Internet».

«E non ti sei stupita di quello che hai scoperto?».

«No. Magari prima di morire è stato aggredito. Aveva degli amici un po' balordi. Comunque, lui voleva morire ed è morto, il resto non conta».

Era irreale la sua apparente indifferenza, il controllo assoluto delle sue emozioni, ammesso che ne avesse.

«Puoi farci un favore?».

«Sì, non c'è problema».

«Rischiamo di avere delle difficoltà se si viene a sapere che abbiamo parlato con te. Sei minorenne. Nel caso fosse necessario, puoi dire al giudice che sei stata tu a cercarci?».

«Se questo può dare fastidio ai miei, lo farò con molto piacere».

«Nemmeno tu sei felice a casa tua?».

«Certo che no, i miei genitori sono odiosi. Però io sono più forte di Juan. Appena avrò diciott'anni me ne andrò e non mi rivedranno più. Ma adesso non mi conviene».

Lasciando una scia di inquietante serenità dietro di sé, Ana se ne andò al suo allenamento di nuoto. Garzón simulò un vistoso brivido dalla testa ai piedi.

«Bell'esempio di famiglia per bene! Quella ragazza mi fa rizzare i capelli in testa. E poi, racconta palle».

«Non ne sarei così sicura, Fermín».

«Come? Che cosa vuole insinuare?».

«Insinuo, e addirittura affermo, che abbiamo trovato la soluzione. Devo fare un paio di telefonate».

Convocai in commissariato Enriqueta Rubiales. La avvertii che non si sarebbe trattato di una conversazione clandestina come la precedente, ma di un'audizione ufficiale. Parlai a lungo con lei delle conseguenze cui sarebbe andata incontro se ci avesse sottratto delle informazioni. Convocai immediatamente anche Maricruz e suo marito. Lui protestò, disse che era impegnato in un'importante riunione di lavoro. Così come avevo fatto con Enriqueta, spiegai che quello era un invito ufficiale a fornire informazioni.

Incrociai fortemente le dita. Il viceispettore le teneva incrociate dal momento in cui gli avevo rivelato quello che intendevo fare. Chiesi all'agente Domínguez, quando la coppia fosse arrivata, di accompagnarla direttamente nella sala degli interrogatori. Questa fu la prima cosa che irritò profondamente Ricardo Gálvez. Non appena ci vide entrare ci affrontò come se rivestisse lui l'autorità per diritto divino.

«Si può sapere che cosa facciamo qui?».

«Dobbiamo avvertirla che le sue dichiarazioni verranno registrate e che se lo desidera può chiamare un avvocato».

«Ma di che avvocato sta parlando! Io voglio sapere che senso ha che noi siamo qui e di cosa siamo accusati».

«Siete qui per far luce sulla morte di vostro figlio Juan».

«Siamo già venuti altre volte. Abbiamo sempre offerto la nostra collaborazione. Cos'è tutta questa formalità?».

«Lo capirà subito, signor Gálvez, si accomodi e parliamo».

Si sedette di pessimo umore. I suoi occhi irradiavano fiamme. Chiesi, con tutta la tranquillità di cui fui capace:

«Uno di voi è in grado di ricordare a che ora rincasò vostro figlio la notte del decesso?».

«Nostro figlio non rincasò quella notte, credo di averglielo già detto. Al mattino la sua stanza era vuota, ma siccome era già capitato che passasse la notte fuori, non ci siamo allarmati eccessivamente» rispose Maricruz.

«Io invece credo che sia tornato a casa, quella notte. Anzi, pensiamo che sia arrivato, si sia chiuso in camera e lì abbia consumato il potente cocktail di droghe che si era procurato, mettendo fine alla propria vita».

«Ma è ridicolo!» esclamò il padre balzando su dalla sedia. Garzón lo redarguì:

«Si sieda!».

«Come osate...!».

«Si sieda o la faccio arrestare!».

Uscii nel corridoio e chiesi a Domínguez di far entrare Enriqueta Rubiales. Vederla bastò a far esplodere i due membri della coppia.

«Enriqueta! Cosa ci fai qui?».

La donna era intimidita e doveva aver pianto per tutto il tempo in cui l'avevo lasciata sola. Aveva gli occhi rossi e gonfi, il naso umido. Garzón tornò a imporsi:

«Non vi ripeterò ancora una volta di rimanere seduti e in silenzio».

Enriqueta si sedette dove le indicavo, non guardava i suoi datori di lavoro, teneva gli occhi bassi.

«Signora Rubiales, può raccontare ancora una volta che cos'è successo la notte della morte di Juan Gálvez, per favore?».

«Juan è arrivato a casa verso le due di notte. L'ho sentito perché la mia camera è vicino alla porta d'ingresso. Lo sentivo sempre quando faceva tardi. Poi ho avvertito i passi fino alla sua stanza. Allora mi sono rimessa a dormire tranquilla. Verso le cinque del mattino sono stata svegliata da una specie di grido soffocato. Mi sono spaventata e sono uscita nel corridoio. La signora era davanti alla porta della camera di Juan, in camicia da notte. Era molto agitata. Mi ha detto: "Vai in camera tua!" e io le ho obbedito. Pensavo che Juan ne avesse combinata una delle sue. Poi ho sentito il signore e la signora che parlavano sottovoce. Dopo un po' il signore è venuto a bussare alla mia porta. Mi sono alzata e gli ho aperto. Era vestito per uscire. Mi ha detto di andare di là, nella parte della casa dove ci sono il salone e le stanze dei bambini. Mi ha detto di sdraiarmi sul divano, se volevo, e di stare attenta che non si svegliassero. C'era stata una fuga di gas dalla caldaia e andava a cercare qualcuno che la sistemasse perché era pericoloso. Mi sono stupita, ma neppure tanto, perché l'appartamento è vecchio, era già successo».

«E che altro?».

«Nient'altro. Mi sono addormentata sul divano del salone, coperta con la vestaglia. Alle sette la signora mi ha svegliata e mi ha detto che era tutto sistemato, di preparare la colazione ai ragazzi che dovevano andare subito a scuola. Mi ha detto di non preparare niente per Juan perché non era venuto a dormire. Quando se ne sono andati tutti e mi sono messa a rifare i letti ho visto che era vero, quello di Juan non era disfatto. Poi è arrivata la notizia terribile».

«Non ha trovato strano che Juan non fosse venuto a dormire se lei lo aveva sentito?».

«No, ho pensato di essermi sbagliata. E dopo ero così disperata per quello che era successo al ragazzo che non ci ho più pensato».

Mi voltai verso la coppia. Maricruz era viola, suo marito di un pallore cadaverico. Prima che trovassero il coraggio di parlare, intervenni io:

«Il suicidio è un peccato terribile, vero, Maricruz? Alle cinque del mattino ti sei svegliata, volevi sapere se Juan era rientrato. Lo hai trovato morto nella sua stanza. Hai chiamato tuo marito. Avete considerato la situazione e avete deciso di allontanare il cadavere da casa, di cancellare ogni traccia. Nessuno doveva sapere che Juan si era dato la morte di sua volontà. Lo avete trasportato fino al garage, e poi in macchina in un parco, il primo che vi è venuto in mente. L'idea delle pugnalate sembra abbastanza infantile, ma a pensarci bene non lo è. Anche se l'autopsia avesse determinato la morte per overdose, le pugnalate indicavano che non era solo, ma con qualcuno che poteva averlo obbligato, indotto, anche con l'inganno, ad assumere la droga. L'ombra del suicidio veniva quindi allontanata. Una famiglia cattolica esemplare può permettersi di avere un figlio drogato, non un figlio suicida. Il castigo per una vita sbagliata può venire solo da Dio. Come reggere l'onta di quel peccato davanti agli amici, ai professori, alla società?».

Ricardo Gálvez crollò. Si coprì la faccia con le mani per scoppiare in singhiozzi secchi, convulsi. Ritrovò la forza sufficiente per dire:

«Lo abbiamo fatto per i figli, ispettore, per i figli. Come si può dire a dei ragazzi che il loro fratello più grande è finito così, come si può dire che si è...» non riuscì a finire la frase. Anche Enriqueta Rubiales si mise a piangere. L'unica a rimanere impassibile fu Maricruz. Mi guardò con i suoi occhi vitrei, asciutti e inespressivi, e mi disse:

«L'ho sempre saputo, Petra, che un giorno mi avresti fatto male davvero».

Il giorno dopo né io né Garzón ci eravamo ancora del tutto ripresi. Immaginai che per il giudice sarebbe stato ancora peggio: come lo classifichi un delitto simile?

«Che ritorno, ispettore, avrei bisogno di ripartire subito per una vacanza!».

«Non credo che il commissario approverà».

«L'anno prossimo giuro che parto a settembre. Non posso rischiare che lei ritrovi una compagna di classe fuori di testa come questa».

Era vero. Non avrei mai dovuto pensare che settembre è il mese del ritorno a scuola. In fondo, porta con sé anche il ricordo malinconico degli amori estivi, che durano così poco ma sono così caldi e intensi. Mi guardai bene dal dirlo a Garzón, non si può mai sapere che genere di battute è capace di tirar fuori.

Ottobre

Francesco Recami
Ottobre in giallo a Milano

I

Luis De Angelis non aveva mai visto una cosa del genere. Il cielo era giallo, a Milano. Ma non giallo per modo di dire, come quando c'è aria da neve e sul cielo si riflettono le luci dei lampioni che colorano le nuvole di un ocra-grigio. Fra l'altro a ottobre a Milano non nevica.

Era proprio giallo carico, e stava piovigginando. Il sole era al tramonto, passava sotto la coltre delle nubi, illuminandole dal basso. Poi ci pensava lo strato di umidità e pioggia che stava a metà a diffondere la luminosità, carico di pulviscolo che chissà da dove veniva, forse dal deserto del Sahara. Sembrava che fosse scoppiata la bomba nucleare, almeno così nei film colorano il cielo post-atomico. E per essere ottobre, e piovoso, faceva un gran caldo, l'atmosfera era proprio irreale, ma l'aggettivo irreale non era fra quelli di uso comune, almeno per il De Angelis.

Questi rientrò in casa, e proprio in quel momento squillò il telefono. Il Luis se lo immaginava, la solita pubblicità, le solite proposte delle forniture di telefono, luce e gas. Ti bombardano di chiamate, e sempre attorno all'ora dei pasti. Che rompiscatole! Che stronzi! Lui avrebbe voluto non rispondere più al telefono, ma come si fa? E se fosse stata Carmela, oppure la signora Mattioli, oppure l'Ernestina che aveva bisogno?

Non si può non rispondere al telefono.

De Angelis non ne poteva più, era spossato. Lui, anni 84, ex tassista ormai da un ventennio a carico degli istituti pensionistici, si sentiva assediato. Nella sua formazione educativa il telefono era un oggetto che si usava solo raramente, in caso di necessità o di emergenza. Adesso era sottoposto a un bombardamento di telefonate e lui era certo che nel 99% dei casi volessero truffarlo. Lo chiamavano continuamente per offrirgli servizi di più tipi: dal contratto onnicomprensivo dei servizi telefonici, a un risparmio netto sui consumi di gas, a tariffe ultravantaggiose per la fornitura di corrente elettrica. Il bello è che questa gente era anche aggressiva: se lui rispondeva che per quanto riguardava il gas si trovava bene come stava quelli gli dicevano che «Be', allora a lei non interessa risparmiare, le piace buttare via i soldi?». Insomma gli davano del vecchio rincretinito.

Si decise a rispondere: come volevasi dimostrare. Aveva vinto un viaggio e un soggiorno in un prestigioso hotel della Calabria. Fortunatissimo: per ritirare il premio bastava recarsi a una convention che si sarebbe tenuta a Malnate (Varese) quindici giorni dopo. «Il premio non mi serve» rispose deciso il Luis che annusava la fregatura «datelo a qualcun altro, io in Calabria non ci andrò mai».

«Ma è un hotel a quattro stelle, allora lei vuol dare un calcio alla fortuna?».

«Io un calcio lo darei a lei, se potessi farlo per telefono...» eccetera.

Il Luis forse esagerava nel prendersela così tanto, ma era proprio esasperato.

Perché poi non si trattava solo di telefonate, gli arrivavano anche parecchie lettere: una volta aveva ereditato da un lontano parente deceduto in uno sconosciuto stato africano e per ottenere l'eredità doveva semplicemente versare 800 euro presso un certo sportello, per le spese di avviamento della pratica. Un'altra volta doveva pagare l'abbonamento annuale di una rivista che si intitolava «Ministero di Grazia e Giustizia». Insomma una multa finta.

Ma per telefonate e lettere, pazienza, almeno non ti si presentavano a casa. E invece quanti erano quelli che ti suonavano il campanello, con insistenza: chiedevano di mostrargli le bollette della corrente elettrica, come se fosse loro diritto, ti volevano convincere che se non cambiavi fornitore del gas era semplicemente perché eri un vecchio scemo. Infilavano il piede, ma lui non si faceva fregare, lasciava la catenella.

«Firmi qui, risparmierà 50 euro al mese».

Per fortuna De Angelis non si fidava di nessuno e non firmava un bel niente. Quelli insistevano e lui, che per natura sarebbe stato una persona abbastanza gentile, anche se non sempre, li mandava malamente a dare via il culo.

«Allora lei preferisce regalare i soldi».

«Io faccio quello che mi pare e se insiste le pianto questa chiave inglese in testa!».

In effetti conservava una grossa chiave inglese del '28 proprio sotto l'attaccapanni dietro al portoncino di ingresso. Di questi tempi...

«Ma allora lei non capisce...».

«Quello che non capisce è lei, se ne vada immediatamente...».

De Angelis arrivava a brandire effettivamente la chiave inglese.

In un caso De Angelis si spinse fino a inseguire un giovane che gli voleva a tutti i costi far firmare un foglio, per una donazione a certi medici che curano le persone in Africa.

«Se ne vada da casa mia, se no le spacco la testa, brutto bastardo, e lo so che questi soldi in Africa non ci arrivano, si fermano alla barriera di Melegnano!».

Insomma De Angelis viveva questa situazione come un assedio e rischiava di fare gesti sconsiderati.

Per non parlare poi dei truffatori professionisti, quelli specializzati nel circuire gli anziani e nel portar via i pochi soldi che custodivano in casa.

Nel quartiere non si parlava d'altro, c'erano dei delinquenti abilissimi che ne inventavano di tutte per fregare i poveri anziani. Un ottuagenario che vive da solo era la vittima designata.

Il Luis, che anziano lo era a sufficienza, riteneva di essere ancora abbastanza sveglio per non farsi fregare, ma se quelli lo ipnotizzavano? Aveva sentito dire che c'era una banda che utilizzava delle parole speciali per ipnotizzarti, una di queste era Toblerone. Sembra che la parola Toblerone abbia un effetto particolare, e tu dopo fai tutto quello che ti dicono di fare, per esempio consegnare i soldi. Questi qui ti aspettano mentre vai all'ufficio postale a ritirare la pensione, e poi ti fanno svuotare il conto. E tu quando ti svegli sei in bolletta, e loro spariti. Oppure fanno il solito giochetto, ti telefona uno che si presenta come un avvocato. Ti dice che un tuo parente, un figlio, un nipote, qualcuno di cui evidentemente sa il nome, e al quale tu magari sei affezionato, è finito nei guai, e allora c'è bisogno immediatamente di una certa cifra per pagare la cauzione, o roba del genere.

Qualche giorno prima ci avevano provato col Luis. Proprio così. Lo aveva chiamato un sedicente avvocato. Questo sapeva il suo nome, quello di sua sorella Ernestina, nonché quello del nipote Daniel, un giovane un po' scapestrato e per il momento disoccupato.

C'è da dire che probabilmente il sedicente avvocato, o il truffatore che dir si voglia, aveva sbagliato obiettivo.

La risposta del De Angelis fu perentoria.

«Se mio nipote Daniel è finito al blindo non sono altro che contento! Spero che ci rimanga il più a lungo possibile. Glielo dica da parte mia! Col cazzo che vi do i soldi per la cauzione. Quel delinquent! E non mi meraviglierei che c'è proprio lui dietro questa telefonata, è lì, con lei?».

Probabilmente al sedicente avvocato non era mai capitato di suscitare una reazione simile. Sì, magari qualche vecchietto ben informato lo avrebbe insultato, avrebbe minacciato di chiamare la polizia. Ma di augurarsi che l'amato nipote restasse in galera, questa poi. Comunque aveva riattaccato.

Ormai si viveva sotto un continuo tiro incrociato, e non ci si poteva più fidare di nessuno, e questo metteva il Luis De Angelis in stato di esasperazione. Quando usciva di casa camminava rasente ai muri, e quando era alla cassa del supermercatino ed estraeva il portafoglio si domandava se era meglio che la rapina la facessero prima o dopo che lui avesse pagato il conto.

Per questo in quel momento, con quel cielo giallo che non faceva presagire niente di buono, trasalì quando gli suonarono il campanello.

II

Erano le sette e un quarto.
«Chi è?».
«Mi perdoni per il disturbo inconsapevole che le arreco, e mi perdoni anche l'ossimoro, è lei il signor De Angelis Luigi?».
Il Luis, che stava già notevolmente sul chi vive, si insospettì ancora di più alla parola «ossimoro». Ma cosa dice questo qui? Ah, già, è vero, questi usano parole strane per ipnotizzarci.
«Chi è? Cosa vuole?». De Angelis aprì soltanto uno spiraglio della porta, bloccata dalla catenella.
«Sono il commissario Spotorno, questura di Milano, squadra antitruffa» rispose un signore che come tale si qualificava, con accento meridionale. Napoletano, siciliano, calabrese, vai a sapere, fa' i stess.
De Angelis scrutò il «commissario» dalla fessura fra la porta e lo stipite. Era un signore sui sessant'anni, in borghese, giacca e cravatta, con un vestito grigio un po' stazzonato, vecchiotto, di confezione industriale.
Ci siamo, pensò De Angelis, ma stavolta gliela faccio vedere io a questo «commissario». Ma quando mai si è visto che un commissario di polizia si presenta da

solo? E la macchina di servizio? E gli agenti? Adesso ci divertiamo.

«Mi faccia vedere il tesserino».

Quello lo estrasse e lo esibì, sempre attraverso la stretta fessura.

Il De Angelis riuscì a inquadrare per pochi secondi il tesserino. Commissario Vittorio Spotorno, c'era scritto, accanto a una foto di vent'anni prima che comunque – dico comunque – a quella persona lì che aspettava dietro alla porta non ci assomigliava proprio per niente. E inoltre c'era scritto Questura di Palermo, altro che Milano.

De Angelis tranquillamente raccolse le idee, poi, simulando affabilità, disse: «Entri pure commissario Spotorno, si accomodi. Sa, di questi tempi occorre molta prudenza prima di far entrare qualcuno in casa, ma la prego, si accomodi».

Il commissario Spotorno, fra sé e sé, rimase stupito. La maggior parte delle volte non gli aprivano, e gli riservavano una pessima accoglienza. Bene, pensò, questa volta me la cavo in venti minuti.

De Angelis fece passare Spotorno e chiuse la porta. Il commissario camminava davanti a lui, che aveva già afferrato la chiave inglese del '28. Spotorno, o come veramente si chiamava, non fece in tempo neanche a cominciare con l'esposizione del discorsetto preliminare, non ebbe neanche il modo di sciorinare la trafila di balle che di solito raccontava, per esempio di diffidare di coloro che ti parlano di certe banconote false in circolazione, oppure di persone sospette che si presentavano come amici di parenti stretti, e roba simile, che il De Angelis gli assestò in testa, dalle spalle, una micidiale piattonata con la chiave inglese del '28.

Il presunto commissario si accasciò al suolo come se gli avessero sfilato via la spina dorsale.

De Angelis, dopo pochi istanti di trionfo adrenalinico, fu quasi spaventato dalla potenza del suo colpo. Il truffatore adesso giaceva privo di sensi per terra. Non perdeva sangue, o solo un po', almeno in apparenza.

«Maledetto bastardo, sei contento adesso?» bofonchiava il Luis, alzando in aria la chiave inglese, quasi avesse intenzione di usarla di nuovo, nel caso quel maiale mostrasse segni di risvegliarsi.

Ma quello non si svegliava, anzi sembrava messo parecchio male. De Angelis ebbe un sospetto: ma non avrò esagerato? A quell'infame il cuore batteva ancora, ma per quanto?

«Oddio Signur, e adess?».

L'idea di base, neanche troppo articolata nei dettagli, era quella di chiamare la polizia e di far arrestare quel truffatore. Ma adesso a ogni istante che passava il De Angelis si rendeva gradualmente conto di non aver riflettuto abbastanza su una circostanza del genere. Che cosa avrebbe detto alla polizia? Che aveva steso un signore che gli aveva suonato al campanello, presentandosi come un fasullo commissario di polizia? Ma cosa aveva fatto quel tipo, nel senso di atti delinquenziali, che potesse giustificare una simile offensiva? Gli aveva rubato qualcosa? Aveva cominciato a farlo? In effetti, a parte il tesserino evidentemente falso, l'aggressore non disponeva di alcuna prova per dimostrare che le intenzioni di quel soggetto fossero ostili.

Il Luis per un istante pensò addirittura di infilare nella tasca dell'uomo alcune banconote, tanto per dimostrare che quello era un ladro. Ma come provare che quei denari erano appartenuti a Luigi De Angelis? Li metteva in una busta scrivendoci sopra nome e cognome?

L'ottuagenario passò in brevissimo tempo dall'esaltazione di essersi fatto giustizia da solo allo smarrimento, alla confusione, al terrore. Oddio, e adesso cosa faccio? Va a finire che quello che si trova nei guai sono io, diceva a se stesso.

Legò sommariamente le braccia e le gambe del «commissario» e dunque uscì sul ballatoio, in cerca di ispirazione e di aiuto. Per il momento aveva messo da parte l'ipotesi di chiamare la polizia. Ma adesso a chi rivolgersi? In un passato neanche troppo lontano avrebbe immediatamente chiesto aiuto all'Amedeo Consonni, che di crimini e di polizia se ne intendeva. Ma adesso che il Consonni non c'era più, come fare? Fra l'altro il Consonni era sempre stato a suo modo un legalista, avrebbe senz'altro chiamato la polizia, fiducioso che la verità sarebbe emersa comunque. Ma qual era la verità? L'unico fatto certo era che il De Angelis aveva spaccato la testa a uno sconosciuto, senza motivo apparente che lo costringesse a farlo.

Lui guardava nella corte, e vide la sua BMW roadster, che negli ultimi tempi aveva un po' trascurato. La carrozzeria metallizzata, di solito scintillante, era polverosa, i cerchi in lega opacizzati. Ma con quella pioggerella sahariana che senso aveva lucidarla quotidianamente? Il giorno dopo bisognava farlo da capo.

Lì accanto vide passare l'Antonio, che stava posteggiando, in zona a lui fra l'altro interdetta, il suo Apecar. Antonio, forse lui... quello è uno che ha dei precedenti, magari mi sa tirare fuori da questa situazione...

«Signor Antonio, signor Antonio!» lo chiamò.

Antonio era certo che quel rompicoglioni del De Angelis volesse diffidarlo dal posteggiare l'Apecar nell'area a lui non riservata.

«Lo sposto subito signor De Angelis, non si preoccupi, questione di un attimo».

«No, no, Antonio, non è per l'Ape, potrebbe venir su un attimo da me?».

Ohi ohi, presentì Antonio, temendo che il De Angelis avesse bisogno di qualche piccola riparazione. E il fatto che non gli avesse fatto storie sul parcheggio dell'Apecar lo convinceva che fosse così. D'altronde nella casa di ringhiera era un continuo, visto che lui, di professione manovale, era uno che sapeva mettere le mani dappertutto, gli inquilini gli esponevano sempre un problemuccio domestico, dal tubo rotto alla persiana che non chiudeva bene. E alla fine se la cavavano con la solita frase: «Le posso offrire un caffè?».

Un tempo Antonio questi qua li avrebbe mandati a cagare subito, ma da quando era tornato dalla Germania era cambiato, adesso era una persona gentile, quasi educata. Forse le lezioni di buone maniere della ex professoressa Angela Mattioli erano servite a qualcosa, a scoppio ritardato.

Antonio salì al piano del De Angelis.

«Eccomi qua, cosa è successo?».

«Avrei da farle vedere una cosa. Ho un piccolo problema».

«Cos'è, l'impianto elettrico? Guardi che io di impianti elettrici me ne intendo poco».

«No, no, non è una questione elettrica. Venga che le faccio vedere».

Il Luis era fradicio di sudore, pareva turbatissimo, ma che gli era successo?

Provava a mostrare tranquillità, senza riuscirci.

Condusse Antonio fino al bagno. Ah, si sarà intasato il WC, immaginò Antonio. Invece il De Angelis gli mostrò una cosa che si trovava nella vasca. Un signore legato e privo di sensi.

«Cosa? Ma questo chi è? E perché è svenuto? Non sarà mica... e chi lo ha legato?».

«Sono stato io, dopo averlo colpito con un corpo contundente, e lei mi deve aiutare a tirarci fuori da questa situazione».

Il De Angelis tremava, Antonio sbalordito cercava di capire.

«Ma chi è questo qui?».

«Un truffatore. Voleva portarsi via i miei soldi, e poi chissà cos'altro voleva farmi. Ho dovuto stenderlo. Magari mi voleva uccidere. Si è presentato con un tesserino falso della polizia».

Antonio cercò di capire fino a che punto quell'individuo fosse fuori gioco. Respirare respirava ma non sembrava messo per niente bene. Dietro la testa aveva un bozzo sanguinolento, i capelli impiastricciati.

«Luis, ce l'ha dei guanti di gomma?».

«Ho quelli per i piatti».

«Me li dia».

Antonio perquisì velocemente il tipo. Di armi su di sé non ne aveva, neanche un coltello. Fu estratto dalla tasca della giacca il portafoglio. Da dentro venne fuori il tesserino di polizia. Commissario Spotorno Vittorio: Antonio lo guardò bene, e trasalì.

Nel portafoglio c'erano anche dei biglietti da visita. Commissario Spotorno (altra qualifica). Squadra antitruffa.

In una tasca della giacca trovò alcuni dépliant firmati Ministero dell'Interno. Dipartimento antitruffa. «20 regole per difendersi dalle truffe agli anziani». Nel dépliant erano elencati i casi più rilevanti di truffe che prendono di mira i meno giovani. Seguivano alcuni semplici consigli per difendersi da questi truffatori: prima regola, chiamare immediatamente il 112.

Antonio ebbe un sospetto orribile, e il Luis vedendo la sua faccia lo intuì.

«Signor Luigi, guardi che qui mi sa che c'è un equivoco, mi sa che questo qui è veramente un funzionario di PS, è della squadra contro le truffe agli anziani! Ma che ha combinato?».

Il mondo intero crollò intorno al Luis.

«Mamma mia, adesso sì che siamo nei guai».

«No, guardi, facciamo chiarezza, nei guai c'è lei, io non c'entro niente».

«Proviamo a risvegliarlo? Magari possiamo cercare di spiegarci».

«Io me ne vado...».

Le difficoltà rendono le menti, anche le più semplici e innocue, diaboliche e cattive. De Angelis tirò fuori dalla sua memoria, non si sa come, un vecchio ricordo, relativo proprio al signor Antonio.

Il Luis rammentò ad Antonio di un precedente, una situazione cui aveva assistito e che non aveva raccontato a chi avrebbe potuto raccontarla. Ma, a mali estremi... Non menzioniamo qui in che cosa consistesse il fatto perché occorrerebbe spiegare troppe cose, non ce n'è il tempo. Inoltre metterebbe Antonio in una luce che non è opportuno accendere qui.

Fatto sta che quando De Angelis menzionò ad Antonio questo vecchio sospeso, quello, obtorto collo, si rese disponibile, però solo per una operazione, portare via il commissario, dopo di che i due sarebbero stati pari.

«Questo ricatto da lei signor De Angelis non me l'aspettavo proprio. Lo sa che ho cambiato vita. Però il passato non si cancella. Lo so. Ma facciamo così. Portiamo via questa persona e la lasciamo da un'altra parte. Magari lo portiamo davanti all'ospedale. Io mi fermo lì».

«Promesso, Antonio. Facciamo la cosa e fra noi non c'è più niente, glielo giuro. Nessuno saprà niente di niente. Mi dispiace di essere costretto a comportarmi così, ma lei mi potrà capire».

«Occhei».

Infagottarono il commissario Spotorno in una trapunta rosso scuro e lo portarono fuori dall'appartamento. Ormai si era fatto buio. Nel condominio della casa di ringhiera non c'era nessuno, scesero giù per la rampa di scale.

III

Si avviarono col pesante carico giù per le scale. Antonio reggeva bene la prova e il peso ma per il Luis l'impresa era ardua. Purtroppo a metà rampa la presa gli sfuggì, il corpo scivolò giù per le scale, urtando da tutte le parti e fracassandosi fino in fondo. Antonio e il Luis si guardavano negli occhi mentre quello precipitava e, nonostante fosse esanime, si procurava evidentemente una serie multipla di lesioni, che si speravano non gravi.

Antonio sollevò il coltrone e dette un'occhiata al malcapitato. Respirava ancora ma sempre meno mostrava l'intenzione di riprendere conoscenza.

Sfruttando l'orario e quindi l'oscurità i due recuperarono il corpo e lo caricarono sul pianale dell'Apecar. Partirono a tutta velocità, almeno quella che permette l'Apecar.

Imboccarono celermente via Porpora, direzione Lambrate.

«E adesso questo dove lo cacciamo?».

«Facciamo qualche chilometro, mica lo vogliamo lasciare così vicino. Prendi per piazzale Udine, poi prosegui per via Padova, e oltre».

«Ho capito, lo vuole buttare nel naviglio Martesana».
«Io non ho detto niente».
«Va bene, va bene, ma io nell'acqua non ce lo butto, al massimo lo lascio sull'argine, lì dove vanno a pescare».
«Adesso vediamo, ma faccia in fretta».

Arrivarono lungo il Naviglio, all'altezza del cosiddetto «Parco in memoria dei martiri della Libertà iracheni vittime del terrorismo». Sì, è incredibile ma si chiama proprio così, quello che prima si chiamava Parco della Martesana e che tutti continuano a chiamare in quel modo. La sera non è un luogo frequentato benissimo, però è quasi affollato da gruppi appartenenti a varie etnie, molti sudamericani, che talvolta si prendono a coltellate.

Ecco, che ci fosse un tale affollamento alle dieci di sera, questo il Luis e l'Antonio non se lo aspettavano. Alcuni giovani, che stazionavano lì a bere birra, si avvicinarono all'Apecar con sguardi interrogativi. Osservavano il mezzo, gli occupanti l'abitacolo e il fagotto sul pianale di carico.

In una lingua che né Antonio né il Luis comprendevano chiesero qualcosa, indicando il carico avvoltolato nella trapunta. Gli altri circondarono l'Apecar, ridacchiando fra di loro.

«Sarà meglio che troviamo un altro posto» fece Antonio, ma non gli sarebbe stato facile ripartire, in mezzo a quell'assembramento.

«Parti subito a tutta» implorò Luis, noncurante della possibilità di mettere sotto le ruote un paio di quei delinquenti.

«Se lo faccio questi ci ammazzano!».

«Ma tanto ci ammazzano lo stesso!».

Un paio di quelli cominciò a battere forte sul finestrino dalla parte del De Angelis. Uno tirò fuori un bastone e prese la mira per spaccare il vetro, o almeno minacciò di farlo se la portiera non veniva aperta.

Altri sembravano voler fare la stessa cosa col parabrezza.

«E adesso?».

Ma quando stavano per passare alle vie di fatto i ragazzi si bloccarono all'unisono e si voltarono tutti dalla stessa parte: da lì proveniva il rumore di alcuni motori che sgassavano e di gomme che stridevano. I ragazzi lasciarono perdere l'Apecar e si misero a correre. In pochi secondi arrivò un altro branco di malintenzionati, assai più numeroso del precedente: i membri brandivano mazze da baseball e altre armi, alcune proprie.

Antonio sfruttò l'attimo e partì, scivolò via cercando di non farsi notare troppo. Svicolò per via Bertelli e prese una strada stretta in direzione Parco Lambro.

«Togliamoci di qui, conosco io un posto» disse tirando una seconda fino ai venticinque.

«Mah... e se quello si sveglia?».

Antonio si fiondò in una zona che conosceva lui, a nord del Parco Lambro. In particolare in una ex area industriale che aveva bazzicato quella volta che si era dato alla macchia. Anche lì ci fu una sorpresa. C'era della gente lungo i vialetti, e si sentiva un gran rumore di marmitte da competizione. Ma a Milano la sera la gente non va a dormire?

Era in corso una gara automobilistica clandestina, con auto truccate, utilitarie dotate di booster, vecchie gran turismo alleggerite e addirittura una categoria di Ape da corsa. C'era da non capirci niente, dati il rombo e il frastuono prodotti da quei catorci spinti al massimo.

C'erano decine e decine di spettatori, alla partenza giudici e cronometristi, e un capannello di gente dove evidentemente si prendevano le scommesse. Fra il pubblico e gli organizzatori presenziavano anche parecchie donne.

Un tipo con una fascia al braccio urlò ad Antonio: «Toglietevi di lì, imbecilli! Siete in mezzo alla pista!».

Antonio fece appena in tempo ad accostare l'Ape a un muretto che passò una Uno Turbo a velocità mostruosa, facendo un rumore da Formula 1 e lasciando dietro di sé fiammate azzurrognole. L'auto inchiodò per fare una curva stretta, e nel rettilineo successivo si lanciò ancora più forte, con una accelerazione da dragster. Il pubblico era in piena eccitazione, le donne urlavano, i giocatori pronunciavano la fatidica espressione: «CATEGORIA!».

Dal motore dell'auto provenne un boato. Era entrato in azione il booster? No, perché l'auto decelerò improvvisamente. Il motore era esploso e adesso dal vano anteriore si alzavano delle fiammate. In pochi secondi la Uno Turbo prese fuoco, il pilota fece appena in tempo a buttarsi fuori dalla portiera, rotolando per terra.

«Scappiamo che se scoppia la bombola andiamo al creatore!».

Ci fu un fuggi fuggi generale, quando un boato ancora più grosso segnalò che l'auto era esplosa. Antonio e De Angelis sentirono l'Apecar sussultare, quando arrivò l'onda d'urto.

Di lì a poco si avvertì il suono di due sirene, stava già arrivando la polizia o erano i pompieri?

Il De Angelis, che pure aveva, come si sa, un debole per le auto da corsa, e che fissava ipnotizzato la colonna di fuoco, recuperò lucidità.

«Andiamocene da qui, presto!».

«Ma dove?».

«Vai verso Cascina Gobba, e prendi la strada per il San Raffaele».

«Il San Raffaele?».

«Non abbiamo altra scelta».

«Ma perché non l'abbiamo fatto subito?».

Attraversarono alcune stradine dove transitavano famiglie islamiche, con le donne intabarrate, i mariti in tenuta da mullah, sembrava di essere a Raqqa. Ma nessuno si curava di quell'Apecar sul pianale del quale un corpo inerte sballonzolava, procurandosi una quantità innumerevole di ecchimosi.

Arrivarono proprio di fronte al pronto soccorso, stava uscendo un'autoambulanza a sirena spenta. Antonio non era nato il giorno prima, sapeva che c'erano le telecamere: occultò la targa dell'Apecar con uno straccio che conservava nell'abitacolo. Stava per scaricare a terra il commissario Spotorno, che nel frattempo pareva cominciare a muoversi e a guaire, quando arrivò un'ambulanza a sirene spiegate. Si fermò davanti all'ingresso e gli addetti aprirono il portellone: rapidamente estrassero il lettino e tirarono su le zampe con le ruote. Antonio tentò di fare finta di niente, il gruppo entrò spingendo la lettiga, che conteneva una signora molto molto anziana, boccheggiante.

Fuori era rimasto solo l'autista, che era sceso dall'ambulanza e si era acceso una sigaretta. Vide l'Apecar e Antonio, appoggiato allo sportello. Gli si avvicinò e scorse anche il De Angelis, bianco come un cencio, seduto nel posto del passeggero.

«Serve aiuto? Qualche problema al signore anziano?».

«No, no, grazie, il signore sta bene, è solo un po' stanco, sa, sono ore che stiamo aspettando».

Il commissario emise un rantolo e l'autista lo sentì.

«Ah, be', non mi sembra che il signore stia tanto bene, è sicuro che non sia il caso di portarlo dentro?».

Antonio cercava di stare nel mezzo fra quel curioso e l'Apecar, e soprattutto SPERAVA che non desse un'occhiata dietro.

Per fortuna uscì fuori dal PS un infermiere che sgarbatamente urlò: «Quell'ambulanza me la levi di lì! La porti dietro che qui rompe le bale!».

L'autista scosse la testa, buttò in terra la cicca e rimontò sul mezzo.

Antonio e De Angelis si guardarono intorno. Ora o mai più.

Aprirono lo sportellino del pianale e scaricarono a terra il corpo del commissario Spotorno, il quale sembrava essersi risvegliato. Be', almeno non è morto, pensò il Luis, ma non sapeva, a questo punto, se questo fosse un bene o un male. E se quello racconta tutto?

Comunque lo cacciarono in terra davanti alle porte a vetri, non c'era modo di fare diversamente. Probabilmente il commissario si procurò così altre contusioni. Il Luis non volle neanche guardare. Che ne sarebbe stato di quell'uomo?

Ripartirono, non si sa perché, come se ci fosse da eludere uno stuolo di inseguitori.

Antonio prese in direzione Vimodrone, per poi percorrere strade che negli anni successivi sarebbero diventate famose, hanno nome di via Olgetta e via Olgettina. Per rientrare a Milano fece un giro lungo, poi riprese la Cassanese, via Rombon (quella dove ci sono sempre incidenti stradali) fino alla base, via Porpora.

Giunti nella corte della casa di ringhiera presero fiato, senza scendere dall'Apecar.

Antonio aveva alcune perplessità.

«E se viene fuori che il corpo è stato portato via da qui, io come me la cavo?».

«Dirò che l'ho portato via io con il BMW».

«Ma se la macchina non l'ha neanche mossa».

«Va bene, adesso la muovo, così, in caso, dirò che l'ho fatto per quel lavoro lì».

De Angelis in effetti prese la BMW e fece un giro, non aveva coraggio di tornare in casa, ma, a proposito, aveva ripulito la scena del delitto? Gli vennero in mente i pensieri più atroci, mentre guidava la sua z3 3.2 24 valvole. Devo tornare a casa e dare una sistemata, ci saranno tracce di sangue sul pavimento?

Non sapendo dove andare, quasi automaticamente finì in zona Ortica, proprio davanti al ristorante *La nuova Trapani*. Perché era arrivato lì? Cosa sperava, in un aiuto da parte di Carmela, che lo aveva rifiutato con tale decisione? Ma chi lo sa, anche lui non ci capiva più niente. Spense il motore.

Verso le una meno un quarto la vide, Carmela. Chiudeva bottega, affannata, stanca. Che fosse il caso di salutarla? Ma no, ma no, mi è bastato vederla. Avrà notizie di me, il giorno che mi arresteranno. Ma proprio adesso doveva capitare?

Passò la notte in giro per Milano, fermandosi ogni tanto e spegnendo il motore. Milano al buio non è male, molto meglio che di giorno, e assomiglia un po' a com'era prima.

Il De Angelis quella notte, nel ristretto abitacolo dell'auto sportiva, ne pensò di tutte. Ma chi era quel commissario Spotorno e perché voleva parlare con lui? Perché non lo aveva semplicemente convocato in questura? L'affare Consonni, come non pensarci prima. Dopo la morte dell'inquilino Consonni Amedeo di polizia nella casa di ringhiera ce n'era passata molta. E non è detto che tutti la sapessero lunga quanto la sapeva il De Angelis, sul violento decesso del suo amico, chiamiamolo così. E magari, vista la situazione, non c'era da stupirsi se un commissario di polizia, in piena regola, si presentava a casa del Luis, con la scusa del dipartimento antitruffa, senza macchine di ordinanza e agenti in divisa. Forse voleva sapere ancora qualcosa, in via confidenziale, dal De Angelis.

Ma quest'ultimo era al corrente del fatto che non tutti i poliziotti sono uguali. Forse ce n'erano alcuni che stavano dall'altra parte, da quella che voleva il Consonni morto, che aveva voluto il Consonni morto, per dei motivi che il De Angelis in parte sapeva, per fortuna solo in parte.

Il dilemma era assai complesso: se ho tirato la chiave inglese in testa a un commissario di quelli buoni ho combinato un pasticcio, se l'ho stampata in testa a uno di quelli cattivi ho combinato un pasticcio lo stesso. Perché magari quello mica lavorava da solo, la cosa si sarebbe venuta a sapere e allora ne sarebbero arrivati altri, di cattivi, i quali avrebbero pensato che De Angelis, per comportarsi così, ne doveva sapere di più di quello che si sarebbe dovuto immaginare. Dunque per lui la situazione non presentava lati favorevoli, sarebbe stato meglio se quello là fosse stato veramente un truffatore. Ma purtroppo non lo era.

All'alba non ce la faceva più. Era stanco morto e psicologicamente devastato: che fare? Tornare a casa? Almeno una ripulita andava fatta. Cancellare le tracce. Alle sette si fermò in un bar vicino a casa e fece colazione, un caffè e un cornetto.

Da lì a piedi raggiunse l'ingresso della casa di ringhiera. Il portone grande, quello sull'androne che di solito veniva aperto alle otto, era già spalancato. E perché?

Il perché è semplice, c'era una macchina azzurra della polizia nella corte, e due agenti che stavano suonando alla sua porta.

De Angelis si nascose in uno dei vani scale, terrorizzato. Eccoli, lo stavano cercando. I poliziotti provarono più volte a suonare, nel mentre si guardavano un po' attorno, controllando se ci fosse stato qualcuno a cui chiedere informazioni. Telefonarono, evidentemente in centrale, per riferire che il segnalato non era presente, o perlomeno non apriva. Avrebbero sfondato la porta?

No, non parevano avere questa intenzione. Piuttosto provarono a suonare altri campanelli nella casa di ringhiera, forse per avere informazioni.

Parlarono per cinque minuti con la signorina Mattei-Ferri, poi se ne andarono, almeno così pareva. Ma si poteva esserne sicuri? Il Luis prima di muoversi e uscire allo scoperto aspettò più di mezz'ora, non si poteva mai sapere. Poi, tremante, entrò in casa, ma solo per pochi minuti, giusto il tempo di preparare una piccola valigia rigida, vetusta, con qualche pezzo di biancheria intima, due camicie e un golfino, quello grigio. Estrasse il cassetto del tavolo nell'ingresso, lo rovesciò e staccò la busta attaccata con lo scotch dove teneva i contanti. Sul manualetto contro le truffe agli anziani c'era scritto di evitare di nascondere i soldi in quel posto lì, è il primo dove i malfattori vanno a cercare. A parte che c'era anche scritto di non tenere contanti in casa, se non il minimo indispensabile. Nella busta, invece, c'erano 2.650 euro, il Luis li ricontò, rapidamente. Ma quanto a lungo avrebbero potuto durare? E in banca? Se si fosse presentato allo sportello a ritirare la pensione lo avrebbero arrestato seduta stante. Ormai era fatta. E dove avrebbe potuto fuggire? Luis dette una pulita sommaria al pavimento, dove c'era qualche traccia di sangue rappreso.

L'istinto bieco e irrazionale della fuga ormai lo aveva accecato, anche se non aveva la minima idea di dove avrebbe potuto riparare, almeno per raccogliere le idee. A chi chiedere aiuto?

L'unica persona che gli venne in mente, purtroppo, nel senso che non ce n'erano altre, fu suo nipote Daniel. Quello era un mezzo delinquente, sempre nei pasticci ma che aveva le mani in pasta in situazioni un po' equivoche. Decise di telefonargli dal fisso di casa.

«Pronto?».

«Pronto, chi sei?».

«Daniel, sono lo zio Luigi».

«Zio, guarda, questa volta non è colpa mia, io non c'entro niente, ha fatto tutto l'avvocato di sua iniziativa, io...».

«No, ascoltami Daniel, questa volta la situazione è diversa, questa volta sono io che ho bisogno di te».

«Bisogno? Cosa intendi dire?».

«Poi ti spiego, dov'è che ci possiamo vedere?».

«Ma zio, sono molto occupato, non è che io posso... insomma il mio tempo...».

«Il tuo tempo sarà abbondantemente ricompensato, non ti preoccupare».

Si sarebbero incontrati in zona Corvetto dopo un'ora circa.

Il Luis non raccontò con precisione a Daniel qual era

il suo problema, si limitò a dire che almeno per qualche giorno aveva bisogno di un nascondiglio sicuro.

Daniel replicò che non era affatto facile, che al momento non sapeva, che bisognava lavorarci sopra, insomma.

Luis estrasse dal portafoglio 500 euro e li mostrò al nipote, non glieli dette immediatamente.

«Vedi un po' che cosa puoi fare e non stare a rompermi le bale con questi discorsi. Se mi trovi un posto bene, e questi sono per te, se no farò in qualche altra maniera».

«Ma non potresti anticiparmeli, almeno un po', sai, non mi stai chiedendo una cosa facile, e non mi hai neanche detto chi ti cerca».

«Non mi cerca nessuno, almeno che tu debba sapere. Se vuoi questi 500 trovami un posto».

«Va bene, aspettami in quel bar lì, tornerò fra un paio d'ore».

Daniel tornò dopo quattro ore circa, e fece salire lo zio sulla sua Fiat Punto.

IV

De Angelis, seduto sul suo secchio-vaso da notte rovesciato, pensava a questa nuova sistemazione, in un sottoscala di un annesso di un vecchio stabile abbandonato. Il suo rifugio non era più grande di due metri per due, il soffitto nel punto più alto non superava il metro e ottanta, nel punto più basso i cinquanta centimetri. I bisogni li avrebbe dovuti fare in quel secchio di alluminio, un po' come in carcere. Due coperte per dormire per terra, su un ripiano di legno mezzo marcio. In verità il Luis non aveva ben capito in quale zona di Milano si trovasse, Daniel ce lo aveva portato di notte col furgone chiuso. Però si sentiva un gran rumore di macchine e di camion a poca distanza, forse erano vicino alla tangenziale. Luis era spossato e vicino a non poterne più. Non era un uomo da vivere alla macchia, e quello che gli era capitato nei giorni precedenti gli aveva tolto ogni residua fiducia sul genere umano e sui suoi destini.

Perché si trattava del terzo rifugio dove Daniel lo aveva condotto e lui era allo stremo.
Il primo posto dove lo avevano sistemato non era altro che una casa occupata, dalle parti del Giambel-

lino. Una palazzina all'interno della quale risiedevano una cinquantina di persone, forse molte di più. La maggior parte erano africani, neri o olivastri, ma si contavano anche dei balcanici, e degli asiatici, per lo più afghani, pakistani, mongoli. C'erano anche alcuni italiani.

Daniel disse allo zio che per stare lì avrebbe dovuto pagare 20 euro al giorno, come tutti, e se ne fece anticipare una settimana. In realtà la retta vera e propria ammontava solo a cinque euro, da pagare comunque anticipati.

Luis fu alloggiato in una branda in una stanza dove ce n'erano una dozzina. Accanto a lui stava una famiglia malconcia con quattro bambini. Ma cosa li fanno a fare i bambini questi qui, che non hanno neanche le lacrime per piangere, pensava il De Angelis, che peraltro restava bloccato sulla sua branda perché aveva paura che gli rubassero i soldi che teneva su di sé. Per fortuna aveva un aspetto sempre più cencioso e miserabile anche lui, nessuno avrebbe mai immaginato che quel vecchio malmesso avesse addosso svariate centinaia di euro.

«Dove sono i servizi igienici?» aveva chiesto ai suoi coinquilini, che per fortuna non avevano capito.

L'ottuagenario di questa sistemazione era rimasto sorpreso, e non aveva mancato di dirlo al nipote. «Ma come, io ti chiedo di nascondermi e tu mi butti in mezzo a questo casino».

«Qui zio nessuno ti darà fastidio e ti cercherà, meglio nascondersi in mezzo alla gente che in un posto isolato».

«Ma qui son tutti negher, e c'è una spussa che non si resiste».

«Non ti preoccupare, adesso parlo con il Nep, che ti troverà una sistemazione migliore».

«E chi è che è il Nep?».

«Come, non ne hai mai sentito parlare? È lui che organizza le occupazioni, la questura prima di tutto parla con lui, li tiene per le balle. Lui di case occupate ne segue una decina, è un pezzo grosso».

Luis il mitico Nep non riuscì neanche a vederlo, d'altronde cercava il basso profilo, nessuno doveva notarlo. Ebbe a che fare per due minuti con uno dei suoi attendenti, un ragazzo calabrese che si faceva chiamare il Mocco.

«A te ti hanno sfrattato?». Al Luis già gli stava parecchio sulle balle che un ragazzino come quello gli desse del tu. «Non esattamente».

«Ma tu ci credi nella lotta per la casa?».

«Certo che ci credo».

«Allora tieni questi volantini. Fatti la zona piazza Napoli».

«Io i volantini? Ma io ci ho ottantaquattro anni».

«Meglio! Dobbiamo far vedere che fra di noi ci sono anziani appartenenti a infime classi popolari».

«Ma neanche per sogno! L'ultima cosa che voglio è farmi vedere in giro. E poi infimo ci sarai te».

Il De Angelis era certo che quello non era il posto per lui, voleva comunicarlo al Daniel, ma quello non si fece vedere per un giorno intero.

Durante quelle 24 ore eterne il Luis capì che la lotta disperata per la vita non era il suo campo da gioco e che lui non ci era tagliato. Qui è peggio che stare in carcere! Adesso mi sentono!

Peraltro il giorno dopo ci fu la goccia che fece traboccare il vaso, cioè nella casa occupata arrivò la polizia. Gli occupanti si asserragliarono nelle stanze, pronti a dare battaglia. In realtà pare che la polizia non avesse nessun interesse all'occupazione in sé, stavano cercando un certo Mahammed Al Drissi, evaso dal carcere di Opera. Comunque l'atmosfera assomigliava a quella di un assedio in piena regola: gli assediati minacciavano di dare fuoco a tutto.

Per fortuna Daniel fece appena in tempo a portare via lo zio... ai poliziotti disse che era un ricoverato in una RSA vicina, che si perdeva sempre.

La seconda destinazione si trovava a Corsico, al cimitero. Uno che lavorava lì dentro saltuariamente aveva messo a disposizione una cappella deserta, che presto sarebbe stata abbattuta, per la modica cifra di 10 euro al giorno.

«Basta che non esca mai di lì e che non faccia nessun rumore, se no la gente si spaventa e poi io passo un guaio».

«Mah...».

«Zio, questo è il posto migliore, qui non ti viene a cercare proprio nessuno, a proposito, avresti qualche altro euro? Le spese aumentano sempre di più».

I due giorni che il Luis passò al cimitero furono forse i peggiori della sua vita. In quella cappella, all'interno smantellata – i loculi erano vuoti, le lapidi erano state rimosse e portate via – De Angelis ebbe un assaggio di quello che sarebbe stato il suo imminente avvenire. Daniel passò a trovarlo due volte in tutto, portandogli qualcosa da mangiare.

Di notte il vecchio usciva dalla cappella per espletare i suoi bisogni fisiologici in mezzo alle tombe e agli alberelli. Si aggirava come un fantasma per i vialetti, avvolto in una coperta militare. Meditava sul suo destino e ne ricavava responsi negativi. Ecco dove sono finito, questo è il mio posto, dove penso di poter andare altrimenti?

Quella sistemazione riusciva a simboleggiare la sua situazione anagrafica e il suo futuro, però il terzo giorno il guardiano disse a Daniel che il vecchio se ne doveva andare via, qualche visitatore del cimitero aveva segnalato strani rumori e strane presenze – per non parlare degli escrementi – e se arrivava don Seggetti erano problemi seri per tutti.

Quindi come metafora della sua anima squassata e delle decisioni finali adesso il Luis era recluso in quel sottoscala, nel quale avvertiva vibrazioni di autotreni e autosnodati che facevano tremare il sottosuolo.

V

Daniel portò allo zio due tramezzini al tonno, secchi e induriti, e una bottiglietta di acqua minerale.

Chiese altri soldi al Luis, sostenendo che stava affrontando un sacco di spese, oltre a quelle per il vitto. Bisognava tacitare le persone che avevano messo a disposizione i locali, e inoltre c'era da esercitare la sorveglianza, tenere qualcuno a fare il palo, a segnalare la presenza della polizia o di persone non gradite. Senza contare l'eliminazione dei bisogni, che andava fatta in luogo sicuro, per non destare sospetti.

De Angelis consegnò al nipote altri trecento euro, quello non parve molto soddisfatto. Vabbè, gliene avrebbe chiesti altri il giorno dopo.

Daniel se ne andò di fretta, anche lui aveva dei debiti importanti, sia con la società nel suo insieme che con alcune persone che lo cercavano dappertutto.

Il Luis prostrato si lasciò andare sul pavimento. Non ce la faceva più. Erano cinque giorni che non dormiva, alla sua età, gli sembrava che fosse tutto inutile, e che per lui non ci fosse scampo. Lo avrebbero trovato morto in quel sottoscala, chissà dopo quanto tempo.

Sentì un rumore vicino a sé, uno scricchiolio. Vide uno scarafaggio di medie dimensioni che lo fissava nella semioscurità. Se ne stava fermo immobile, non pareva particolarmente impaurito, evidentemente aveva annusato l'odore del tramezzino e avrebbe gradito averne una parte.

Il De Angelis, per nulla raccapricciato dallo schifoso insetto, gli porse un pezzo di tramezzino. Quello all'inizio titubava, poi si avvicinò e si mise a favorire sia del pane raffermo che della pasta di tonno. Terminò la sua porzione con precisione e velocità, restò sul posto, in attesa di un bis. Il De Angelis glielo accordò, anzi, gli consegnò l'intera cena, lui non si sentiva. Magari lo scarafaggio aveva famiglia e poteva portare tutto quel ben di Dio a moglie e figli.

La presenza di quella blatta suscitò in De Angelis dei pensieri, sul senso della vita, sull'anzianità, anzi, diciamolo per bene, sulla vecchiaia, sull'attesa della morte, sulla solitudine, sui parenti, eccetera. Per esempio sentiva di assomigliare molto a quello scarafaggio, che viveva nell'oscurità, nascondendosi perennemente per paura che qualcuno lo schiacciasse sotto un tacco.

Cominciò a parlargli, mentre quello mangiava di gusto, e non aveva nessuna intenzione di dividere i tramezzini con altri cospecifici. Probabilmente la famiglia non ce l'aveva, come il De Angelis.

Eh, caro mio, diceva il vecchio, la scemata l'ho fatta io, non è che posso dare la colpa a qualcun altro. Sì, ci mettono paura, però un uomo che non capisce quando ha fatto una cazzata che uomo è? Sono come te?

Devo vivere di notte nascondendomi? Ma che cosa sto facendo? Mi sono messo nei guai da solo, e me ne assumo le responsabilità, cosa scappo a fare? Dove penso di andare? Nelle fogne di Milano? Siamo tuch comm dei poveri burdoc, che la gente ci si accanisce sopra, ma cosa gli hanno fatto di male?

Raccontò allo scarafaggio come erano andate le cose: era colpa sua se gli anziani sono presi d'assedio? Come faceva a saperlo che quello era un commissario vero? L'animale ascoltava con attenzione, pur non interrompendo il banchetto.

Così il Luis prese una decisione. Per quanto tempo ancora avrebbe potuto restare alla macchia? E a che scopo?

Racconterò le cose come sono andate.

Lui era una persona per bene, uno che aveva lavorato tutta la vita onestamente e che non aveva mai rubato mille lire a nessuno. Ma una cosa non l'aveva mai abbandonata, la dignità.

Dignità, dignità e fermezza, cos'altro può restare a un vecchio balengo come me? Paura, rancore, e dispetto? Ma allora Milano non mi ha insegnato niente? Ho la fortuna che ancora non sono partito di cervello. E allora, dignità.

Così, dopo tutte queste riflessioni, De Angelis decise che si sarebbe costituito. In fondo che gli potevano fare? Aveva 84 anni, in galera non ce lo avrebbero chiuso, sarebbe finito agli arresti domiciliari, ma anche se l'avessero messo in galera che differenza poteva fare? Tanto ormai devo solo prepararmi alla morte, e meglio farlo con dignità.

Mentre De Angelis era intento in queste meditazioni catastrofiche arrivò un altro scarafaggio, un po' più piccolo del primo ma non di molto. Era la moglie? Così nei pensieri del Luis si inserì quello di Carmela. L'amore?

Eh, con Carmela non poteva funzionare, siamo troppo diversi. Prima di tutto c'è il gap generazionale, e poi anche quello geografico, lei è di Trapani... Ma chissà, magari in un'altra vita... ci ritroveremo, e io non le dirò mai che nella vita passata ero il Luis, figuriamoci.

Era venuto il momento di tornare a casa. Soprattutto di farsi una bella doccia e la barba. Adesso sembrava un miserabile, un vecchietto senza dignità, un barbone, per l'appunto.

Poi sarebbe andato in questura, portandosi dietro la chiave inglese del '28, l'arma del delitto.

Uscì allo scoperto, dal suo rifugio. Ma dove si trovava quel casolare? Mica tanto lontano, in un quarto d'ora il Luis era a Sesto, da dove prese un treno per Lambrate.

Fuori c'era, anche quella sera, una strana luce gialla.

Per questo decise che avrebbe indossato il suo vestito buono per andare a costituirsi.

Una volta a casa dovette ravanare un bel po' nell'armadio prima di trovarlo, odorava di naftalina. Preparò tutto sul letto, vestito, camicia, cravatta e cintura... Scartò la doccia e si concesse un bagno nella vasca. Ah, come si sentiva meglio. Si fece la barba con scrupolo. Aveva sempre sentito dire che la barba la sera non va fatta. Eppure la rasatura fu perfetta. Si vestì.

Di mangiare non ne aveva mica voglia, però si aprì una bottiglia di vino, di quello buono, che gli aveva regalato il Consonni. Alla sua salute!

Adesso rimaneva ancora qualcosa da fare. C'era da pensare alla sua BMW e a qualche altro dettaglio. Per esempio i soldi in contanti che gli erano rimasti. Li infilò in una busta. Scrisse un biglietto:

Cara Carmela, ti chiedo il favore di conservarmi questi soldi, non credo che mi serviranno, ma non si sa mai. In ogni caso li voglio togliere dalle grinfie di quel porco di mio nipote. La macchina te la regalo, se sarà possibile faremo il passaggio di proprietà. Non so se tu di una macchina del genere te ne farai qualche cosa, ma la puoi sempre rivendere, oppure andare a fare qualche gita la domenica. Consuma parecchio, questo te lo devo dire. A me basta che questo presente rappresenti per te un ricordo di me, che ti ho voluto tanto bene, anche se non corrisposto. Ma cosa vale oramai? Luigi.

La busta la infilò nel vanno portaoggetti sul cruscotto.

Portò la macchina davanti al ristorante *La nuova Trapani*, dopo aver fatto il pieno. Non gli pareva elegante lasciare Carmela con quel mostro a secco. La posteggiò proprio davanti al locale, appiccicando sul parabrezza un foglio, come fosse una multa, dove c'era scritto grosso: «PER CARMELA». Le chiavi le buttò nella cassetta della posta del ristorante.

Da qui prese il tram che lo avrebbe portato vicino alla questura.

VI

Davanti alla questura De Angelis decise di prendersi un caffè, e anche un cornetto, due ultime soddisfazioni, ma a questo punto cinque minuti in più o in meno.

Si trovò sotto mano un giornale, da diversi giorni aveva vissuto su un altro pianeta. Cosa era successo a Milano? Aveva importanza?

Sfogliò il quotidiano e vide la foto di un uomo che conosceva. Porca miseria, era il commissario che lui aveva colpito. Era evidente! È morto, è morto! Lo sapevo! Mi daranno l'ergastolo.

Eppure l'articolo esordiva con un titolo che spostava il baricentro degli avvenimenti.

Arrestato un palermitano all'ospedale San Raffaele: era il re delle truffe agli anziani

L'uomo, il cui vero nome corrisponde a Lorenzo La Marca, è stato tratto in arresto nel pomeriggio, su segnalazione del pronto soccorso, presso il quale l'uomo era stato condotto e ricoverato: in effetti aveva riportato un trauma cranico, più una innumerevole serie di contusioni su tutto il corpo. Sembra che il La Marca abbia subito un'aggressione, e sia stato colpito con un grosso corpo contundente. In ogni caso il personale medico aveva trovato addosso al soggetto, in stato confusionale, documenti vari, presumibilmente falsi, fra cui il tesserino di un commissario di polizia.

Gli agenti immediatamente sul posto hanno arrestato il La Marca, che rapidamente è stato riconosciuto come il truffatore professionista che così tanti anziani aveva colpito in regione. Con sé aveva una lista delle sue vittime passate e future: alcune di queste corrispondevano a persone che avevano sporto denuncia.

Il metodo del La Marca era piuttosto elaborato: si faceva passare per un commissario di polizia a capo della squadra antitruffa contro gli anziani. Si presentava con un tesserino di un vero commissario di polizia, Vittorio Spotorno, sottratto non si sa come al proprietario. Avvicinava le persone di una certa età spiegando il suo ruolo, che era quello di fare prevenzione, li rassicurava, li convinceva che adesso loro erano in buone mani. E lo faceva con modi gentili, con un linguaggio forbito ed elegante, addirittura distribuiva un opuscoletto riassuntivo in venti punti, proprio sulle truffe agli anziani. In effetti era un opuscoletto prodotto dalla questura, e non si sa come il La Marca se ne fosse procurato un certo numero di copie. Quindi veniva al dunque: si faceva raccontare dalle sue vittime dove tenessero nascosti i soldi o i valori, e spiegava loro che no, quello era il posto sbagliato, i truffatori questi posti qui li conoscono benissimo. E a questo punto era fatta. Il La Marca sottraeva il contante mentre l'anziano si sentiva rassicurato e fortunato.

Era un bel po' che il La Marca era ricercato: operava preferibilmente nel Lombardo-Veneto, pare che abbia messo a segno più di ottanta truffe, tutte più o meno secondo il suo metodo. Sono in corso indagini su questo ambiguo personaggio, un uomo di cultura: laureato a pieni voti presso l'Università di Palermo, in passato addirittura professore universitario in Biologia, proprietario di immobili. Coinvolto in alcuni affari poco chiari pare essere a un certo punto sprofondato nell'indigenza economica, forse a causa di una donna (una certa Michelle, nome probabilmente falso) che lo avrebbe circuito e portato alla rovina. Almeno questo è quello che ha raccontato lo stordito La Marca al personale del pronto soccorso. Al momento egli sostiene di non ricordarsi assolutamente niente di chi possa averlo assalito e colpito. Non si esclude che la sua amnesia sia simulata e che egli sia stato colpito nel corso di un regolamento di conti, forse da qualche suo complice o concorrente.*

De Angelis rimase un po' sciocccato dal resoconto. Lo rilesse due, tre, quattro volte. Ordinò un bicchiere di sambuca.

Sentiva il peso della chiave inglese nella tasca interna del soprabito, e provò il desiderio di liberarsene immediatamente, in un posto dove nessuno l'avrebbe mai potuta ritrovare.

Pensò alla sua confessione imminente. Quando si sarebbe costituito che cosa avrebbe detto? Che era stato lui a mettere KO il re dei truffatori? E si sarebbe preso il merito, no?

* Per chi volesse saperne di più sulle vicissitudini del professor Lorenzo La Marca e del commissario Vittorio Spotorno si consiglia la lettura dei volumi di Santo Piazzese, Sellerio editore. Si tenga presente che tali volumi narrano vicende avvenute negli anni Novanta del Novecento. Ai tempi di cui parliamo noi (2011) questi personaggi hanno raggiunto l'età della pensione, e dovuto superare molte circostanze negative.

Ma no, ma no, io non sono mica un vanaglorioso, cosa me ne importa... e poi se non mi credono? Penseranno che sono un mitomane, che voglio fare la figura dell'eroe...

Quindi pensò alla BMW Z3 3.2 24 valvole. Bisognava fare in fretta.

Prese un taxi e si fece portare all'Ortica, davanti al ristorante *La nuova Trapani*. Ah, per fortuna la macchina era ancora lì.

Con la solita chiave inglese scassinò la cassetta delle lettere del ristorante, dove c'era solo materiale pubblicitario e probabilmente nessuno ci andava mai a guardare, nemmeno Carmela. Recuperò le chiavi della macchina.

Una volta all'interno si assicurò che la busta con i soldi fosse ancora lì e stracciò il biglietto che aveva scritto a quella donna.

Tanto il regalo della macchina non lo avrebbe neanche gradito, e i soldi, che fine avrebbero fatto i soldi?

Tornò a casa. Vide il furgone di Antonio che occupava lo spazio riservato alla sua BMW. Che valesse la pena farglielo notare? No, la sua primaria esigenza adesso era quella di dormire.

Novembre

Santo Piazzese
Quanti dì conta novembre?

Per certe cose a mio cognato Armando non gli daresti due lire. Ma devo ammettere che alla fine era stato lui a mollare la botta risolutiva. Forse perché lui, al baglio, non si era dovuto assuppare la foschia umidiccia che dall'inizio di novembre aveva deliziato noi residenti dell'ex capitale del crimine, alternandosi con uno scirocco che oscillava tra lo spiffero morigerato e la rasoiata torrida.

Guardavo fuori dalla finestra della mia stanza, verso la nebbiolina giallastra che da un paio di giorni fluttuava intorno ai Giardini Botanici Comunali, perforata qua e là dalle chiome delle *Washingtonia robusta*, che a dispetto dell'attributo sono molto più esili e slanciate delle *filifera*, compagne di Genere, dal nome fuorviante.

Ero in un momento di fiacca, sul crinale di un possibile scivolamento verso un lieve attacco di ipocondria-meteo. Capita, a noi meteoropatici terminali. Specie in certe giornate, quando il cielo sopra di voi vi dà la sensazione di trovarvi dentro un documentario in bianco e nero sulla manutenzione delle centrali a carbone della Ruhr.

Da una ventina di minuti giravo in tondo nel tentativo di trovare un incipit decente per l'introduzione di un lavoro scientifico da proporre a *BBA*, per l'eventuale pubblicazione. Mi ero preso l'impegno con gli altri co-autori, a cominciare dal mio amico Giovanni Di Maria, che aveva tentato con successo la carta dell'adulazione.

«Non è cosa mia, Lore'» aveva detto; «tu a scrivere te la cavi meglio di noi, specialmente con l'inglese».

E così, eccomi servito.

Il fatto è che, nebbia o non nebbia, novembre è un mese problematico. Basti pensare che non comincia tanto bene, specie nell'ex capitale del crimine, dove non ci sono più i Morti di una volta. Finiti gli anni felici di Palermo Felicissima, quando il 2 novembre coincideva con una delle più brillanti dimostrazioni scientifiche della specialità che noi nativi siamo chiamati a testimoniare al resto del mondo: la stravaganza. Alcuni la chiamano «la corda pazza».

È per quello che noi siculi siamo stati concepiti, si dice in giro.

Di sicuro ci vuole una certa inclinazione verso il pensiero selvaggio, per convertire in una Festa dei Morti quella che per gli umani *normali* – almeno per quelli di area cattolica, o presunta tale – sarebbe la giornata della Commemorazione dei Defunti.

Negli anni pre-digitali delle nostre vite, quella dei Morti era la festa più importante per gli infanti. Con tanto di migrazioni notturne, dall'aldilà all'aldiqua, di parenti e affini che avevano già tirato gli ultimi e che portavano – anzi, *mettevano*, secondo l'argot locale – giocattoli, pupaccene e frutta di martorana.

Altro che le befane e i babbinatali del resto del mondo.

Poi è arrivato puntuale il soccorso globalizzato del 7° Cavalleggeri, sotto le sembianze plastificate e a stelle & strisce di Halloween. Ovvero, la prevalenza della zucca. E ora non c'è più partita. Così possiamo finalmente marciare a testa alta per tutti i sentieri della galassia, a rivendicare la nostra parificazione agli umani *normali*.

E si fotta chi la chiama omologazione. Semmai sarebbe appropriazione indebita. Ma bisinis is bisinis, come si sussurra nei vicoli di Ballarò.

E poi (anzi, prima) come se non bastasse il 2, ecco presentarsi il 1° novembre. Conosco un tizio al quale, ogni 1° novembre, gli girano a mille. In teoria sarebbe il suo onomastico. Però viene subissato dai commenti di fini umoristi i quali gli spiegano che, in realtà, essendo la festa di Ognissanti, gli auguri toccherebbero pariteticamente pure a loro.

Lui però sostiene di incarnare il nome del Santo disincarnato. Il Santo archetipico. Chi ci dice che tutti i santi del calendario, in vita, erano davvero santi?, va chiedendo in giro. All'epoca non c'era Google Search, né i social. Vai a sapere cosa sarebbe potuto saltare fuori se le commissioni preposte da Santa Romana Chiesa avessero potuto accedere via FB – che so? – alla vita segreta dei Beati 7 Cavalieri Mercedari; o a quella di santa Cunegonda imperatrice; o a quella della Beata Salomea di Cracovia.

E le sterminate legioni di vergini, ammesso che la loro fosse chi sa quale gran virtù da santificare, erano forse certificate dalle Asl, con tutti i bolli giusti al posto giusto?

Ed ecco che mi ero di nuovo distratto, a furia di anamnesi novembrine. Meglio tornare al mio incipit.

Ne beccai subito uno che sembrava funzionare:

There is disagreement about the size of the subunit of chlorocruorin. Results obtained from iron analysis and zero-time extrapolation of carboxypeptidase hydrolysis gave...

Fu allora che il telefono attaccò con i gracidii ravvicinati, in serie di tre, che identificavano la funzione citofono. Sganciai, ma prima che riuscissi ad articolare una sillaba, ecco la voce della vecchia Virginia, la nostra decana dipartimentale.

«Lorenzo? Potresti salire da me? Dobbiamo parlare di una cosa. Aspetto pure a Pusateri».

Pusateri è il presidente del consiglio di corso di laurea, nonché responsabile del coordinamento del... vabbè, è troppo complicato da ricostruire e forse non l'ha capito bene nemmeno lui, cosa deve coordinare. E figurarsi il sottoscritto. Sono le nuove incombenze manageriali, le linee guida verso le magnifiche sorti e progressive delle università.

Arrivava nel momento peggiore, la convocazione della decana.

«È cosa urgente? Ho per le mani un lavoro delicato» dissi.

«Amunì, Lore', non fare il lavativo. L'articolo lo scrivi dopo».

E volevo vedere che la vecchia Virginia non fosse al corrente delle mie occupazioni del momento.

«È cosa di dieci minuti» riprese; «quindici al massimo, te lo prometto. In commissione ci sei pure tu e dobbiamo fare la quadratura del cerchio perché c'è qualche problema con le esercitazioni di...».

«Vabbè, mi dia un quarto d'ora e arrivo».

Mi presi una ventina di minuti. Finii di scrivere l'introduzione. Non che fosse proprio impeccabile, come scrittura British: niente a che vedere con le architetture di certi periodi alla Le Carré, che sembrano non voler guardare mai il lettore negli occhi, per non metterlo troppo in imbarazzo.

Tutto sommato però era più che passabile per una pubblicazione scientifica i cui lettori britanni certificati sarebbero stati solo una piccola minoranza del totale. E prima di spedire l'articolo l'avrei sottoposto come sempre al giudizio della mia amica Sinead Wilson, lettrice di inglese a Lettere e di lingua madre British, anche se è di Inverness, nel nord della Scozia, e convive pericolosamente con un grossista di frutta secca, nativo della via Montalbo.

Inverness, solo a evocarne il nome, mi fa rabbrividire per il freddo. Per fortuna Sinead è un tipo espansivo, per niente invernale. E ogni tanto mi fa avere certe mandorle di Avola...

Andai su dalla decana. La trovai al telefono. Pusateri non era ancora arrivato. Presi posto su una delle poltroncine di qua dalla scrivania. Sul piano del tavolo, adocchiai un grosso volume con la copertina rigida.

Ruotai la testa per cercare di leggere il titolo. La vecchia Virginia lo spinse verso di me.

Santi. Giorno per giorno tra arte e fede. Si intitolava.

Lo sfogliai pigramente. La lista dei santi, dal 1° gennaio al 31 dicembre, da Maria Santissima Madre di Dio, a san Silvestro. Sulle pagine pari, giorno per giorno, il nome del santo e una sua breve biografia. Sulle pagine dispari un'immagine iconografica del santo del giorno.

Cercai la pagina del 10 agosto, san Lorenzo. Arrostito alla brace, secondo alcune fonti. Protettore di osti, informava la breve nota biografica. E di cuochi, bibliotecari, librai, pasticcieri, pompieri, vetrai. E dei rosticcieri, naturalmente. Tutta roba infiammabile. O che ha a che fare col fuoco. Vetri compresi. E pure i libri, non bruciano forse a 451 gradi Fahrenheit?

Che malo gusto però l'inclusione dei rosticcieri tra i protetti di uno che era finito arrosto.

Sulla pagina dispari, l'illustrazione era un san Lorenzo del Bernini, che chiamandosi Gian Lorenzo non era sfuggito alla tentazione di scolpire il proprio santo. L'aveva piazzato sopra un bel barbecue, in forma di statua marmorea, in atteggiamento più da Paolina Borghese sull'agrippina che da martire.

Saltai alla fine del volume, a caccia del mese corrente. Capitai a caso sul 28 novembre. San Giacomo della Marca. Mai sentito prima.

Tra 10 agosto e 28 novembre avevo messo insieme un Lorenzo La Marca, la mia anagrafe ufficiale – nome e cognome – appena un po' ridondante.

La vecchia Virginia nel frattempo aveva chiuso la telefonata. Chiusi anch'io il volume con un bel rumore secco.

«Ti interessa? Te lo puoi portare, se vuoi. Però con te è tempo perso. Turco sei, e con te non ci possono nemmeno tutti i santi del calendario».

A censurarmi una risposta adeguata fu l'arrivo di Pusateri.

La nostra riunione tirò avanti per quasi un'ora e mezza. Alla faccia delle promesse della vecchia Virginia. Ma l'avevo previsto, perché è l'andazzo delle faccende accademiche e il discorso poi era caduto sui problemi di budget. Cavoli acidissimi.

Poi scesi da capo nel mio studio, con il libro della decana appresso. Me l'aveva messo in mano con fare perentorio.

«Se non lo vuoi tu, mandalo a quelle due in Germania» aveva detto.

Figurarsi. «Quelle due in Germania» erano le mie ex non-educande, Francesca e Alessandra, emigrate forzosamente a Heidelberg sotto l'ombrello tattico di una borsa di studio a testa. Me l'avrebbero rispedito indietro imbottito di Semtex, se avessi preso sul serio la decana.

Giù, rilessi l'introduzione e aggiustai qualcosa qua e là. Per continuare con la stesura dell'articolo avevo bisogno del fail con i dati messi bene in ordine che Giovanni mi aveva promesso per il pomeriggio.

Uno sguardo al volume dei santi, e mi venne in mente di chiamare Maruzza. Non ci sentivamo da alcuni giorni. E novembre è un mese parecchio problematico da vivere pure per la fauna del baglio. A cominciare da Armando, il legittimo di mia sorella. E, per inevitabile contiguità coniugale, pure per Maruzza. Tant'è che le geremiadi a sfondo agricolo di mio cognato di solito raggiungono il loro climax proprio a novembre. Mese della semina. E della raccolta delle olive. Cavoli acidissimi anche quelli, dice Armando.

«Così impari ad abbandonare un posto bello tranquillo da dirigente regionale, per andare a impantanarti in mezzo alle zolle» gli dico sempre, quando lui attacca con le lamentazioni.

«Magari fossi impantanato» aveva replicato nel corso di una siccità precedente; «almeno vorrebbe dire che è piovuto».

Maruzza rispose in extremis, quando stavo per riattaccare. Era appena tornata dall'avere recuperato les enfants a scuola.

«Ah, tu sei, Lore'. Come andiamo?».

«Lo sai che santo è il 28 novembre?».

«Non mi tenere in ansia. Chi è?».

«San Giacomo della Marca. Sarà parente?».

«Vuoi bbabbiare?».

«Nato a Monteprandone nel 1393» dissi, attingendo dal libro della decana; «fondatore dell'istituzione dei Monti di Pietà».

«Ecco, bravo. Il Monte di Pietà. Di questo parla per ora tuo cognato».

«Tuo marito, non mio cognato».

«Armando va dicendo che se continua questa siccità

dovremo andare al Monte dei Pegni, a consegnargli pure le lenzuola».

«Il solito tragediatore. Lo dice ogni anno, in alternativa al chiedere l'elemosina davanti all'Ecce Homo: se non piove, niente schiumatura dei terreni, niente passaggio con il tiller, niente semina, niente raccolto. Quindi, o Ecce Homo o Monte di Pietà».

«Come si presenta, questo san Comesichiama? C'è qualche quadro antico con la sua faccia?».

Studiai l'illustrazione di san Giacomo della Marca.

«Non ci somiglia per niente. Semmai ricorda un poco Dante Alighieri. Stesso naso, ma più sottile. Faccia austera, da luterano; o addirittura da calvinista; con qualche propensione al masochismo, mi pare. Pittato da un tale Carlo Crivelli. È esposto al Louvre».

«Bih, nientemeno. Concordo a scatola chiusa sul masochismo. E comunque per una volta Armando non ha tutti i torti».

«Perché, che succede?».

«Succede che, a parte la siccità, ci sarebbe pure la raccolta delle olive. E lo sai che è capitato?».

«Dimmelo tu».

«È capitato che Stefan, ieri sera, mentre andava a comprare il pane, è andato a sbattere con la bicicletta e si è fratturato l'osso pizzillo. L'hanno portato a Cefalù, all'ospedale, e non so per quanto deve restare ingessato».

Stefan è uno dei due rumeni che Maruzza e Armando hanno messo in regola come lavoranti in pianta stabile al baglio. Sanno fare di tutto, con il supporto degli stagionali e la supervisione del capo-villico don Momò.

«E non è finita qua» riprese Maruzza dopo una pausa drammatica.

«Che altro?».

«A Vasile gli è venuto il morbillo. Ne avrà per una decina di giorni e forse di più, perché Armando non l'ha avuto mai e se Vasile glielo immischia allora sì che siamo a posto. Insomma, se il medico non garantisce che non è più infettivo è meglio che qua non ci mette piede. Tanto non ci perde niente perché, essendo in malattia, è coperto».

Vasile è l'altro rumeno che sta nel cuore di mezzo di Maruzza e Armando. E pure di les enfants, ai quali ha insegnato a costruire una balestra con canne stagionate, elastici da pigiama, un pezzetto di fusto lignificato di melanzana con funzione di grilletto, e cappuccetti di penne biro.

«E ora come fate?».

«Bella domanda. Siamo nell'acqua degli aranci. Don Momò sta cercando di trovare qualcuno, ma per ora sono tutti ingargiati per la raccolta delle olive, campagne campagne».

Meditai per qualche istante.

«Senti un po'» dissi alla fine «io potrei venire ad aiutarvi per le olive; però solo per il fine settimana. Potrei arrivare venerdì sera. Lo dico pure a Michelle, anche se lei è ancora meno agreste di me. Però penso che lo farà volentieri. Sempre che non abbia impegni di lavoro per il fine settimana. Speriamo che non ammazzano a nessuno se no, come dici tu, resta ingargiata pure lei».

«Lore', ti devo dire la verità: se non mi avessi telefonato tu, ti avrei chiamato io per chiederti se potevi venire a darci una mano. Prima che capitava questa cosa a Stefan e a Vasile, avevamo pensato di invitare al baglio Amalia e Vittorio. Peppino, Angelo e Pietro si trovano bene con Stefano e Emanuele, anche se fanno un mutuperio che ad Armando gli fa smuovere i nervi. E io avevo desiderio di vedere Amalia».

Stefano ed Emanuele sono i due figli di Amalia e del mio amico sbirro Vittorio Spotorno, e quando si ritrovano insieme fanno massa critica con les enfants, trasformandosi in armi di distruzione di massa. Amalia e mia sorella sono molto amiche. Maruzza sembrava essere entrata in meditazione. Non durò molto.

«Ora, data la situazione, mi pare male» riprese. «Che gli dico, venite e però vi dovete arrangiare per i fatti vostri ché noi dobbiamo raccogliere le olive e non vi possiamo dare adenzia?».

«Maru', si chiama amicizia. Secondo me, se fai una telefonata ad Amalia, le spieghi la situazione e le chiedi se vogliono venire a dare una mano con la raccolta, non può che farle piacere. Mi pare che lei non ha scuola il sabato; e se pure Vittorio è libero... E poi al signor vicequestore gli farà bene un poco di duro lavoro manuale, invece di stare sempre con il culo incollato a quella sua sedia di sbirro».

«Tu così dici?».

«Se vuoi gli telefono io, a Vittorio».

«No, avevo un cuore di asino e uno di leone, però una volta deciso tocca a me. Chiamo Amalia e ti faccio sapere».

«Io, in ogni caso, arrivo venerdì. Cioè domani sera. Con Michelle, spero».

Ogni tanto riesco ancora a stupirmi di me stesso. Il fatto è che tutto si può dire del sottoscritto tranne che abbia una vocazione rurale. Da perfetto animale metropolitano preferirei di gran lunga incastrare balàte stradali a colpi di mazza che rompere zolle campagnole a colpi di zappa.

Ora però dovevo ammettere che mi allettava la prospettiva di un lavoro la cui utilità fosse di immediata percezione – una percezione persino tattile – e non solo di prospettiva. Anche se si trattava solo di raccogliere delle fottutissime olive e metterle in un paniere. E meno male che era solo un problema di olive. Rabbrividivo all'idea di dovere tosare delle fetentissime pecore. O, peggio ancora, mungere delle vacche che passavano il tempo a ruminare erba secca o quel che era e pale di ficodindia.

Chi sa come fa Maruzza, che condivide il mio stesso sangue. Quando è il momento delle olive, sia lei che Armando operano di braccia fino allo sfinimento.

Chiamai Michelle. Eravamo d'intesa di vederci in serata a casa mia, però volevo sondarla subito sulla faccenda del baglio e verificare se aveva impegni. La ragguagliai brevemente.

«Sì che ci vengo. Mi ci vuole proprio, uno stacco».

Aveva avuto settimane pesanti, ultimamente. Ma anche prima. Prendemmo accordi per la cena. Lei aveva una richiesta impellente:

«Me la fai la crostata di pomodoro?».

Promisi. Potevo mai dirle di no? Non è difficile da fare. Se hai gli ingredienti. A casa avevo già la salsa di pomodoro e le uova. E il basilico, ofcors. Il resto no e avrei dovuto procurarmelo prima di rientrare. A cominciare dall'occorrente per la pasta frolla. È una ricetta di mia sorella. È lei che mi ha insegnato a fare la crostata di pomodoro.

Giovanni poi era stato di parola e all'inizio del pomeriggio mi aveva fatto avere tutto il materiale che mi sarebbe servito per continuare l'articolo.

Ci lavorai su fino al momento di mollare gli ormeggi. Continuai pure il giorno dopo. Avevo buttato giù una prima stesura che poi avrei rivisto con calma insieme con gli altri autori. Cioè Giovanni e altri due colleghi. Mancava solo la bibliografia, il lavoro più lungo e palloso. Una rogna, insomma. Ma contavo di sbolognarla a Di Maria *et al.*, come si usa scrivere appunto nelle citazioni bibliografiche.

Uscii dal dipartimento verso la fine del pomeriggio, per passare a prendere Michelle. Al mattino mi ero portato dietro una borsa con il kit di sopravvivenza. Indumenti di ricambio, per lo più. Michelle invece, all'uscita dal lavoro, era andata a cambiarsi a casa sua.

Puntammo in direzione del baglio la prua della mia Golf bianca, polverosa e stremata. A Caracoli ci fermammo per un caffè e per fare benzina. Il prezzo continuava a salire e si arrampicava agevolmente, senza nemmeno sudare, verso la frontiera delle millecinquecento lire. Ogni volta che vedo salire il prezzo della benzina mi viene in mente la battuta del mio defunto amico Raffaele Montalbani, quando eravamo studenti: chi se ne frega se aumentano la benzina, tanto io sempre mille lire ce ne metto, nella Cinquecento.

Ora con mille lire di benzina, al massimo, avrebbe fatto il pieno a un accendino marca braccio. Ma tanto non fumava, Raffaele. A parte qualche joint occasionale.

Prima di rimetterci in moto chiamai Maruzza per avvertirla che di lì a una quarantina di minuti saremmo stati in vista del baglio. Arrivammo in tempo per dare una mano a preparare la tavola. Vittorio e Amalia con i due figli arrivarono dopo dieci minuti, sulla 131 bianca di famiglia. I due giovani Spotorno e i tre autoctoni non si vedevano dall'estate precedente. Per circa trenta secondi ciascuno di loro se ne stette sulle sue. Poi ripresero da dove avevano lasciato e attaccarono con il vivamaria.

Io e Michelle ci eravamo già sistemati nei nostri alloggiamenti, Maruzza accompagnò Amalia e Vittorio nei loro. Armando nel frattempo finiva di svampare la brace per arrostire il castrato.

Fu una bella tavolata vivace, con occasionali sconfinamenti nella turbolenza. Il più turbolento dei quali fu opera di Vittorio. Aveva dimenticato una busta imbottita nella tasca del giubbotto e si era alzato a recuperarla.

«Mi era arrivata a casa oggi, senza mittente» disse. Guardò il timbro.

«Non si legge, è sbavato».

La aprì e ne tirò fuori qualcosa di vagamente cilindrico. Diventò paonazzo e si affrettò a rimetterla nella busta. Poi scoppiò in una risata liberatoria.

«Quel... quel gran...» disse, censurando il seguito.

«Cos'è?» inquisì Amalia.

«Una canna» disse mio nipote Peppino, approfittando dell'assenza del padre, che era andato a fare il caffè; «anzi, un cannone».

«Chi è che osa mandare uno spinello a un vicequestore?» disse Amalia.

«Un romanaccio con pochi pregiudizi e frequentazioni spericolate ma indispensabili nel mestiere. È appena entrato in polizia e, per dirla alla romana, è ancora un pischello. Ma farà strada. Sempre che riesca a non finire in qualche guaio serio».

«Tu come lo conosci?».

«Ti ricordi quando sono andato a Roma, a maggio, per quella storia di riciclaggio a Ostia, che aveva una connessione sicula? È stato allora. Abbiamo parlato molto. Devo avergli fatto simpatia. Forse perché ho finto di non accorgermi che lui... sì, insomma...» accennò col mento in direzione della busta. «A Roma però lo sapevano tutti. Tranne il questore, forse».

Non ero basito. Avevo capito da tempo che dietro la cortina di apparente conformismo istituzionale l'amico sbirro mimetizzava uno spirito, diciamocosì, «aperto alla laicità non istituzionale».

«E com'è che si chiama, il pischello?» disse Amalia, che per ovvî motivi l'aveva capito parecchi anni prima di me.

Vittorio ignorò la domanda, non da moglie di sbirro. Amalia aveva l'aria di non averci riflettuto su.

«Dev'essere quel tale di cui hai parlato in continuazione per due giorni, dopo essere tornato. Com'è che si chiamava? Schiavone, ecco» disse, trionfante. «Rocco Schiavone».

Vittorio le inflisse un'occhiataccia. Ma lei sembrò non badarci.

Riapparve Armando e accennò a un piccolo briefing in vista dei lavori del giorno dopo. L'esigenza di pianificare una raccolta di olive mi sembrava un'esagerazione da parte di mio cognato. Ma era il suo piccolo momento di gloria. Maruzza e Amalia avevano già concordato che ai ragazzi sarebbe stato concesso di non andare a scuola.

Armando però tirò fuori una novità. Il sabato mattina presto, prima di cominciare con la caccia alle olive, doveva scendere fino a Lascari. Aveva saputo che un possidente della zona aveva messo in vendita un erpice a dischi usato. Un bestione che sarebbe stato molto utile al baglio. Comprarlo nuovo era fuori discussione, per via del costo elevato. Ci teneva ad andare a dargli un'occhiata subito ed eventualmente avviare una trattativa, prima che ci arrivasse qualcun altro. L'avrebbe accompagnato don Momò, che aveva esperienza di macchine agricole e sopra tutto di trattative. Sarebbero stati di ritorno entro un paio d'ore.

Gli dispiaceva mollarci a lavorare da soli, ma la cosa si era presentata all'improvviso, ed era un'occasione che non poteva perdere, ci disse.

Il sabato mattina ci svegliammo tutti all'alba e ci ritrovammo al tavolo della colazione. Apparve pure Peppino, che ci teneva a partecipare con i grandi alla raccolta. Poi spuntò don Momò, alla guida del suo vecchio Fiat Fiorino di prima generazione. Armando gli offrì il caffè e poi partirono insieme verso Lascari.

Noi ci mettemmo subito al lavoro. Armando aveva predisposto i panieri e i sacchi di juta che poi sarebbero serviti per trasportare le olive fino al frantoio.

La sera prima ci aveva detto di cominciare la raccolta dall'uliveto di nuovo impianto, in un terreno a nord-ovest del baglio. Con noi erano pure due operai stagionali che trovammo già sul posto. Gli alberi erano potati bassi e per la raccolta bastava allungare le mani. Era un uliveto a sesto dinamico, con due cultivar, parte Nocellara del Belìce, parte Biancolilla.

Amalia faceva una prima cernita grossolana, scegliendo le olive più grosse della varietà Nocellara, che poi distribuiva in due canestri: in uno metteva quelle ancora verdi, nell'altro le olive completamente invaiate, senza traccia di verde. Le prime erano destinate alla salamoia.

Per le altre Maruzza aveva messo a punto un trattamento più elaborato: prima venivano trafitte con tre colpi di forchetta, ruotandole via via; poi le strofinava delicatamente tra i palmi delle mani cosparsi con un poco di sale; infine venivano messe a scolare al sole, in un canestro, su carta assorbente da cucina. La carta doveva essere cambiata più volte, man mano che si imporporava.

Quando avrebbero smesso di spurgare, sarebbero state sbollentate per pochi secondi e poi messe ad asciugare nel forno caldo. Una volta asciutte, Maruzza le avrebbe sigillate in barattoli di vetro, dopo averle coperte con l'olio extravergine. In un mese sarebbero state pronte. Una squisitezza.

Sia queste olive che quelle in salamoia erano destinate all'autoconsumo e per gli utenti dell'agriturismo. Tutto il resto della produzione, cioè la quasi totalità del raccolto, sarebbe finita al frantoio, e l'olio poi venduto, dopo avere trattenuto la quantità per le necessità di famiglia e di pochi eletti, come il sottoscritto e Michelle, e gli Spotorno. Armando contava di imbottigliare, prima o poi, l'olio da vendere, con un nome accattivante e una bella etichetta. E con la certificazione bio.

Avevamo già riempito alcuni sacchi, quando Malaussène, il cane espiatorio di famiglia, attaccò con una delle sue sceneggiate.

Era stato con noi per tutto il tempo, stravaccato a poltrire sotto un cespuglio di more selvatiche che era sopravvissuto agli scassi per l'impianto dell'uliveto. A un certo punto aveva deciso di buttarsela. Si era alzato, stiracchiato, aveva sbadigliato e dopo essersi dato una bella scossa ai pennacchi era sparito per i fatti suoi al piccolo trotto. Forse a caccia di femmine da ingravidare.

Improvvisamente lo avevamo sentito ululare in lontananza. Dopo un poco era piombato a corsa sfrenata e aveva attaccato ad abbaiare frenetico, passando dall'uno all'altro di noi. Cercava di comunicare qualcosa. Sembrava esasperato nel constatare che lo lasciavamo sbattere e che nessuno di noi cogliesse l'urgenza del messaggio.

Poi tentò una tattica diversiva e, senza smettere di latrare, accennò a partire nella direzione da cui era arrivato. Ma visto che nessuno lo seguiva era tornato indietro, abbaiando ancora più freneticamente.

«Ma che ha?» aveva detto Maruzza senza interrompere il lavoro, ma in un tono che cominciava a essere preoccupato.

«Avrà avuto uno scontro con un istrice» disse mio nipote Peppino.

«Non è che i picciotti hanno dato fuoco alla casa?» disse Amalia con un risolino.

«Sarà il caso di andare a dare un'occhiata» dissi io. Malaussène doveva avere i suoi buoni motivi, per dannarsi in quel modo. Ma non pensavo certo a un incendio. Comunque non mi mossi. Nessuno di noi si mosse.

Come se avesse capito dove stavano di casa affidabilità e buon senso, il vecchio Malaussène si avvicinò a mio nipote Peppino e prese a dargli piccoli colpetti esortativi con il muso, sul sedere, spingendolo nella stessa direzione dalla quale era appena arrivato.

«Va bene» disse Peppino; «andiamo. Fai strada».

Gli mollò una botta amichevole con la mano sul posteriore, esortandolo a muoversi. Lui partì al galoppo e mio nipote cercò di stargli dietro a passo di corsa. Sparirono quasi subito alla vista. Noi continuammo con le olive.

Dopo un po' si sentirono di nuovo i latrati di Malaussène, sempre più vicini. Pochi secondi, e piombò da capo in mezzo a noi. Prese a girarci intorno ululando senza interruzione. Dietro di lui, Peppino. Trafelato e pallido.

«C'è uno morto» disse.

«Un morto? Dove?» disse Vittorio.

«Forse non è proprio morto. Forse dorme. O è un ubriaco. Io non mi sono avvicinato. Ha gli occhi aperti. E c'è sangue».

«Dove l'hai visto?» dissi io.

«Nel terreno dei Mancuso».

«Andiamo» dissero in simultanea Michelle e Vittorio.

Be', se il tizio era davvero morto sarebbe stato lavoro per Michelle. E sarebbe stato lavoro suo anche se il tizio non era morto, dato che pure come medico dei vivi la stimatissima dottoressa Laurent quattro fili se li mangia. Per non parlare dell'amico sbirro, se era vera la faccenda del sangue. Io mi accodai, dopo avere detto a Peppino di rimanere con Maruzza e Amalia.

Il terreno dei Mancuso è un piccolo appezzamento con pochi alberi di ulivo, al confine del baglio. I proprietari sono amici di vecchia data di Armando, il quale fa loro il favore di occuparsene perché i Mancuso vivono a Palermo e non vengono mai in campagna. Però non vogliono disfarsene perché avvertono un legame sentimentale con quel pezzetto di terra, ricevuto in eredità da uno zio scapolo cui erano affezionati. Avevano detto ad Armando che poteva tenersi la produzione annuale, ma mio cognato non mancava di fargli avere l'olio sufficiente alle esigenze della famiglia. Ovviamente ci rimetteva. Ma Armando è fatto così.

Malaussène ci precedette al galoppo. Ogni tanto si voltava e si fermava impaziente ad aspettarci. Dai latrati, era passato ai guaiti.

Costeggiammo su due lati il muro di cinta del baglio, poi prese la trazzera a sud-est, in direzione dell'uliveto vecchio, un impianto tutto a Nocellara. Erano alberi imponenti, con i tronchi sofferti, nodosi e piegati dal vento. Lì la raccolta delle olive si sarebbe presentata meno agevole, perché sarebbero servite le scale di legno. Ma è un impianto ancora molto produttivo.

Armando dice che le olive vanno raccolte rigorosamente a mano ed è contrario sia all'uso dei pettini che alle scuotitrici, che a suo dire danneggiano la pianta, a dispetto di una scuola di pensiero alternativa secondo cui l'ulivo, per dare il massimo, deve soffrire un poco.

Malaussène si infilò nel folto dell'uliveto e lo vidi sparire dietro un montarozzo di terra, oltre il quale c'era il terreno dei Mancuso, cinto da un muretto a secco con diverse aperture. Attaccò da capo a latrare alla disperata. Ma erano latrati di tipo diverso dai precedenti. Non davano più l'idea di un allarme, ma semmai di una notifica: sono qua, siamo arrivati. Circumnavigammo il montarozzo e lo raggiungemmo.

Appena ci vide, sospese i latrati e passò da capo agli uggiolii. Si era allungato tutto, pancia a terra, con il muso puntato verso l'uomo disteso di schiena, con il corpo scomposto e gli occhi cerulei, senza sguardo, rivolti al cielo.

Sarà una stramberia, ma la prima cosa che mi passò per la testa fu che definire vitrei gli occhi di un morto non era solo uno stereotipo letterario. La seconda fu che l'avevo dato per morto a botta sicura. Perché l'avevo capito subito che il tizio era morto.

Michelle e Vittorio andarono a esaminarlo da vicino. Mi feci forza e anch'io mi avvicinai.

Non era la prima volta che vedevo un defunto che non sembrava essere morto per cause naturali. Anzi avevo già avuto la ventura di vederne più di uno da vicino. Morti ammazzati, per giunta. E uno l'avevo addirittura guardato mentre se lo asciugavano sotto i miei occhi, a colpi di sette e sessantacinque. Anzi, *una*, per la precisione. Può capitare, quando hai uno sbirro come migliore amico e una medichessa dei morti ammazzati come donna della tua vita. Ma devo ammettere che nel caso della signora morta ammazzata l'esperienza me l'ero andata a cercare da solo.

Guardare negli occhi il tizio nell'uliveto non fu una bella visione nemmeno stavolta. Ma mi confermò che il morto era davvero morto.

Non saprei dire a parole come fu che lo capii. So solo che lo capii. Effetto di altri stereotipi letterari, immagino. La familiarità con espressioni tipo *morto stecchito* o *rigido come un cadavere*. Rigidità marmorea.

Il corpo era orientato con i piedi in direzione del tronco di un ulivo immenso e la nuca poggiava contro una sporgenza di roccia che in quel punto veniva fuori dal terreno.

Sentii un rumore di passi in avvicinamento e contemporaneamente Malaussène aumentò il volume degli uggiolii. Poi spuntò Maruzza.

Giusto. Mia sorella, da padrona di casa, o quasi, era venuta a verificare se conosceva il tizio, affidando Peppino alle cure di Amalia.

«Ma è proprio morto?» disse.

Inutile cincischiare.

«Sì, è morto. Lo conosci?».

Scosse la testa.

«Mai visto prima. Forse Armando... Lui a momenti dovrebbe essere qua. Pure don Momò. Se questo poveretto è uno della zona don Momò lo conosce di sicuro».

Mi voltai da capo verso il cadavere. Era verosimile che l'impatto con la roccia fosse stato la causa della morte. Non mi parve che ci fosse molto sangue in vista. Solo un poco, colato sulla roccia. Almeno a un'occhiata superficiale, perché non avevo nessuna voglia di approfondire l'esame rischiando di imbattermi in qualche frammento sparso del contenuto del cranio di quel poveraccio. Invece, studiai per bene tutto il resto.

Fra i trentacinque e i quaranta, valutai a occhio. Corporatura minuta, genere magro e nervoso. Un metro e sessanta per una sessantina di chili. Carnagione scura, che certificava una vita trascorsa all'aria aperta. Mani indurite, con mezzelune nerastre sotto le unghie. Calzonacci da lavoro, color cachi, parecchio lisi, e un maglione pesante, a collo alto, di lana ruvida e di un colore reso incerto da lavaggi ripetuti e da tracce abbondanti di polvere e terriccio. Ai piedi, scarponcini né carne né pesce, tutti consunti.

Alzai lo sguardo in direzione dell'ulivo. Una scala leggera, di legno, era poggiata contro un ramo alto e robusto. Era inclinata in modo da formare un angolo di quasi 45° con il terreno ed era rimasta bloccata da un ramo secondario che ne aveva impedito la caduta.

A terra, a poca distanza dall'uomo, sotto la chioma dell'ulivo, una bisaccia di stoffa spessa, con una cordicella intorno all'imboccatura che, oltre a permettere la chiusura, all'occorrenza poteva fungere pure da tracolla. L'imboccatura era aperta, e sul terreno erano sparse le olive fuoriuscite con la caduta. Dentro la sacca ne erano rimaste un bel po'.

A giudicare dalle apparenze, l'uomo aveva usato la scala per arrivare ai piani alti dell'ulivo. Poi, mentre era intento alla raccolta, la scala doveva essere scivolata, facendolo piombare al suolo e mandandolo a fracassarsi il cranio contro la roccia.

Michelle toccò il morto, lo tastò, senza spostare il corpo. Si fasciò una mano con un fazzolettino di carta che aveva tirato fuori dalla confezione sigillata che teneva in una tasca dalla giacca a vento e sollevò lentamente un braccio del cadavere. Poi lo accompagnò dolcemente nella discesa, fino alla posizione di partenza.

«Da quanto sarà morto?» le chiese Vittorio.

«In prima approssimazione, tra le otto e le dieci ore, direi. Sarà l'esame autoptico, a stabilirlo».

Otto o dieci ore prima voleva dire che il tizio era morto tra le undici di sera e l'una del mattino. Più facile l'una, pensai. Era improbabile che uno che veniva per rubare si mettesse in moto in un orario in cui rischiava di trovare qualcuno ancora alzato.

Michelle esaminò con attenzione la testa del tizio, senza sollevarla.

«Frattura della base cranica?» disse Vittorio.

«Probabile».

«Un incidente?» disse Vittorio, indicando col mento la scala poggiata all'albero.

«Sembrerebbe» disse Michelle. «Ma non è detto» aggiunse pensosa. «C'è poco sangue. Ci vorrà l'autopsia per stabilire se è compatibile con il tipo di lesione».

Vittorio tirò fuori il telefono di tasca.

«Bisogna avvisare i carabinieri di Timpafredda» disse.

Ovvio. Toccava a loro. Lui era fuori giurisdizione. Idem per Michelle, la quale, appurato che il morto era morto e che dal punto di vista medico non c'era niente da fare, avrebbe dovuto passare la palla ai colleghi di zona. Quelli di Termini Imerese, presumibilmente. Per questo non poteva spostare il morto e ispezionare la frattura.

Vittorio aveva il numero della stazione dei carabinieri di Timpafredda, con i quali poco tempo prima aveva collaborato in un'importante indagine su cose di droga. Si allontanò di qualche metro e fece la sua chiamata. Poi ci invitò tutti ad allontanarci dalle vicinanze del morto, per non inquinare la scena di un eventuale crimine. Ma il danno, a quel punto, era già stato fatto.

I carabinieri arrivarono in una ventina di minuti, con un gippone. Erano in quattro, comandati da un maresciallo sulla cinquantina, che sembrava essere appena uscito da un film anni Cinquanta in bianco e nero, di ambientazione sicula. Persona solida, di buon senso, che si muoveva con una lentezza che sembrava sconfinare nell'indolenza. Sensazione ingannevole. Ce ne vorrebbe qualcuna in meno nei film e qualcuna in più nelle nostre periferie metropolitane, di persone così, giudicai d'istinto. E non solo nelle periferie.

Si chiamava Chiricò. Maresciallo Filippo Chiricò. Si appartò con Michelle e con Vittorio. Parlottarono brevemente intorno al morto. Chiricò dette disposizioni via radio perché venisse attivato il solito dispositivo delle serie tivvù. Medico legale, magistrato, beccamorti, etc. L'area fu delimitata con i nastri di plastica bicolore.

Nel frattempo ecco Armando e don Momò. Mio cognato arrivò con la faccia sbiancata e l'aria di chi cerca di tenere a freno il panico. Aveva avvistato da lontano il gippone dei carabinieri e si era preso una strizza dell'accidente.

«Che è successo?» mormorò.

Fu ragguagliato. Scrutò a lungo il morto. Ma non lo conosceva neanche lui. Pure don Momò l'aveva guardato. Un'occhiata e via. Poi avevano incrociato lo sguardo con il maresciallo. Un fugacissimo cenno di assenso bilaterale.

Entrambi avevano riconosciuto il tizio.

«Ciulla Leopoldo» disse il maresciallo.

«Piddru» aggiunse don Momò. Il nome di battaglia.

Il maresciallo spiegò a Vittorio che Ciulla Leopoldo, detto Piddru, era uno scassapagghiaro, un ladruncolo con piccoli precedenti, tipo il furto di un paio di pecore, di qualche forma di primosale e fascelle di ricotta, o di attrezzi di lavoro.

Normalmente, veniva *tollerato* nel territorio: se qualcuno lo beccava sul fatto, si limitava a cacciarlo via dopo avere recuperato il malloppo. Nessuno aveva mai sporto denuncia, né era ricorso a chi era *inteso* in zona. E lui era molto oculato nella scelta delle vittime. Come sembrava avere fatto anche la notte precedente.

Verosimilmente aveva sconfinato dentro l'uliveto dei Mancuso di notte, per rubare le olive, ma poi era caduto. Per quanto ci fosse stata una notte chiara, la zona era abbastanza defilata e lontana dal baglio perché qualcuno si potesse accorgere dell'accaduto. Nemmeno il vecchio Malaussène, che di notte ronfa alla disperata in un posto suo, alle spalle dell'edificio principale.

«La scala appartiene a voi?» chiese il maresciallo.

Armando le dette un'occhiata e disse che non era una di quelle in dotazione al baglio.

«Allora se l'è portata lui».

Piddru viveva con la moglie in un casolare con un piccolo podere nella campagna tra il baglio e Timpafredda e poteva anche avere «preso in prestito» la scala da uno dei confinanti di Maruzza e Armando.

Arrivarono le truppe scelte e fummo tutti cortesemente invitati ad allontanarci, per consentire i rilievi. Tutti, meno Vittorio e Michelle, per la consueta forma di cortesia istituzionale tra colleghi.

Nel frattempo il maresciallo si era appartato con Armando ed era partito con una sfilza di domande il cui contenuto potevo intuire. Poi fu il turno di tutti noi, a giro. Chi eravamo, cosa avevamo sentito o notato durante la notte, se conoscevamo i Mancuso... La solita sbobba dei telefilm, insomma. In toni pacati e riflessivi. Man mano che parlavamo, andava prendendo appunti sopra un blocco di fogli.

Toccò pure a Peppino, cui riservò il tono bonario dei marescialli dei film con dentro un maresciallo bonario. Parlottò pure con don Momò, che gli si era avvicinato.

«Mi scusasse, maresciallo» disse alla fine don Momò «alla moglie di Piddru chi ce lo dice?».

Chiricò si grattò la nuca sotto il berretto e sospirò.

«Me ne occupo io» disse. «Ma qua non la faccio venire. Lei la conosce, don Momò?».

Don Momò si prese un bel po' di tempo, prima di annuire sobriamente. Più espressivo che se avesse pronunciato un lungo discorso. Chiricò emise un altro sospiro. Il che voleva dire che pure lui conosceva la moglie del morto.

Quando finirono di fotografare e misurare tutto per bene portarono via il corpo. E anche la scala e la bisaccia con le olive residue, per i rilievi del caso. Pensai maliziosamente che le olive se le sarebbero divise tra loro. Però non raccolsero quelle cadute a terra.

Il maresciallo ricusò l'offerta di un caffè e filò via con i suoi sul gippone.

Mi avvicinai con noscialans a don Momò.

«Che tipo è la moglie di... com'è che si chiamava? Ciulla?».

Altra riflessione interminabile.

«Professore, Maria Ciulla è una beddra fimmina. Però, con rispetto parlando, è un poco scuièta».

Non aggiunse altro. Ma non ce n'era bisogno. Dunque la signora era bella e un po' irrequieta, per mantenere l'understatement di don Momò. Cambiava qualcosa?

Nel frattempo la raccolta delle olive era andata a farsi friggere ed era passata l'ora di pranzo, anche se nessuno sembrava incline a tenerne conto. Fu imbastito uno spuntino in piedi, raccogliticcio, estemporaneo e svogliato, a base di pane, cacio, olive dell'anno precedente e salame di Sant'Angelo, accompagnati da semplice acqua di fonte. Fu un pasto silenzioso, come se ciascuno fosse intento a meditare sulle cose della vita e della morte.

Persino les enfants e i due giovani Spotorno avevano spento la solita irruenza a favore di un mood taciturno e riflessivo. Doveva essere la prima volta che venivano in contatto con la morte. Con l'aggravante che non si trattava di una morte *normale*.

Malaussène, dopo essersi limitato a lappare pensoso il rancio dalla sua scodella, era addirittura sparito in qualche suo nascondiglio segreto, forse a meditare su faccende esistenziali canine.

Tornammo a raccogliere olive finché si fece buio. La cena, affrontata con diligenza, si trascinò in un'atmosfera ancora dimessa, e pure gli infanti rimasero per tutto il tempo insolitamente quieti.

La domenica mattina don Momò arrivò con quattro ragazzi che era riuscito a ingaggiare a Timpafredda. Ci mettemmo lo stesso tutti al lavoro fino all'ora di pranzo. Poi, siccome i nuovi arrivati si erano impegnati anche per i giorni successivi, per tutto il periodo della raccolta, Armando ci mise tutti in libera uscita fino al lunedì mattina. Michelle, il sottoscritto, Vittorio e famiglia saremmo rientrati a Palermo in serata.

Il pranzo fu un poco più vivace della cena della sera prima. Michelle, a un certo punto, ricevette una chiamata sul telefono di tasca e uscì fuori a rispondere. Rientrò in tempo per assistere alla performans di mio cognato.

Fu dopo il caffè, durante il limoncello, che Armando mollò la sua botta. Era rimasto pensoso per tutta la durata del pasto. Mentre stava per portare alle labbra il limoncello, fermò il gesto a mezz'aria. Poi posò di colpo il bicchierino facendo schizzare un po' di liquido sulla tovaglia.

Tutti lo guardammo perplessi. Lui alzò entrambe le mani e cominciò a disegnare strani segni nell'aria, muovendo lentamente gli indici e poi ruotandoli come spazzole tergicristallo. Stava seguendo un suo misterioso itinerario mentale. Le dita tracciavano fisicamente il pensiero.

Poi batté sonoramente le mani una sola volta, lasciandole accostate. L'equivalente di un Eureka. Infine si alzò di scatto e si avviò a grandi passi verso la porta d'ingresso. Uscì. Ci guardammo tutti con aria interrogativa.

«Ma che gli è preso?» disse Maruzza.

Peppino fece per alzarsi e raggiungere il padre. Maruzza gli intimò di non muoversi. Mia sorella impone a les enfants di rimanere seduti a tavola fino alla fine del pasto.

«Ma papà si è alzato» protestò Peppino.

«Tuo padre lo può fare, tu no» disse Maruzza. Non un gran che, come strategia educativa.

Armando fu di ritorno dopo una decina di minuti. Portava qualcosa tra le mani unite a coppa.

«Ecco qua» disse. E sparse il carico sul tavolo.

Olive. Nient'altro che un pugno di olive.

«Lo sapevo» disse. «C'era qualche cosa che mi firriava da ieri dentro il cervello, ma non riuscivo a capire che cosa era. Fino a poco fa».

Poi, invece di degnarsi di dare un minimo di spiegazione, sparì verso la cucina e tornò subito dopo con altri due pugni di olive.

«Ecco qua» ripeté. Le sparse sul tavolo, accanto alle prime.

«E allora?» disse Vittorio, a nome di tutti.

«Queste sono le olive uscite dalla sacca di quel poveraccio di ieri. Le ho raccolte poco fa, sotto la Nocellara da cui è caduto. Se è caduto».

«E allora?» ripeté Vittorio, che per le varianti dialettiche non è neanche lui un fine cesellatore.

«E allora, queste olive non sono Nocellara. E nemmeno Biancolilla» disse indicando una alla volta le due diverse partite che aveva preso in cucina.

In effetti erano diverse. Per forma, colore, dimensioni. Ma ci voleva un occhio allenato, per capirlo.

«E che sono?».

«Cerasuola» disse Armando, trionfante.

«E che viene a dire?» disse Vittorio.

«Viene a dire che non sono state raccolte nel terreno dei Mancuso e nemmeno nella nostra azienda. Qua non c'è neanche un piede di Cerasuola».

«Vuol dire che le aveva rubate prima a qualcun altro nella zona e poi era venuto qua».

«Con la sacca piena?» disse Armando. «Se voleva rubare le nostre olive, dove le metteva?».

Non faceva una piega. Ma il meglio doveva ancora arrivare.

«Lo sapete che in questa zona impianti a Cerasuola non ce ne sono?» aggiunse, dopo una pausa drammatica.

«E allora che fa, le ha comprate?» disse Amalia. «Di notte e notte?».

«Non ho detto questo».

«E quindi?».

Altra pausa, ancora più drammatica della precedente.

«Ho detto che non ci sono impianti» disse Armando alla fine «ma non che non esiste».

«Che vuoi dire?» sbottai. Armando si voleva godere fino in fondo il suo momento di gloria, e cercava di allungare il brodo.

«Ne esiste solo un piede».

«Dove? Chi ce l'ha?».

«Cataldo Ingrassia. Un piccolo possidente che, se ho capito bene dove abitava Ciulla, sta a meno di un chilometro da casa sua, a farsela campagna campagna».

«Questo cambia il quadro» ammise Vittorio.

«Non solo questo» disse Michelle. Fece girare lo sguardo verso gli infanti.

Maruzza capì al volo e dette subito loro il permesso di alzarsi da tavola e uscire. Non aspettavano altro. A parte Peppino che avrebbe voluto rimanere. Mia sorella cacciò via anche lui.

Guardammo tutti Michelle con aria interrogativa.

«Poco fa, al cellulare, era il mio collega che si occupa dei rilievi autoptici. Già in fase di prima ricognizione ci eravamo accorti che c'era qualcosa che non quadrava. Insomma, il tizio non è morto dove l'abbiamo trovato, ma l'hanno trasportato lì dopo il decesso. C'è la distribuzione delle macchie ipostatiche a confermarlo. Tra il momento del decesso e quello in cui lo hanno abbandonato ai piedi dell'ulivo è decorso un intervallo di tempo che possiamo stabilire tra i 30 e i 60 minuti».

Michelle, quando commuta i suoi interruttori dalla posizione di semplice femmina a quella di medichessa dei morti ammazzati, commuta pure il lessico. Anche se nella circostanza si era sforzata di non esasperare i tecnicismi.

«Ma c'è di più» riprese. «Vi risparmio i dettagli, ma il tipo di frattura all'occipitale, l'assenza di altre contusioni su tronco e arti, e la presenza di sangue e tracce di materia cerebrale sul dorso degli indumenti e tra gli indumenti e l'epidermide non sono compatibili con l'ipotesi di una caduta dalla scala. Anche questo l'avevamo già verificato in fase di prima ricognizione. Ora c'è la conferma. In pratica ci sono due diverse fratture: una è quella che ha provocato il decesso. Un unico colpo devastante. La seconda, quando hanno fatto cadere la testa del cadavere sulla roccia affiorante, sotto l'ulivo. Una messa in scena molto rudimentale. Non ci sarebbe cascato neanche uno studente di primo anno».

«Quand'è così» disse Vittorio «mi sa che mi tocca una telefonata al maresciallo Chiricò, per riferirgli la faccenda delle olive».

Uscì col telefono di tasca al seguito. Rientrò quasi subito.

«In caserma non c'era e al cellulare non mi ha risposto» disse. «Mi chiamerà lui quando si accorgerà che l'ho cercato».

Lui e Amalia si ritirarono per un riposino post-prandiale.

Io presi a braccetto Armando e lo pilotai fuori, in disparte dagli altri.

«E bravo cognato» attaccai; «chi l'avrebbe detto che sotto la dura scorza del rude agricoltore si celava il cervello di uno Sherlock Holmes...».

«Sfotti, sfotti, però se...».

«Scherzi a parte, senti un po': dov'è che si trova questo piede di ulivo Cerasuola?».

Indicò a braccio teso in direzione di Timpafredda, verso una collinetta distante un paio di chilometri, che aveva in cima alcuni massi enormi.

«La vedi quella montagnola con le rocce? La casa di Cataldo Ingrassia è dietro la montagnola. Davanti alla casa c'è l'ulivo. Ma perché ti interessa?».

«Curiosità» dissi.

Alzò le spalle e rientrò. Lui aveva abboccato. Michelle no. A lei era sembrato sospetto quel mio appartarmi con Armando. Ed era venuta a origliare. Rientrammo insieme. Recuperai dall'attaccapanni la mia giacca a vento leggera.

«Vado a fare un giro» annunciai.

Fuori trovai Malaussène, che sembrava avere fiutato la prospettiva di una passeggiata in compagnia. Michelle ci raggiunse subito. Anche lei aveva indossato la giacca a vento.

«Amigo» disse, «vai a caccia di guai al solito tuo? Non da solo, stavolta».

Abbozzai il gesto a palmi in su, a simulare la protesta di chi subisce un torto. Poi rinunciai. Ci incamminammo insieme, un po' preceduti, un po' seguiti da Malaussène.

Impiegammo tre quarti d'ora a circumnavigare la montagnola e arrivare dalla parte opposta. La casa era un rustico col tetto a coppi ricoperti di muschio secco. Le imposte erano serrate e non si sentiva né si vedeva nessuno. Il terreno intorno era coltivato a ortaggi e sul prospetto, come aveva detto Armando, c'era un unico grande ulivo. Le olive erano già state tutte raccolte.

Il tronco si alzava dal centro di una conca sul cui bordo erano conficcati pezzi di roccia delle dimensioni di grossi sampietrini, a delimitare un'aiuola. Una perfetta circonferenza di roccia.

In cui mancava uno degli elementi.

Mi chinai a toccare la terra, in corrispondenza dello spazio vuoto. Era più soffice e umida rispetto alla terra all'interno della conca. Come se l'elemento mancante fosse stato tolto da poco.

«Stiamo pensando la stessa cosa, no?» dissi.

Michelle annuì lentamente.

«Tutto per un pugno di olive?» dissi.

«Così sembrerebbe».

Improvvisamente, Malaussène raddrizzò le orecchie e attaccò un ringhio sordo, quasi sommesso. In simultanea si sentì un rumore di passi e un uomo apparve dal retro della casa. Appena ci vide si immobilizzò.

Mi aveva beccato mentre mi raddrizzavo dopo avere toccato il terriccio.

«Vuatri cu siti?» disse. «E chi vuliti?».

Era un pezzo d'uomo sulla quarantina, vestito del velluto marrone domenicale dei villici benestanti. Camicia aperta sul torace e catena d'oro con crocifisso appesa al collo. Capelli neri, impomatati, pettinati all'indietro, e grossi baffi imitazione Stalin. Il classico look da aspirante macho, aspirante sciupafemmine di campagna o di borgata.

Annaspai a caccia di una risposta decente.

«Andiamo a funghi» improvvisai lì per lì.

«Funci? Ma se ha qualche sei mesi che non piove, che funci dovete trovare? E il paniero dov'è?».

Poi si rese conto che avevamo appena esplorato la lacuna dell'aiuola.

«Ma vuatri che andate cercando piedi piedi a casa mia?» disse.

Lo disse muovendosi minaccioso verso di noi. Poi si fermò e si guardò intorno, finché mise a fuoco la grossa zappa appoggiata contro il muro della casa. Fece per correre ad afferrarla.

Il vecchio Malaussène partì all'attacco ringhiando, con la dentatura in primo piano. Rotolarono a terra, in un unico mucchio selvaggio di zampe, braccia, gambe, ringhi, zanne e grida.

Un istante dopo si avvicendarono ruggiti di motori, sbattere di portiere, ordini urlati. Il maresciallo Chiricò alla testa dei suoi uomini.

Malaussène mollò la presa e Ingrassia tentò un abbozzo di fuga. Fu placcato dai carabinieri.

Alla fine, fu quasi consolante scoprire che con l'ammazzatina di Ciulla le olive non c'entravano per niente. Il maresciallo ci aveva detto che appena si era accorto della telefonata persa di Vittorio, lo aveva subito richiamato e, sentita la faccenda delle olive, si era precipitato.

Quella sera stessa, mentre stavamo per partire dal baglio, il maresciallo aveva chiamato di nuovo Vittorio per gli ultimi aggiornamenti.

Ingrassia aveva confessato subito. Lui aveva da tempo una relazione con la moglie di Ciulla. Il quale, quando l'aveva scoperto, era andato ad affrontarlo.

Era stato un crescendo: dalle parole grosse si era passati alle minacce reciproche, poi agli spintoni. Un alterco feroce. Lui, in un accesso d'ira, aveva svelto dall'aiuola uno dei pietroni e l'aveva abbattuto sul cranio dell'altro, prendendolo alla nuca perché Ciulla stava tentando di scappare.

Quando si era reso conto del guaio combinato, aveva imbastito quel tentativo di depistaggio. Dopo avere avvolto la testa del morto in un sacchetto di plastica, l'aveva caricato sulla Lapa. Poi aveva riempito una bisaccia con le olive raccolte il giorno prima dalla sua unica pianta e l'aveva caricata anch'essa sul cassone, insieme con una scala di legno.

Aveva lasciato la Lapa a una certa distanza dal terreno dei Mancuso e da lì aveva trasportato il corpo e tutto il resto, sistemando ogni cosa in modo da simulare un tentativo di furto con incidente.

Tornato a casa, si era liberato del pezzo di roccia gettandolo in un pozzo distante, insieme con il sacchetto.

Una banale storia di corna.

Quando Vittorio finì di raccontare il contenuto della telefonata, ci fu un lungo silenzio assorto.

Fu Maruzza a parlare per prima.

«Non ne posso più di novembre» disse. «Quanto deve durare ancora quest'accidente di mese?».

«Trenta dì conta novembre» disse Peppino.

Dicembre

Antonio Manzini
L'eremita

Un brivido lungo la schiena, le tempie prese a martellate, la stanza che girava da destra a sinistra e da sinistra a destra, le articolazioni doloranti che scricchiolavano arrugginite. I sintomi parlavano chiaro. Da tre giorni la sentiva arrivare, aveva poco appetito e il naso continuava a tapparsi all'improvviso nonostante l'aria decembrina fosse secca.

Era la febbre.

Aprì il cassetto, guardò gli spinelli già confezionati. Non ne aveva voglia, e neanche di fumare una sigaretta. Lo richiuse. Quello di cui aveva bisogno era un termometro. Si alzò dalla sedia mentre Lupa brontolava acciambellata sul divanetto di pelle. Spalancò la porta e si affacciò nel corridoio. «C'è qualcuno?» gridò. A Natale mancava una manciata di giorni. Antonio e Deruta se n'erano andati in licenza. Della sua squadra restavano Italo, Casella e D'Intino, che sembrava non avesse neanche parenti con cui festeggiare.

«Dica» si affacciò Casella con lo sguardo annoiato e stanco.

«Case', per caso hai un termometro?».

«No, ma sicuro che la Gambino giù alla scientifica

ce l'ha. Aspetti, vado a prenderlo» girò i tacchi e si incamminò verso le scale. Rocco rientrò nella stanza. Si strinse le braccia intorno al petto. Poi andò ad infilarsi il loden nonostante il riscaldamento del suo ufficio fosse al massimo, ma non percepì nessun miglioramento. C'era poco da coprirsi, il freddo era nelle ossa. Fuori dalla finestra il sole grigio era nascosto da nuvole gravide che opprimevano le cime dei monti. Lassù aveva già cominciato a nevicare da un paio di giorni. Gioia per gli albergatori di Pila, Champoluc e Courmayeur che avrebbero avuto un Natale con la neve vera e non quella sparata sulle piste, angoscia per Rocco Schiavone che già vedeva le sue Clarks inzaccherate come stracci per il pavimento. Toccò il vetro. Era freddo. Decise di andare a prendere un caffè alla macchinetta, magari il calore di quella ciofeca avrebbe ristabilito un po' la temperatura. Controllò nelle tasche gli spiccioli tintinnanti e lasciò l'ufficio. Scese le scale per arrivare al distributore. Italo era lì davanti ad aspettare che il macchinario finisse di vomitare il liquido marrone cloaca nel bicchierino di plastica.

«Buongiorno Rocco» lo guardò. «Hai una brutta faccia».

«Bella la tua».

«Voglio dire, sei pallido. Ti senti bene?».

«No. Ho freddo nelle ossa, i denti battono e ogni dieci secondi una coltellata gelida mi colpisce dietro le scapole».

«Hai la febbre. Cosa vuoi, un tè?».

Rocco annuì. «Senti un po', io me ne vado a casa.

Tanto in ufficio calma piatta. Se succede qualcosa mi chiami».

«Dottore!» la voce di Casella risuonò alle sue spalle. Portava il termometro davanti al viso, come fosse una reliquia preziosa. «Ecco, la Gambino m'ha dato questo» e glielo porse. Era un'assicella di vetro con il mercurio nascosto in un'ampolla.

«Vecchio tipo... vabbè, grazie Casella» fece Rocco osservandolo.

«È veterinario» lo informò l'agente.

«Che vuoi dire?».

«Che è per uso rettale».

Rocco lo guardò un paio di secondi mentre Italo gli passava il bicchierino con il tè. «Dico, ma sei scemo? Io voglio un termometro normale!».

«Questo teneva la Gambino».

Rocco restituì l'attrezzo a Casella. «Tiè, usalo tu. Rettale, e che so' un setter?». Mandò giù disgustato un sorso amaro di tè al limone dal sapore chimico. «Non si può bere 'sta roba» gettò il bicchierino mezzo pieno nel cestino, poi si incamminò verso l'uscita. Casella e Italo restarono lì. «Ma davvero è un termometro veterinario?».

«La Gambino dice che sono i migliori».

Maddalena scese dal fuoristrada. L'ultimo tratto doveva farlo a piedi. A più di mille metri di altezza fioccava già dalla notte prima e ormai strade e sentieri si erano ricoperti di neve. Sperava che Donato avesse dato una pulita al vialetto di ingresso. Stringendo le due pentole e la busta con la verdura e le uova si avvicinò alla vecchia chiesetta sconsacrata che anni prima Donato aveva trasformato nella sua abitazione. Dal comignolo non usciva fumo. Le nuvole basse avvolgevano il bosco tutt'intorno e sul manto bianco uccelli mattutini e lepri notturne avevano lasciato le loro piccole orme. Aprì il cancelletto di legno che cigolò lasciando sul manto nevoso una piccola traccia semicircolare. Intorno alla chiesetta non c'erano impronte. Donato non usciva dalla sera prima, era evidente, ma la finestrella accanto alla porta d'ingresso era buia.

Strano, dorme ancora, pensò Maddalena, e decise che dopo avergli lasciato la spesa avrebbe anche acceso la stufa a legna. Comincia a farsi vecchio, si diceva scansandosi una ciocca di capelli bianchi fuoriuscita dal berretto di lana, e comincio a farmi vecchia anche io.

Bussò alla porta. Bussò ancora. Abbassò la maniglia e l'anta di legno screpolato si aprì. Dentro sembrava facesse più freddo di fuori. Fu investita dal fumo e dall'odore acre di bruciato. Per terra, vicino ai tre scalini che portavano al piccolo angolo cottura, il corpo di Donato.

«Madonna mia!» gridò Maddalena. Si lanciò sull'uomo steso a pancia in giù. Ma aveva già capito che Donato Brocherel era morto.

Il termometro digitale raccomandato dal farmacista emise tre «beep». Sulle istruzioni aveva letto che era opportuno concedere all'attrezzo qualche secondo di contatto in più con la cute. Lo sfilò e lesse sul display a cristalli liquidi. «37 e 3!» disse ad alta voce.

Aveva la febbre.

Tremando si infilò sotto le coperte. Stavolta s'era organizzato. Sul comodino una bottiglia di acqua, cellulare in carica, un pacco di fazzoletti, il telecomando del televisore e la scatola di Tachipirina 1000. Doveva solo bere e sudare, bere e sudare e la febbre sarebbe passata. Appena chiuse gli occhi per provare a dormire, l'inno alla gioia di Beethoven suonò. Aspettò un poco ma quello insisteva. Lo afferrò. Il numero era quello della questura.

«Chi è? Che c'è? Che è successo?».

«Sono Italo». La voce grave del suo agente non gli piacque affatto.

«No» disse Rocco. «Non voglio sapere. È martedì, ho la febbre e sto malissimo» e riattaccò.

Passò qualche secondo e il cellulare suonò di nuovo. Rispose e si mise in ascolto.

«In Valpelline, vicino a Ollomont» proseguì Italo come se la telefonata non fosse stata bruscamente interrotta.

Rocco scosse il capo. «Che vuol dire? Di che parli? Che è la Valpelline?».

«Una valle. Dobbiamo andare sopra i 1.400 metri».

«Sopra gli ottocento metri non è delitto» disse il vicequestore, «è il nuovo articolo del codice penale di Rocco Schiavone. Quindi non andiamo».

«Ma forse non lo è per davvero. Magari si tratta di morte naturale».

«Ci vuoi scommettere diecimila euro contro cinque che morte naturale non è?».

«Donato Brocherel ha passato da un pezzo la settantina...».

«E allora? No, non vengo. Lassù nevica e mi becco la broncopolmonite. Vai tu e mi ragguagli».

«Vado io?».

«Vai tu. Portati Casella. Quando arrivi, prima di entrare, prima di fare qualsiasi cosa mi chiami e mi racconti tutto quello che vedi».

«Tutto?».

«Tutto».

Decise di prepararsi un tè bollente. Una rottura di coglioni del decimo livello fra capo e collo tremante di febbre e senza energie era un'infamia. L'ennesimo colpo dell'avversa fortuna che sembrava divertirsi con lui. Approfittò per dare la pappa a Lupa, poi con la teiera piena e fumante si sistemò sul letto, controllò che la batteria del cellulare fosse carica e attese.

«Rocco, sono io...».

«Vai, raccontami».

Sentiva i passi dell'agente soffocati nella neve.

«Allora siamo saliti io e Casella. Deruta è già arrivato e sta qui, davanti al cancelletto d'ingresso. Nevica e fa freddo». Italo aveva il respiro affannato.

«Chissenefrega del meteo, Italo. Dimmi quello che vedi».

«La casa è una vecchia chiesetta, una specie di cappella, fatta coi muri a secco e ha un giardino recintato con una palizzata di legno che ha perso colore».

«Bene, così, ti sento ispirato. Ora prima di avvicinarti alla casetta, dimmi cosa vedi».

«C'è un piccolo rialzo sul tetto, che una volta forse era il campanile e il comignolo non fuma».

«Poi?».

«Poi ci sono delle tracce sulla neve che portano alla chiesetta. Una sola persona, direi. Mi sa che è la donna che ha trovato il cadavere».

Rocco si attaccò alla bottiglia di acqua. «Come si chiama?».

«Chi, la donna?».

«No, tu nonno».

«Maddalena Trochein. Ora è tornata a casa sua, un chilometro più a valle».

«Guarda bene se intorno alla casa ci sono tracce».

«No, niente. Neve candida. Qui ha cominciato a venire giù ieri sera».

«Bene, vai avanti. Fatti seguire da Deruta e Casella, che mettano i piedi dove più o meno li metti tu, mi raccomando fila longobarda. Allora, dimmi un po'?».

Italo tossì. «Ti dico che dovrei smettere di fumare e ricominciare a fare sport... allora, la porta d'ingresso, piccola, di legno vecchio grigio. Una finestrella a destra. Stiamo entrando».

«No, i due lasciali fuori».

Rocco sentì Italo impartire l'ordine ai colleghi. «Ecco, entro».

«Prima cosa: che odore c'è?».

Italo tossì ancora. «Bruciato. E c'è fumo».

«Dov'è il corpo?».

«Qui... a terra. La testa è... senti, ti posso passare Casella? Mi viene da vomitare».

«Ma porca...». Rocco posò la bottiglia sul comodino. S'era dimenticato che l'agente Pierron poco sopportava cadaveri e autopsie. «E passami Casella».

Sentì un tramestio, la porta riaprirsi, poi la voce di Casella. «Dotto', eccomi, sono entrato io. Puzza di fumo e di bruciato».

«Dimmi che vedi».

«A terra c'è il corpo di un uomo. Ha sangue sulla fronte e ce n'è pure sul pavimento. Ha battuto il cranio su uno scalino, è chiaro. Mi sa che è in pigiama, ha i mutandoni di lana e una maglietta a maniche lunghe».

«Dimmi com'è la casa...».

Casella si prese tempo. La stava osservando. «Allora dotto', vado con la descrizione?».

«Vai pure».

«Io però non sono molto bravo... vabbè ci provo». Rocco sentì che quello si schiariva la voce, neanche avesse dovuto parlare davanti a una platea di 100 persone. «È piccola, tutta in una stanza, diciamo un 25 metri quadrati, e tiene due finestre, una vicino al letto, a sinistra dell'entrata, e una accanto alla porta di casa. Allora, le pareti sono bianche, però grigie ormai e ci sono le travi sopra il soffitto che è basso e di legno e mattoni. Sulla parete di sinistra per chi entra c'è il letto, sulla parete davanti alla porta solo una vecchia poltrona, sull'altra parete, diciamo a destra dell'entrata, invece una specie di cucina. Parto dal letto, che è singolo e sopra ci sta una coperta colorata a strisce. Vuole sapere i colori?».

«Frega un cazzo. Prosegui». Rocco stava ad occhi chiusi, lentamente la stanza cominciava a prendere una forma. La bocca era secca e un sacco di stelline viaggiavano nel buio delle palpebre.

Casella proseguì nella descrizione. «Vicino al letto ecco la stufa a legna nera» sentì un rumore di ferraglie. «Tiepida ma mezza rotta».

«Ti sei messo i guanti prima di toccarla?».

«No. Li tenevo già...».

«Bravo Casella. Almeno l'inverno serve a qualcosa».

«A cosa, dotto'?».

«Che non lasciate impronte delle vostre manacce luride dappertutto».

«Vabbè, ma mica è detto che ci sta l'omicidio di mezzo...».

«Zitto Casella e vai avanti. Allora, la stufa?».

«È spenta, un po' di brace dentro... al centro della stanza ci sta un tavolino, piccolo, con due sedie. Sul tavolo un cucchiaino da caffè. Le sedie sono spagliate. Per terra il pavimento è di pietra nera. Supero il tavolino e vado dall'altra parte della stanza, che poi gliel'ho detto, è tutta la casa. E ci sta la cucina. Qui vicino c'è...» e abbassò la voce «c'è il corpo di Donato... Allora è fatta così: un lavandino di pietra, vecchio, e due... come si chiamano quei cosi tondi che ci si accende il fuoco per cucinare?».

«Fuochi» rispose Rocco.

«Ecco, ci stanno due fuochi appoggiati su un piano

di... boh... mi pare legno e sopra ci sta una bottiglia di vino però vuota».

«Marca?».

«Amarone».

«Ah però, vive come un eremita ma sul vino non lesina. Va bene, Casella, il cesso?».

«Ecco, sul muro con la cucina c'è una porticina bassa che uno si deve piegare... la apro... porca puttana!» gridò l'agente

«Che c'è?».

«Niente dotto', ho dato una capocciata allo stipite. Sì, dentro ci sta un bagnetto piccolo piccolo. Non c'è la doccia e manco la vasca, però la tazza sì e il lavandino pure con sopra un pezzo di specchio. Una specie di mensola attaccata col fil di ferro, un barattolo da caffè vecchio con dentro uno spazzolino e un dentifricio, vuole sapere la marca?».

«Torna al letto con la coperta a strisce, Casella».

«Vuole sapere i colori allora?».

«No, torna lì, deficiente, e prosegui la descrizione!».

«Vado».

Rocco carezzava Lupa. Richiuse gli occhi. La testa riprese a girare. «Mamma mia la febbre...» mormorò. «Allora che vedi?».

«Dunque, vicino al letto ci stanno due cassette di frutta, ha presente quelle di compensato? Dentro ci tiene i libri. Uh... guarda che belluccio».

«Che è?».

«Sopra il letto ci sta una trave di legno che regge il soffitto, no? piena di ex voto. Lo sa che sono gli ex voto?».

«Certo che lo so».

«Bellini, tutti d'argento, sembrano stelle».

«E siamo pure poeti. Mo' dimmi che altro vedi?».

«Allora, vedo delle fotografie attaccate alla parete con le puntine da disegno. Questo è lui sicuro, più giovane. Questa l'ha presa a Carnevale, mi sa».

«Perché dici così?».

«È vestito da prete. Ma è una foto vecchia».

«Da prete?».

«Sì, tiene il coso... il colletto bianco di plastica, la giacca e i pantaloni neri, sta vicino a una ragazzina vestita da gatto. Ecco perché dico che è Carnevale».

«Noti altro, Case'? Guarda bene...».

«Altra foto... vecchia pure questa. Sta in piedi con un vescovo? un arciprete? Boh... tiene in mano un bel quadruccio con una madonna...».

«Poi?».

«Ce n'è una con la torta, l'hanno scattata qui mi sa. E sì, questo è il letto, la stanza, sì, scattata proprio qui. Lui soffia sulle candeline. Un po' di gente seduta qui e lì... poi ce n'è una dove spacca la legna fuori in giardino».

«Altro?».

Ci fu una pausa. Rocco sentiva solo il fruscio degli abiti e il respiro affannato del poliziotto. «No, niente di strano...».

«Avete chiamato Fumagalli?».

«Sì, ci ha pensato Curcio dalla questura...».

«Chi cazzo è Curcio?».

«Dotto', è un agente. Quello coi capelli bianchi. Vabbè, tanto lei i nomi non se li impara».

«Ma sticazzi di Curcio. Ora, Casella, sentimi bene, fai foto a tutta la stanza col cellulare, a tutte le cose che mi hai detto. Non lasciare fuori uno spillo, sei in grado?».

«Certo, dotto'».

«Bravo. Stacca le fotografie che hai visto alla parete e me le porti. Poi andate da questa Maddalena che ha trovato il cadavere. Dove abita?».

«Un chilometro più giù, ci vado con Italo?».

«Sì, e lascia Deruta lì ad aspettare Fumagalli».

«Dotto', secondo me è un incidente» disse Casella. «Chi ha interesse a fare fuori un vecchio poveraccio come questo qui?».

«Tutti i torti non ce li hai, Case'... e a dirti la verità, lo spero pure io» e chiuse la telefonata. La testa continuava a girare. Decise che era il caso di misurarsi la febbre. Sapeva che verso mezzogiorno tende a salire. Dopo neanche un minuto il termometro si mise a suonare. 37 e 3. Stabile, ma sempre febbre era. «Che dolore...» mormorò toccandosi le gambe. «Lupa mia, la febbre è un ottavo livello pieno, te lo dico io...». Il cane sbadigliò annoiato.

«Dottore, sono Italo, con Casella siamo a casa di Maddalena Trochein, vuole che le descriva la casa?».

«Mettimi in vivavoce» rispose annoiato Schiavone. «Signora? Mi sente? Sono il vicequestore... lei ha trovato il corpo?».

«Gli... portavo da mangiare due volte a settimana». Maddalena aveva una voce sottile, incrinata. Rocco la immaginò magra e coi capelli bianchi e un fazzoletto in mano. «Donato non faceva la spesa, non usciva mai se non per curare il giardino l'estate e spazzare la neve o fare la legna d'inverno».

Rocco aveva la sensazione di avere mani e piedi gonfi e le guance che gli bruciavano come se qualcuno l'avesse preso a schiaffi per un quarto d'ora. «Da quanto abitava qui Donato?».

«Quattordici anni ormai» e sentì Maddalena tirare su col naso per poi soffiarselo col fazzoletto.

«Senta, è nato qui? Era di queste parti?».

«Sì. A Ollomont. Ma c'è tornato quattordici anni fa, aveva 61 anni».

«Non aveva una famiglia, dei figli?».

«No. Donato era un prete» rispose Maddalena. «La sua parrocchia era a Santhià. Quattordici anni fa s'è tolto gli abiti ed è tornato qui».

«In una chiesetta sconsacrata. Be', coerente almeno» disse Rocco mentre Lupa dava segni evidenti di aver bisogno di una passeggiata. «Quindi non aveva nessuno?».

«No, a parte me e mio marito quando viene a casa. Ora è a Torino. Dovrebbe rientrare dopodomani».

«Aveva rinunciato ai voti» fece pensieroso Rocco. «Crisi?».

«E chi lo sa?» rispose Maddalena. «Non me ne ha mai parlato, Donato era un uomo misterioso, ma in tutti questi anni ho capito che qualcosa è andato storto».

«Cosa può andare storto nella vita di un prete?» intervenne Italo.

«Tante cose» rispose Rocco, «mica è vero che i preti non hanno pensieri, Italo. Dico bene, signora? Qualcuno ce li ha eccome. Senta Maddalena, forse Donato è morto per un incidente domestico, forse no... mi dica se giù al paese vedeva qualcuno».

«No, gliel'ho detto, nessuno... lei crede non si tratti di un incidente?» la voce della donna era calata di un paio di toni.

«Non lo so, signora Trochein, ma ho un brutto presentimento. Ora mi dica, lei sa a che ora andava a letto Donato?».

La donna si prese una pausa. «Mai più tardi delle nove. Si alzava sempre molto presto...».

«Case', tu il cadavere l'hai visto?».

«Sì...».

«Allora, ricordami, secondo te era in pigiama?».

«Gliel'ho detto prima. Addosso ha un paio di mutandoni di lana e una maglietta bianca a maniche lunghe».

«Perché dice che non è un incidente?» chiese la donna

«Non le posso rispondere. Fa parte del mio lavoro, dettagli brutti sporchi e sinistri che ai poliziotti non piace condividere con chi non è del ramo... per ora è tutto. Lei è stata gentilissima».

Aveva chiamato Gabriele che gentilmente per soli 5 euro s'era offerto di portare in giro Lupa per una mezz'oretta. Calcolando tre uscite giornaliere quella febbre che sentiva mordere il midollo osseo rischiava di costargli un capitale. Guardò tutte le foto che Casella gli aveva mandato. La casa sembrava in ordine. Sul piccolo tavolo di legno che fungeva da cucina c'erano due bicchieri, una padella e qualche posata su un vecchio scolapiatti di metallo. Una attirò la sua attenzione. Sulla parete sopra il letto era evidente l'ombra chiara lasciata da un quadro o una fotografia.

Fu solo nel pomeriggio inoltrato che l'anatomopatologo Alberto Fumagalli arrivò a casa sua. Rocco gli aprì la porta e si precipitò a letto.

«Tieni» disse Fumagalli gettando due libri fra le lenzuola «almeno ti fai una cultura...».

«Che roba è?».

«Belle storie di un tuo collega, ma sta in Sicilia e si gode il caldo, il mare e una cucina sopraffina».

Rocco guardò le copertine blu. Sorrise. Quel commissario lo conosceva. «Farei volentieri a cambio con lui. Solo dovrei imparare il siciliano».

«Lascia perdere, è camurrioso assai».

«Comunque li ho letti tutti e due».

«E tu rileggili, male non ti fa. Allora, quanto abbiamo di febbre?».

«Ho, non abbiamo. Io sto a letto, tu te ne vai in giro a comprare libri di Camilleri».

«Allora quanto hai?».

«37 e 3».

Il patologo scoppiò a ridere. «E la chiami febbre?».

«Perché, cos'è?».

«Lascia perdere, Rocco. Con 37 e 3 si va a lavorare!».

«Vacce te. Ora mi dici qualcosa?».

«Prima che mi dimentichi, queste sono le fotografie che l'agente Casella ha staccato dalle pareti della casetta...» si infilò la mano nel giaccone e le lasciò sul letto. «Veniamo a noi. Io dico che è morto a occhio e croce stanotte, non più tardi delle 23».

«È caduto sul gradino e s'è sfasciato la testa?».

«Così sembra».

Rocco si stiracchiò, fu percorso da un brivido e si portò la coperta fin sotto il mento. «Non ce la posso fare... sento freddo» allungò una mano e prese un fazzoletto di carta per soffiarsi il naso. «Allora» si stropicciò gli occhi come a scacciare una visione o una pagliuzza dentro l'iride. «Torniamo a noi, tu non credi sia morto per la caduta».

«No. Perché ho guardato la glottide ed era infiammata, fumo nella trachea e bronchi con la mucosa completamente corrosa, insomma, lasciatelo dire, il nostro se n'è andato per il fumo, e infatti nella casetta ce n'era ancora quando sono entrato».

«Mi stai dicendo che è caduto, è svenuto, poi la stufa lo ha ucciso?».

«Io dico di sì. Un incidente, secondo me. Ed è successo stanotte. La casa è piccola, ci ha messo poco a riempirsi di fumo».

Rocco guardava un punto fisso davanti a sé.

«Che hai?».

Ma Schiavone non rispose. Prese il cellulare e compose un numero. «Michela? Sono Rocco!».

«Sono qui alla chiesetta, minchia che freddo...» la voce del sostituto della scientifica riecheggiò nella stanza da letto. Rocco preferiva parlare con il vivavoce, sentiva nelle orecchie il battito di un martello continuo e spietato «... pazzesco... mica male l'idea di abitare in una chiesetta sconsacrata. Perché lo faceva? Da chi si nascondeva? Era inseguito?».

«Michela, non c'entrano niente Cia e Mossad. Era un ex prete, forse solo nostalgia. Hai analizzato la stufa?».

«Lo stiamo facendo».

«È vecchia?».

«A occhio qualche anno ce l'ha. Ma quello che fa schifo vero è il tubo di latta che porta fuori il fumo. Quello è malandato» si sentiva tramestare, segno evidente che gli agenti della scientifica stavano lavorando.

«Che portata ha la stufa?».

«Boh... e che ne so... aspetta... Ricci! Tu che te ne intendi, che portata ha la stufa?».

Una voce lontana rispose: «Una roba da 80 metri quadrati...».

«Hai sentito Rocco?».

«Ho sentito. Bella potente. Fuori ci sono impronte?».

«Solo nella stradina che porta a casa».

«Manda uno sul tetto».

«Perché?».

«Manda uno sul tetto e fammi chiamare quando è su» e Rocco chiuse la telefonata. Fumagalli lo guardava. «Mica ti capisco».

«Solo un'idea. Immagina la scena. Il nostro se ne va a letto. E magari carica la stufa al massimo per passare la notte. Verso le dieci si sveglia. La casa è piena di fumo. Inciampa, cade e sviene. Poi muore. Ora però una cosa non torna».

«Quale?».

Rocco gli lanciò il cellulare. «Vai a vedere le foto che mi ha mandato Casella. Guarda dove è caduto il cadavere».

«Lo so, io c'ero».

«E allora saprai che l'uomo non era diretto verso una delle due finestre, ma verso l'angolo cottura che finestre non ne ha».

«E con questo?».

«Con questo, se uno si sveglia con la casa invasa dal fumo la prima cosa che fa è provare ad aprire una finestra. In una casa di pochi metri quadrati dove il nostro ci vive da anni c'è poco da confondersi».

«E dove lo metti il fatto che era stordito? Frastornato? Anche una certa età?».

«Aggiungi che di sangue sullo scalino ce n'è poco...».

«E non vuol dire niente. La ferita non riporta una grande lacerazione».

«Sarà, ma controllare non costa nulla».

Rientrò Gabriele con Lupa portando l'aria fredda dell'esterno.

«Ha fatto due pipì e una cacca» disse il ragazzo gettando il guinzaglio sul tavolo dell'ingresso.

«Ottimo, figliolo. Stasera alle otto e mezza le fai fare un altro giro? Sempre per cinque euro?».

«D'accordo. Peccato che ha la febbre» gli disse. «Oggi mamma è a casa, così la poteva conoscere».

«E sarà per un'altra volta, Gabrie', potrei attaccarle il morbo tremendo che mi sta togliendo il respiro. Anzi statemi lontani, rischiate pure voi». Fumagalli con una smorfia guardò Gabriele che per poco non scoppiò a ridere. «Gabriele, fammi un favore. Ti do i soldi, vai a comprare le crocchette a Lupa. Quando vieni più tardi me le porti».

Il cellulare suonò.

«Schiavone, sono Gambino... senti, la cosa è strana».

«Ti sento la voce affannata, Michela».

«Sono sul tetto della chiesetta. Sono andata io che è meglio. Qui con la neve è un attimo e vado di sotto a testa in giù... allora, guardo il comignolo ed è tutto nero di fuliggine».

«Dov'è la cosa strana?» chiese Rocco sospirando.

«Sulla parte alta, lì fuliggine non ce n'è».

Rocco si grattò il mento: «Spiegati meglio».

«Per un tratto diciamo di una ventina di centimetri tutt'intorno al tubo si vede il metallo. Come se qualcuno l'avesse ripulita, capisci?».

«Chi ha interesse a togliere la fuliggine nella parte superiore di un comignolo?» fu Gabriele a chiederlo, e Rocco sgranò gli occhi, aggressivo.

«Chi c'è con te?» chiese Michela.

«Abbiamo un nuovo detective» fece il vicequestore guardando torvo il ragazzo. «Gabrie', fa' il favore. Se stai qui silenzio, altrimenti va' a casa». Gabriele abbassò la testa. «Michela, mi senti? Chi ha interesse a togliere la fuliggine solo nella parte superiore di un comignolo?».

«L'avevo detto prima io!» protestò Gabriele.
«Ti taglio la giugulare!» reagì Rocco.
«Infatti» intervenne Gambino, «chi ha interesse?» chiese mentre il vento entrava prepotente nella conversazione. «Come la vedi?».
«Male» fece Schiavone, «molto male...».

Passò una notte infernale. Dormì poche ore e in quei brevi lassi di tempo incubi taglienti e acuminati gli avevano tempestato il cervello. Salutò con gioia l'alba che arrivò pallida e smunta. Per prima cosa decise di cambiarsi la maglietta fradicia di sudore, poi si infilò il termometro e aspettò. Ancora 37 e 3. «Niente, sempre febbre!» disse. Barcollando andò a preparare la colazione e la pappa a Lupa. Aspettò una mezz'oretta, poi si infilò il loden. Mise il guinzaglio al cane, incastrò nel collare 5 euro e le chiavi del suo appartamento, uscì sul pianerottolo. Legò Lupa al pomello della porta del vicino, bussò e veloce rientrò in casa raccomandandosi col cane: «Fai la brava!». Quando sentì Gabriele aprire la porta e Lupa guaire di gioia, rassicurato se ne tornò a letto.

Scorreva le foto della chiesetta sconsacrata, ultima dimora di Donato Brocherel. Ormai si era convinto che la morte dell'ex prete non fosse dovuta a un incidente. Ma chi può avere interesse a fare fuori un vecchio sacerdote solitario, povero, che s'era separato dal mondo? Cosa poteva avere di così interessante e prezioso?
Rivolse quelle domande all'agente Italo Pierron che

era passato a prendere ordini e a portargli un po' di spesa. «Io non lo so, Rocco. Tu che cosa sospetti?».

«Niente, è da ieri sera che vago nel buio più totale. C'è questa che non mi convince» e passò il cellulare a Italo. Era una delle tante foto scattate da Casella. Inquadrava la parete dietro il letto dove una macchia chiara rettangolare segnalava che una volta lì doveva esserci un quadro, o una fotografia. «Come se avessero portato via qualcosa».

«Ma secondo te un poveraccio può possedere qualcosa di valore? E lo tiene peraltro in quella catapecchia?» fece Italo. «Se fosse stato un quadro se lo sarebbe venduto e ci avrebbe mangiato, no? Visto che neanche ha figli cui lasciare eredità».

«Hai ragione». Schiavone recuperò il telefonino. «E allora guarda questa, l'ha staccata Casella dalla parete...» allungò la foto a Italo. Ritraeva Donato Brocherel neanche cinquantenne accanto a un alto prelato. Sorridente, stringeva nelle mani un quadruccio di una Madonna col velo. «Sembra un bel dipinto» disse Italo. «Ma io di arte non ci capisco niente».

«Tu no, e forse neanche io. Però cosa fai ora?».

Italo lo guardò spiazzato. «Non lo so... sto seduto sul letto e parlo con te».

«Errore. Adesso prendi l'auto, te ne vai al Forte di Bard e vai a parlare con il professore Agenore Cocci. Tu ti starai domandando chi è...».

«Infatti!».

«È il sovrintendente. Di arte ne sa quanto basta. Fatti dare un parere. Ce la puoi fare?».

Italo annuì. Prese la fotografia, si alzò e lasciò la casa di Rocco.

Si misurò la febbre. Niente da fare, sempre 37 e 3. Quella maledetta influenza non mollava, un morso di un pit bull. Decise che la cosa migliore da fare era restare a letto a guardare il soffitto sperando che il sonno avesse la meglio. Un altro brivido di freddo gli consigliò di ritirarsi come una tartaruga sotto la coperta. Poi si addormentò.

«37 e 3 non è febbre» mi dice Marina. «Possibile che voialtri...».

«Chi sarebbero i voialtri?» le dico.

«Gli uomini. Appena avete due decimi fate testamento. E alzati, Rocco, su!».

Dà una manata sul letto. Ma io non ce la faccio neanche ad aprire gli occhi. Cos'è 'sta cosa pelosa? Ah, questa è Lupa, è salita sul letto. Cos'è sta cosa umida?... Ha le zampe bagnate. Che palle!

Aprì gli occhi. Marina non c'era e non stava toccando Lupa, ma le labbra di Gabriele che s'era accomodato sul letto accanto a lui. «Schifo!» urlò allontanando la mano dal viso del ragazzo che sorrideva. «Le ho riportato il cane. Sta di là sul divano. Vuole qualcosa da mangiare?».

«No. Te ne devi andare. Che ore sono?».

«Le due del pomeriggio. S'è fatto una bella dormita» e gli passò il cellulare. «Doveva essere stanco. Il suo telefono suonava da un pezzo. Mi sono permesso di guardare il numero. L'ha memorizzato con "rompicazzi". Che starebbe per...?».

Schiavone strappò il cellulare dalle mani di Gabriele. «Fatti miei» controllò. Rompicazzi aveva chiamato tre volte. Sbuffando rifece il numero. «Dottore, sono Schiavone».

«Ah, è da un pezzo che la cerco» rispose il questore. «L'agente Pierron è venuto da lei ma non gli ha aperto. Allora ha relazionato a me. Pare che lei ci abbia visto giusto».

«In che senso?».

«Agenore Cocci dice che quell'opera la conosce. Tanti anni fa Donato Brocherel la trovò nella chiesetta sconsacrata, che era di proprietà della famiglia. Venne un alto prelato dall'arcidiocesi, uscì un articolo sul giornale. Cocci la esaminò, è di Francesco Albani. Conosce?».

«Mai avuto il piacere».

«Facile, dal momento che è morto nel 1660. Anche se il pittore era più famoso per i suoi dipinti a tema mitologico, quel quadro sui 30.000 euro li vale. Ora, dal momento che lei se ne sta a casa...».

«Ho la febbre».

«... e non viene in ufficio» continuò Costa senza ascoltare l'obiezione del suo sottoposto, «ho mandato la Gambino a cercare quella piccola tela. Per ora niente. Secondo lei può essere la causa dell'omicidio? Perché mi pare di aver capito che lei l'incidente su a Ollomont lo considera tale».

«È una pista sulla quale lavoro».

«Da casa?».

«Da casa».

«Se è quella la causa del delitto, l'omicida avrà vita breve. Basta controllare i mercati dell'arte e lo becchiamo!».

«Non la faccia così semplice, dottor Costa. Non credo lo metterà all'asta».

«Schiavone, l'aspetto in ufficio».

Gabriele si era alzato ed era andato alla finestra. «S'è messo a piovere» disse con le mani dietro la schiena, «in alto starà nevicando» aggiunse triste. «Io odio la neve. Perché significa che ricomincia la stagione sciistica, e io odio sciare».

«E non ci andare».

«Da piccolo ero una speranza. Poi mi sono fracassato il ginocchio destro e i legamenti del sinistro ed è tutto finito. Mica mi dispiace, a mia madre sì, era lei che ci teneva. E allora ogni tanto il pomeriggio salgo a Pila. Più per farla contenta. Quante cose si fanno per far contenti gli altri». Si voltò: «Secondo lei è sbagliato?».

Rocco annuì. «A volte bisogna dire no. Soprattutto alle persone che amiamo. Se a noi non piace qualcosa o quel qualcosa ci costa troppo, dobbiamo avere la forza di dire no».

«Le andrebbe di fare questo discorso a mia madre?».

«No».

L'unica cosa che non quadrava era la complessità dell'omicidio per rubare un solo quadro. Una casa semiabbandonata, senza neanche una serratura, con dentro un vecchio debole e solo. Sarebbe bastato intrufolarsi di notte, oppure approfittare di quando stava nel bosco a fare la legna, prelevare il quadro e andarsene fischiettando. Ucciderlo soffocandolo con il fumo era troppo. C'era qualcos'altro dietro la morte di Donato Brocherel che non poteva essere un piccolo dipinto finito chissà come in quella chiesetta sconsacrata. Qualcosa che non riguardava il presente, di questo Rocco se ne convinceva man mano che il pomeriggio avanzava e la luce diafana decembrina calava spegnendosi come una candela.

Qualcosa del passato.

Italo si era accomodato su una sedia accanto al letto con il portatile dell'ufficio agganciato al wi-fi di Gabriele. «Cercami il numero della parrocchia di San Genesio, a Santhià» gli ordinò Rocco e l'agente impiegò meno di trenta secondi.

«Vicequestore Schiavone... polizia di Aosta. Chi comanda da quelle parti?».

Ci fu un silenzio. «Cosa intende?» rispose una vocina delicata come carta velina.

«Chi è il sacerdote?».

«Sono io, padre Domenico. A cosa debbo?».

«Padre, sto indagando su un fatto sgradevole accaduto a Ollomont, qualche chilometro da Aosta. È coinvolto un sacerdote, mi correggo, un ex sacerdote che una volta stava lì, a San Genesio. Lei conosceva Donato Brocherel?».

«Oh signore... padre Donato? Perché dice conosceva?».

«Purtroppo è morto in circostanze poco chiare».

«Povero Donato... povero Donato...».

«Dunque lo conosceva...».

«Sì, certo. Era un bravissimo sacerdote. I suoi sermoni, come posso dimenticarli? Carichi di umanità, di amore verso il prossimo. Pensi che tanti anni fa aveva organizzato un circolo per l'accoglienza dei poveri. Girava ogni sera per bar, trattorie, e si faceva regalare tutto il cibo avanzato per sfamare quei poveretti. Era un santo, guardi, un santo».

«Poi che successe?».

«Cosa intende?».

«Perché si tolse l'abito?».

Dall'altra parte calò un silenzio. Rocco sentiva solo il respiro del sacerdote. «Padre Domenico?».

«Sì?».

«Ha sentito la domanda?».

«Certo che l'ho sentita. Un fatto increscioso. Tanti anni fa padre Donato fu...».

«Fu?».

«Fu scomunicato latae sententiae».

«Sono passati tanti anni dai miei studi. Mi rinfresca?».

«La sede apostolica può scomunicare un prete latae sententiae per diversi casi. Profanazione dell'Ostia, procurare l'aborto...».

«Questo fece Donato?».

«No. Il suo fu un caso diverso. Ruppe il sigillo sacramentale».

«Capisco. Si ricorda quale fosse la faccenda?».

«No. Non ricordo. Accadde nel '99, ma io i particolari non li venni mai a sapere. Crede che...».

«Padre Domenico, non credo niente. Sto cercando di capire cosa sia accaduto. La posso disturbare nel caso?».

«Sono a sua disposizione» e chiuse la comunicazione.

Qualcosa nella voce del sacerdote non aveva convinto Rocco. Qualche tentennamento, un paio di sospiri, roba da poco, ma poggiando il cellulare sul comodino ebbe la sensazione che l'ecclesiastico gli avesse nascosto qualche dettaglio.

«Hai capito qualcosa?» gli chiese Italo, che aveva notato lo sguardo riflessivo e serio del suo superiore.

«Niente, hai sentito anche tu, no? Passami il termometro...» e allungò una mano. Italo si sporse verso l'altro comodino e glielo allungò. «Anche un prete di una parrocchia quando io facevo il catechismo fu scomunicato, lo sai?» gli disse.

«E perché?» chiese Rocco infilandosi il termometro sotto l'ascella.

«Sparì da un giorno all'altro. Papà era convinto lo avessero trasferito, ma si diceva in giro che aveva dovuto abbandonare l'abito. Pare che avesse dato l'assoluzione a uno che aveva un'amante. Non ti viene da ridere?».

«Cioè quello aveva confessato di mettere le corna alla moglie e il prete gli aveva dato l'assoluzione?».

«Così si diceva. Non si può, contro il sesto comandamento. Lo sai qual è?».

«Non mettere le corna a tua moglie?».

Italo sorrise. «Un po' più elegante, Rocco. Recita: non commettere adulterio».

«37 e 3, ho sempre 37 e 3. Ma come cazzo è possibile?» gridò cavandosi il termometro dall'ascella. «Non cala mai! Lo sapevo, d'altra parte ho i brividi e un sapore orribile in bocca».

«Fa' vedere!». Italo osservò l'oggetto. «Ma non lo scarichi?».

«Come?».

«Vedi il pulsantino qui? Lo devi premere. Vai a zero e poi lo rimetti. Ecco, prova adesso» glielo restituì. Rocco lo infilò di nuovo sotto il braccio e si mise in attesa. Bussarono.

«Vado io» e Italo scattò alla porta. Insieme all'aria fredda dell'esterno entrarono Fumagalli e Michela Gambino.

«Salve!» la donna era sorridente, si guardava intorno. «Bella casa...».

«Non credo che ce la faccio tutt'e due insieme» disse Rocco a mezza voce. Italo sorrise.

Fumagalli si sistemò ai piedi del letto. «E invece eccoci qui, al capezzale del moribondo a dargli l'estrema unzione. Agente Pierron, conoscendo la sua idiosincrasia con i corpi privi di vita, le consiglierei di allontanarsi da questa stanza».

«È vero» fece Italo. «Ma cercherò di resistere».

«Rocco, hai schermato porte e finestre?» chiese il sostituto della scientifica.

«No, Michela...».

«Spiarti sarebbe un giochetto» commentò Michela con un sorriso a mezza bocca.

«Allora Rocco, io e la bimba qui abbiamo notizie. Le vuoi sentire?».

«Non vedo l'ora, Alberto».

«Comincio io. Nel sangue ho trovato una bella quantità di sonnifero. Potentino, te lo dico. E vuoi sapere?».

«Nel fondo della bottiglia di vino sul tavolo ce n'era ancora» aggiunse la Gambino.

Il termometro si mise a suonare. Rocco lo osservò. 36 e 3.

«Quanto hai?» si informò Alberto.

«Cazzi miei. Sonnifero?».

«Flunitrazepam. Fluorofenil, metil...».

«Vabbè, ho capito. Bella notizia» fece Rocco poggiando il termometro sul comodino. «C'è altro?».

Il sostituto e il patologo si guardarono. «No. Mi sembrava però importante. Cominci a capirci qualcosa?» gli chiese Alberto.

«Io? Sì» e soddisfatto sorrise ai due.

«Ma c'entra quel quadro?» chiese Michela.

«No, secondo me quel quadro è solo un incidente di percorso».

«Vedi Michela?». Alberto si rivolse al sostituto della scientifica. «Il nostro è un uomo misterioso, tiene per sé le informazioni. Affascinante, non trovi, il metodo di indagine, in pigiama direttamente dal letto di casa sua utilizzando solo la res cogitans».

«Dici? Secondo me non ci sta capendo una minchia» osservò Michela.

«Prego» disse Rocco indicando ai due la porta di casa. Italo, ormai calato nella parte del maggiordomo, con un inchino fece strada.

«Mi devi fare una ricerca».
L'agente Antonio Scipioni rientrato dalla breve licenza ascoltava a braccia conserte in piedi vicino alla finestra. Dal momento che alla terza prova il termometro aveva riportato sempre la stessa temperatura, 36 e 3, Rocco aveva deciso di abbandonare il letto e si era accomodato sul divano del salone con Lupa accoccolata accanto. Fuori pioveva che Dio la mandava.
«Che cosa serve?».
«Che mi vai a spulciare vecchi articoli...».
«Dove?».
«C'è un bisettimanale, la "Sesia" si chiama. Sta a Vercelli. Italo, trovato l'indirizzo?» chiese voltandosi verso Italo seduto al tavolo della cucina. Stava appoggiato a digitare sul computer. «Sì sì, trovato!».
«Anto', fatti un giro e cerca articoli tra il '98 e il '99 che riguardino Santhià».
«Ricevuto. Quanto tempo ho?».
«Quello che ti serve».
«Senti Rocco, un po' più preciso?».
«Non lo so neanche io. Concentrati sulla cronaca nera. E vedi se c'è qualcosa che riguarda Donato Brocherel».
«Il morto a Ollomont?».
«Esatto, o la curia, o la parrocchia di San Genesio. Guarda anche le notizie che ti sembrano strane, e por-

tami il materiale». Antonio si alzò dalla sedia. «E tu come ti senti? La febbre?».

«Ora ho 36 e mezzo».

«È passata, allora puoi uscire».

«Lo dici tu. Esco con questa pioggia e posso avere una ricaduta...». Italo si avvicinò e consegnò il biglietto con l'indirizzo ad Antonio che lasciò l'appartamento.

«Tu Italo invece mi servi su a Ollomont».

«Che devo fare?».

«Domattina vai dalla signora Trochein. Vedi se sa niente di quel quadro. Poi recati come un sol uomo a casa di Donato. Cerca carte, appunti, qualsiasi cosa».

«Ci trovo sicuro gli uomini della scientifica».

«E tu mettiti i guanti di lattice, le soprascarpe e vai. La Gambino è strana ma non morde».

S'era messo a guardare un film di guerra dove un ciccione coi capelli impomatati a mani nude sconfiggeva centinaia di terroristi di uno stato arabo non meglio identificato. Non riuscì a sopportarlo più di venti minuti. Saltellava da canale a canale passando da un talk show politico a una trasmissione con dei quiz e infine trovò una partita della premier league inglese. Si addormentò al diciassettesimo del primo tempo.

La mattina dopo si sentiva molto meglio. Non aveva più i dolori alle articolazioni, spariti i colpi di mantice alle tempie, anche il respiro sembrava più profondo e libero. Decise che era il caso di salutare il nuovo stato di forma con una bella sigaretta dopo il caffè. Gabriele, per altri 5 euro, era sceso con Lupa, la pioggia aveva lasciato i marciapiedi lucenti come la pelle di una foca e le nuvole in alto correvano come rondini. Ogni tanto uno spicchio di sole si affacciava a illuminare la città. Sui negozi lampeggiavano le lampadine colorate e Babbi Natale con le slitte troneggiavano nelle vetrine. Gli avevano detto che valeva la pena visitare il mercato natalizio al teatro romano, ma Rocco odiava il Natale, i mercatini e soprattutto le canzoncine che risuonavano dai carillon augurando un bianco Natale o inneggiando ai suoni delle campanelle. Italo arrivò che erano le 10 del mattino passate. Lo trovò vestito e rasato che leggeva il giornale davanti a un tazzone di caffè fumante. L'agente invece era infreddolito. «Se ad Aosta si sta benone, lassù fa un freddo becco» e si tolse il giubbotto. «C'è un caffè pure per me?».

«Basta che te lo fai». Italo andò al lavello e cominciò ad armeggiare con la moka. «Allora, fra le carte del vecchio prete ho trovato delle lettere. Ma non sono lettere, sembrano appunti di pensieri. Ci sono citazioni della Bibbia, preghiere, io almeno quello ho capito. Scriveva pure in latino...».

«Me le hai portate?».

«Sì, ce l'ho nel giubbotto. È stata una guerra strapparle alla Gambino ma alla fine ce l'ho fatta. Poi sono stato dalla Trochein, le ho detto del quadro. Lei non si ricorda niente, dice che non l'ha mai visto o almeno non ci ha mai fatto caso» e mise la caffettiera sul fuoco. «Torni in questura?».

«Non oggi. È strano».

«Cosa?».

«Che non ci abbia fatto caso. Dico al quadro. Stava sopra il letto, appena entri in quella casetta è la prima cosa che vedi. Lei dice che da anni portava il cibo a Donato. Non ti sembra curioso?».

«Magari bussava, gli dava le cose e se ne andava».

Rocco mollò il giornale, si alzò e andò a prendere le fotografie che Casella aveva strappato dalle pareti della casa di Donato. «Guarda qui» e ne consegnò una a Italo. «La vedi? C'è quella che sta con una bambina vestita da gatto...».

«Sì. L'avrà presa a Carnevale».

«Mi auguro. Poi ce n'è una di lui fuori a spaccare la legna...».

«Sì...».

«Poi ce n'è una presa dentro casa sua. Vedi? C'è la torta, le candeline...».

«Il suo compleanno?».

«Chi è quella seduta sul letto accanto a un uomo brizzolato?».

«Quella è Maddalena Trochein».

«È lei? E cosa vedi sopra il letto?».

«Il quadro della Madonna...».

Rocco si riprese le fotografie. «T'esce il caffè». Italo si precipitò a spegnere il fuoco. «Che la tizia non abbia mai notato l'unico quadro di quella casetta, peraltro pure bello, non ci credo».

«Tu credi che...».

«Io non credo niente. Ora beviti 'sto caffè». Afferrò il telefono e chiamò Antonio. «Anto', hai novità?».

«Sto qui da stamattina presto. Guarda, per adesso ho trovato un po' di articoli interessanti di cronaca» si sentiva un lontano chiacchiericcio, qualcuno che digitava sul computer. «Tutta roba del 1998. Ora passo al '99. Mi sa che prima di stasera non ho finito».

«Va bene, Antonio. Ti aspetto a casa mia».

«Ancora la febbre?».

«Sì» mentì e riattaccò.

Prese le carte del prete. Italo aveva ragione, erano appunti, pensieri, sfoghi di un uomo solo.

Giovanni 1: 8. Se diciamo di essere senza peccato, inganniamo noi stessi, e la verità non è in noi.

Che cos'è il peccato? Giacomo 4: 17 dice: Colui dunque che sa fare il bene, e non lo fa, commette peccato. Ma cos'è il bene? Il bene è tacere? Il bene è rendere il male non punibile? Ma sempre Giovanni dice che il peccato è una violazione della legge. E io l'ho violata. L'ho violata a fin di bene. Io inseguivo il bene, e ho peccato. Ma basterebbe leggere Mosè 6 : 57. Tutti gli uomini devono pentirsi. Perché siamo tutti peccatori. Ma non basta. Non basta... non basta...

Ecclesiaste, 7: 20. Non v'è sulla terra alcun uomo giusto che faccia il bene e non pecchi mai. E allora? È così grave, mio Signore? Da non abbracciarmi più?

...

Stamattina nevica, fiocca, e neanche i passerotti escono dai buchi degli alberi. Il vento è calato. Mi guardo allo specchio e sono vecchio ormai. Ma sono contento. Perché mi resta poco, io lo so. Devo ricordarmi di Maddalena.

...

Non potevo stare zitto. Non potevo. C'era un'innocente di mezzo. Io dovevo farlo. L'ho sempre saputo che sarei rimasto qui, da solo, ma aspetto perché il mio Signore lo sa, a Lui mi sono confessato, a Lui ho parlato, Lui lo sa.

...

E un altro giorno è andato, la sua musica ha finito, quanto tempo è ormai passato e passerà... che bella canzone. Mi pento di quello che ho fatto, non mi pento per tutto quello che è successo... era giusto così.

Rocco si stropicciò gli occhi. Era calata la sera. Quella grafia minuta, quella corsa dietro a pensieri sciolti di un uomo in profonda crisi lo aveva sfiancato. Antonio e le pizze arrivarono come un premio inaspettato e mai così gradito.

«Allora Rocco» e aprì una cartellina trasparente che si era portato dietro e depositò sul tavolo della cucina un plico di fotocopie. «Ecco qua. Questo è quello che ho trovato. Sono stati gentili e mi hanno aiutato». Rocco osservava in silenzio la pila di fogli e masticava la pizza ai quattro formaggi. Antonio si attaccò alla Ceres. «Io non lo so se basterà. Fattacci a Santhià ce ne sono stati veramente soltanto due. La morte in casa di una bambina che poi si rivelò un omicidio e una rapina in una villetta andata storta dove ci hanno lasciato la pelle due coniugi in pensione. Poi le solite storie di spaccio, un paio di furti in un caveau di una gioielleria, una fuga di gas che ha fatto saltare in aria un appartamento e il classico assessore trovato con le mani in pasta e arrestato dopo sei mesi».

«Me li guardo uno alla volta».

«Tu hai delle novità?».

«Niente. Al questore digli che siamo su una buona pista».

«E qual è?».

«E che cazzo ne so? Digli così... però 'sta pizza non è male».

Ci fece mattina con gli articoli prelevati dall'agente Scipioni dall'archivio del giornale. La rapina ai danni dei due pensionati la archiviò. Furono i carabinieri dopo sei mesi ad arrestare una coppia di banditi che avevano preso l'abitudine di fare visite notturne alle case isolate facili da depredare. Lo incuriosì il caso di Lalla Seppiè, la bambina di sette anni, trovata morta dalla madre per incidente domestico. Lo colpì la somiglianza con il caso Donato Brocherel. Perché anche la bimba fu trovata in salone con la testa fracassata, per colpa di una caduta sul tavolino di cristallo. Il guaio accadde nell'ottobre del 1997. Le indagini, almeno a quanto diceva il giornale, si fermarono subito. Poi sei mesi dopo, nell'aprile del 1998 venne arrestato il padre, Bernardo Seppiè. Ma nessun articolo spiegava la situazione. Solo che il tipo s'era beccato venti anni per omicidio. E per aver tentato di nasconderlo con un incidente domestico. L'unico nome che poteva sembrare un appiglio era quello del capitano dei carabinieri che compì l'arresto, Fulvio Cirinnà. Se non aveva commesso errori dopo 15 anni era almeno maggiore se non tenente colonnello. Doveva chiamare i cugini.

Ci aveva azzeccato. Fulvio Cirinnà era maggiore, e stava a Roma, al Senato. Strada ne aveva fatta, il capitano, e dopo qualche tentativo, alle dieci del mattino, la voce dell'ufficiale dell'arma squillò nel cellulare di Rocco.

«Mi dica dottor Schiavone, cosa posso fare per lei?».

«Le chiedo di andare indietro con la memoria... si tratta di un caso che lei risolse nel 1998, a Santhià».

«Dunque... dunque... mi faccia ricordare... si tratta dei furti a...».

«No, maggiore. Il caso della piccola Seppiè».

«Oh, sì, certo, come no. E chi se lo scorda? Arrestammo il padre, l'aveva fatta franca».

«Ecco, lei ricorda i dettagli? Come arrivaste al padre?».

«Certo che lo ricordo. A me la storia dell'incidente non aveva mai convinto. C'erano parecchie cose che non tornavano. Soprattutto non tornava il fatto che la bimba a quell'ora del giorno fosse sola a casa. Avrebbe dovuto essere col padre, che invece disse, mi pare, di essere stato chiamato d'urgenza in ufficio. Era un architetto, un libero professionista. Quando gli chiesi del perché non avesse portato con sé sua figlia, mi rispose che la madre sarebbe rientrata da Vercelli dopo neanche mezz'ora e che Lalla era una bimba sveglia che se la cavava benone da sola. Ma, vede, la piccola si era fracassata la testa su un tavolino di cristallo mandandolo in mille pezzi. E non quadrava. Era cristallo temperato. Facemmo delle prove con uno simile, e per romperlo impiegammo ben tre martellate. In più nella ferita c'erano pochissime tracce di polvere di cristallo».

«Una messa in scena?» e in quel momento bussarono. Rocco si alzò e andò ad aprire, era Italo che si tolse il giubbotto e si mise seduto ad ascoltare.

«Ne fui convinto, ma l'alibi del padre reggeva. E non c'erano state effrazioni in casa. Poi arrivò una soffiata».

«Da chi lo ricorda?».

«Anonima. Che accusava Bernardo Seppiè e denunciava l'alibi dello stesso».

«In che senso?» chiese Rocco facendo il gesto a Italo di passargli una sigaretta. Quello sbuffando obbedì.

«Che la segretaria era la sua amante e lo aveva coperto».

«Maggiore, lei è stato utilissimo, la ringrazio».

«Mi dice perché le interessa questa storia?».

«Forse è legata a un fatto successo qui. Forse, ma non lo escludo».

«Allora le auguro in bocca al lupo, dottore».

«Lunga vita al lupo!». Rocco fece una boccata, poi schifato spense la sigaretta nel portacenere. «Che merda fumi, Italo! Allora, mi serve Baldi».

«Posso sapere cosa...».

«Non mi interrompere e vatte a compra' sigarette degne di questo nome!».

«Bernardo Seppiè, s'è fatto quindici anni, gliene hanno abbonati cinque per buona condotta e legge

Gozzini, che ha scontato presso la casa circondariale di Viterbo. È uscito il... il...». Rocco sentì Baldi girare delle pagine. «Ecco qui. Il 30 novembre di quest'anno. Posso sapere perché?».

«Glielo dirò presto, dottor Baldi. Per ora la ringrazio».

«Schiavone, so che lei è a casa malato con un caso da risolvere».

«Lavoro lo stesso. Ho sfebbrato oggi. Presto sarò di nuovo in pista»

«Peccato» fece sconsolato Baldi e riattaccò.

Italo lo guardava in silenzio come fosse davanti a uno spettacolo teatrale. Braccia conserte, sorriso sulle labbra, sembrava godersela mentre Rocco richiamava alla memoria un numero di cellulare. «Dio benedica chi ha inventato il vivavoce» fece all'agente. «Padre Domenico? Sono Schiavone, questura di Aosta».

«Buongiorno dottore. Ha delle novità? Cosa posso fare per lei?» la vocina delicata del prelato rimbombava nell'appartamento di Rocco.

«Solo sapere se Bernardo Seppiè era un vostro parrocchiano».

Il prete prese un respiro profondo. «Quella brutta storia... sì, Bernardo frequentava questa chiesa. Perché me lo chiede?».

«Il motivo lo conosce, e se avesse parlato mi avrebbe risparmiato una notte di insonnia e di lavoro. Io capisco tutto, capisco la confessione, il segreto, il peccato, ma lei doveva darmi una mano, padre. E non l'ha fatto!».

«Non potevo. Lo sa cosa dice Giovanni?».

«No, non lo conosco e sinceramente non me ne frega niente» e chiuse la comunicazione. «È fatta» disse il vicequestore dopo aver preso un respiro profondo.

«È fatta cosa?» gli chiese Italo con gli occhi di fuori.

«Habemus papam!». Poi Rocco si infilò il loden, si chiuse la sciarpa intorno al collo, trovò un pacchetto di sigarette nella tasca del cappotto e si affacciò alla finestra.

«Che fai?».

«Boccata d'aria. Cazzo che freddo». Respirò un paio di volte, poi si accese una sigaretta. «Allora, mi serve qualcuno dalla questura. Casella, Antonio, il primo disponibile. Tu vai in procura e aspetta lì un mio ordine».

«Non ci sto capendo niente».

«Chi deve capire sono io. Tu sei bassa manovalanza. Che aria buona» e fece un tiro generoso alla Camel.

Casella citofonò. «Sali, Case'».

«Veramente dotto' non ho fatto il vaccino, ho paura che mi prendo l'influenza».

Rocco scosse la testa. «M'affaccio».

«Come?».

«M'affaccio. Tu prendi appunti».

Si infilò di nuovo loden e sciarpa e aprì la finestra. Casella era lì al centro della piazza, faccia all'insù. «Stammi bene a sentire, Casella. Mi devi cercare l'indirizzo di residenza di Bernardo Seppiè, capace sia a Santhià». Casella scriveva su un pezzo di carta che teneva in precario equilibrio sopra il portafoglio. Un curioso si fermò ad ascoltare. «Signore!» lo richiamò Rocco. «Prego... circolare» il passante preso in contropiede si allontanò di fretta. «Poi Casella fatti dare una mano da Antonio o da qualcuno in questura e vedi se questo signore ha un cellulare. Ce l'ha sicuro».

«Lo devo chiamare?».

«No. Mi porti il numero e basta».

«Ah dottore, quando torna in ufficio?».

«Non lo so. Lo vedi come sto?».

«D'Intino s'è preso la febbre pure lui. Deruta dice se oggi può fare orario corto, che deve andare al panificio dalla moglie».

«Ma che me ne frega. Allora tutto chiaro?».

«Certo».

«Quanto ci metti?».

«Vado in ufficio, venti minuti e le porto...».

«No. Porti tutto a Italo che sta sotto alla procura. Appena fatta la consegna mi chiamate. Chiaro?».

«Lineare». Casella salì sulla bici.

«Ma che sei un metronotte che vai in bici?».

«Il dottore mi ha prescritto un po' di movimento. Solo che me la faccio sotto dal freddo».

«Stai ad Aosta, mica sul Gargano».

«Magari!» urlò Casella alla seconda pedalata.

Passarono due ore di calma relativa, Rocco riuscì anche a vedere un documentario sulle abitudini alimentari degli orsi polari. Erano bravi a cancellare le tracce, a mimetizzarsi nel manto nevoso. Come l'assassino di Donato. Che ha agito la notte prima che nevicasse, pensò, e poi le tracce se ne sono andate già all'alba. Finalmente Italo lo chiamò. «Allora dottore...» se era passato al lei significava che Casella era lì accanto «Ho tutto. Bernardo Seppiè è ancora residente nella casa del fattaccio, a via Monte Bianco a Santhià. Abbiamo il numero di cellulare. Che dobbiamo fare?».

«Salite da Baldi e date tutto a lui».

«Ci raggiunge?».

«Ho la febbre».

«Lei mente».

«Quindi?» chiese Baldi, che aveva seguito il ragionamento del vicequestore.

«Quindi basta vedere se il numero del cellulare di Bernardo Seppiè si è agganciato la notte di lunedì ad Aosta, alla Valpelline, a Ollomont, vattelappesca qual è la cellula più vicina, in tal caso dirami un ordine di arresto e i miei uomini lo vanno a prendere».

«Cioè lei mi sta parlando di una vendetta?».

«Esatto. A Donato è costato tanto denunciare Bernardo per l'omicidio della bambina, ha perso l'abito perché ha rotto il sigillo sacramentale, ma non ce l'ha fatta a tenerselo dentro. E in fondo lo capisco». Rocco versò la pappa nella ciotola a Lupa.

«Quello è uscito dopo 15 anni...».

«Avrà covato l'odio per tutto quel tempo. Lo sarà andato a trovare per farsi una chiacchierata fra vecchi amici, era un suo parrocchiano, in fondo si conoscevano, no? E io le dico che il vino l'ha portato lui. Ce lo vede un poveraccio spretato che vive in una chiesa sconsacrata che si compra una bottiglia di amarone?».

«No. Direi di no».

«L'ha messo a ninna, poi ha otturato il comignolo, ha dato fuoco alla stufa e ha aspettato. Non poteva immaginarsi che quello si sarebbe svegliato, ma sotto effetto del Flunitrazepam, rincoglionito, è caduto a terra».

«Una vendetta...».

«Esatto, dottor Baldi. Io aspetto notizie, ma sono abbastanza sicuro che sia andata così. Ah, l'ultima cosa, i miei eroici agenti sono ancora lì?».

«Le passo Pierron» sentì l'altro avvicinarsi. «Dica, dottore».

«Italo, state agli ordini del magistrato. In più mi fai un ultimo favore...?».

«Certo».

«Vai su dalla Maddalena Trochein, dille che il quadro lo può tenere. Donato gliel'avrebbe lasciato. Che non provi a venderlo, sennò la portiamo dentro, lo appendesse al muro».

«Ricevuto».

«Grazie di tutto, Italo. Avere la febbre è bellissimo».

«Perché dice questo?».

«Perché è stata la rottura di coglioni di decimo livello più comoda che abbia mai affrontato» e chiuse la comunicazione. Poi fece un fischio. Lupa era già pronta. Si mise il loden, la solita sciarpa, si chiuse bene il petto. «Amore, andiamo a fare la passeggiatina». La cucciola saltava di gioia. «Ma mica perché ti voglio bene. Me sto a sbanca' con quell'avido di Gabriele. I cinque euro ce li beviamo alla nostra salute!». Lupa abbaiò e uscirono diretti al bar di Ettore. Appena misero il naso fuori dal portone stava fioccando. «Buon Natale!» urlò eccitata una sua vicina che rientrava dalla spesa. Rocco grugnì e avanzando con le Clarks nella neve che aveva già formato una glassa sul marciapiede, si perse fra le luci dei negozi e le vie del centro storico, fra l'odore di vin brûlé e di zucchero caramellato, mentre fiocchi gelidi avevano superato lo sbarramento della sciarpa e già si intrufolavano nel colletto della camicia.

Indice

Un anno in giallo

Gennaio
Andrea Camilleri
La calza della befana   9

Febbraio
Gaetano Savatteri
I colpevoli sono matti   47

Marzo
Simonetta Agnello Hornby
Le strade sono di tutti   105

Aprile
Fabio Stassi
Per tutte le altre destinazioni   151

Maggio
Marco Malvaldi
Voi, quella notte, voi c'eravate   189

Giugno
Alessandro Robecchi
Doppio misto   231

Luglio
Gian Mauro Costa
Il divo di Ballarò   273

Agosto
Esmahan Aykol
Macchie gialle   311

Settembre
Alicia Giménez-Bartlett
Quando viene settembre   355

Ottobre
Francesco Recami
Ottobre in giallo a Milano   403

Novembre
Santo Piazzese
Quanti dì conta novembre?   447

Dicembre
Antonio Manzini
L'eremita   487

Questo volume è stato stampato
su carta Palatina
delle Cartiere di Fabriano
nel mese di novembre 2017
presso la Leva srl - Milano
e confezionato
presso IGF s.p.a. - Aldeno (TN)

La memoria

Ultimi volumi pubblicati

801 Anthony Trollope. Le ultime cronache del Barset
802 Arnoldo Foà. Autobiografia di un artista burbero
803 Herta Müller. Lo sguardo estraneo
804 Gianrico Carofiglio. Le perfezioni provvisorie
805 Gian Mauro Costa. Il libro di legno
806 Carlo Flamigni. Circostanze casuali
807 Maj Sjöwall, Per Wahlöö. L'uomo sul tetto
808 Herta Müller. Cristina e il suo doppio
809 Martin Suter. L'ultimo dei Weynfeldt
810 Andrea Camilleri. Il nipote del Negus
811 Teresa Solana. Scorciatoia per il paradiso
812 Francesco M. Cataluccio. Vado a vedere se di là è meglio
813 Allen S. Weiss. Baudelaire cerca gloria
814 Thornton Wilder. Idi di marzo
815 Esmahan Aykol. Hotel Bosforo
816 Davide Enia. Italia-Brasile 3 a 2
817 Giorgio Scerbanenco. L'antro dei filosofi
818 Pietro Grossi. Martini
819 Budd Schulberg. Fronte del porto
820 Andrea Camilleri. La caccia al tesoro
821 Marco Malvaldi. Il re dei giochi
822 Francisco García Pavón. Le sorelle scarlatte
823 Colin Dexter. L'ultima corsa per Woodstock
824 Augusto De Angelis. Sei donne e un libro
825 Giuseppe Bonaviri. L'enorme tempo
826 Bill James. Club
827 Alicia Giménez-Bartlett. Vita sentimentale di un camionista
828 Maj Sjöwall, Per Wahlöö. La camera chiusa
829 Andrea Molesini. Non tutti i bastardi sono di Vienna
830 Michèle Lesbre. Nina per caso
831 Herta Müller. In trappola
832 Hans Fallada. Ognuno muore solo
833 Andrea Camilleri. Il sorriso di Angelica
834 Eugenio Baroncelli. Mosche d'inverno
835 Margaret Doody. Aristotele e i delitti d'Egitto
836 Sergej Dovlatov. La filiale
837 Anthony Trollope. La vita oggi
838 Martin Suter. Com'è piccolo il mondo!
839 Marco Malvaldi. Odore di chiuso

840 Giorgio Scerbanenco. Il cane che parla
841 Festa per Elsa
842 Paul Léautaud. Amori
843 Claudio Coletta. Viale del Policlinico
844 Luigi Pirandello. Racconti per una sera a teatro
845 Andrea Camilleri. Gran Circo Taddei e altre storie di Vigàta
846 Paolo Di Stefano. La catastròfa. Marcinelle 8 agosto 1956
847 Carlo Flamigni. Senso comune
848 Antonio Tabucchi. Racconti con figure
849 Esmahan Aykol. Appartamento a Istanbul
850 Francesco M. Cataluccio. Chernobyl
851 Colin Dexter. Al momento della scomparsa la ragazza indossava
852 Simonetta Agnello Hornby. Un filo d'olio
853 Lawrence Block. L'Ottavo Passo
854 Carlos María Domínguez. La casa di carta
855 Luciano Canfora. La meravigliosa storia del falso Artemidoro
856 Ben Pastor. Il Signore delle cento ossa
857 Francesco Recami. La casa di ringhiera
858 Andrea Camilleri. Il gioco degli specchi
859 Giorgio Scerbanenco. Lo scandalo dell'osservatorio astronomico
860 Carla Melazzini. Insegnare al principe di Danimarca
861 Bill James. Rose, rose
862 Roberto Bolaño, A. G. Porta. Consigli di un discepolo di Jim Morrison a un fanatico di Joyce
863 Stefano Benni. La traccia dell'angelo
864 Martin Suter. Allmen e le libellule
865 Giorgio Scerbanenco. Nebbia sul Naviglio e altri racconti gialli e neri
866 Danilo Dolci. Processo all'articolo 4
867 Maj Sjöwall, Per Wahlöö. Terroristi
868 Ricardo Romero. La sindrome di Rasputin
869 Alicia Giménez-Bartlett. Giorni d'amore e inganno
870 Andrea Camilleri. La setta degli angeli
871 Guglielmo Petroni. Il nome delle parole
872 Giorgio Fontana. Per legge superiore
873 Anthony Trollope. Lady Anna
874 Gian Mauro Costa, Carlo Flamigni, Alicia Giménez-Bartlett, Marco Malvaldi, Ben Pastor, Santo Piazzese, Francesco Recami. Un Natale in giallo
875 Marco Malvaldi. La carta più alta
876 Franz Zeise. L'Armada
877 Colin Dexter. Il mondo silenzioso di Nicholas Quinn
878 Salvatore Silvano Nigro. Il Principe fulvo
879 Ben Pastor. Lumen
880 Dante Troisi. Diario di un giudice
881 Ginevra Bompiani. La stazione termale
882 Andrea Camilleri. La Regina di Pomerania e altre storie di Vigàta
883 Tom Stoppard. La sponda dell'utopia
884 Bill James. Il detective è morto
885 Margaret Doody. Aristotele e la favola dei due corvi bianchi
886 Hans Fallada. Nel mio paese straniero
887 Esmahan Aykol. Divorzio alla turca
888 Angelo Morino. Il film della sua vita
889 Eugenio Baroncelli. Falene. 237 vite quasi perfette

890 Francesco Recami. Gli scheletri nell'armadio
891 Teresa Solana. Sette casi di sangue e una storia d'amore
892 Daria Galateria. Scritti galeotti
893 Andrea Camilleri. Una lama di luce
894 Martin Suter. Allmen e il diamante rosa
895 Carlo Flamigni. Giallo uovo
896 Maj Sjöwall, Per Wahlöö. Il milionario
897 Gian Mauro Costa. Festa di piazza
898 Gianni Bonina. I sette giorni di Allah
899 Carlo María Domínguez. La costa cieca
900
901 Colin Dexter. Niente vacanze per l'ispettore Morse
902 Francesco M. Cataluccio. L'ambaradan delle quisquiglie
903 Giuseppe Barbera. Conca d'oro
904 Andrea Camilleri. Una voce di notte
905 Giuseppe Scaraffia. I piaceri dei grandi
906 Sergio Valzania. La Bolla d'oro
907 Héctor Abad Faciolince. Trattato di culinaria per donne tristi
908 Mario Giorgianni. La forma della sorte
909 Marco Malvaldi. Milioni di milioni
910 Bill James. Il mattatore
911 Esmahan Aykol, Andrea Camilleri, Gian Mauro Costa, Marco Malvaldi, Antonio Manzini, Francesco Recami. Capodanno in giallo
912 Alicia Giménez-Bartlett. Gli onori di casa
913 Giuseppe Tornatore. La migliore offerta
914 Vincenzo Consolo. Esercizi di cronaca
915 Stanisław Lem. Solaris
916 Antonio Manzini. Pista nera
917 Xiao Bai. Intrigo a Shanghai
918 Ben Pastor. Il cielo di stagno
919 Andrea Camilleri. La rivoluzione della luna
920 Colin Dexter. L'ispettore Morse e le morti di Jericho
921 Paolo Di Stefano. Giallo d'Avola
922 Francesco M. Cataluccio. La memoria degli Uffizi
923 Alan Bradley. Aringhe rosse senza mostarda
924 Davide Enia. maggio '43
925 Andrea Molesini. La primavera del lupo
926 Eugenio Baroncelli. Pagine bianche. 55 libri che non ho scritto
927 Roberto Mazzucco. I sicari di Trastevere
928 Ignazio Buttitta. La peddi nova
929 Andrea Camilleri. Un covo di vipere
930 Lawrence Block. Un'altra notte a Brooklyn
931 Francesco Recami. Il segreto di Angela
932 Andrea Camilleri, Gian Mauro Costa, Alicia Giménez-Bartlett, Marco Malvaldi, Antonio Manzini, Francesco Recami. Ferragosto in giallo
933 Alicia Giménez-Bartlett. Segreta Penelope
934 Bill James. Tip Top
935 Davide Camarrone. L'ultima indagine del Commissario
936 Storie della Resistenza
937 John Glassco. Memorie di Montparnasse
938 Marco Malvaldi. Argento vivo
939 Andrea Camilleri. La banda Sacco
940 Ben Pastor. Luna bugiarda
941 Santo Piazzese. Blues di mezz'autunno
942 Alan Bradley. Il Natale di Flavia de Luce

943 Margaret Doody. Aristotele nel regno di Alessandro
944 Maurizio de Giovanni, Alicia Giménez-Bartlett, Bill James, Marco Malvaldi, Antonio Manzini, Francesco Recami. Regalo di Natale
945 Anthony Trollope. Orley Farm
946 Adriano Sofri. Machiavelli, Tupac e la Principessa
947 Antonio Manzini. La costola di Adamo
948 Lorenza Mazzetti. Diario londinese
949 Gian Mauro Costa, Alicia Giménez-Bartlett, Marco Malvaldi, Antonio Manzini, Francesco Recami. Carnevale in giallo
950 Marco Steiner. Il corvo di pietra
951 Colin Dexter. Il mistero del terzo miglio
952 Jennifer Worth. Chiamate la levatrice
953 Andrea Camilleri. Inseguendo un'ombra
954 Nicola Fantini, Laura Pariani. Nostra Signora degli scorpioni
955 Davide Camarrone. Lampaduza
956 José Roman. Chez Maxim's. Ricordi di un fattorino
957 Luciano Canfora. 1914
958 Alessandro Robecchi. Questa non è una canzone d'amore
959 Gian Mauro Costa. L'ultima scommessa
960 Giorgio Fontana. Morte di un uomo felice
961 Andrea Molesini. Presagio
962 La partita di pallone. Storie di calcio
963 Andrea Camilleri. La piramide di fango
964 Beda Romano. Il ragazzo di Erfurt
965 Anthony Trollope. Il Primo Ministro
966 Francesco Recami. Il caso Kakoiannis-Sforza
967 Alan Bradley. A spasso tra le tombe
968 Claudio Coletta. Amstel blues
969 Alicia Giménez-Bartlett, Marco Malvaldi, Antonio Manzini, Francesco Recami, Alessandro Robecchi, Gaetano Savatteri. Vacanze in giallo
970 Carlo Flamigni. La compagnia di Ramazzotto
971 Alicia Giménez-Bartlett. Dove nessuno ti troverà
972 Colin Dexter. Il segreto della camera 3
973 Adriano Sofri. Reagì Mauro Rostagno sorridendo
974 Augusto De Angelis. Il canotto insanguinato
975 Esmahan Aykol. Tango a Istanbul
976 Josefina Aldecoa. Storia di una maestra
977 Marco Malvaldi. Il telefono senza fili
978 Franco Lorenzoni. I bambini pensano grande
979 Eugenio Baroncelli. Gli incantevoli scarti. Cento romanzi di cento parole
980 Andrea Camilleri. Morte in mare aperto e altre indagini del giovane Montalbano
981 Ben Pastor. La strada per Itaca
982 Esmahan Aykol, Alan Bradley, Gian Mauro Costa, Maurizio de Giovanni, Nicola Fantini e Laura Pariani, Alicia Giménez-Bartlett, Francesco Recami. La scuola in giallo
983 Antonio Manzini. Non è stagione
984 Antoine de Saint-Exupéry. Il Piccolo Principe
985 Martin Suter. Allmen e le dalie
986 Piero Violante. Swinging Palermo
987 Marco Balzano, Francesco M. Cataluccio, Neige De Benedetti, Paolo Di Stefano, Giorgio Fontana, Helena Janeczek. Milano
988 Colin Dexter. La fanciulla è morta
989 Manuel Vázquez Montalbán. Galíndez

990 Federico Maria Sardelli. L'affare Vivaldi
991 Alessandro Robecchi. Dove sei stanotte
992 Nicola Fantini e Laura Pariani, Marco Malvaldi, Dominique Manotti, Antonio Manzini, Francesco Recami, Gaetano Savatteri. La crisi in giallo
993 Jennifer Worth. Tra le vite di Londra
994 Hai voluto la bicicletta. Il piacere della fatica
995 Alan Bradley. Un segreto per Flavia de Luce
996 Giampaolo Simi. Cosa resta di noi
997 Alessandro Barbero. Il divano di Istanbul
998 Scott Spencer. Un amore senza fine
999 Antonio Tabucchi. L'automobile, la nostalgia e l'infinito
1000 La memoria di Elvira
1001 Andrea Camilleri. La giostra degli scambi
1002 Enrico Deaglio. Storia vera e terribile tra Sicilia e America
1003 Francesco Recami. L'uomo con la valigia
1004 Fabio Stassi. Fumisteria
1005 Alicia Giménez-Bartlett, Marco Malvaldi, Antonio Manzini, Santo Piazzese, Francesco Recami, Gaetano Savatteri. Turisti in giallo
1006 Bill James. Un taglio radicale
1007 Alexander Langer. Il viaggiatore leggero. Scritti 1961-1995
1008 Antonio Manzini. Era di maggio
1009 Alicia Giménez-Bartlett. Sei casi per Petra Delicado
1010 Ben Pastor. Kaputt Mundi
1011 Nino Vetri. Il Michelangelo
1012 Andrea Camilleri. Le vichinghe volanti e altre storie d'amore a Vigàta
1013 Elvio Fassone. Fine pena: ora
1014 Dominique Manotti. Oro nero
1015 Marco Steiner. Oltremare
1016 Marco Malvaldi. Buchi nella sabbia
1017 Pamela Lyndon Travers. Zia Sass
1018 Giosuè Calaciura, Gianni Di Gregorio, Antonio Manzini, Fabio Stassi, Giordano Tedoldi, Chiara Valerio. Storie dalla città eterna
1019 Giuseppe Tornatore. La corrispondenza
1020 Rudi Assuntino, Wlodek Goldkorn. Il guardiano. Marek Edelman racconta
1021 Antonio Manzini. Cinque indagini romane per Rocco Schiavone
1022 Lodovico Festa. La provvidenza rossa
1023 Giuseppe Scaraffia. Il demone della frivolezza
1024 Colin Dexter. Il gioiello che era nostro
1025 Alessandro Robecchi. Di rabbia e di vento
1026 Yasmina Khadra. L'attentato
1027 Maj Sjöwall, Tomas Ross. La donna che sembrava Greta Garbo
1028 Daria Galateria. L'etichetta alla corte di Versailles. Dizionario dei privilegi nell'età del Re Sole
1029 Marco Balzano. Il figlio del figlio
1030 Marco Malvaldi. La battaglia navale
1031 Fabio Stassi. La lettrice scomparsa
1032 Esmahan Aykol, Gian Mauro Costa, Alicia Giménez-Bartlett, Marco Malvaldi, Antonio Manzini, Francesco Recami, Gaetano Savatteri. Il calcio in giallo
1033 Sergej Dovlatov. Taccuini
1034 Andrea Camilleri. L'altro capo del filo
1035 Francesco Recami. Morte di un ex tappezziere
1036 Alan Bradley. Flavia de Luce e il delitto nel campo dei cetrioli

1037 Manuel Vázquez Montalbán. Io, Franco
1038 Antonio Manzini. 7-7-2007
1039 Luigi Natoli. I Beati Paoli
1040 Gaetano Savatteri. La fabbrica delle stelle
1041 Giorgio Fontana. Un solo paradiso
1042 Dominique Manotti. Il sentiero della speranza
1043 Marco Malvaldi. Sei casi al BarLume
1044 Ben Pastor. I piccoli fuochi
1045 Luciano Canfora. 1956. L'anno spartiacque
1046 Andrea Camilleri. La cappella di famiglia e altre storie di Vigàta
1047 Nicola Fantini, Laura Pariani. Che Guevara aveva un gallo
1048 Colin Dexter. La strada nel bosco
1049 Claudio Coletta. Il manoscritto di Dante
1050 Giosuè Calaciura, Andrea Camilleri, Francesco M. Cataluccio, Alicia Giménez-Bartlett, Antonio Manzini, Francesco Recami, Fabio Stassi. Storie di Natale
1051 Alessandro Robecchi. Torto marcio
1052 Bill James. Uccidimi
1053 Alan Bradley. La morte non è cosa per ragazzine
1054 Émile Zola. Il denaro
1055 Andrea Camilleri. La mossa del cavallo
1056 Francesco Recami. Commedia nera n. 1
1057 Marco Consentino, Domenico Dodaro, Luigi Panella. I fantasmi dell'Impero
1058 Dominique Manotti. Le mani su Parigi
1059 Antonio Manzini. La giostra dei criceti
1060 Gaetano Savatteri. La congiura dei loquaci
1061 Sergio Valzania. Sparta e Atene. Il racconto di una guerra
1062 Heinz Rein. Berlino. Ultimo atto
1063 Honoré de Balzac. Albert Savarus
1064 Alicia Giménez-Bartlett, Marco Malvaldi, Antonio Manzini, Francesco Recami, Alessandro Robecchi, Gaetano Savatteri. Viaggiare in giallo
1065 Fabio Stassi. Angelica e le comete
1066 Andrea Camilleri. La rete di protezione
1067 Ben Pastor. Il morto in piazza
1068 Luigi Natoli. Coriolano della Floresta
1069 Francesco Recami. Sei storie della casa di ringhiera
1070 Giampaolo Simi. La ragazza sbagliata
1071 Alessandro Barbero. Federico il Grande
1072 Colin Dexter. Le figlie di Caino
1073 Antonio Manzini. Pulvis et umbra
1074 Jennifer Worth. Le ultime levatrici dell'East End
1075 Tiberio Mitri. La botta in testa
1076 Francesco Recami. L'errore di Platini
1077 Marco Malvaldi. Negli occhi di chi guarda
1078 Pietro Grossi. Pugni
1079 Edgardo Franzosini. Il mangiatore di carta. Alcuni anni della vita di Johann Ernst Biren
1080 Alan Bradley. Flavia de Luce e il cadavere nel camino
1081 Anthony Trollope. Potete perdonarla?
1082 Andrea Camilleri. Un mese con Montalbano
1083 Emilio Isgrò. Autocurriculum
1084 Cyril Hare. Un delitto inglese